LA TRAQUE

Un jeune étranger qui se prétend journaliste fait ouvrir, dans le petit cimetière d'un village indien du Paraguay, la tombe d'un certain Gregor Grigori, qu'il soupçonne d'avoir été l'un des chefs les plus importants de la « nazi connection » d'Amérique du Sud : la tombe ne contient que le squelette d'un âne.

Asher, en fait, n'est pas ce qu'il prétend : « faucon » israélien animé par un brutal instinct de vengeance, il est manipulé, vendu même, par l'ambassadeur israélien en échange de la sauvegarde de la communauté juive du pays. Livré à lui-même, pourchassé de tous côtés, il traque l'étrange docteur Grigori, bien vivant à la tête d'un gigantesque domaine en pleine forêt où il se livre aussi bien à la traite des journaliers envoyés clandestinement dans d'autres pays du Sud qu'à la vivisection d'enfants indiens qu'il achète pour quelques dollars.

D'autres personnages, tout aussi ambigus dans leurs desseins – Rolfe, le fils de l'ancien nazi, qui vient d'Europe pour le connaître enfin ; Caffeti, l'homme d'affaires du docteur, avec qui se font les chasses au léopard dans la jungle ; Krug, l'infâme animateur de tous les nazis du Paraguay ; Dovia, un autre agent venu de Vienne ; Baumstein, victime d'un double jeu mortel – tous agents, fuyards, tueurs (l'un des protagonistes de ce suspense infernal ne dit-il pas : « Le Paraguay est vraiment un endroit dégueulasse » ?), les uns et les autres vont se livrer enfin à l'enfer d'où ils viennent, à celui qui les enferme ici sans qu'ils s'en rendent compte, à celui, aussi bien, auquel certains d'entre eux n'ont jamais cessé d'aspirer : la guerre. Une guerre démesurée et aveugle, à perdre leur souffle, jusqu'à ne plus savoir qui traque qui, ni pourquoi cette guerre, ni pourquoi cet enfer.

Né à New Rochelle, dans l'État de New York, Herbert Lieberman est aujourd'hui directeur de publication du Reader's Digest Book-Club. Sept autres romans ont été publiés au Seuil dont Nécropolis *(Grand Prix de littérature policière 1978),* La Nuit du Solstice *(1985) et* Le Tueur et son ombre *(1990).*

Herbert Lieberman

LA TRAQUE

ROMAN

Traduit de l'américain
par Serge Grunberg

Éditions du Seuil

TEXTE INTÉGRAL

TITRE ORIGINAL
The Climate of Hell

ISBN original : 0-671-24363-2

ISBN 2-02-025590-1
(ISBN 2-02-005200-8, édition brochée
ISBN 2-02-005548-1, 1re publication poche)

pour George et Anne Borchardt

Et je serai un fugitif et un errant sur la terre et quiconque me trouve me tuera. Genèse 4, 14.

Prologue

Ils disent que je suis mort.

La rumeur dit que j'aurais été abattu dans un café d'Asunción. Ou qu'une équipe d'assassins israéliens m'aurait attiré au Brésil, à travers le fleuve Paraná, pour m'y exécuter. On raconte aussi que mon avion personnel se serait écrasé en flammes dans les jungles du Chagras à la suite d'un sabotage, ou qu'on m'aurait repêché dans une cataracte aux pieds des chutes d'Iguaçu, la gorge tranchée d'une oreille à l'autre.

Quand finalement ces rumeurs sont démenties, et c'est ce qui arrive invariablement, ils se consolent en me prédisant une mort prochaine : je finirai comme Stangl, Eichmann ou Cukurs, on retrouvera mon corps dans le coffre d'une Volkswagen au bout d'une impasse de Montevideo, bouillie sanglante sur laquelle on aura négligemment jeté une petite carte de visite très simple avec les compliments du « Faucon bleu » ou d' « Al Tishkakh » ou d'une idiotie du même genre.

C'est vrai qu'ils sont malins. Je ne le nie pas. Ce sont des professionnels et ils ont un certain style. Ils sont audacieux, patients, ils ne lésinent ni sur le temps, ni sur les risques à prendre et je sais qu'ils recommenceront jusqu'à ce qu'ils aient atteint leur but. Ils ont déjà liquidé tous mes vieux amis — Hoess, Viertz, Werner Roedhe et ce bon vieux Fritz Klein ; ils veulent toujours m'avoir, et je dois dire qu'ils en ont été très près ; ils ont eu une ou deux occasions. Comme ce jeune Israélien qui parlait un espagnol impeccable, avec son long châle d'Indien et ses sandales ridicules, qui avait réussi à s'attirer les bonnes grâces de ma femme de ménage. Et puis Erico, ce pauvre clown qui raconte un peu partout qu'il m'a eu.

Ils m'ont serré de près, c'est vrai, mais en fin de compte, ils me ratent ; j'ai toujours une longueur d'avance. J'ai mon style, moi aussi, et pour l'instant, c'est encore moi qui ai le dernier mot. Comme ce jour où j'avais organisé mes propres funérailles à Santiago et que j'avais fait planter sur ma tombe une croix de bois au nom de Cerillo Flores Chavez, avec un déluge de fleurs et la famille en larmes ! Quelle rigolade ! Ils ont tous défilé pendant un an, complètement perdus, angoissés, mystifiés. Ils sont malins, mais pas assez pour moi. Autour de Pedro Caballero, les eaux du Paraná sont pleines de ces vengeurs romantiques. Ah, tous ces assassins imberbes et roses au regard brûlant et aux gestes héroïques ! Laissez-les venir à moi, comme je dis. Qu'ils y viennent, s'ils ont assez de tripes ! Je les enterrerai tous !

1

L'ange et le faucon

1

Gregor Grigori
16 mars 1911 — 16 mars 1977
Scientifique, médecin, soldat,
patriote, calomnié, diffamé et noirci de son vivant,
il est mort le jour de son anniversaire
en état de sainteté.

Il était immobile, au milieu des ruines délaissées et envahies par les ronces d'un petit cimetière proche du village indien d'Ita ; il lisait l'épitaphe, grossièrement gravée sur une simple croix de bois. Il portait un costume de laine, froissé et poussiéreux, bien trop chaud pour la saison. Ses yeux étaient clairs, d'un bleu électrique et ses lèvres bougeaient imperceptiblement à mesure qu'il lisait.

C'était un lieu âpre et rustique où l'on avait planté, dans le plus grand désordre, deux douzaines de croix de bois qui signalaient la dernière demeure des quelques Indiens tupis et achés que les jésuites de la vieille mission de San Damien avaient réussi à convertir. Mais ce n'était pas à eux qu'allaient les pensées de ce jeune homme. Fixés avec solennité sur l'étrange épitaphe, ses yeux relisaient sans cesse les mêmes mots, accompagnés des mêmes mouvements de lèvres.

Carlos Danillo, le fossoyeur d'Ita, lui avait raconté comment des Allemands lui avaient offert une moitié de porc et deux paires de chaussures pour enterrer ce médecin allemand qui devait avoir une soixantaine d'années. Il n'y avait aucun doute : sous cette croix se trouvait bien un corps ; un grand nombre d'Indiens étaient venus le recouvrir de terre un jour de canicule où le thermomètre était monté à trente-huit. Pourtant, ils étaient tous devenus très évasifs quand le jeune homme avait essayé de leur tirer des renseignements plus précis.

Les deux Indiens qui se tenaient derrière lui avec pelle et pioche le regardaient d'un air impassible. Ils attendaient, comme des bœufs sous le joug, avec une sorte de patience aveugle et flegmatique. Finalement, le jeune homme recula d'un pas en leur adressant un hochement de tête. Ils se débarrassèrent instantanément de leurs chemises et se mirent aussitôt au travail. Le vieux fossoyeur avait reçu une poignée de guaranis pour prolonger sa sieste. Il n'y avait aucune raison de se presser. Le seul témoin de cet événement insolite était une colombe solitaire qui roucoulait tristement dans les hautes branches.

Les Indiens étaient forts et ils s'acquittèrent vivement de leur tâche. Ils avaient creusé en un rien de temps une large tranchée en forme d'ellipse, de plusieurs mètres de profondeur. Le jeune homme attendait à l'ombre tandis que les Indiens s'enfonçaient de plus en plus loin dans la poussière rouge.

Soudain, ils s'arrêtèrent et commencèrent à discuter en montrant du doigt quelque chose qu'ils avaient exhumé.

Le jeune homme sortit tout doucement de l'ombre, traversa l'étroite bande écrasée de soleil qui le séparait de la tombe et y plongea son regard. La première chose qu'il aperçut ressemblait à une cage thoracique. Ce n'était pas celle d'un homme en tout cas, mais, comme il n'allait pas tarder à le découvrir, la partie supérieure d'une carcasse d'âne, déjà largement décomposée. Il était certain qu'il s'agissait d'un âne, car l'animal n'avait pas été mis en terre depuis très longtemps (quelques mois, au plus) et l'on pouvait encore distinguer des pans entiers de chair et de fourrure qui collaient au squelette comme un pyjama de flanelle rongé aux mites. Le crâne, lui, était parfaitement lisse ; il brillait, blanc sous le soleil ardent, orbites béantes, énormes mandibules bloquées et comme pétrifiées en une obscène grimace.

Pensif, le jeune homme contempla la tombe quelques

instants de plus ; puis, brusquement, il partit d'un rire énorme.

2

— Oh oui.

Félix Nachtmann riait avec des yeux brillants à ce jeune homme qui prétendait être journaliste et avoir des papiers en règle.

« C'est vrai, le Paraguay est un drôle d'endroit !

Il parlait d'autant plus volontiers que c'était l'autre qui payait à boire.

« C'est la Cour des miracles, reprit-il dans son allemand confortable. (Il s'excitait à mesure.) La capitale des fugitifs et des hors-la-loi. C'est la poubelle du monde. (Il rit violemment.) L'Amérique dit : Laissez venir à moi les pauvres et les opprimés ; le Paraguay : laissez venir à moi la racaille, la lie de la planète. Ceux qu'aucune nation n'accepterait sur son sol, notre bonne vieille mère Paraguay leur ouvrira largement ses cuisses. Notre industrie principale c'est la contrebande, le crime, notre premier produit d'exportation. Nos citoyens les plus éminents sont des maquereaux et des *contrabandistas.* Si vous n'avez nulle part où aller, si aucun pays ne veut de vous, bienvenue au Paraguay !

Le vieil Allemand lança de nouveau un de ses rires bruyants vers le ciel d'Asunción qui tournait au pourpre crépusculaire. C'était une de ces nuits d'été étouffantes, si typiques des tropiques du Capricorne, sans un souffle d'air. Le soir leur caressait le visage de sa paume moite et chaude ; ils étaient assis au bord du fleuve, sur les bancs sales d'un petit café où l'on sirotait de la bière tiède en mangeant des *camarones* dans de petits cornets de papier brun. Le fleuve presque à sec exhalait les miasmes répugnants des égouts, mêlés à l'odeur du gasoil. Parfois, de petits bateaux gaiement éclairés par des guirlandes d'ampoules électriques pendues aux haubans passaient en soufflant, comme de minuscules jouets sur un gâteau d'anniversaire. Le jeune homme commanda deux autres cognacs.

« Chaque civilisation a eu son Paraguay, reprit Nachtmann. Dans l'Ancien Testament on les appelait les Cités sanctuaires. C'est comme ça que nous avons hérité des nazis.

— Parlez-moi un peu de Grigori, insista le jeune homme.

L'heure tournait et ce vieux bavard commençait à lui faire perdre patience.

— Mais oui, mais oui !

Le vieillard fit un signe de la main, pris d'une violente quinte de toux qui ne cessa que quand ses yeux chassieux laissèrent couler des larmes ; il les essuya d'un revers de mouchoir.

« Aucun doute. Le docteur Grigori est ici. Tout le monde sait ça. Avant, je le voyais assez régulièrement, il allait et venait en toute liberté. Un jour, je l'ai vu dans une réception à Obligado. Il dansait avec une fille blonde, une Belge avec des cuisses superbes. Si vous lui aviez dit que son cavalier n'était autre que l'infâme Grigori, *der schöne Doktor,* l'Ange de la Mort d'Auschwitz qui châtrait les enfants pour le plaisir, elle n'aurait pas cru un traître mot de votre histoire. Je crois plutôt qu'elle n'en aurait rien eu à foutre. Au fond, c'est normal. A l'époque, il avait beaucoup d'allure.

« Mais oui, mais oui.

Nachtmann éclusait son cognac. Deux roses brillantes s'étaient épanouies sur sa trogne et il marquait une pause, souriant au jeune homme, plein de mystère. Il avait l'air de ces vieux parasites désargentés qui fondent comme des oiseaux de proie sur l'innocent touriste. Il refusa de parler avant de se faire servir un autre cognac et que le jeune homme lui allume sa cigarette. Il faisait de grands gestes des mains, non sans une certaine emphase, chassant la fumée comme si elle avait eu une densité palpable.

« Grigori est dans le coin, ça c'est sûr. On peut le voir à

Bariloche aux tables de jeu, ou à Hohenau, en train de danser avec des filles dans une boîte qui s'appelle le Tyrol ; à Asunción, vous avez des chances de le trouver chez Ali-Baba ou à Las Acacias en compagnie de Werner Jung ou de Hans Rudel, ou à Puerto Stroessner en train de faire des provisons au marché. Il possède une très jolie propriété à Puerto Stroessner. Ils ont bien failli la faire brûler une nuit. En fin de compte, ils n'ont mis le feu qu'à une de ses Mercedes. Mais c'est un nomade. Il ne tient pas en place. Je crois bien qu'il a peur de rester trop longtemps au même endroit. Pour les gens comme lui l'immobilité peut devenir très dangereuse. Un jour on dit qu'il est à Encarnación, le lendemain à Foz Do Iguaçu, le surlendemain à Posadas. Et puis quelqu'un est sûr de l'avoir vu traverser la frontière brésilienne à Doña Ema et prendre le bac du Paraná qui va à El Dorado ; on raconte aussi qu'il vit dans de vieilles ruines jésuites, au-delà du fleuve Tebicuary dans l'extrême sud du pays. Là-bas on ne l'appelle jamais par son vrai nom, mais plutôt *el Gran Fugitivo* ou *el Doctor misterioso* ou Don Gregor, ou simplement *Fugitivo*.

Nachtmann continua de parler librement pendant quelque temps. De son côté, le jeune homme ne cessait de l'assaillir de questions. Le vieillard savait qu'il avait atteint l'âge où l'on ne se soucie plus trop de ce que pourraient faire les autorités si elles apprenaient qu'il se confiait aussi ouvertement à un étranger. Il clignait des yeux malicieusement et les deux roses s'épanouissaient sur ses joues comme du fard. Il portait un costume sombre, un œillet à la boutonnière et, avec ses lunettes noires, son visage empâté et ses dents jaunes, il avait vaguement l'allure d'un croque-mort à l'élégance criarde, à la fois grotesque et sinistre.

« Comme vous devez le savoir, continua Nachtmann en se frottant pensivement le nez d'un doigt immense et tordu, le docteur Grigori n'est pas précisément dans le besoin. Un ami m'a dit qu'il recevait chaque mois par envoi spécial cinquante pour cent des profits d'une entreprise métallurgique de Buenos Aires, la Fabricado Hierro-Fabrofarünk dont le capital s'élève à quatre millions de marks. Il vit comme un roi. Mais vraisemblablement, l'affaire Eichmann lui a fichu une sacrée frousse et il est devenu un peu plus prudent.

— Mais où est-il aujourd'hui ? insista le jeune homme.

Nachtmann eut un haussement d'épaules :

— *Quién sabe ?* dit-il en souriant. Selon mes informations, sa dernière adresse à Asunción était le 507, Fulgencio St. Moreno. Mais je crois bien que c'est une fausse adresse, ou tout au moins celle du docteur Sonabria.

— Sonabria ?

— Caesar Sonabria, l'avocat du docteur Grigori. (Nachtmann plissa les yeux sournoisement.) Non, je ne pourrais pas vous dire où se trouve actuellement Don Gregor, mais tous les trois mois la presse internationale raconte qu'il a été capturé au Brésil, en Argentine ou au Pérou. Je viens de lire un article qui affirme que la police mexicaine l'a arrêté à Puerto Vallarta. Quand ils ont pris les empreintes de ce supposé docteur Grigori, ils ont découvert qu'il ne s'agissait que du caissier d'une banque de Stuttgart qui avait fui la colère de sa femme et de ses patrons à la suite de quelques manipulations douteuses.

Nachtmann jeta sa tête en arrière et se mit à hurler à la lune qui venait de se lever au-dessus de la ville enfumée. Plusieurs consommateurs se retournèrent et le vieil homme se refit rapidement une contenance.

« Comme vous le voyez, mon jeune ami, la plupart de ces histoires sont apocryphes. Personne ne sait exactement où se trouve Grigori. En fait il s'est rayé lui-même de la carte. En tout cas, il n'est pas à Asunción. Les relations entre le gouvernement et les vieux *Bonsen* du Parti ne sont plus très bonnes. Tout ça n'est plus très rentable. On ne peut plus se permettre d'être trop intime avec eux par les temps qui courent. Mais croyez-moi sur parole, le docteur est dans les parages ; je veux dire, dans le pays. Il est toujours sous la protection d'*el Jefe.* Et ça lui coûte les yeux de la tête ! Il a dû littéralement recouvrir de deutsche marks tous les membres du gouvernement. Tout le monde est sur sa feuille de paye : police, juges, ministre de la Justice.

Les roses sur les joues de Nachtmann brillèrent d'un éclat particulièrement intense et, de nouveau, il hurla à la lune.

« Ça coûte cher, hein, de jouer au *Gran Fugitivo ?* dit le vieillard en lançant un clin d'œil.

Le vieux Nachtmann sourit en tendant la main.

« J'ai peur de n'avoir rien à ajouter !

Le jeune homme qui se disait journaliste fronça les sourcils. Sa curiosité n'avait pas été entièrement satisfaite. Pourtant, il compta plusieurs centaines de guaranis et, avec un sourire, les posa franchement dans la main tendue.

3

Quelque part le long du Tebicuary, dans le sud-est du pays, là où le Paraguay et le Paraná se rejoignent, sont amarrées une demi-douzaine de canonnières paraguayennes. C'est aux quais de la petite ville de Desmochados qu'est basée la moitié de la marine de guerre du Paraguay, qui se compose principalement de chalands qui prennent l'eau et de barges de débarquement qui datent de la Seconde Guerre mondiale. Cette armada dérisoire de six petits vaisseaux hérissés de pièces d'artillerie paraît d'autant plus insolite que le Paraguay est un tout petit pays et qu'en outre, il est complètement enclavé.

Les officiels diront, bien entendu, que la mission de la marine est de surveiller les eaux frontalières. En réalité, sa raison d'être est de prêter main-forte à la principale industrie du pays, celle qui lui rapporte des millions de dollars par an et qui s'exerce librement sur les voies navigables : la contrebande. Ce fructueux commerce se décompose en deux secteurs principaux : d'abord la drogue pour l'immense marché américain et surtout, le plus rentable de tous, le commerce des êtres humains.

Le petit bureaucrate souriait aimablement à l'*Inglès.* Il s'appelait Hereford, paraît-il, et traversait l'Amérique latine pour le compte d'une grande firme pharmaceutique américaine ; il lui désigna sa mallette, pleine d'échantillons et de brochures explicatives.

— *Derecha... derecha... derecha... izquierda... a la derecha...*

Leur conversation était régulièrement interrompue par le vacarme des docks où des centaines d'Indiens achés s'entassaient avant d'embarquer dans les canonnières. « *Derecha... derecha... derecha...,* continuait la voix tonitruante.

Les lourdes paupières d'Hereford se soulevèrent et ses yeux verts se portèrent de la route vers le quai pour trouver enfin l'origine de ce boucan. C'était un homme assez petit, maigrelet, avec des cheveux poivre et sel, et une barbe et des sourcils qui n'étaient pas de la même couleur. Il portait une chemisette de popeline, des bermudas et des chaussettes qui remontaient jusqu'aux genoux ; son œil droit louchait atrocement et quand il souriait, ce qui lui arrivait souvent, un grand trou triangulaire apparaissait entre ses dents de devant.

Les Achés étaient sagement alignés en une file unique ; hommes, femmes et enfants, chacun ayant empaqueté dans un balluchon le peu qu'il possédait. Ils attendaient les ordres de l'homme qui louchait.

« *Derecha... derecha... izquierda... derecha... izquierda...*

— Qu'est-ce qu'il dit ? demanda M. Hereford.

— Il leur indique seulement la droite et la gauche. *Derecha* veut dire droite et *izquierda* gauche.

— Je vois, dit l'Anglais. Et que signifient au juste ces directions ?

— Ah ! (Le petit fonctionnaire rougit de contentement et de fierté comme si l'*Inglès* lui avait posé exactement la question à laquelle il voulait tant répondre.) C'est un système, señor Hereford, qui permet d'effectuer le tri entre d'un côté les vieillards et les infirmes et de l'autre les jeunes et les bien-portants. Vous comprenez, seuls les individus jeunes et bien portants sont susceptibles de bénéficier de notre Plan de réforme pour la Culture indienne.

— Je vois, dit Hereford, du même ton laconique et indifférent.

Il savait tout de ce plan pour les Indiens, généreusement financé par les dollars de l'aide américaine. Tous les mois, d'ignobles chasseurs d'hommes engagés par le gouvernement organisaient des razzias dans les jungles du Chagras et du Gran Chaco. Ils rassemblaient les Achés, leur assuraient la nourriture et leur faisaient miroiter un avenir radieux en leur apprenant un métier. On amenait ensuite les troupeaux d'Achés vers le fleuve, on les chargeait sur les vaisseaux de guerre comme du bétail, puis on les vendait tout simplement à des acheteurs à l'extérieur du pays, pour un prix qui variait de cinquante à cent dollars. On envoyait directement les hommes dans l'enfer des mines d'étain de Bolivie. On vendait les femmes comme domestiques dans les grands hôtels touristiques d'Argentine et du Brésil. Celles qui étaient assez jeunes et belles finissaient dans les bordels de Rio ou de Montevideo. Les enfants pouvaient rapporter jusqu'à deux cents dollars s'ils étaient assez robustes. Ils étaient condamnés à travailler douze heures par jour dans les conserveries de poisson d'Équateur ou du Pérou, ou encore dans les champs de coton du Guatemala. Souvent, les garçons étaient vendus comme mignons de riches Sud-Américains blasés.

« Et qu'arrive-t-il aux vieillards et aux infirmes ? demanda Hereford, incapable de résister à la tentation.

— Il n'y a pas à s'inquiéter, señor Hereford. On s'en occupe bien. Nous avons des méthodes humaines. Vous comprenez, ces pauvres diables nous posent de gros problèmes à l'heure actuelle ; ils sont sales, illettrés, rongés par les maladies, ils se reproduisent comme des mouches et sont incapables d'apprendre les méthodes contraceptives les plus simples.

— Est-ce qu'on leur dit qu'ils vont être séparés ? s'enquit Hereford.

Sur le moment, l'homme sembla un peu sur la défensive, puis, avec un sourire complice, il posa son index sur sa bouche :

— Chut ! J'ai bien peur de devoir dire que non. Comprenez, ils sont très liés entre eux. Liens familiaux très puissants. Non, vous voyez, ça ne pourrait que leur faire du mal à ces pauvres diables. (Il sourit de nouveau, largement, avec un air de profonde satisfaction.) Nous avons adopté des méthodes scientifiques allemandes pour traiter le problème indien.

— *Derecha... derecha... derecha... derecha...*

La voix perçante s'éleva de nouveau.

— Oui, je vois.

Hereford avait parlé avec une certaine froideur ; ses yeux revenaient sans cesse au gentleman coquet qui débordait d'efficacité et qui semblait même ne pas manquer d'une certaine sollicitude envers ces sauvages crédules et à moitié nus qu'il examinait. Il tenait une badine qu'il utilisait pour les diriger, comme un chef d'orchestre sur son podium. Il sifflait même en travaillant.

— Qui ? s'étonna l'officiel paraguayen. Oh, bien sûr. Excusez-moi, vous voulez parler du docteur Neiditch, celui qui commande en bas. Il est allemand. Médecin. Plusieurs diplômes universitaires, Francfort et Munich, je crois bien. Il examine les Indiens pour s'assurer qu'ils sont en bonne santé.

— Je vois.

Hereford jeta un regard dur. Il avait remarqué que le docteur Neiditch examinait les enfants avec un soin particulier, prenant beaucoup plus de temps que pour leurs parents. Il en avait pris plusieurs parmi les plus jeunes et les avait séparés de mères larmoyantes et terrifiées. Il les poussait, les faisait tourner et les tripotait un peu. Ses assistants, de grands et rudes gaillards, les isolaient alors pour les conduire ensuite vers un petit baraquement au bout du quai. C'était exactement ce qui était en train de se passer. Le docteur venait de donner l'ordre à une de ces brutes d'amener un petit garçon vers la baraque, mais la mère refusait de quitter son enfant. Un long cri pitoyable s'éleva ; c'était une lamentation aiguë, comme les mélopées que les Indiens chantent pour leurs morts. Quand les assistants se firent plus rudes dans leurs tentatives, les pleurs se transformèrent en cris de terreur.

Le bon docteur Neiditch, qui avait été si courtois et souriant, se fraya un chemin dans la foule à coups de badine. La mère était tombée sur le sol et l'enfant pleurait. Tandis que ses assistants la maintenaient, le docteur commença à la frapper méthodiquement ; la cravache décrivait de larges mouvements gracieux. De l'endroit où il se trouvait, Hereford pouvait distinguer le sifflement à travers l'atmosphère torride et le son mat de l'impact dans la chair suppliciée.

Les Indiens étaient terrifiés. Devenus rétifs et soupçonneux, ils s'éparpillèrent sur le quai ; certains d'entre eux tentèrent même de fuir. Les gardes les repoussèrent à grands coups de crosse de leurs Kalachnikov flambant neufs. Un long cri de douleur. Hereford se raidit quand les gardes arrachèrent l'enfant à sa mère et l'emmenèrent vivement vers la baraque à l'autre bout du quai.

« Mon Dieu !

Hereford avait crié et murmuré à la fois.

L'officiel du gouvernement paraguayen se sentit obligé de donner des explications, avec un sourire gêné. Mais M. Hereford n'était pas d'humeur à les entendre. Il fixa l'homme pendant un instant puis, se retournant brusquement, il partit à grandes enjambées.

4

L'homme le plus puissant d'Encarnación se nomme Alban Krug. Il fut jadis un personnage assez important dans la hiérarchie du NSDAP. Il s'est installé au Paraguay il y a trente ans, comme beaucoup de ses compatriotes, à la fin de la guerre. Krug est ce qu'on pourrait appeler un gentleman-farmer, bien que la plupart de ses occupations soient assez peu précises. Il connaît tout le monde au Paraguay et particulièrement les membres de la communauté allemande ; en général, on le considère comme le « parrain » de tous les Paraguayens d'origine allemande. Si l'on voulait trouver un membre de la colonie germanique dans ce pays, il semblait logique de commencer par lui ; c'est exactement ce que fit le jeune homme.

Les bureaux d'Alban Krug se trouvent au 378 de la rue Mariscal Estigarribia. On n'avait aucune peine à les trouver mais, quand on y pénétrait, il paraissait très difficile de décider de quelles affaires Alban Krug pouvait bien s'occuper. Aucune plaque ne décrivait la nature des occupations d'Alban Krug et l'équipement purement formel des bureaux ne permettait pas de se faire une idée, même vague, de ce qui pouvait bien s'y passer.

Quand il entra, le jeune homme se trouva instantanément entouré par quatre colosses ; ils portaient tous des revolvers à la ceinture et lui demandèrent poliment mais fermement ce qu'il venait faire en ces lieux. Cette fois, il déclara se nommer Gerhardt Kunstler, être bavarois et parla un allemand parfait, sans la moindre trace d'un accent. Il était facile de voir que son costume avait été coupé en Allemagne. Il affirma venir de Günzburg ; il cherchait le docteur Grigori pour lui remettre un message de sa famille.

Quant au bureau de Krug, ce n'était qu'une pièce avec une machine à écrire, un téléphone et une longue table à tréteaux encombrée de dossiers volumineux, de cendriers et d'un déluge de bouteilles de vin vides. Après la table, on avait attaché un hamac à deux poteaux de bois. C'était un jour ouvrable ; le hamac était donc occupé. Son utilisateur était une sorte de nain à l'impressionnant poitrail, qui portait une longue barbe souillée de nicotine. Sa tête était énorme et il devait avoir la soixantaine. Sa chemise ouverte laissait échapper d'énormes touffes de poils gris et sa bedaine débordante, typique des buveurs de bière, cachait presque le pistolet automatique fourré de façon ostentatoire dans la ceinture. Une énorme pipe en écume de mer pendait à ses lèvres et, régulièrement, un horrible bruit de succion s'en échappait. Tandis que les quatre gardes du corps continuaient à interroger systématiquement le jeune homme, Herr Krug se balançait dans son hamac en lançant au plafond des ronds de fumée, feignant de ne pas s'être aperçu de la présence de son visiteur.

Dès qu'on se fut assuré de l'identité du jeune homme, qu'on eut épluché son passeport et qu'on eut vérifié que ses motifs n'étaient pas hostiles, on lui donna la permission de parler à Herr Krug. Il était tout à fait conscient du risque que présentait un tel entretien ; on savait bien, ici, que des gens trop curieux qui, d'une façon ou d'une autre, avaient offensé Herr Krug étaient morts ou avaient mystérieusement disparu. Les Indiens l'avaient surnommé *el Apagador ;* la meilleure traduction ne rendra jamais compte exactement de la beauté de l'expression mais, en gros, cela signifie quelque chose comme l'« extincteur ».

Krug entreprit un interrogatoire en règle, posa d'innombrables questions sur Günzburg, les vieux amis à lui qui y vivaient, ne manquant pas d'introduire de temps à autre des détails erronés que le jeune homme corrigeait immédiatement. Après avoir ingurgité sa ration quotidienne de grappa, Krug devenait plus expansif ; il fixa soudainement le jeune homme d'un œil jaune et bilieux en faisant de grands gestes avec sa pipe.

— Alors, vous êtes venu pour voir Grigori ?

— Oui, répondit le jeune homme. (Il sortit une lettre de sa poche intérieure.) Je lui apporte ceci, de la part de son fils Rolfe qui voudrait venir lui rendre visite.

— Où avez-vous entendu parler de ça ?

Krug eut un brusque mouvement de tête et fronça ses sourcils épais.

— C'est Herr Hupfauer lui-même qui me l'a dit, répondit le jeune homme. (Il savait que c'était sous ce nom que le fils du docteur Grigori vivait en Allemagne.) Je dois aussi lui transmettre le salut de Fraü Grigori.

— Ah oui, vous l'avez vue à Günzburg, alors ?

Le nain était devenu cauteleux.

— Mais non, Herr Krug ! (Le jeune homme eut un

sourire affable, sachant très bien que c'était un autre piège.) A Mérano. Elle y vit depuis des années avec son nouveau mari. Vous savez bien que la police fédérale en Allemagne la persécutait.

Krug soupira et se renversa dans le hamac.

— Pourquoi ne leur foutent-ils pas la paix ? On n'a jamais rien pu prouver contre Grigori. Ce n'est pas un criminel et je ne permettrais jamais à qui que ce soit de suggérer qu'il l'a été un jour.

— Pourtant, vous savez bien, Herr Krug, qu'il y a tout un faisceau de présomptions qui pourraient...

— Mensonges ! Rien que des mensonges de la presse sioniste !

Krug hurlait à présent. Il était devenu rouge et sa voix commençait à dérailler. C'est alors qu'un commandant de l'armée paraguayenne passa la tête dans l'entrebâillement de la porte en demandant si tout se passait bien.

« Mais oui. Mais oui. Tout va très bien. C'est un ami. Foutez-moi le camp d'ici.

Krug se leva, toussant et hurlant dans un nuage de fumée et chassa l'officier de la pièce. Le jeune homme en déduisit que le gouvernement du Paraguay entretenait d'excellents rapports avec Herr Krug.

« Grigori *a vécu* ici pendant quelque temps, répondit-il. (Il marchait de long en large, ne s'arrêtant que pour mettre sa pipe sous le nez du jeune homme.) Personne ne sait où il se trouve aujourd'hui. Il a disparu.

— Il est probablement quelque part dans le Chaco, suggéra le jeune homme.

Il essayait de pousser le gnome dans ses derniers retranchements.

— Où diable avez-vous entendu dire ça ?

— C'est un Indien à Foz. Il m'a dit qu'il y avait un médecin allemand qui louche, dans la jungle, tout près de la frontière bolivienne.

— Les Indiens ?

Krug cracha avec mépris. Il s'assit alors sur la table à tréteaux, faisant valser les bouteilles et les boîtes de bière vides.

« Ne croyez jamais un mot de ce que peut vous dire un foutu Indien.

— Pourtant...

Krug regardait son visiteur avec une attention de plus en plus grande. Il était visiblement sur ses gardes.

— C'est possible, c'est possible. Mais qui sait ?...

— On m'a dit qu'il y avait une colonie japonaise. Quatre mille membres, ou quelque chose comme ça. Ils vivent dans la jungle près de Pirapo.

Il fit ensuite remarquer que, selon des sources dignes de foi (ce n'était pas un Indien cette fois), un médecin allemand vivrait encore plus loin dans la jungle, dans une *estancia* petite, mais bien gardée.

— Ouais, possible.

Krug haussait les épaules, simulant l'indifférence. Mais il était évident qu'il regardait à présent son visiteur avec énormément d'attention et qu'il écoutait tout ce qu'il disait de la même façon. Le jeune homme s'était rendu compte qu'il devait faire machine arrière ; prudence semblait être le maître mot. Il avait peut-être été trop loin.

Pour mettre un terme à leur conversation, il demanda à Krug ce qui arriverait aux Juifs du Paraguay si on enlevait Grigori comme on l'avait fait pour Eichmann.

El Apagador jaillit de son bureau comme un diable de sa boîte. Son visage couperosé s'était assombri et il fixait à présent le jeune homme d'un œil torve et menaçant. Les quatre autres occupants du bureau se rapprochèrent dangereusement mais Krug les arrêta d'un geste. Il se mit alors à hurler en frappant la table de ses poings :

— Si quelque chose devait arriver à Don Gregor, nous devrons *desharemos* tous les Juifs du Paraguay. Et ça vaut aussi pour toi, espèce de fils de pute, si tu ne fous pas le camp immédiatement.

5

C'est à la tombée de la nuit que le jeune homme arriva à l'hôtel Schweitzer, dans la petite ville de Hohenau, sur les bords de l'Alto Paraná. Il n'avait, cette fois-ci, plus rien de commun avec le journaliste qui avait interrogé Nachtmann ou avec le jeune Bavarois qui était venu visiter Herr Krug de façon si imprévue au 378 de la rue Mariscal Estigarribia.

En remplissant le formulaire, il n'avait pas signé Gerhardt Kunstler de Günzburg, mais M. Rabinovitch d'Asunción. De même, loin d'avoir l'apparence d'un jeune et vigoureux gaillard d'une vingtaine d'années, il portait une longue barbe, des papillotes grises et une paire de lorgnons fêlés et raccommodés au chatterton sur l'arête du nez. Il se cachait sous une vieille redingote noire et un grand chapeau en castor, comme ceux que portent les sephardim orthodoxes. Tout dans son allure était fragile et usé ; c'était la parfaite caricature du vieux Juif.

Il prit un souper léger à l'hôtel et, en attendant que cesse la chaude averse de la nuit tropicale, il s'assit dans le hall désert à la décoration minable et fatiguée. Là, derrière un palmier en pot, il commença à tourner les pages du *Correo de Buenos Aires* de ses mains paralysées, en jetant un regard au-dessus de son drôle de binocle fêlé.

Deux hommes entrèrent et se dirigèrent vers le bureau d'un air intimidant. Le jeune homme les identifia immédiatement : c'était deux des hommes de main qu'il avait vus chez Krug ce jour-là. Leurs manières étaient grossières et rudes. L'employé, un paisible Paraguayen d'origine guarani, prit vite peur. Il ne pouvait s'empêcher de hocher la tête à chacune de leurs questions et sa voix tremblait comme pendant un interrogatoire. Le jeune homme qui faisait mine de déchiffrer les pages de son journal se pencha pour mieux entendre.

Ils étaient à la recherche d'un Herr Kunstler. Un jeune Allemand dont ils donnèrent une description détaillée. Est-ce que quelqu'un de semblable s'était montré dans les parages ?

— Non, *señor.* (L'employé secoua la tête.) Il n'y a personne qui ressemble à ça ici.

S'il devait venir, renchérit l'autre homme, l'employé devait immédiatement le signaler au numéro suivant qu'il nota à la hâte. Mais en aucun cas il ne devait dire au jeune homme que quelqu'un le cherchait ou plutôt qu'on était venu le chercher. Ils partirent alors, du même air conquérant.

Peu après, le jeune homme se leva et demanda sa clé au commis qui avait visiblement du mal à se remettre de ses émotions, prit l'ascenseur et garda la chambre le reste de la soirée. Ce qui apparaissait à la lumière de ces événements, c'est que Krug avait eu le temps de télégraphier à Günzburg. La réponse qu'il avait obtenue avait dû être assez déconcertante pour parachever les soupçons que le gnome avait sur Gerhardt Kunstler. Aussi avait-il envoyé ses hommes à la recherche de l'imposteur.

Le jeune homme réalisa qu'il devenait très dangereux de rester à Hohenau, mais il se sentait prêt à passer la nuit à l'hôtel malgré tout. L'employé n'avait pas un instant mis son identité en doute. Ses papiers étaient en ordre et il était improbable que les deux singes de Krug reviennent. Il se leva avec lenteur de sa chaise et prit le couloir qui menait à sa chambre.

Avant de se coucher, le jeune homme sortit de son havresac un petit classeur en chanvre. Il était bourré de photographies et de papiers divers. On pouvait y lire, sur un papier adhésif, la simple mention écrite à l'encre : « Doctor Gregor Grigori. »

Il était au lit maintenant et, à la lueur de la faible lampe de chevet posée sur une pauvre table de rotin, il recommença à lire pour la millième fois les terribles documents qu'il connaissait par cœur.

« *Doctor Helmut Gregor Grigori.* Recherché par le

gouvernement d'Allemagne de l'Ouest pour d'atroces crimes commis en tant que médecin-chef des installations concentrationnaires d'Auschwitz-Birkenau de 1943 à 1945.

« *Doctor Gregor Grigori.* Recherché par le gouvernement des États-Unis (Commission spéciale des crimes contre l'humanité sur les détenus des camps de concentration d'Auschwitz-Birkenau, mars 1943 — août 1945).

« *Docteur Helmut Grigori.* Recherché par le gouvernement d'URSS pour ses crimes haineux et méprisables contre l'humanité et pour avoir fui sa patrie afin d'éviter les poursuites criminelles intentées contre lui à l'époque des tribunaux exceptionnels de Nuremberg.

« *Docteur Gregor Grigori,* alias Karl Geuske (selon informations données par l'Alerte rouge d'Interpol à Saint-Cloud) — alias Gregor Schlakstro, alias Fausto Rindon, alias Jose Aspiazu, alias S. Alvez, alias Edler Friedrich von Breitenbach, alias Lars Balstroem, alias Heinz Stobert, alias Stanislaus Proske, alias père Capezius (ordre des Carmélites), alias Doctor Joseph Neiditch — ou quelle que soit l'identité qu'il utiliserait. Cet homme possède d'innombrables identités, une multitude de faux documents lui ont, très récemment, permis de traverser des frontières internationales en toute impunité.

« La description anthropologique de l'individu, telle qu'elle ressort des dossiers médicaux de la Waffen SS dans laquelle il servit en qualité d'*Obersturmbannführer,* peut se faire comme suit :

« Taille 1 m 74 (5 pieds 10 pouces). Poids 85 kg. Front droit. Yeux noisette, œil gauche affecté d'un fort strabisme. Nez droit. Bouche moyenne. Menton proéminent. Oreilles moyennes avec lobes assez grands. Petit interstice triangulaire entre les dents de devant. Fine moustache, très soigneusement taillée. En public, le docteur Grigori porte souvent un monocle afin de diminuer l'effet « grotesque » de son strabisme qui, dit-on, donne à ses traits une apparence distinctement « décentrée ». Le monocle est utilisé plus pour ses vertus cosmétiques que pour des raisons thérapeutiques. Le docteur Grigori est un individu extrêmement vaniteux. Vous êtes prié de considérer ces informations comme absolument confidentielles. BONFI FOFKO EGVED REBDI. » (L'Alerte rouge d'Interpol concluait son rapport par une ligne indéchiffrable du code secret de l'Organisation.)

Le jeune homme continua sa lecture par des extraits de l'acte d'accusation du gouvernement de la République fédérale allemande et du Bundes Kriminalen contre le docteur pendant les procès de Nuremberg.

« *Helmut Gregor Grigori,* docteur en philosophie, université de Munich, docteur en médecine, université de Francfort. Né le 16 mars 1911 à Günzburg, district de Swabia, Land de Bavière. Résidant au 87, Sonnhalde à Freiburg ; fils de Karl Grigori, industriel et de son épouse, Walburgia Grigori, née Hupfauer. Le susnommé doit être incarcéré immédiatement pour forte présomption de meurtre. Les chefs d'accusation comprennent en particulier :

1. L'accusé a assassiné le nouveau-né de Fraü Sussman de Vienne (19, Sievering Strasse) en jetant l'enfant au feu sous les yeux de sa mère.

2. L'accusé a assassiné une fillette de quatorze ans en lui ouvrant le crâne à l'aide d'un hachoir (ou d'une baïonnette ?) ; la petite fille est morte après d'atroces souffrances.

3. L'accusé a assassiné d'innombrables jumeaux d'origine gitane, juive et slave, soit à mains nues, soit en mettant des poisons violents dans leur nourriture. Il a exterminé des milliers d'autres enfants en leur injectant du phénol, de la benzine ou même de l'essence directement dans le cœur, dans le but d'effectuer des recherches spécieuses et hautement contestables en médecine génétique sur les corps, pendant autopsies. Les jumeaux, particulièrement, étaient disséqués vivants.

4. L'accusé a stérilisé des milliers de femmes en leur injectant directement dans l'utérus et les ovaires des agents corrosifs. Il a castré un nombre inconnu d'hommes et de jeunes garçons, dans le but d'expérimenter une chirurgie sexuelle sans anesthésiques.

5. L'accusé a injecté des solutions d'acide dans les yeux de nourrissons dans le but d'en changer la couleur.

Beaucoup d'entre eux moururent à la suite de ces manipulations.

6. Parmi les autres " expériences " auxquelles s'est livré l'accusé, on relèvera le gavage de force de prisonniers pour déterminer les capacités d'ingurgitation de l'estomac. L'accusé a forcé des détenus à se baigner dans de l'eau glacée puis les a enfermés dans des bains de vapeur bouillante pour tester leur tolérance aux écarts extrêmes de température. Il a testé les effets des bombes à phosphore sur des sujets vivants. Opéré sans anesthésiques pour déterminer les seuils de résistance à la douleur. » Et ainsi de suite.

L'acte d'accusation continuait ainsi pendant soixante-dix pages que le jeune homme parcourait avec dégoût, véritable catalogue d'horreurs dont chacune dépassait l'autre en atrocité. Le rapport se concluait de la façon suivante : « On estime que le docteur Grigori, en sa capacité de *Chef-Arzt SS* à Auschwitz-Birkenau et de *Chef des Sonderkommandos,* n'est autre que l'infâme Ange de la Mort d'Auschwitz (celui dont la tâche principale consistait à sélectionner les détenus pour les travaux forcés ou la chambre à gaz) et qu'il est personnellement responsable de la mort de près d'un million d'hommes, de femmes et d'enfants sans défense et innocents. »

Le jeune homme alluma une cigarette et examina certains dossiers du Mossad israélien et du Questiore italien, qui décrivaient sa fuite éperdue d'Allemagne pour échapper au tribunal. C'était un réseau d'évasion que chaque officier SS, chaque officiel du NSDAP qui se serait trouvé dans une situation similaire connaissait parfaitement. Son nom de code était l'axe BB, la route Brême-Bari qui mena le docteur Grigori au Tyrol du Sud par le col du Brenner, de là à Rome où on lui donna de faux papiers grâce à des officines du Vatican. A partir de ce moment, il voyagea sous le nom de docteur Karl Geuske, pédiatre à Brême ; une navette le prit alors en charge, lui fit traverser la Méditerranée jusqu'à Barcelone et enfin, arrivé à La Coruna, au nord-ouest de la péninsule Ibérique, il emprunta le réseau clandestin nazi,

Die Spinne (l'Araignée), qui le mit sur un paquebot en partance pour l'Argentine.

Selon un rapport secret de la Guardia civil de Barcelone, le docteur Grigori arriva à Buenos Aires en 1952, prospéra comme avorteur puis s'enfuit, pris de panique, au Paraguay, après le succès de l'enlèvement de son vieil ami Adolf Eichmann. Quand le jeune homme acheva sa lecture, il était minuit passé. Il remit les documents dans le classeur de chanvre et rangea le tout dans son grand sac de toile. Il ferma la lumière. Tôt le lendemain matin, il devait se rendre directement à Asunción pour un rendez-vous avec le général Alfredo Stroessner, le président de la République du Paraguay qui avait, sans le savoir, daigné lui accorder un entretien.

6

« Je suppose que le fait que mon travail ait exigé l'utilisation exclusive d'enfants pour des raisons expérimentales me rend particulièrement horrible aux yeux de ceux qui sont mal informés ou simplement profanes. On a dit beaucoup de choses viles et écœurantes sur les motivations que j'avais par rapport à ces enfants. Certains ont été jusqu'à affirmer que j'étais un bourreau — un ogre — un homosexuel même... On me décrit comme un moine fou du XIIe siècle, un Gilles de Rais. C'est tout à fait méprisable. Le comte était un aristocrate perverti, un démonologue fou. J'étais, je suis toujours, un scientifique qui n'a d'autre but que la recherche de la vérité. Il est vrai que j'ai pratiqué des expériences sur les enfants. Mais ces enfants étaient, de toute façon, condamnés à mort ; quoi que j'aie pu faire, ils devaient périr. Pourquoi, dans ces conditions, n'aurais-je pu les utiliser ? Pourquoi pas si, au bout du compte, le résultat devait être un enrichissement pour l'esprit ? La science n'est pas morale et il est infantile de la considérer comme telle. La quête de la connaissance est souvent sans pitié et, en fait, elle devrait toujours l'être. Ce n'est que cette soif de savoir, impitoyable, qui ne s'est arrêtée à aucune considération extérieure, qui a fait passer l'être humain de l'état animal à la station verticale.

« En conséquence, qu'on n'attende pas de moi des excuses ou des justifications. J'ai fait ce que j'ai fait parce que je pensais que c'était bien. Et c'est ce que je continue de penser aujourd'hui. Je n'ai jamais été un criminel de guerre. J'étais un savant. Si c'était à refaire, je le referais sans aucune hésitation. Si je n'avais pas été absolument convaincu de cela, les trente dernières années de l'histoire humaine revue et corrigée par les théoriciens de l'égalité m'en auraient convaincu. Aujourd'hui, les rues sont pleines de porcs. C'est la bâtardise raciale et la monstruosité génétique qui est la règle. La civilisation, telle que nous l'avons connue, est en train de crever. La morale est en lambeaux. Le monde n'est plus que dégradation et pornographie. L'univers tout entier est pollué par l'ordure industrielle et le grand gâchis humain. Les États ont à leur tête des pédérastes. La loi internationale, ou ce qui porte ce nom, n'est qu'un abattoir organisé. Toutes les institutions humaines s'écroulent. Le terrorisme et l'anarchie gagnent du terrain. Dans peu de temps, nous serons revenus aux conditions qui prévalaient à l'ère du Pléistocène... »

Le docteur Gregor Grigori interrompit brusquement son travail. Il était affalé sur une vieille chaise longue en plastique, dans les herbes folles qui poussaient devant sa baraque. Plusieurs des traverses étaient arrachées et pendaient, comme des serpents, dans les mauvaises herbes. Dans sa vieille robe de chambre de velours bleu passé, à cette heure de l'après-midi, le docteur avait une apparence vaguement louche, celle d'un vieux pensionnaire d'un hôtel borgne qui traîne sa dèche et vit les derniers jours d'une existence minable. Il avait délaissé ses écrits à présent et mangeait une orange en crachant les pépins et regardait les infâmes *cuchilleros* qui faisaient les cent pas le long des barbelés, avec les deux dobermans bavants en laisse. Quand ils passèrent à sa hauteur, il murmura une insulte entre ses dents et, après s'être raclé la gorge, il cracha du flegme. Il se leva et les salua : « Venez ici, bande d'ordures. » Il leur souriait aimablement, sachant qu'ils ne comprenaient pas un mot d'allemand. Avec un sourire glacé, il traîna ses savates jusqu'aux barbelés et, plongeant les mains dans les poches de sa robe de chambre, il sortit des fruits qu'il leur offrit, de peur qu'ils s'en aillent. Mais il savait bien qu'ils s'en iraient. Le moment venu, quand il y aurait du danger, ils s'enfuiraient comme des lapins, ces ordures bruyantes qui se pavanaient avec pistolets et fusils. Et dire que ces crottes de mule, échappées des égouts de la prison de Tembuco, étaient ses gardes du corps ! Son régiment d'élite !

— *Muchas gracias, Doctor !* lui dit un de ces bâtards. Il portait une barbe ignoble et sale et lui faisait des grands gestes d'amitié derrière la clôture.

— *Muchas gracias, Su Excelencia.*

L'autre le narguait franchement ; il faisait une profonde révérence et balayait le sol de son chapeau.

— *De nada, de nada.*

Grigori leur souriait. Comme ils étaient sales et débraillés ! Quelle différence avec les soldats qu'il avait commandés sur le front russe ! Il avait servi dans la division *Viking*, un corps d'élite où les hommes étaient si nets. Ces clowns traînaient en tous sens, avec des treillis sales, des boutons arrachés, les bottes souillées de merdes de chien. C'était loin d'être le calibre d'hommes auxquels il était habitué. Eux étaient de vrais soldats, de vrais hommes ! Fiers d'être appelés. Fiers de servir. Fiers de se sacrifier. Ceux-ci étaient de basses créatures. Criminels pour la plupart. La lie génétique de l'humanité. Des pédérastes et des ordures irrécupérables. C'était la chair à canon que lui envoyait *el Jefe* en l'assurant de son amitié et de son soutien et en lui demandant au passage un prix exorbitant pour chacun d'entre eux, comme s'il se fût agi de têtes de bétail. Mais bien sûr, c'étaient les seuls qu'on puisse trouver pour faire le sale boulot.

— *Buenos días, soldaten.*

Il les saluait avec une ironie méchante.

— *Aiee, compañero,* crièrent-ils, *Adios, adios.*

Leurs voix résonnaient encore. Ils avaient disparu dans la jungle. Ils devaient déjà être en train de se bâfrer. Ils tournaient mollement sur la piste broussailleuse de quinze cents mètres qui suivait le périmètre de fil de fer barbelé. Le docteur savait qu'une fois dans la forêt, ils commenceraient à faire des blagues et à se moquer d'*el señor Doctor, el Gran Fugitivo, el Cobarde Maricon.*

— Sales porcs, murmura-t-il.

Il retourna s'affaler sur son transat.

Ludo était arrivé avec le flacon de cognac et une carafe d'eau, l'apéritif de la soirée qu'il accompagnait de deux capsules, l'une de nitrate d'amyle, l'autre d'indiral ; elles étaient là, dans une soucoupe, posées sur le plateau. Il y avait également les journaux qu'il se faisait envoyer par avion de la patrie. (Suprême ironie du sort, c'était toujours en ces termes qu'il pensait à l'Allemagne. Ils l'avaient pourtant banni à vie, renié depuis longtemps ; ils ne prononçaient son nom qu'à voix basse, avec honte. Porcs hypocrites ! Ils l'aimaient tellement quand ils étaient encore les maîtres du monde.) Les quotidiens et les magazines lui apportaient pourtant des effluves de chez lui : *Stern, Deutschen Soldaten, Deutsche Zeitung Nationale.* Des photographies de Munich. Le St. Pauli à Hambourg. Une réunion sportive dans un stade de Bonn. Des gens prenant les eaux à Baden-Baden. Un festival à Heidelberg. Ah, l'Allemagne... Il demanda à Ludo de mettre le phonographe. Peu après, *Rienzi,* son disque favori, éclata dans les cyprès et les conifères, faisant grésiller les haut-parleurs. Le vacarme des criquets et de toutes ces créatures crépusculaires qui lui hérissaient la peau s'était perdu dans la musique. Il avait un dégoût proche de la phobie des insectes et tout spécialement de ces énormes mites grasses qui sortaient au crépuscule et qui venaient tambouriner contre ses vitres, cogner contre ses volets pour finalement entrer dans la baraque et venir s'écraser contre les lampes avec un son mat qui lui donnait la nausée. Bientôt on allumerait les lampes dans le jardin, elles attireraient ces créatures dans leurs eaux sucrées, jusqu'à un fil électrique brillant qui les frirait vives dans un craquement sec. Le docteur Grigori lut dans sa chaise longue jusqu'à ce que les ombres du crépuscule obscurcissent sa page. Quand il leva les yeux, le jardin était devenu pourpre et peu après les lucioles apparurent, comme des fantômes dans un parc hanté. Le grand disque rouge du soleil couchant restait suspendu à la crête des arbres, au-dessus de l'épaule gauche du docteur ; il contempla alors le fleuve et remarqua que sa couleur était passée du sombre au rouge sang. Après les pluies, quand le fleuve se gonfle et que le courant plus rapide se trouble de la boue rouge de son lit, il semblait que le Paraná au crépuscule fût une rivière de sang qui coulerait devant sa porte. Le Paraná devenait ainsi le Phlegeton des Tropiques et il avait souvent des visions d'innombrables têtes, indistinctes et comme désincarnées qui clapotaient dans le courant rapide. Ce qu'étaient vraiment ces faces fantomatiques, peut-être le savait-il... Mais c'était un problème qu'il avait décidé de ne pas se poser. Il n'avait ces visions qu'à la saison des pluies, au début d'avril, vers Pâques et le solstice de printemps quand le soleil s'attarde plus longtemps dans le ciel, à la tombée de la nuit. Durant les trois années qu'il avait dû passer dans cette zone 540, il avait appris à éviter le fleuve à cette période, les images qu'il voyait étaient en effet assez effrayantes. En dehors de ces périodes, il aimait beaucoup venir auprès du fleuve, c'était un lieu où il trouvait beaucoup de réconfort et de beauté.

Ludo revint. Maintenant que le jour déclinait, il avait prudemment emporté un pistolet automatique qui lui battait la hanche. Il portait, dans ses bras tendus, aussi doucement que s'il se fût agi d'un enfant malade, l'étui à violon du docteur. Il le posa en long sur la table, très cérémonieusement et s'en fut aussi silencieusement qu'il était venu.

Le docteur se leva. Il prit l'instrument et pinça longuement les cordes, la tête penchée, l'accordant à mesure que les sons déchirants se perdaient dans l'air étouffant du jardin. Debout, il se balançait lentement, le violon bloqué sous son menton gras, et ses longues jambes pliées, parsemées de varices et blanches comme un parchemin qui dépassaient de sa robe de chambre en velours, lui donnaient une allure étrange. Il se tourna ensuite et fit face au fleuve. Le Paraná, majestueux, s'étendait devant lui, comme un ruban rouge criard entre le Brésil et le Paraguay. Il faisait déjà sombre sur la rive brésilienne où la forêt semblait être un mur de ténèbres. Il imaginait une panthère à l'affût près d'un point d'eau où une gazelle était en train de se désaltérer. C'était comme s'il pouvait entendre réellement les cris rauques de la créature qui traversait l'eau. Il savait que c'était de là que la mort viendrait. Sa mort.

C'est alors que, violon fermement bloqué par le menton, face aux ténèbres violettes et palpables, contemplant les eaux boueuses, le docteur Grigori se mit à jouer.

7

Tous les matins, y compris les samedis, *el Jefe, el Supremo, el Presidente,* le général Alfredo Stroessner arrive au palais du Gouvernement à six heures trente et se dirige immédiatement vers sa « Maison-Blanche », toute proche du palais, sur la plaza Constitución, au centre d'Asunción.

Il y vient dans sa Chevrolet Impala, conduite par un chauffeur. Quand il atteint les grilles du palais, la police militaire sort de sa léthargie, les gardes claquent des talons, plaquent fièrement sur leurs poitrails leurs fusils russes AK 47 flambant neufs et entreprennent de chasser tous les piétons qui pourraient se trouver dans les parages. En peu de temps, les portes s'ouvrent et la Chevrolet pénètre lentement entre les deux colonnes de marbre blanc. Peu après, les ministres arrivent à leur tour, tous en Chevrolet Impala et, pour chacun d'eux, on chassera les piétons de la même manière.

Si le président daigne vous voir, votre audience aura sans doute lieu tôt le matin, vers huit heures généralement. Vous le trouverez derrière son énorme bureau d'acajou au-dessus duquel se trouve le portrait de Francisco Lopez, le héros national paraguayen.

Le président Stroessner est un colosse, bien en chair et musclé à la fois, d'à peu près un mètre quatre-vingts ; il a environ soixante-cinq ans.

Ses yeux sont gris et ses cheveux châtains virent vers le roux. Il a coutume de porter très souvent le même uniforme que Lopez qui le surveille de son cadre et d'avoir un bâton de maréchal comme celui que portait Goering. Il a une garde personnelle, un corps d'élite dont tous les membres ont exactement la même taille que lui. Son chef se nomme Otto H. Buechner, un ancien de la Waffen SS. Tous les matins, pour son petit déjeuner, ses gardes du corps lui passent ses disques préférés : *Mi Viejo Amigo,* suivi de marches militaires bavaroises très rythmées, du genre de celles où il y a beaucoup de « um pah pah ». Alfredo Stroessner est un vrai Paraguayen d'origine allemande. Son grand-père, dont il est très fier, était capitaine de la cavalerie bavaroise. Ses parents émigrèrent au Paraguay après la Grande Guerre et ne revinrent jamais au pays natal. Stroessner est le vingt-deuxième président qu'ait eu le Paraguay ces vingt dernières années. Il était commandant d'artillerie et prit le pouvoir à l'âge de quarante-trois ans après un *pronunciamento* particulièrement sanglant. Depuis son accession aux plus hautes responsabilités de l'État, il a construit routes et usines, réformé quelque peu l'incroyable corruption bureaucratique et a fait d'Asunción une des villes les plus propres et les plus modernes d'Amérique latine. C'est aussi une de celles où la répression est la plus vive. Aujourd'hui les gens chantent des hymnes patriotiques tels que « En avant, en avant, mon général » en regardant prudemment derrière eux s'ils voient des *federales.*

Tout, au Paraguay, porte le nom du général — les rues, les ports, les écoles, les parcs, les boulevards. On trouve des colonel Stroessner, des général Stroessner et des président Stroessner. C'est une bonne façon de décrire l'ascension météorique d'*el Jefe.* Quand vous demandez aux gens pourquoi les choses sont comme elles sont, ils vous répondent simplement que c'est parce qu'*el Presidente* l'a ordonné.

Le seul journal qui ait osé s'opposer au *Parti rouge* d'*el Jefe* (le « rouge » n'a rien à voir avec le communisme, bien entendu) s'appelait *el Día de Asunción.* Dans un éditorial particulièrement acerbe et d'un mauvais goût consommé, ils eurent l'impudence de réclamer qu'on baptise un boulevard « Baby Stroessner ». Peu après, le journal ferma ses portes définitivement.

Ce matin-là, *el Presidente* portait un costume de tweed taillé dans une superbe draperie importée d'Angleterre. Quand le jeune homme fut introduit dans le bureau, le général finissait de signer des documents avec une remarquable célérité ; en même temps, un flux continu de personnes venait l'interrompre tandis que le téléphone n'arrêtait pas de sonner. Stroessner était lui-même alerte et en pleine forme, malgré les six grands verres de VAT 69 et les innombrables bouteilles de Kulmbacher Munchoff (sa bière favorite) qu'il avait bues dans la nuit. Il ne devait pas avoir dormi plus de trois heures. Pendant l'entretien, un valet lui apporta du café dans de jolies petites tasses de Meissen.

Le jeune homme s'était présenté sous le nom de David Bar Levin, historien à l'université hébraïque de Jérusalem. Il portait la tenue classique de l'universitaire, tweed grossier et linge élimé ; tout en lui respirait la propreté, la correction, avec cette petite touche de laisser-aller indispensable. Il avait eu soin de présenter au premier secrétaire du président des papiers parfaitement en règle, accompagnés de recommandations diplomatiques de première classe qui venaient du chargé d'affaires israélien à Asunción. Le jeune homme raconta que sa période de recherche était l'ère nazie et qu'il était venu au Paraguay pour étudier de près la « diaspora » nazie en Amérique du Sud après la guerre. Il utilisa sans nul doute le terme « diaspora » de façon ironique.

Le président était flatté de pouvoir rencontrer un jeune chercheur si brillant, mais le sujet de ses recherches semblait le mettre nettement mal à l'aise. Quand on en vint à discuter de la question des « fuyards », le président passa aussitôt de l'espagnol à l'allemand, sans doute pour ne pas être compris des huissiers et des secrétaires qui n'arrêtaient pas d'aller et de venir dans la pièce.

— Il est parfaitement mensonger d'affirmer que mon gouvernement protège les anciens nazis, fit-il remarquer de façon très courtoise ; quiconque serait convaincu du contraire est libre de se promener dans le pays pour se faire sa propre idée.

Et il continua sur ce ton, expliquant au jeune homme qu'il avait coopéré avec le gouvernement de Bonn, les Nations unies et la Commission des crimes de guerre pour livrer à la justice les éventuels criminels de guerre qui auraient pu se réfugier dans son pays.

Le président fit cette déclaration solennelle avec beaucoup d'emphase et de sincérité. Il était très convaincant. Mais quand le jeune homme lui demanda ce qui arriverait s'il coopérait avec les Allemands et les Israéliens, les Russes et les Américains pour envisager l'extradition des réfugiés nazis, quand il lui demanda si le soutien, à la fois moral et financier, de la riche et puissante colonie allemande lui serait toujours acquis, Stroessner répondit simplement :

« Absolument pas !

Il avait parlé très vite. Il voulait visiblement passer à un autre sujet. Il en vint alors à la longue tradition d'hospitalité qui avait toujours prévalu, non seulement au Paraguay, mais dans toute l'Amérique latine :

« Dans mon pays, si vous accueillez un homme chez vous, même si vous savez qu'il a mal agi, sa place sous votre toit est sacrée et il va de votre honneur que vous le protégiez. Une fois parti, c'est une tout autre question.

Le général esquissa un sourire, visiblement ravi de sa formule. Le jeune homme demanda brutalement :

— Où donc se trouve le docteur Grigori ?

Le général laissa couler un long regard impassible sur le jeune homme, comme s'il n'avait été qu'un objet. Il s'éclaircit enfin la gorge et dit :

— Docteur Grigori ? Je ne connais aucun docteur Grigori.

— Fort bien, continua le jeune homme non sans témérité, pourriez-vous me donner la permission d'étudier les dossiers de la Policia central de Paraguay sur le cas Grigori ?

— Non, répondit immédiatement le président, les dossiers de la police secrète sont des informations absolument confidentielles. *Chito,* ajouta-t-il, pour dire « top secret ».

Il se leva dans le même temps, tendit la main à son visiteur, ce qui voulait dire que l'entretien était terminé.

8

« Sur 25 NB3, il n'y a pas d'autre parade à la menace de 26 N Q5. Il est possible de faire le sacrifice sur 26B – B1, R + R ; 27 R + R, N + KP ; 28P × N, Q × P, mais il n'y a aucune raison de donner une seule chance à ce vieux sournois de Fritz, particulièrement quand 26 B – B4 ch, K – R1 ; 27 Q – K6 a poussé Noir dans ses derniers retranchements. »

Il faisait nuit à présent et l'on avait allumé les lumières dans la petite baraque en rondins. Dehors, la mince clairière était aussi brillante qu'une tiare en diamants, d'une blancheur irréelle et dure ; il y avait en tout 16 000 watts de projecteurs. On avait lâché les chiens pour la nuit et ceux-ci commençaient à aboyer tandis que les *cuchilleros* festoyaient en poussant de grands rires dans les coins d'ombre autour du périmètre barbelé. Grigori lui-même s'amusait parfois à considérer que, par une suprême ironie du sort, sa survie dépendait à présent de sa capacité à habiter un endroit qui ressemblait à s'y méprendre à un camp de concentration.

A l'intérieur, Doña Esmeralda, sa vieille femme de

ménage, desservait. Grigori alla s'asseoir dans l'entrée et s'alluma une cigarette. La *Nessum Dorma* de Björling grésillait sur le phonographe. A la nuit, ses penchants musicaux étaient plus sentimentaux qu'épiques ; l'héroïsme, il se le réservait pour la claire lumière du jour. La musique s'exhalait doucement par des haut-parleurs dans la bibliothèque du docteur ; c'est là qu'il s'était assis à présent, devant l'échiquier qu'on avait posé près du feu. Il était plongé depuis plusieurs mois dans une partie féroce, un match sans merci qu'il livrait à distance à son vieil ami Fritz Streckenbach, héros en fuite comme lui-même, rejeté avec mépris par la patrie dans la honte de la capitulation et, comme lui, contraint de se cacher comme un rat dans quelque banlieue de Lima.

Le docteur Grigori avait pris son bain et s'était habillé pour le dîner. Il se baignait tous les soirs, avec une sorte de zèle fanatique, se récurant dans l'eau savonneuse et bouillante ; il était très fier d'avoir pu maintenir son hygiène personnelle à un tel niveau, même dans un environnement aussi contraire. Il ne manquait jamais de s'habiller chaque soir et d'exiger que ses deux jeunes compagnons en fissent de même.

Ce soir-là, le docteur Grigori portait une veste de toile blanche, une chemise d'un bleu pâle et un nœud papillon noir. Il méditait sur sa partie d'échecs devant la cheminée de sa librairie en sirotant son cognac (on l'envoyait par avion dans la zone 540 deux fois par mois, avec les compliments de l'armée paraguayenne). Puis, il dictait les réponses au courrier à son dictaphone ou continuait la rédaction de ses très volumineux mémoires. Il ne commençait à boire qu'après le coucher du soleil.

Pour le dîner, du champagne : Roederer 53 ; ensuite, confortablement installé dans la bibliothèque, il écoutait Verdi, Puccini ou Mahler en dégustant du très vieux cognac. Il était certain qu'à la publication de ses mémoires, on essayerait encore de salir son nom. Mais ce qui lui importait, c'était que quarante années de recherches scientifiques puissent ainsi apparaître comme un bienfait pour l'humanité tout entière. Il écrivait justement un essai qui, croyait-il, serait sans doute le couronnement de sa carrière : *Différences morphologiques de la mâchoire chez quatre types raciaux différents.* Il leva le regard et vit le jeune Ludo von Rattenhuber juste au-dessus de lui, désireux de ne pas interrompre sa rêverie ou gêner sa concentration.

— Nous pouvons aller au terrain d'aviation à présent, Herr Doktor, dit Ludo, presque sans élever la voix.

Le docteur lui jeta un regard froid, celui d'un homme qu'on vient de réveiller grossièrement.

— Ah oui, soupira-t-il.

Il se frappa les deux genoux et, avec une grande vivacité, se leva de son fauteuil.

9

— Cinq Johnnie Walker.

— Cinq caisses de Johnnie Walker.

— Cinq caisses de Roederer.

— Cinq Roederer.

— Trois caisses de Hennessy 5 Star.

— Trois Hennessy 5 Star.

— Dix cartouches de Marlboro filtres. Huit caisses de Rameses supreme, extra dark.

Les deux hommes se criaient des chiffres l'un à l'autre, dans la pénombre gluante de la jungle. L'un d'eux prenait des notes à toute vitesse sur un carnet à spirale tandis que l'autre se servait d'une minuscule lampe-torche pour lire les nombres et le nom des produits sur une liste.

Ils étaient au bord d'un petit terrain d'atterrissage de fortune, tracé dans une clairière ; un Beechcraft Twin, moteurs au ralenti, hélices bourdonnantes, attendait comme une énorme sauterelle impatiente à l'autre bout de la piste. La soute de l'avion était ouverte et trois Indiens de la réserve maca, à quelques kilomètres au nord, s'y penchaient en grognant sous l'effort pour sortir les caisses diverses qu'ils mettaient à l'arrière d'une jeep achetée dans les surplus US, juste sous les ailes de l'avion.

On pouvait deviner, dans la chaude et douce lumière de la cabine de pilotage, la tête d'un colosse noir. Il portait les épaulettes rouge sang de la police ; elles arrivaient juste sur la ligne de fuselage. Il avait d'énormes écouteurs sur les oreilles et, à en juger par l'expression satisfaite qu'il arborait, il devait être en train d'écouter de la musique. De temps à autre, il se penchait en avant et écrasait son visage sur la vitre du cockpit, adressant un large sourire aux gens d'en bas, comme s'il surveillait les opérations.

A l'autre bout de la clairière, dans les ténèbres moites de la forêt, une douzaine de *cuchilleros* fumaient et plaisantaient, surveillant vaguement ce qui se passait sur la piste. La lune glissait sur l'acier de leurs armes.

— Trois caisses de foie gras.

— Trois foies gras.

— Trois caisses de fraises.

— Trois fraises.

— Cinq kilos de malassol extra-fin d'Iran.

— Cinq kilos d'Iran.

Les deux hommes continuaient leur antienne en criant pour couvrir le vacarme des moteurs. Celui qui lisait la liste était le *jefe de policia de seguridad,* le colonel Félix Arganas. Celui qui prenait les notes s'appelait Horst Matschke, l'autre jeune compagnon du docteur Grigori.

Arganas portait une culotte et des bottes d'équitation ainsi que la tunique des colonels de l'armée paraguayenne qu'il avait boutonnée jusqu'en haut, malgré la chaleur étouffante. C'était un homme de petite taille, à l'air féroce ; il ne se départait que rarement d'un sourire froid qui paraissait presque déplacé dans des traits d'une beauté certaine. Il était militaire jusqu'au bout des ongles et affectait une rigidité qui trahissait le genre d'homme qui avait toujours vécu selon un code personnel particulièrement strict. Il avait toujours une cravache sous le bras, bien qu'il ne pratiquât pas l'équitation. Il ne portait jamais aucune décoration. Il avait à présent quarante ans et, toujours célibataire, on pouvait deviner quelque chose d'austère dans son maintien qui faisait penser à un jésuite. C'était un vrai Paraguayen et il en était très fier.

Grigori se tenait un peu à l'écart, derrière Matschke. Il était complètement déplacé, au milieu de cette jungle torride, habillé comme pour une soirée dans le grand monde. Sa cigarette faisait des arcs orange dans le noir d'encre de la nuit.

— Dix caisses de Schweppes, cria le colonel. Dix caisses de Coca-Cola. Dix caisses d'eau de Vichy.

— Est-ce tout ?

— Oui !

— Pas de pâtisseries, de gâteaux, de croissants frais ?

— Pas cette fois, ces imbéciles de boulangers se sont fait arrêter la semaine dernière.

Matschke remit le capuchon de son stylo.

— Dommage. Doña Esmeralda va être très déçue.

Le colonel plia la facture et la remit au jeune homme.

— Transmettez tous mes regrets à Doña Esmeralda. J'essayerai de faire mieux la prochaine fois.

Matschke tendit la facture au docteur Grigori qui était brusquement sorti de l'ombre. En s'avançant lentement vers les autres, il l'examinait. Quand il fut à la hauteur du colonel, il lui sourit de façon diabolique, à travers le monocle qui était censé atténuer la difformité de son visage.

— Vous ne devriez pas décevoir Esmeralda trop souvent, colonel. Comme nous le savons tous, ça porte souvent malheur, n'est-ce pas Horst ?

Le jeune homme rit bruyamment. C'était un rire trop bruyant, un peu forcé, celui d'un homme qui n'a pas le choix.

Le colonel fit claquer le carnet sur ses cuisses pour signaler la fin de la conversation. Il tendit une main fine et presque délicate.

— Il vaut mieux que nous partions tout de suite. La météo est mauvaise ; il devrait y avoir des orages électriques jusqu'à Asunción, ce soir.

Le colonel Arganas tourna les talons, comme pour se diriger vers l'avion.

— Colonel.

Il se retourna et jeta un regard froid vers Grigori. Celui-ci venait de sortir une épaisse enveloppe de papier blanc de la poche intérieure de sa veste.

Le colonel eut un large sourire et sa main accepta immédiatement le salaire mensuel. Il garda l'enveloppe quelque temps comme pour en calculer le poids. Il lui sourit alors, en manière d'excuse.

— J'ai bien peur que nous soyons obligés d'avoir une petite discussion sur les ajustements de nos coûts, un de ces jours, docteur.

Grigori tordit encore davantage son visage tordu en fixant Arganas dans la douce lueur de la cabine.

— Mais n'avez-vous pas déjà rectifié vos coûts, il y a à peine un mois ?

Sa voix était devenue basse, voilée. Il devinait le nègre grimaçant derrière le colonel. Il savait également que Horst se tenait sur sa droite, prêt à toute éventualité. Arganas soupira :

— Que voulez-vous ? Je suis bien d'accord. Cette inflation est très préoccupante. Tout coûte si cher aujourd'hui. La protection, tout spécialement, docteur. Les navires qui patrouillent près d'ici. Et les munitions. Sans parler des *cuchilleros !*

— Les *cuchilleros,* vous savez ce que vous pouvez en faire ? (Le docteur était enragé, ouvertement.) Ils sont fainéants, indisciplinés. Grossiers...

Arganas préféra ignorer ces arguties.

— Il y a aussi les déplacements de mon avion personnel dans ce coin perdu...

— Dois-je vous rappeler, colonel, que je n'ai pas demandé à être confiné dans ce marais dégueulasse ?

Le colonel fronça les sourcils :

— Marais ? Vous dites marais. Vous me faites l'effet d'un ingrat.

— Ingrat ? (Grigori en perdit le monocle qui pendouillait au bout de sa chaîne.) Vous trouvez que ma gratitude n'est pas assez forte ? Est-ce que je n'exprime pas ma gratitude chaque mois à chaque membre du gouvernement, en partant de Son Excellence jusqu'au dernier petit bureaucrate ?...

— J'ai l'impression que vous ne mesurez pas ce que le luxe de vous garder ici nous coûte, en termes d'argent, sans même parler de l'opinion internationale.

— Je l'apprécie à sa juste valeur. (Grigori essayait de se contrôler.) Mais je refuse d'être dépouillé tous les mois par une bande de miteux... Au fait, et mon fils ?

Le colonel le contempla longuement. Il savait que c'était autour de cette question qu'il allait avoir l'avantage. Grigori se fit insistant :

— Avez-vous discuté de cette question avec Son Excellence, comme vous me l'avez promis ?

Le colonel fit une moue ennuyée, vaguement impatiente. Il émit un long soupir avant de prendre la parole :

— Son Excellence tient à ce que vous sachiez qu'il est personnellement enchanté de la prochaine visite de votre fils. Ayant des fils lui-même, votre requête ne peut que le toucher au cœur.

Le docteur Grigori était bouillonnant de colère. Cette réponse élaborée et hésitante semblait devoir annoncer un refus.

« Mais, malgré toute la sympathie que Son Excellence vous témoigne, continua le colonel, savourant chaque mot, il tient également à insister sur le fait que notre nation est présentement engagée dans de très délicates négociations avec les gouvernements ouest-allemand et américain. Vous devez comprendre que Son Excellence serait très embarrassée, ayant nié pendant si longtemps votre présence au Paraguay...

— Embarrassée ?

Ses joues étaient enflammées.

— Si vous deviez soudain réapparaître à Asunción.

— Dois-je vous rappeler (le docteur s'était raidi, les *cuchilleros* étaient lentement sortis de l'ombre, pour mieux entendre) qu'il y a encore beaucoup de gens dans ce pays pour qui je suis toujours un héros ? Je suis désolé que Son Excellence me considère comme une gêne. Il ne s'est pourtant jamais gêné pour accepter mon argent.

Le colonel prit une expression sérieuse et leva le doigt, comme pour avertir Grigori qu'il allait trop loin.

« Alors, il me refuse..., continua le docteur d'un ton acerbe.

— Ce n'est pas ce que j'ai dit. Ce que j'allais justement vous dire, avant que vous m'interrompiez, est que Son Excellence est un homme très généreux. Il vous accorde deux jours à Asunción et deux jours à Encarnación à la fin de ce mois. Son Excellence désire seulement vous prier instamment d'être très discret. N'allez pas dans des endroits publics, tout particulièrement ceux fréquentés par le corps diplomatique. Faites en sorte de ne pas attirer l'attention et gardez un « profil bas », comme disent les Américains.

Le docteur Grigori sauta de joie, comme un petit garçon à qui on vient de promettre un cadeau.

Il avait saisi la main du colonel avec enthousiasme et reconnaissance.

— Tout ce que vous voulez. Tout. Dites à Son Excellence qu'il peut compter sur moi. Je serai discret comme une souris de presbytère. Personne ne me verra. Personne ne saura que je suis là. Remerciez encore Son Excellence pour moi.

Le colonel retira vivement sa main, toutes griffes dehors ; il refusait de se réconcilier.

Grigori était soudain devenu anxieux.

« Je serais enchanté de discuter des réajustements nécessaires à apporter à vos honoraires, colonel. Tenez, laissez-moi ajouter quelques...

Il arracha l'enveloppe des mains du colonel, y mit une liasse de billets en plus et la lui rendit vivement.

— Merci, je n'en veux pas !

Arganas se dirigea vers l'avion. Grigori était sur ses talons :

— Allons. Prenez ça. Ne faites pas l'idiot. J'ai rajouté mille.

— Je ne peux accepter, dans la mesure où vous avez l'impression que je vous vole.

— Je n'ai jamais dit que vous me voliez.

— Mais vous vous comportez de façon assez explicite.

— Prenez cet argent !

Grigori l'avait poursuivi jusqu'à l'avion et avait mis

l'enveloppe de force dans la poche de la tunique. Une fois de plus Arganas la rejeta.

« C'est complètement idiot, murmura Grigori.

— Peut-être ! (Le colonel avait posé le pied sur la première marche de la passerelle.) Mais je ne peux pas accepter un salaire d'un client qui n'est pas satisfait.

C'est alors qu'ils virent le nègre dans la cabine ; il avait l'air de rire et de montrer le docteur du doigt en poussant des cris inaudibles derrière les hublots.

— Qu'est-ce qu'il veut, celui-là ?

Grigori était en rage.

Le Noir disparut un instant dans les régions inférieures de la carlingue pour réapparaître par une porte qu'il ouvrit violemment. Il était énorme, près de deux mètres, et il cachait une silhouette derrière lui. En regardant bien, le docteur s'aperçut qu'il s'agissait d'une femme. Elle ne devait pas avoir plus de vingt ans. Petite, sombre, jolie, Indienne ou métisse, elle s'était sans doute fait rafler par Arganas dans une de ses innombrables tournées dans les bars et les bordels d'Asunción. Elle ne portait qu'une légère combinaison et paraissait effrayée et frigorifiée.

— On dirait, docteur, dit Arganas d'une voix maussade, que *Negrón* vous a apporté un petit quelque chose pour accompagner le foie gras et le champagne.

Sans autre forme de salut, le colonel monta vivement la passerelle et entra dans la cabine. Il avait l'air très énervé et le docteur savait fort bien qu'il ne faut pas énerver Arganas.

Pendant ce temps, *el Negrón* poussait la fille en combinaison par la porte latérale. Il la jeta plus ou moins sur le docteur.

— *Buena salud, doctor.*

Il avait une voix forte et musicale. Ses yeux brillaient d'impudence ; c'était un colosse jovial, mais avec quelque chose de dangereux.

« J'ai l'honneur de vous présenter la señorita Ibis.

Il poussa de nouveau la fille vers Grigori qui, impassible, se tenait toujours raide, l'enveloppe dans la main.

« Elle va vous donner beaucoup de plaisir. (*El Negrón* poussa un grand rire et, ce faisant, arracha l'enveloppe de la main du docteur.) *Buenos días. Hasta luego. Buena salud, doctor.*

Il fit une grimace, se pencha de façon très courtoise en soulevant le bord de son chapeau, puis il tourna les talons, courut sur la passerelle et claqua la porte de l'avion derrière lui.

Le petit Beechcraft Twin s'élançait avec fracas sur la piste poussiéreuse en rebondissant, ses ailes battaient péniblement, comme une oie trop grosse incapable de s'envoler. Pourtant, quand la ligne sombre des conifères s'approcha dangereusement de lui, l'avion décolla, en frôlant la cime des arbres qui longeaient la rivière ténébreuse.

Une fois au-dessus de la forêt, l'avion vira sur l'aile et fit demi-tour dans l'axe de la piste ; d'en bas, on aurait dit une grande croix perdue dans la sauvagerie, éclairée de flambeaux de kérosène. Du cockpit, le colonel regarda s'éloigner les deux lueurs jaunes des phares de la jeep. L'avion vira alors sèchement sur la droite et commença son ascension vers la grande voûte nuageuse au-dessus des eaux ; la lumière rouge clignotait sur son nez qui, pointant le sud, les dirigeait à présent vers Asunción.

S'il y avait encore un semblant d'ordre au Paraguay, c'était certainement grâce à ces deux gentlemen. Le colonel Arganas et *el Negrón,* son exécuteur. Ensemble, ils constituaient la colonne vertébrale de la justice paraguayenne.

Par exemple, si vous aviez un penchant pour les activités révolutionnaires ou quelque peu séditieuses, ou si, pour une raison ou pour une autre, vous étiez insatisfait du régime et que vous vouliez des réformes, vous auriez, un jour ou l'autre, à faire avec Arganas et *el Negrón.* Il ne fait aucun doute que le colonel Arganas aurait (en très peu de temps) fait en sorte de rafraîchir quelque peu votre ardeur en vous envoyant à la prison de Tembuco. Là, on vous aurait mis nu, battu à coups de matraques de caoutchouc et trempé dans un bain d'eau glacée où l'on aurait fait passer un courant électrique presque mortel. Il est possible que, pour changer, on vous précipite la tête la première dans une fosse d'aisance, pleine d'excréments et qu'on vous y laisse, pendu par les pieds pendant quelques heures, méditer sur les méfaits des changements violents de l'ordre social. Cela réduisait en général les zèles trop grands pour la justice. Au moins est-il certain que très peu d'individus se trouvaient après cela en position de troubler l'ordre et la loi.

L'autre côté des activités d'Arganas avait à voir avec la réparation des torts. Tout le monde savait qu'en cas d'abus (n'importe quel abus), on pouvait faire appel aux services du colonel Arganas. Supposons que vous soyez un homme d'affaires et que vous cherchiez à récupérer de l'argent qu'on vous doit. Quand tous les moyens civilisés de persuasion ont été épuisés, le dernier recours est de mettre votre affaire entre les mains du colonel Arganas.

Il écouterait l'énumération de vos griefs en hochant la tête d'un air compréhensif. Quand vous auriez fini de plaider votre cause, il mettrait gentiment sa main sur votre épaule et vous accompagnerait jusqu'à la porte en vous suppliant d'oublier vos tourments et de vous en remettre entièrement à lui. Il se chargerait de récupérer l'argent dû et, sans qu'il ait jamais réclamé quelque rétribution que ce soit pour ses services de contentieux, il était entendu qu'il évaluait ceux-ci à à peu près cinquante pour cent de la somme.

Peu après votre visite à Arganas, *el Negrón,* son encaisseur personnel, viendrait faire une visite au mauvais payeur pour discuter avec lui. Au début, *el Negrón* se montrerait d'une grande cordialité et converserait aimablement avec le débiteur, lui demanderait même des nouvelles de sa famille ou de sa santé. Puis il en viendrait à l'affaire proprement dite. Généralement, la seule apparition de ce géant souriant dans un foyer suffisait à faire entendre raison aux débiteurs les plus entêtés. Mais, si la cordialité ne suffisait pas, l'encaisseur commencerait à lui casser les doigts, un par un. Pour les dettes difficiles à payer, il irait jusqu'aux jambes. Les récalcitrants s'exposeraient à de très graves commotions, se feraient casser la colonne vertébrale mais, invariablement, ils finiraient toujours par payer leurs dettes. *El Negrón* a l'habitude de lever une taxe extraordinaire de dix pour cent pour ses services. Ceux-ci consistent, entre autres, à venir livrer lui-même l'argent au client. C'est ainsi qu'on rend la justice à Asunción, même si elle vous prend soixante pour cent de ce que vous voulez récupérer. Cette forme très expéditive d'action judiciaire a l'avantage de faire savoir à tous que, dans le Paraguay de Papa Stroessner, il n'y a pas de place pour les escrocs. Après leur départ de la zone 540, Arganas et *el Negrón* n'échangèrent pas un mot. La petite cabine était surchauffée par les moteurs et tout en elle vibrait de façon démente.

Arganas, rivé au poste de pilotage, jurait avec force ; il avait une méchante expression sur le visage. C'était le genre d'état dans lequel ses subordonnés (ceux qui duraient, au moins) n'aimaient pas le voir. Quand le colonel passait par ces périodes difficiles, on savait qu'il valait mieux se cacher dans le trou le plus proche et ressortir après l'orage. Seul son plus vieil et plus fidèle ami, *el Negrón* (personne ne savait le pourquoi ou le comment de cette curieuse association) avait la témérité d'approcher le colonel dans la tourmente.

Il avait passé les derniers trois quarts d'heure assis, silencieux, imperturbable comme un bloc de granit. Il se pencha soudain et frappa les épaules d'Arganas de l'épaisse enveloppe blanche ; plusieurs billets tombèrent sur les genoux du colonel. Celui-ci eut un tressaillement, à moitié surpris, à moitié outragé par une telle insolence. Il était prêt à bondir. Mais quand il vit la grosse enveloppe sur son épaulette et, en fond, la grosse lune brillante du visage d'*el Negrón* dans la pénombre de la cabine, il sentit s'envoler comme par magie un énorme poids et spontanément les deux hommes se mirent à rire. Ils en pleuraient, hurlaient de plaisir, mugissaient joyeusement ; ils n'arrêtèrent pas ce joyeux vacarme un seul moment sur la route d'Asunción. Il n'était pas de plaisir plus grand pour Arganas que de soutirer personnellement de l'argent au docteur Grigori.

10

Le docteur Grigori se réveilla brusquement d'un rêve. Il ne se souvenait pas de son contenu, mais quelque chose l'avait fait se dresser tout raide au milieu de la nuit. Il était en nage, à court de souffle et ses flancs se soulevaient comme ceux d'un animal traqué. Pour un temps, il crut avoir entendu un cri, mais il n'était plus très sûr de la réalité de ces sons qui paraissaient à présent à peine perceptibles ; venaient-ils de l'extérieur, de la forêt sombre ou de l'intérieur, de ses propres rêves, ces sons étranges, indéterminés et cette note aiguë, comme un hurlement ? Il semblait parfois qu'elle vienne d'une femme qui chantait un opéra ou, au contraire, d'une traînée qui faisait des danses « exotiques » dans les bouges de l'Estrella pour essayer de gagner le prix de son ticket de retour vers l'Europe.

Soudain, la vue de cette femme dans le lit, au-dessous du crucifix, l'écœura. Son visage était méconnaissable. Elle avait l'œil noir et fermé. Sa lèvre inférieure était complètement éclatée et recouverte d'une croûte qui pendouillait de façon obscène. Elle portait des traces de coups d'un violet inquiétant sur tout le visage. Même en dormant, elle paraissait se cacher à l'autre bout du lit, comme si elle craignait encore d'être frappée.

Grigori regarda ses propres mains. A la vue de ses articulations coupées et toutes gonflées il eut une soudaine envie de contrition. Il voulut prier, demander pardon. Il savait que c'était lui qui avait battu la fille, mais il ne pouvait absolument pas se rappeler pourquoi. C'était après cette sale affaire avec le *capibara*. Il avait été très nerveux, agité, incapable de trouver le sommeil. Il se souvenait d'avoir demandé du cognac et qu'Esmeralda lui en avait apporté une bouteille. Puis, il avait renvoyé tout le monde, sauf la fille ; tous deux avaient vidé les deux tiers de la bouteille à grandes gorgées et enfin, il avait un vague souvenir de verre brisé et de cris et à présent, plusieurs heures après, il s'était réveillé avec cette pauvre chose blottie près de lui.

C'était arrivé assez souvent par le passé pour qu'il sache exactement selon quel scénario les choses s'étaient déroulées : Arganas lui amenait une *puta* de quelque bouge d'Asunción, pour son plaisir, lui disait-il ; puis il y avait le long rituel qui précédait l'enfer qui devait, invariablement, suivre. Avant le dîner, il insistait pour que la fille prenne un bain, se parfume et se maquille. Esmeralda lui sortait une garde-robe entière qui allait de la lingerie jusqu'à la longue robe du soir blanche qui suggérait curieusement une robe de mariée.

Étonnée, la fille prenait des cocktails dans la bibliothèque et ensuite était conviée à dîner. Pendant tout le repas, il y avait de la musique de fond et le docteur se montrait très assidu ; avec ce genre de femmes, il était toujours extrêmement poli, courtois même. Il s'occupait de leurs moindres désirs. Mais, à mesure que la soirée se déroulait, il buvait de plus en plus et ses manières commençaient à changer. Avec de telles femmes il n'était pas question de sexe. Ces créatures le révoltaient. Pourtant, le fait de leur administrer une punition physique lui donnait les mêmes satisfactions que le sexe. Ces crises duraient en général entre une demi-heure et une heure, au terme de laquelle il se sentait complètement vidé, épuisé et merveilleusement calme.

En regardant une fois de plus la pauvre fille assoupie dans son lit, il ressentit une vague forme de pitié, immédiatement suivie d'un sursaut d'horreur. Il fallait qu'on la balaye, rapidement, efficacement, comme on fait de l'ordure.

Il allait presque la secouer, la réveiller et la chasser quand il vit une mouche qui se promenait sur l'oreiller, elle vint ensuite sur sa figure et là, elle frotta ses petites pattes pendant quelque temps. Il eut une nausée. « *Puta !* » murmura-t-il ; il se glissa hors du lit, fit sa toilette et s'habilla en toute hâte.

Le régime quotidien du docteur Grigori commençait par une demi-heure de culture physique. A six heures trente, il mettait un maillot de bain et des tongs en caoutchouc, ôtait sa vieille robe de chambre en velours et sortait dans le matin brumeux. A peine sorti, il était rejoint par Horst et Ludo qui étaient déjà dehors, en train de s'échauffer ou de courir en attendant l'arrivée du docteur.

Horst Matschke et Ludo von Rattenhuber étaient ses protégés. Ils avaient vécu avec lui dans divers endroits et l'accompagnaient toujours dans ses déplacements. Tous deux appartenaient à une des nombreuses organisations néo-nazies qui foisonnent en Amérique latine et qui profilèrent en cellules chargées de perpétuer les bonnes vieilles théories sur la race, l'eugénisme et tout le fatras aryen des *Uber Menschen.*

On avait beau les appeler des « compagnons » ou des « valets de chambre », c'étaient bel et bien des gardes du corps qui avaient suivi un entraînement rigoureux et qu'on avait élevés dans le respect absolu du « travail » fait à la perfection, jusqu'au bout. Le docteur Grigori en parlait affectueusement comme *Meine zwei Wachenhunde,* et en vérité ils ressemblaient effectivement à deux chiens de garde, affectueux, loyaux, vigilants et férocement protecteurs. Inutile de dire qu'ils pouvaient se montrer mortellement dangereux pour l'intrus et qu'ils représentaient une grande source de réconfort pour le docteur.

Grigori et ses deux jeunes *Wachenhunde* étaient à présent hors du périmètre clôturé ; ils allaient au petit trot sur un chemin tortueux qui menait à la rivière, par la forêt. Le docteur paraissait étrangement déplacé entre ces deux jeunes et forts gaillards.

Au bout de quelques mètres, ils tombèrent sur un *cuchillero* qui était censé être sur le qui-vive depuis la tombée de la nuit. Étalé sur le sol, il dormait contre une souche, ronflant dans ses rêves. Une mouche se promenait le long de son nez. Il tenait tendrement dans ses bras une mitraillette Uzi. Les trois hommes s'arrêtèrent et jetèrent un regard sur le dormeur. Il était impossible, si l'on s'en tenait à l'expression froide et impassible qu'il affectait, de savoir quelles pensées pouvaient se former dans l'esprit de Grigori. Il se tint là pendant assez longtemps. Puis, de façon très inattendue, il poussa un énorme cri de toute la force de ses poumons. C'était un cri sans mots, une sorte de mugissement si intense que même Horst et Ludo en furent secoués.

Le *cuchillero* frémit, ouvrant à peine les paupières ; il voulut se lever. Mais, avant de pouvoir rien faire, Horst lui avait arraché sa mitraillette et lui en avait bourré les côtes rudement. Quand il ouvrit les yeux tout à fait, la première chose qu'il put voir fut le canon de son pistolet-mitrailleur qui était pressé sur sa tempe et les trois silhouettes qui le surplombaient.

Grigori ne dit pas un mot au garde débraillé, la lueur de mépris qui émanait de lui était assez explicite. Il se retourna et s'engagea à grands pas dans le chemin, suivi de Ludo. Horst, toujours penché sur l'homme, attendit un moment puis, lentement, plaça le canon entre les deux yeux du *cuchillero* qui, terrifié, se mit à trembler. Au lieu de tirer, Horst fit une feinte et lui assena un grand coup de canon dans le bas-ventre. Il y eut un hurlement de douleur, puis Horst tourna sur lui-même et partit rejoindre ses deux compagnons qui se dirigeaient vers la rivière.

Une fois sur le petit quai en planches, Horst et Ludo se débarrassèrent de leurs vêtements et plongèrent nus. L'eau avait encore la fraîcheur de la nuit. En frissonnant, Grigori laissa tomber sa robe de chambre et glissa précautionneusement dans le courant brun et métallique. Il n'était pas très bon nageur et il pataugeait, menton haut levé, à quelques mètres du quai comme un chien rapporteur et muselé qui cherche désespérément à grimper sur la terre ferme.

Les garçons, eux, fonçaient autour de lui. On riait beaucoup. Après quelques instants, Grigori retira lui aussi son maillot et le jeta sur le quai. Puis, tous trois firent des galipettes dans l'eau huileuse.

A une dizaine de mètres du quai, le *Viking*, le gros

hors-bord que le docteur avait baptisé en souvenir de sa division SS, se balançait mollement.

Grigori donnait de grands coups de bras, éclaboussait les autres, il essayait de ne pas sentir les pointes douloureuses dans sa poitrine ; il les ignorait et les testait à la fois. Il ne savait plus si elles étaient réelles ou imaginaires. Il continuait pourtant à nager au même rythme que ses jeunes compagnons, aussi jeune qu'eux, en apparence. De temps à autre, il faisait la planche et guettait les alligators qui dérivaient parfois dans le courant, venant de l'amont du fleuve, des marais du Chagras. Il laissa ensuite son regard errer sur la ligne boisée et basse qui marquait la rive brésilienne. Une lumière grise et laiteuse était comme suspendue au-dessus d'elle, de manière assez sinistre. Ses pieds touchèrent quelque chose de froid sous lui ; il frissonna, retourna vers la rive et sortit de l'eau, dégoulinant et las.

8 h 20. Après s'être rasé et douché, le docteur Grigori, toujours en robe de chambre, prit son petit déjeuner. Il mangea un plat de goyaves et de mangues froides ; Horst lui servit ensuite du café et des croissants sur le patio fleuri qui se trouvait derrière la cabane, tandis que les échos de *Tannhaüser* se perdaient dans la jungle. Il fuma une de ses petites cigarettes égyptiennes pastel, but un autre café et commença la rédaction d'une lettre pour son fils.

C'était une longue lettre un peu brouillonne, pleine de plaisanteries et de tendresse, de ragots et de bonne volonté et qui contait avec exactitude sa rencontre avec le colonel Arganas la nuit précédente. *El Presidente* avait enfin rendu possible ce voyage tant attendu, tant désiré. Rien ne s'opposait plus à leur réunion. Dans quelques semaines ils allaient de nouveau être ensemble et quel plaisir ils auraient à se revoir ! Ils traverseraient le pays, remonteraient le fleuve jusqu'au Chagras avec le *Viking*, pêcheraient et chasseraient peut-être. Mais, plus que tout, ils pourraient enfin parler et boire et être ensemble comme deux vieux amis.

« Aussi, Rolfe, mon cher garçon, concluait-il, quand on te demandera à Günzburg ou à Freiburg ou en quelque endroit où tu seras, “ Comment va ton père ? ” “ Des nouvelles de ton père ? ” “ Est-ce qu'il va bien ? ”, n'aie pas peur. N'aie pas honte. Redresse la tête et dis que ton père se porte très bien. Dis-leur que ton père continue ses travaux. Même exilé dans ce maudit pays, avec cette chaleur et cette pluie et toute cette dégradation, je garde toute ma vitalité ; mon cerveau fonctionne. Dis-leur que Grigori est vivant. Grigori vit.

Embrasse ta chère femme et mes petits-enfants adorés. J'attends impatiemment que nous nous retrouvions à Encarnación à la fin de ce mois. Je ne te demande qu'une chose : sois discret ! Ne dis à personne où tu vas. Les murs ont des oreilles. J'ai des ennemis partout. Viens vite, mon fils. Neuf longues années que je n'ai pu tenir mon cher garçon dans mes bras.

A toi, toujours.
Papa. »

Grigori leva les yeux. Il voulait faire une pause. C'est à ce moment qu'il vit, debout sur le porche, coiffée d'une grande capeline avachie, Doña Esmeralda qui poussait des cris perçants, presque comme un oiseau, pointant un long doigt osseux vers la lisière de la forêt. Le docteur regarda dans cette direction ; il avait le soleil dans les yeux. Il ne put rien voir pendant un court instant, aveuglé. Mais quand il mit sa main sur son front et qu'il regarda de nouveau il vit une silhouette longue et dégingandée, un homme en haillons qui se dressait, silencieux, au fond du jardin.

Les pépiements de Doña Esmeralda devinrent encore plus aigus et frénétiques. Grigori se leva brusquement, renversant papier et stylo comme s'il s'apprêtait à fuir. Ludo avait bondi hors de la baraque pistolet en main, mais il s'arrêta net quand il aperçut l'homme.

— Ça n'est que le vieux prêtre !, dit-il à Grigori qui s'en allait à pas traînants vers la maison.

Il se retourna pour s'en assurer. L'homme avait avancé

de quelques pas hors de l'ombre et se tenait en pleine lumière ; les dernières brumes du matin s'étaient levées, mais quelques pans de brouillard continuaient de sortir de la terre tout autour de lui, irradiés par les rayons du soleil.

Le docteur grommela tristement. Il n'avait pas vu Sabané, le vieux cacique indien, pendant plusieurs mois et il savait que ses réapparitions coïncidaient toujours avec des désastres.

— Dis-lui que je ne peux pas venir aujourd'hui ! demanda-t-il à Esmeralda. Dis-lui que je ne me sens pas bien. *Enfermo. Enfermo.*

Il criait à présent. Le vieil homme se dirigeait lentement vers lui ; il avait mis sa tête penchée sur sa main pour lui expliquer son état. Mais le vieillard ne s'arrêta pas, il avançait lentement, main tendue, avec un large sourire édenté, jacassant comme une pie ; il s'avançait comme une apparition décharnée, sans se soucier d'Esmeralda qui continuait à hurler en guarani tout autour de lui, comme une mouche folle.

— *Padre. Padre. Buena salud, padre* Capezius, dit-il.

— Pas de *padre*. Pas de Capezius aujourd'hui ! répliqua Ludo d'un air méchant.

Il se planta fermement entre lui et le docteur.

« Pas de *padre* aujourd'hui. Tu comprends ? Va-t'en ! Tout de suite !

— Capezius. Capezius.

Le vieil homme fit une grimace d'amitié, il fixait le docteur qui ne savait plus où se mettre et fit une sorte de petit pas de deux avec Ludo, pour essayer de passer le barrage de son corps.

« Viens. Capezius.

Le sauvage filiforme avec ses cheveux blancs en brosse et ses scarifications cérémonielles sur les joues était si près de Grigori que celui-ci pouvait voir ses yeux jaunes et respirer l'âcre puanteur des loques qu'il portait.

— Qu'est-ce qu'il y a, nom de Dieu ? fit Grigori dans un grognement.

Mais son énervement ne pouvait venir à bout de l'amabilité du vieux prêtre. Il sourit.

— Viens réserve, Capezius. Maintenant !

Grigori fit non de la tête et des mains :

— Pas aujourd'hui !

— Malades aujourd'hui, continua le vieillard, têtu. Beaucoup enfants malades. Viens, Capezius.

— Pas aujourd'hui. Pas aujourd'hui. *Estoy enfermo.*

Grigori tenta de rentrer dans la baraque.

Sabané fit un geste de commisération mais continua son chemin, imperturbable. Esmeralda se jeta sur lui, telle une sorcière sur son balai, un flot d'injures guaranis à la bouche. Ludo mit rudement sa main sur la poitrine du vieillard :

— *Hoy no. Comprende ?* dit-il. *Hoy no.*

Mais le vieil Indien n'écoutait pas, il passa sans ralentir son allure, il n'essaya même pas de contourner le jeune homme, il passa à travers lui, comme un cyclone, inébranlable, taillant sa route à mesure. Esmeralda se prit la tête dans les mains, désespérée :

— Il vaudrait mieux que vous y alliez, docteur. Il ne partira pas sans vous.

— *Ach Scheiss !* (Grigori avait jeté sa cigarette de rage.) Qu'est-ce que c'est ? La dysenterie ?

Le cacique et Esmeralda étaient en train de baragouiner. Elle se tourna vers le docteur et lui traduisit :

— Il dit qu'ils sont tous en train de vomir. Ils peuvent pas garder la nourriture. Ils peuvent pas s'arrêter de chier.

Grigori avait plongé les mains dans sa robe de chambre, hochant la tête de façon résignée.

— Bon, soupira-t-il enfin. Dis-lui que je viens. Ludo, va me chercher ma trousse. Dis à Horst d'aller chercher la jeep !

Quand Grigori revint, il portait une trousse de médecin et la longue robe blanche des moines du Carmel. Sur sa poitrine brillait la grosse croix de malte écarlate.

— *Padre. Padre.* (Le vieux Sabané souriait en battant des mains.) Viens, viens ! Vite ! Quelque chose de spécial pour toi !

11

Le docteur Grigori, alias père Capezius, était assis sur le sol dans sa longue robe blanche de franciscain, au-dessus d'un enfant malade qui gémissait. C'était un petit garçon aché qui ne devait pas avoir plus de cinq ans, chétif et souffrant de malnutrition, avec les jambes tordues et le ventre ballonné typiques du syndrome de kwashiorkor.

Le père Capezius nettoyait les plaies, chantant doucement pour l'enfant qui hurlait tandis que la mère, complètement nue, jambes écartées, lui tendait des seins maigres et étrangement coniques qui faisaient des cercles au-dessus de sa tête. Plusieurs autres enfants pleurnichants étaient allongés sur la terre battue de la hutte de manioc ; le père qui n'avait pour tout vêtement qu'un chapeau de paille et un étui pénien en peau de reptile se tenait seul, dans un coin obscur, parlant à haute voix en sirotant le maté dans une gourde.

Pour arriver à la réserve, Grigori était descendu du nord. A la suite de Sabané, ils avaient fait la route en jeep, puis avaient emprunté le ferry pour enfin faire le reste du chemin à pied (c'était le seul moyen d'atteindre la réserve) à travers une dense forêt de conifères. Ils trébuchaient derrière le vieux cacique et avançaient difficilement à travers un paysage carbonifère d'arbres immenses, d'enchevêtrements de lianes et de mort-bois qui n'avait pas changé depuis des millions d'années.

Les Achés étaient une peuplade misérable. Une ethnie du néolithique qui vivait au niveau le plus bas qu'on puisse imaginer. A part le pagne, ils étaient petits, frêles avec de larges figures plates, des pommettes saillantes, des yeux bridés, de longs cheveux noirs et raides qu'ils portaient sur les épaules ; ils appartenaient distinctement à un sous-type mongoloïde et leurs corps étaient presque parfaitement glabres. C'étaient des gens patients et timides, crédules, d'une gentillesse et même d'un optimisme véritablement pathétiques au milieu de toute cette misère. Ils considéraient Capezius comme une divinité blanche.

Les enfants achés étaient sales et pouilleux. Ils étaient tous atteints, à des degrés divers, de malaria, de malnutrition, de tuberculose et de toute une gamme de maladies infectieuses parmi les plus horribles qu'on puisse voir. Au cours des dix dernières années, il y avait eu un total de cent soixante-dix naissances. La mortalité infantile à elle seule avait emporté cent quarante nouveau-nés. Les adultes souffraient des mêmes maladies, avec en plus la syphilis et l'alcoolisme.

Quand Grigori pénétrait dans leurs huttes, il avait toujours la nausée. Groupées en villages de cinq ou six, c'étaient des abris rudimentaires faits de feuilles de manioc. Les chefs et les prêtres vivaient de manière un peu plus confortable dans des habitations faites de palissades carrées taillées dans les troncs de palmiers nains, reliées entre elles par de fortes lianes fibreuses ; les toits se composaient de feuilles de bananiers accrochées aux murs. Mais on pouvait aussi voir l'affligeant spectacle d'une famille entière de six ou sept personnes vivant sous guère plus qu'un toit de branchages. Il y avait toujours, au-dehors, un animal miteux qu'on avait capturé pour sa viande : un tatou attaché à un piquet, ou une chèvre aux côtes caverneuses, infestée de vers, qui bêlait tristement dans l'air chaud et poussiéreux de l'après-midi.

L'intérieur des huttes constituait un chef-d'œuvre de désordre. Sur la terre battue s'étalaient en vrac toutes les possessions terrestres des Achés : vêtements, nourriture, outils. Il y avait les restes des festins précédents, les ordures pourrissantes et les os blanchis ; des loques, des haches, des couteaux et des bassines, des aiguilles et du fil, des cordes, des bouteilles et des gourdes. Souvent on trouvait quelque chose de complètement insolite, comme un parapluie. Dans cette région soumise à des extrêmes de température et d'humidité, tout ce fatras dégageait une odeur suffocante de vermine et de décomposition.

L'ameublement, quand il existait, se réduisait au minimum. Quelques petits tabourets de bois, des paniers de toutes tailles, un tamis pour la farine et l'inévitable mortier avec son pilon pour écraser le maïs. Il y avait d'innombrables gourdes de toutes formes et grandeurs qui traînaient un peu partout.

Quand Grigori venait soigner les malades, il trouvait toute la famille dans la pièce, en file pour lui dire bonjour. Ils paraissaient manger constamment les patates douces qui cuisaient à toute heure du jour dans la cendre ; ils les épluchaient avec de longues pinces de bambou. Ils restaient étendus toute la nuit sur de misérables grabats en spathes de maïs, les pieds tournés vers le feu, pauvre protection contre le froid intense qui tombe la nuit à cette altitude de plus de mille mètres.

Le docteur Grigori méprisait les Achés. Leur saleté et leur misère. Il y avait quelque chose dans la façon dont ils acceptaient patiemment leur lot qui le mettait en rage. Pourtant, il se sentait attiré par eux pour des raisons très précises. Aussi, quand il entrait dans leurs villages et qu'ils sortaient de leurs huttes, babillant et riant comme des enfants qui veulent jouer et qu'ils baisaient sa main, le mépris l'envahissait brutalement. Ses joues commençaient à rougir. Il sentait le sang lui monter à la tête et à la poitrine. Quand enfin ils lui amenaient les jeunes enfants malades pour qu'il les soigne et les bénisse, il ne pouvait contenir son excitation rageuse. Cela faisait déjà sept heures que Grigori se trouvait dans la réserve à soigner les enfants. Trachome. Érysipèle. Diarrhée. Vers. Tumeurs fongueuses. Ils venaient les uns après les autres, les vieux et les infirmes, les jeunes avec leurs ventres ballonnés et leurs yeux lourds. Il avait presque fini de nettoyer les plaies ouvertes et suintantes de l'enfant qui gémissait. Il fit signe à la mère de le relâcher ; elle le fit, mais cela n'empêcha pas l'enfant de continuer à hurler.

Le docteur murmurait des mots de consolation, il lui grattait le menton, le chatouillait sous les bras. Les cris allaient de plus belle. Finalement, il laissa sa main caresser l'enfant exténué, en roucoulant à son oreille.

Le petit Aché dormait à présent. Grigori se leva et ferma sa trousse. Il donna à la mère des tubes d'antibiotiques et dit à Sabané, le sorcier qui ne l'avait pas quitté de la journée, comment s'en servir. Le moine enfouit alors sa main au plus profond de sa robe et en retira une poignée de chewing-gums rouges qu'il mit dans les mains de l'enfant.

Quand ils virent les bonbons, les autres enfants de la hutte l'entourèrent. Ils étaient en train de manger des vers de koro dans de petites coupes d'argile. Des dizaines de ces grasses créatures blanches se tordaient dans les coupes qu'ils tendaient au moine en échange des friandises.

Le koro est un gros ver rond qui vit dans les troncs des arbres pinheira ; les Achés le considèrent comme un mets de choix. On dit qu'il a la douceur et la consistance du beurre et le goût de la noix de coco.

Un des enfants mit littéralement sa coupe grouillante de vers sous le nez de Grigori.

— *Padre Mio-Mio,* criait-il, désignant les boules rouges pour en faire échange.

Grigori fut pris de nausée quand l'enfant coupa, comme si de rien n'était, la tête du ver et lui tendit l'animal. Le koro, décapité, se tordait encore et, ce faisant, sécrétait une épaisse substance blanchâtre.

Grigori ne put détourner son regard, immobilisé par une terreur irrationnelle. Le ver décapité se tordait toujours devant lui. Il crut entendre un cri qui venait de la bestiole : c'était quelque chose de profond qui avait traversé le temps. Il sentit une autre vague de nausée le submerger, un sentiment de dégoût et de haine de soi. Il frappa brusquement l'ignoble créature sans tête et quitta la hutte en courant.

Sabané l'accompagna jusqu'à l'entrée du village. Ils restèrent à parler jusqu'à ce qu'une femme aché, qui paraissait désespérée et qui les regardait avec des yeux fous vînt se jeter sur eux. Elle traînait avec elle deux petits garçons très sales et se mit à baragouiner avec le vieux chaman. Grigori avait remarqué que les enfants étaient jumeaux, fait particulièrement rare chez les Achés qui considéraient le phénomène comme un grand signe de sainteté. La mère voulait les vendre au père Capezius pour un prix de deux dollars par tête. On lui avait dit que, par le passé, le père avait acheté d'autres petits Achés et elle était sûre que *los pobres niños* seraient plus heureux avec lui qu'avec elle.

Grigori fit mine de ne pas être concerné. Sabané dit quelque chose en guarani à la femme et elle baissa le prix jusqu'à un dollar et demi. Grigori hésitait toujours. Effrayée et bouleversée, la femme ne pouvait pas remarquer la flamme qui brûlait dans l'œil du moine. Sabané lui parla de nouveau. Elle fondit en larmes et alla jusqu'à un dollar. Cette fois, Grigori accepta ; il lui donna les deux dollars en guaranis en se demandant quelle pouvait être la commission qu'allait se prendre le sorcier.

La mère embrassa ses enfants et pleura amèrement quand Matschke vint les chercher à l'orée du village.

12

Mariscal Rondon se trouve dans l'État du Boqueron. C'est un petit village poussiéreux avec un hôtel, une poste et un magasin doté d'une pompe à essence qui ne marche plus depuis des années. Le hameau se trouve au beau milieu d'un disque plat de terre aride qui s'étend à l'infini en une ligne monotone qui va rejoindre le ciel. Le mince ruban que constitue la route de troisième catégorie vous conduit dans la ville. En fait, on sort de Mariscal Rondon avant d'avoir réalisé qu'on y est entré. L'endroit peut difficilement justifier une halte.

La population est indienne mais, autour de la ville, il n'y a que des *estancias*, les ranches où l'on élève le bétail. Ils appartiennent tous, sans aucune exception, à des Allemands qui y vivent dans un faste ducal. Comme les féodaux de jadis, ils ont des lois à eux et ils possèdent de véritables armées privées de mercenaires pour les faire respecter.

Les « ranches » s'intéressent peu à Mariscal Rondon, si ce n'est parce que l'endroit leur convient parfaitement.

C'est une région perdue et isolée, sans les désagréments d'une police réellement active. Quand on sait qu'au moins quatre-vingt-quinze pour cent des éleveurs sont toujours recherchés par la Commission des crimes de guerre d'Allemagne de l'Ouest ou se trouvent sur les listes des services secrets israéliens, on comprend leur attrait pour la solitude et le calme. Ils ont tous fui l'Allemagne d'après-guerre, vers la fin de l'année 1945, grâce à l'action des réseaux clandestins qui avaient été mis en place par des organisations telles que Die Spinne ou Odessa.

Aujourd'hui, ces hommes se sont regroupés en fédérations de protection mutuelle, férocement gardées. On les retrouve principalement dans des coins de fin du monde tels que Mariscal Rondon ou Mariscal Estigarribia. Le cours des opérations est toujours le même. Ils viennent, intimident les indigènes sans défense et les dépouillent souvent de tout ce qu'ils possèdent. Il est aisé de comprendre qu'ils soient naturellement sur leurs gardes et extrêmement suspicieux des nouveaux venus.

Une fois par semaine, le Comité agricole de l'État se réunit dans les pauvres bureaux qui se trouvent au-dessus de la poste. On ne parle pratiquement pas d'agriculture, bien entendu. C'est plutôt l'occasion pour un certain nombre de messieurs âgés et pansus de sortir de la naphtaline leurs vieux uniformes militaires, constellés de svastikas. Ils portent des bottes de cavaliers, se pavanent, font la pose et claquent les talons comme au bon vieux temps. On parle de la gloire de l'ordre ancien et de l'avènement de l'ordre nouveau. On met sur tous les murs des « posters » du Führer. Il y a toujours quelqu'un pour raconter une histoire sur Bormann à Lima ou Freddie Schwend à La Paz. Certains disent que ces messieurs se sont arrangés pour rassembler des milliards de deutsche marks qu'ils font passer dans le Vaterland pour recruter les troupes qui imposeront le « Quatrième Reich ». Ils se disent que la démocratie a été un échec en Allemagne et que les temps sont mûrs pour revenir aux affaires. Ils boivent beaucoup de bière et se donnent de grandes claques dans le dos. « Dans peu de temps, nous serons de nouveau numéro UN ! » se disent-ils, pendant que le vent sec balaye le grand terrain vague autour du bureau de poste.

Un jeune noble allemand était venu à l'un de ces meetings. C'était le baron Gottfried von Türlow. Beaucoup avaient connu son père, le général Büller von Türlow qui commandait la division SS *Viking* pendant la guerre. Il était aujourd'hui vieux et malade et on n'espérait pas qu'il puisse vivre encore très longtemps mais, avant de mourir, il avait fait le souhait de retrouver son vieil ami Grigori qui avait servi sous ses ordres comme médecin-chef sur le front russe. Von Türlow possédait un certain nombre de documents et de dossiers qu'il avait réussi à subtiliser aux nazis, pendant l'affreuse période de la capitulation. Ces documents étaient vitaux pour Grigori, pour sa sécurité et son bien-être. Le général s'était laissé dire qu'il était possible de trouver Grigori dans une des *estancias* autour de Rondon.

On n'échangea pas beaucoup d'informations durant cette réunion, mais on donna l'assurance au jeune von Türlow d'examiner sa requête et de le contacter si l'on avait des éléments nouveaux. Plus tard dans la soirée, notre jeune homme se retrouva à Hohenau, mais il n'était plus le baron von Türlow. Il était devenu le commandant Bar Lev, attaché naval israélien à Asunción. Impeccablement habillé dans son uniforme de la marine israélienne, il avait un passeport diplomatique et tout un jeu de papiers qui attestaient de son auguste identité. Türlow, alias Bar Lev, était venu à Hohenau pour voir un certain Correns, correspondant de l'agence Reuter, qui avait été licencié et qui se retrouvait cloué dans ce bled, sans le sou ; il était prêt « à dire certaines choses » si l'on y mettait le prix.

Il était autour de onze heures quand le jeune homme arriva à l'hôtel de Correns, le Alte Berliner, un endroit mal famé que fréquentaient surtout les *contrabandistas*. Bar Lev secoua le commis qui somnolait et demanda à être annoncé.

— Annoncé ? grommela le caissier, furieux d'avoir été réveillé. On n'a pas à s'annoncer ici. Montez directement.

Le jeune homme monta donc et frappa à la porte de la chambre où se trouvait Correns. Il n'y eut pas de réponse mais il put constater qu'un rai de lumière passait sous la porte et qu'on entendait une radio en marche. Il remarqua également que le bois autour de la porte était brisé ; il y avait aussi une odeur très caractéristique qui se répandait dans le couloir, à travers le linteau de la porte.

Le jeune homme frappa encore plusieurs fois mais sans succès. Il redescendit, réveilla le caissier encore une fois. Il pensait que quelque chose d'étrange était arrivé et il insistait pour qu'on ouvre la porte. Le commis refusa, prétextant qu'il n'en avait pas le droit. Le jeune homme exhiba ses papiers diplomatiques, mais rien n'y fit.

— Très bien, dit courtoisement l'attaché naval, je reviens tout de suite avec la police.

A ce point, le commis se fit plus compréhensif.

Quelques instants plus tard, ils étaient tous deux devant la porte, le caissier avait un lourd jeu de clefs. Il en essaya une demi-douzaine avant de trouver la bonne. Quand la porte s'ouvrit, ils furent d'abord frappés par l'odeur. Il y avait, juste en face d'eux, à moins de trois mètres, un pauvre lit de fer rachitique au-dessus duquel pendait une ampoule nue, au bout d'un long fil électrique. Sur le lit, un homme assez costaud. Il portait un maillot de corps et des pantalons mais ni chaussures ni chaussettes. Il avait une barbe de plusieurs jours et ses yeux grands ouverts fixaient le vide. On avait confectionné un nœud coulant à l'aide d'une cravate et d'une ceinture de cuir. Un bout était passé au cou de l'homme et l'autre avait été accroché à un barreau du lit au-dessus de sa tête. On avait appuyé le torse contre une colonne du lit et la tête penchait de façon écœurante de l'autre côté. Avec la langue qui pendait, le visage était tordu dans un rictus hideux. L'homme était à l'évidence mort depuis plusieurs jours.

Si l'on avait eu l'intention de donner l'impression d'un suicide, le résultat était un ratage tragique. Peu d'individus à tendances suicidaires cherchent à se pendre à un montant de lit qui se trouve à moins d'un mètre du sol.

Stupéfait par le spectacle de la mort, le caissier invoqua le Seigneur et se signa ; il se tourna ensuite vers le jeune homme pour lui demander conseil. Mais l'attaché naval n'était plus là. La porte était ouverte, le corridor était vide, le jeune homme était parti.

13

Si vous prenez le bateau en amont de Hohenau, le batelier d'Encarnación vous dira tout ce qu'il sait du docteur Grigori, qu'il appelle lui aussi « Don Gregor ». Il faisait souvent traverser le Paraná à ce monsieur dans un vieux bateau, l'*Esperanza,* dont les flancs étaient peints en rose et qui arrivait à peine à fendre les flots avec ses diesels poussifs et crachotants.

— Un monsieur très bien, répétait-il tout le temps. *Un caballero muy distinguido.*

Don Gregor lui donnait cinq cents guaranis pour le conduire à Puerto Stroessner où, paraît-il, il vivait dans une grande maison blanche au bord du fleuve, gardé par deux jeunes gens costauds et une foule de mercenaires armés.

Le batelier est un vieux Bolivien desséché de Cochacamba à la figure burinée comme du vieux cuir, caractéristique des Indiens. Son plus cher désir est de quitter un jour le fleuve et de retourner dans son village des Andes. Il n'avait pas l'habitude de converser avec ses passagers et ce jeune Espagnol qui allait à Eldorado était une agréable exception. Mais qu'est-ce qu'un jeune gars comme lui pouvait bien aller faire à Eldorado ? se demandait-il. Le jeune homme lui affirma qu'il y avait de la famille. C'était plus que douteux. Personne n'avait de famille à Eldorado. Et pourquoi toutes ces questions sur le docteur allemand ? Il le connaissait, c'est vrai, mais on pouvait à peine imaginer quelqu'un de plus simple et de plus aimable.

De toute façon, le batelier fit de son mieux pour

satisfaire la curiosité du jeune homme. Il lui dit que Don Gregor voyageait toujours accompagné d'au moins trois ou quatre hommes, bien qu'il ne s'assît jamais avec eux. Selon lui, le docteur préférait ne pas être en compagnie de gens aussi rudes et mal élevés. C'est pour cette raison que Grigori-Neiditch, comme on l'appelait ici, s'asseyait toujours sur un petit banc de bois sous la cabine de pilotage et lisait son journal. Ses compagnons jouaient aux cartes en haut et buvaient de la bière en riant très fort. Il n'était pas rare qu'ils embêtent les autres passagers. Bien qu'accompagné de ces gens, il était clair que Grigori cherchait à s'en dissocier.

Le monsieur allemand portait toujours une petite trousse noire et c'est ainsi que le batelier avait fini par deviner qu'il devait être médecin. Dans les mois d'automne ou d'hiver, quand le temps devenait pluvieux et froid, il avait l'habitude de se mettre un châle de laine indien sur les épaules. A cette saison où le vent souffle en rafales, les passagers se blottissaient tous dans la petite cabine du bas si bruyante qui puait le fuel et la pisse de chat, mais pas Grigori. Il préférait rester seul sur le pont, entouré de son grand châle, avec la pluie qui dégoulinait des bords de son panama blanc souillé ; il regardait le fleuve et la rive qui se déroulait devant lui. Vers la fin de la traversée, il avait toujours l'air fatigué et nerveux et le poncho, selon le batelier, le faisait paraître beaucoup plus vieux.

Après, quand on arrivait à Puerto Stroessner, le docteur Grigori descendait toujours du bateau avant les autres. Il avait toujours l'air pressé, avec sa petite trousse de soins noire et il ne manquait jamais de mettre quelques guaranis de plus dans les mains du batelier en lui disant au revoir dans son espagnol bourru et indistinct. Puis il partait vers le quai à toute vitesse.

Ses compagnons, titubant sous l'effet de la bière et encore plus bruyants qu'au départ, le suivaient à distance respectable mais sans jamais le perdre de vue. A cause de leurs soûleries et parce qu'ils étaient souvent débraillés, le batelier affirmait qu'il les avait souvent vus avec des pistolets glissés dans des étuis qu'ils portaient à la hanche.

L'*Esperanza* était arrivée tard dans l'après-midi à Eldorado. Le batelier vint en personne rejoindre le jeune homme. Il descendit de son poste de pilotage et fit quelques pas avec lui sur un quai qui semblait à l'abandon avec ses pilotis sur le point de s'écrouler.

Ils parlèrent un peu plus dans un espagnol courant et informel et, en partant, le batelier dit au jeune homme quand il repasserait. Le bac quitta alors le quai en faisant rugir sa sirène et continua sa route vers le nord.

Le jeune homme s'était retrouvé tout seul sur le dock, sans personne pour l'accueillir ou lui donner des renseignements. Eldorado se trouve très loin dans le Chagras et c'est un endroit plutôt désolé, mais depuis qu'il y était arrivé, le jeune homme eut l'impression que le sol lui-même commençait à chauffer, comme pour signaler la présence du docteur.

Loin en amont du fleuve, dans les jungles du Chagras, les Indiens parlent du passage par Eldorado d'un homme blanc. Ils le décrivent, avec cette concision qui leur est propre, comme quelqu'un de laid ; « *un hombre feo* ». Allemand. A peu près la soixantaine, 1,73 m (ils vous montrent sa taille en mettant des bouts de bois sur le tronc d'un arbre). Un trou dans les dents de devant. L'œil gauche qui louche de manière très prononcée. Cheveux coupés très court, tempes grisonnantes et petite moustache raide. Ils disent qu'il vient de Coronel Oviedo, à 130 km d'Asunción. Ses visites sont très régulières. Le chaman du coin affirme qu'il peut prédire avec beaucoup de précision le jour et l'heure où il va venir. Il arrive habillé en moine du Carmel, avec la grande robe blanche et se fait appeler père Capezius ; il va ensuite à la réserve aché, juste au nord, pour soigner les malades gratuitement. On dit qu'il est surtout attiré par les enfants.

Il n'y a qu'un petit hôtel à Eldorado. On trouve aussi une banque allemande (banco Mostes), une cabine téléphonique et, curieusement, une petite affaire d'importation de matériel agricole. C'est curieux parce qu'on ne pratique pas beaucoup l'agriculture moderne dans cette région perdue. La seule forme d'agriculture connue est celle que pratiquent les Indiens. C'est assez bizarre et pour tout dire pittoresque, mais ça ne dépasse guère les pratiques de l'âge de pierre. Il est peu probable que ces pauvres hères sachent faire la différence entre une charrue et un tracteur.

Cette entreprise se nomme simplement Hierro-Fabrofarünk Ltd. SA. C'est une firme argentine dont le propriétaire est un certain Ricardo Caffeti, un Argentin naturalisé qui est en outre le seul représentant au Paraguay d'une très estimable firme bavaroise du nom de Karl Grigori et fils Ltd. de Günzburg, Allemagne.

L'employé, un Indien maca assez crasseux, dit au jeune homme que le *señor* Caffeti n'était pas en ville en ce moment. Il faisait un voyage d'affaires à Valparaiso, Antifagasto et Santiago du Chili. Il ne serait certainement pas de retour avant une semaine. Pouvait-il l'aider ? Le jeune homme lui assura que non. Il allait faire un tour dans la ville et dans les environs. En fait il devait traiter des affaires plus au nord et il serait probablement de retour dans quelques jours.

Il y a, à l'extrême nord du Paraguay, juste à la frontière bolivienne, dans la province de Boqueron, un large bout de jungle d'à peu près cinq cents kilomètres carrés. C'est un territoire de forme triangulaire qui se tient bien douillettement entre les frontières d'Argentine, de Bolivie et du Brésil. C'est un endroit triste et perdu qui pullule d'insectes et d'animaux sauvages : singes jacasseurs, perroquets hurlants, tapirs, ocelots, capibaras, pumas, loups à crinière que les indigènes appellent *zorro colorado* et les grands jaguars qu'ils nomment *pantera onça,* « le roi des bois du Gran Chaco ». C'est un véritable enfer, un endroit pourrissant, intenable, complètement perdu dans des marécages, des ronces et des fougères géantes avec une forêt de conifères géants où l'on ne peut même pas tracer une piste et qui ressemble aujourd'hui à ce qu'elle devait être il y a vingt millions d'années. A midi, la température varie de 45 à 50 degrés. Il est impossible de sortir, mais également de rester à l'intérieur d'une maison. Dans ces zones subéquatoriales, le soleil peut tuer. Il frappe comme une enclume et, si l'on reste immobile en plein jour, on le sent qui commence à dévorer la peau.

L'humidité est monstrueuse. Elle imbibe la terre comme une serviette trempée sous laquelle il n'y aurait pas un brin d'air. Il est impossible d'y échapper et on ne peut s'en protéger nulle part. Elle est partout. Il y a plus d'un mètre trente de pluies par an. C'est le monde des lichens et des champignons ; la végétation est tellement prodigue qu'elle en devient étouffante. Tout ici est en mutation et hors de proportion, y compris la vie animale — les immenses chauves-souris, les énormes rongeurs et les anacondas qui pèsent plus de cent kilos et dont certains atteignent un diamètre de trente centimètres. On peut en rencontrer dans la forêt, enroulés aux branches, pendant comme l'animal allégorique d'une contrée mythique. Les gens qui vivent ici, les Blancs au moins, n'y sont que parce qu'ils ne peuvent pas faire autrement. Il y en a de deux sortes — les criminels et les prêtres ; les uns viennent pour la rémission des péchés et les autres sont là pour faire oublier les leurs.

Quand on demande au père Minheiro, un vieux missionnaire qui vit dans la région depuis des dizaines d'années, de décrire l'endroit, il hoche lentement la tête et répète sans cesse la même formule : « *um pais ruim, muito ruim, mais ruim que qualquer outro...* » « Un pays horrible, simplement horrible, mais plus horrible que n'importe où... » C'est un pays qu'on vous demande d'éviter à tout prix. Il y a de nombreuses patrouilles dans la région et les étrangers y sont interdits. On la nomme tout simplement « zone 540 » sur les relevés cartographiques que seule l'armée paraguayenne a le droit de consulter.

Pendant la saison des pluies, il est impossible d'entrer dans la zone 540, le sol se transforme en un marais pestilentiel, une boue instable et mortelle. Il n'y a pas de routes. Seulement quelques pistes que les jeeps peuvent à peine utiliser. Ce sont des bûcherons japonais qui les ont tracées. Ils travaillent très profondément dans la forêt d'acajous, après la 540. On dit qu'il y a quelques maisons en planches là-bas ; ce sont en fait plus des baraques, complètement perdues dans une brousse miteuse. L'identité des habitants est un secret militaire très soigneusement gardé. « *Chito* », comme ils disent. Oui, décidément très *chito !*

Le jeune homme ne pouvait faire une reconnaissance de la région qu'en hélicoptère ou, à la limite, à bord d'un petit avion. Il loua un petit Cessna en montrant sa licence de pilote au directeur de l'aérodrome d'Eldorado. Il emmena avec lui un Indien du nom d'Humberto. Il l'avait trouvé sur la place du village, en train de faire la sieste, tout comme on lui avait dit. Il y est à n'importe quelle heure du jour, mais il valait mieux aller le chercher avant neuf heures du matin. Il y a peu de chances qu'il soit sobre, passé cette limite. Pour quelques guaranis, il acceptera de vous accompagner toute la journée et, qui plus est, c'est un excellent guide.

Humberto n'eut aucun mal à emmener le jeune homme jusqu'à la baraque blanche où le docteur Grigori était venu finir ses jours. Cela ne signifie nullement que le docteur soit malade. On peut dire, tout au contraire, qu'il jouit d'une santé florissante. Cela ne veut pas dire non plus que le bon docteur ne voyage pas à travers tout le pays et qu'il ne possède pas plusieurs propriétés autrement belles que celle-ci. C'est plutôt une façon de dire que, pour un individu aussi instable que notre docteur, cette petite baraque est la dernière adresse permanente qu'il risque d'avoir en ce bas monde. Il semble extrêmement improbable qu'il puisse un jour quitter le Paraguay. Il y perdrait la vie, à coup sûr !

Quand le jeune homme et Humberto arrivèrent sur le lieu, ils volèrent bas en décrivant de grands cercles. On pouvait voir la baraque qui était d'une sobriété spartiate avec sa petite véranda et sa barrière blanche et ses quelques meubles de jardin délabrés qui paraissaient avoir été oubliés çà et là. On avait fermé les volets blancs pour se protéger du soleil. Tout donnait une profonde impression de calme ; l'endroit était exactement le contraire de quelque chose de sensationnel. C'était sans aucun doute une grande déception. Cela ressemblait plutôt à la modeste résidence d'un fermier indien ou à celle d'un squatter. Mais certainement pas au repaire d'un des fuyards les plus recherchés au monde.

Il n'y avait personne d'intéressant, seulement une douzaine de *cuchilleros* (surineurs) qui arpentaient le périmètre barbelé avec leurs gros chiens et leurs walkies-talkies. Ces *cuchilleros* ne sont pas des anges. C'est une milice privée, aux ordres du docteur Grigori, mais elle n'a aucun caractère officiel. Le docteur est absolument libre de ses mouvements à l'intérieur de la zone 540, mais quand il s'aventure à l'extérieur du périmètre barbelé, les *cuchilleros* doivent l'accompagner. Ils sont payés par le gouvernement mais, d'un point de vue strictement budgétaire, ce ne sont pas des soldats, simplement une bande d'assassins qu'on a repêchés dans les cachots les plus profonds de la prison Tembuco à Asunción. Ce sont les pires criminels du Paraguay et on les recrute pour effectuer le « sale boulot » que même les militaires hésiteraient à faire. Tous les régimes qui ressemblent à celui de Papa Stroessner ont besoin d'utiliser des hommes tels que les *cuchilleros*. Ils permettent de surmonter les obstacles constitutionnels, ou au moins de les aplanir, afin que les despotes éclairés du type d'*el Jefe* puissent gouverner dans le calme. Alors c'était ça ! La fameuse cachette, le repaire de l'ogre enfin découvert ! Le jeune homme étudiait l'endroit. Prenant son temps, il fit beaucoup de loopings au-dessus du site, il essayait de prendre des notes mentalement et de se souvenir de la topographie. Pourtant, un instant, il descendit un peu trop bas et les *cuchilleros* ouvrirent le feu ; une terrible rafale de leurs mitraillettes Uzi. Humberto écarquilla des yeux aussi grands que des pivoines. Le jeune homme conclut sagement qu'il était temps de s'en retourner. Mais il était loin d'être mécontent. Il avait trouvé ce pour quoi il était venu.

14

Plusieurs jours plus tard, quatre hommes étaient en train de monter une colline. C'était juste après l'aube et la marche avait duré des heures, longue et pénible. Les seuls bruits qu'ils faisaient étaient le craquement de leurs bottes et le son rauque de leurs respirations. Ils ne parlaient pas. Ils avaient des fusils — Mausers et gros calibres de chasse — et, tandis qu'ils progressaient dans les hautes herbes de la savane, les joncs et les massettes qu'ils écrasaient faisaient un bruit sec et crépitant.

Ils marchaient de flanc, chacun séparé de l'autre par une quinzaine de mètres. Il y avait quelque chose de dur, d'impitoyable dans leur façon d'escalader cette hauteur ; des oiseaux s'envolaient des hauts joncs à mesure qu'ils avançaient. Loin devant, les batteurs macas criaient et tapaient sur des pots divers avec de vieilles cuillers en bois. Ils secouaient des boîtes de conserve pleines de graviers. Le boucan était effroyable.

Ils arrivèrent enfin au sommet de la colline, tous en même temps, et décidèrent de faire une pause ; ils avaient l'air de quatre points noirs contre le ciel. Soudain, l'un des rabatteurs poussa un cri. Il y avait quelque chose devant. On entendit un toussotement, puis un grondement qui venait des hautes herbes. Pendant un très court instant, on put apercevoir une énorme flèche jaune à travers les joncs ; une volée de colombes s'en échappa en décrivant des cercles affolés. Les rabatteurs crièrent très fort, cognant sur leurs casseroles, et ils entourèrent la créature, en courant en tous sens. L'un des quatre chasseurs leva son Mauser et visa posément le bouquet de joncs. Les trois autres levèrent leurs armes et attendirent, avec une sorte de soumission.

« Aiyeeeeee ! » Un des rabatteurs hurla, il détalait dans la direction des chasseurs suivi par un grand éclat de jaune qui sautait et bondissait à sa suite. L'homme au Mauser fit feu, ce fut comme un bruit de tonnerre qui dévala sur la clairière comme une avalanche et roula dans l'herbe jusqu'au violet profond des collines voisines.

Le rabatteur continuait à courir vers nos quatre hommes et à crier, mais la grande tache jaune qui le poursuivait commença à s'altérer, elle changea soudain de direction et plongea encore une fois dans les hautes herbes.

— Il est touché.

— Vraiment, vous avez pu voir ?

— Non, il y avait trop de poussière.

— Je crois que vous avez touché l'épaule.

Ils entendirent un grognement rauque qui venait de quelque part, dans l'herbe. C'était le cri d'une créature blessée mais toujours dangereuse.

— *Ach, Scheiss !* Il faut que nous y allions à présent. Horst, Ludo ! aboya Grigori.

Les deux jeunes hommes défirent rapidement leurs holsters et leurs bidons, prirent chacun une poignée de cartouches et rechargèrent leurs Mausers. Ils partirent aussitôt en battue, disparurent dans les hautes herbes, suivis par les rabatteurs hystériques qui criaient derrière eux. Les deux autres allumèrent des cigarettes et s'allongèrent sur le sol encore humide de rosée.

Il y eut peu après un autre coup bref. Puis une petite période de silence. Un rabatteur qui avait disparu dans les herbes revint, à quelque quinze mètres, en agitant frénétiquement un mouchoir rouge. Ils se levèrent, mirent le fusil à l'épaule et suivirent le rabatteur dans l'herbe.

Après quelques pas, ils le virent sauter et crier :

— *Pantera ! Pantera !*

Ils s'élancèrent dans un mince tunnel entre les herbes ; le sol était jonché de bouse. Il y régnait une épouvantable odeur, le lourd musc qui signale les grands félins. Ils furent très vite à la hauteur des deux hommes qui surplombaient la carcasse du jaguar. L'un d'eux avait déjà sorti un mètre pliant et mesurait l'animal. Ses grands yeux d'émeraude étaient encore ouverts ; la langue avait glissé sur le museau plein de boue et le sang coulait lentement du mufle. Il avait tout à fait l'aspect rigide et irréel d'un animal empaillé. Grigori s'agenouilla.

— Où l'ai-je touché ?

Il écarta une mouche qui folâtrait sur le museau sanglant.

— A la mâchoire, *Herr Doktor,* dit l'un des jeunes hommes. Un coup parfait.

— Il y a un peu plus de deux mètres, annonça celui qui tenait le mètre ; je pense qu'il doit faire dans les deux cents kilos.

— Un autre trophée pour votre mur, Don Gregor, dit quelqu'un.

Le docteur s'était accroupi ; il regarda le ciel et fit une grimace. Il réalisa que, dans quelque temps, le soleil allait transformer la clairière en un enfer.

Grigori et l'autre chasseur s'étaient assis dans l'herbe, pendant que les deux jeunes gens et les rabatteurs dépeçaient le félin. Le docteur sortit un flask de cognac qui passa de main en main.

Ce matin-là, le compagnon du docteur Grigori était un petit homme trapu et vigoureux avec des traits grossiers de crapaud et un crâne absolument chauve. Il se nommait Ricardo Caffeti. Grigori prit une grande gorgée de cognac et s'essuya d'un revers de foulard de soie écarlate. Il dit d'une façon assez baroque :

— Si l'enfer existe vraiment, je suis sûr que le Paraguay est l'endroit qui s'en rapproche le plus.

Caffeti fronça les sourcils. Momentanément à court de bonne réplique, il laissa son regard errer sur la savane torride où une brise timide filtrait à travers les hautes herbes.

— Je pense quand même que l'enfer doit être beaucoup plus chaud, répondit Caffeti en s'allongeant sur le sol humide.

Grigori médita quelques instants sur le climat de l'enfer ; puis il alluma une de ses cigarettes pastel et s'allongea lui aussi, mains croisées sous la nuque, yeux perdus dans l'immensité du ciel.

— Dites-moi, Ricardo, qu'est-ce que c'est que tout ce bruit sur ces agents qui seraient arrivés à Asunción ?

— Des agents ?

Caffeti parut surpris.

— Vous savez très bien de quoi je veux parler.

Caffeti était un homme très prudent. Introverti et laconique de nature, c'était un spécialiste de la litote. En tant qu'homme de commerce, il utilisait avant tout des faits, des diagrammes et des informations qu'on pouvait vérifier.

— J'en sais autant que vous. Nous avons déjà connu ce genre de situation et nous savons comment y faire face.

— Quelle situation ? (Il y eut un reflet éblouissant sur le monocle de Grigori.) Quelle situation, exactement ?

Caffeti étudia son interlocuteur, comme s'il soupesait l'utilité ou la sagesse qu'il y avait à lui dire tout ce qu'il savait.

— Comme vous le savez, il y a à peu près un an que des agents israéliens ont infiltré la communauté juive d'Asunción. Ils se font passer pour des joailliers, des tailleurs ou des petits commerçants. Vous connaissez ce genre de tactique. Nous croyons qu'ils appartiennent au Mossad, mais nous n'avons aucune information sur la nature exacte de leur mission. D'après certains, il ne s'agirait que d'une opération de renseignements. D'autres bruits sont un peu plus alarmants. On parle de...

— Vengeance.

Le docteur avait terminé la phrase. Caffeti le vit essuyer sa transpiration avec le grand mouchoir rouge.

— Un des groupes qui nous inquiète beaucoup se nomme Al Tishkakh.

— Tishkakh ?

— Ça veut dire en hébreu : « Nous n'oublierons jamais. »

— Tishkakh. (Les yeux de Grigori eurent une lueur d'amusement.) Ils n'oublieront jamais, hein ? Comme c'est romantique ! Héroïque !

— Sans doute, dit Caffeti, un peu ennuyé. Mais vous devriez être conscient que si Arganas ne connaissait pas presque tout sur ces gens du Mossad...

— Tout ce que je sais, c'est que quand Arganas veut augmenter ses prix, il y a toujours un tigre prêt à bondir quelque part.

— C'est fort possible, répliqua Caffeti prudemment, pourtant, rien ne nous dit qu'il n'y a pas, en ce moment même, quelques tigres qui vous observent.

Il tendit son bras court et trapu vers l'immense savane qui s'étendait jusqu'au ciel. Le regard du docteur Grigori partit dans la même direction, il resta quelques moments à ressasser de sombres pensées.

— Eh bien, qu'on les lâche, ces tigres ! (Il soupesa son Mauser.) Je suis prêt à les accueillir !

Il se leva aussitôt, marcha résolument en fixant la ligne pâle des lointaines montagnes. Mains sur les hanches, menton proéminent, il y avait plus, dans son attitude, que de la désinvolture ou du défi. Soudain, il rejeta la tête en arrière et partit d'un grand éclat de rire joyeux qui se perdit dans l'immensité.

A quelque trois cents mètres de là, un jeune homme mince et blond était étendu sur le ventre, dans des fourrés marécageux. La végétation était si dense, si exubérante qu'il pouvait entendre les voix des chasseurs, portées par les vents, sans risquer d'être vu. Le jeune homme appartenait à une équipe d'arpenteurs. Ils étaient sept qui avaient été envoyés dans les forêts du Paraná pour le compte d'un projet international : celui de l'autoroute panaméricaine. Sur son passeport, il répondait au nom de Carlos Ondivos, de nationalité brésilienne, profession : arpenteur.

Les autres membres de l'équipe étaient en train de faire des relevés cartographiques à plusieurs kilomètres au nord et le jeune homme était tout seul, allongé devant une lunette topographique, l'œil collé à la visée. Malgré quelques semaines de vie dans la jungle dans des conditions très primitives, il était impeccablement rasé et habillé. Il avait un visage lisse, comme celui d'un chien, brûlé par un soleil trop ardent et son expression était calme, impassible, presque glacée. De temps en temps, il quittait sa lunette pour gribouiller des notes sur un carnet. Il y avait dans tous ses mouvements une économie et un soin qui donnaient à penser que chacun d'eux était parfaitement calculé et prémédité. Il était très méticuleux.

En entendant cet énorme rire inhumain, l'arpenteur releva sa lunette de plusieurs crans dans cette direction ; il se murmurait des nombres et les couchait immédiatement sur son carnet. En fait, cette lunette montée sur un tripode était une puissante caméra à téléobjectif. La lentille fixa l'image d'un homme qui dépassait des herbes à hauteur de la taille et qui paraissait être en train de rire. L'homme portait une chemise basque blanche et tournait le dos au géomètre. Un autre homme, chauve et trapu, était affalé dans l'herbe derrière lui. Soudain l'homme en chemise blanche se retourna. Ses traits furent agrandis instantanément par le téléobjectif et il n'y eut plus que son visage dans le viseur.

C'était un visage que le jeune homme connaissait bien et, malgré les outrages du temps, il n'avait aucun doute sur l'identité de l'individu.

L'arpenteur observait depuis des semaines les moindres mouvements de cet homme. Il avait noté dans son carnet les gestes les plus routiniers, ses allées et venues ainsi que celles de ses compagnons. Il avait dessiné dans son carnet les points d'ancrage des canonnières qui défendaient la 540, plus d'innombrables croquis, coupes et élévations de la baraque blanche perdue dans la forêt, accompagnés de détails topographiques. Il prit encore quelques séquences des deux chasseurs en train de boire et de causer dans l'herbe. Il rangea alors son carnet dans sa poche intérieure. Il démonta soigneusement le téléobjectif et le mit dans un sac de toile blanche. Il plaça le film dans les revers de ses jeans et les roula plusieurs fois pour plus de sécurité.

Il devait repartir à Asunción cette nuit avec l'équipe des géomètres, mais il ne retournerait pas à l'hôtel de la calle Sarmiento où ils vivaient. Il irait autre part avec les rouleaux de pellicule et les renseignements. Le jeune homme ne s'appelait pas Carlos Ondivos, comme l'affirmait son passeport, mais Ian Asher. Il était israélien et, dans certains cercles de renseignement et de contre-espionnage, il était connu sous le pseudonyme de Faucon bleu.

Grigori et Caffeti étaient toujours assis dans l'herbe, tandis que Horst et Ludo finissaient de dépecer le jaguar. La conversation était sporadique et une sorte de gêne se maintenait entre les deux hommes ; c'était un antagonisme latent qui empoisonnait l'air qu'ils respiraient. Caffeti faisait semblant de s'intéresser à l'activité des rabatteurs macas qui, à ce moment, jouaient à une sorte de jeu d'osselets. Il prit la parole :

— Vous n'avez parlé à personne du voyage que vous devez faire ?

— Absolument pas.

— Vous ne pensez pas que Rolfe ait pu commettre des indiscrétions ?

— Rolfe ? Grand Dieu, non ! On peut lui faire confiance ; totalement.

— Vous ne l'avez pas appelé ou essayé de lui télégraphier ?

— Certainement pas ! (Une rougeur était apparue sur la gorge de Grigori.) Vous me prenez pour un imbécile ?

— Écoutez, ne vous vexez pas...

— Mais je ne me vexe pas..., répondit le docteur qui était profondément vexé.

— C'est curieux, dit tout haut Caffeti, je suis convaincu que l'arrivée de tout ce beau monde à Asunción a quelque chose à voir avec le voyage que vous devez faire à Encarnación.

— Mais comment aurait-on pu savoir ?...

— Je n'en ai pas la moindre idée.

Caffeti avait l'air préoccupé.

— Que me suggérez-vous ?

Il commençait à y avoir une nuance d'impatience dans la voix du docteur.

— Je vous suggère de remettre ce voyage.

— Impossible ! Je l'ai déjà ajourné trois fois à cause de

fausses alertes. Je ne vais pas recommencer. Je veux voir mon garçon. D'ailleurs, j'ai déjà tout arrangé avec le président.

Le ton que prenait Grigori énervait prodigieusement Caffeti. Il haussa les épaules et se leva.

— Comme vous voulez, Gregor ! (Il prit une grande rasade de cognac, terminant le flask.) Alors, tout est arrangé pour Rolfe ? Il vient ?

— Oui, bien sûr ! Vous irez le chercher à Buenos Aires.

— Et je le ramène à Encarnación ?

— Oui.

— En bateau ?

— C'est ce qui est prévu. Arganas ne vous a rien dit ?

— C'est ce qu'il m'a dit, mais je voulais que vous me le confirmiez. Je voulais aussi vous mettre en garde...

Grigori le toisa, le strabisme de son œil gauche s'était accentué.

« Soyez prudent, mon cher. (Caffeti soutint son regard.) Observez bien les signes.

— *Ach* (docteur fit un geste de dénigrement), vous parlez trop à Arganas. C'est une vieille femme. Tenez, prenez un autre verre et allons déjeuner.

Mais Caffeti insistait :

— Où allez-vous maintenant ?

— A Asunción, ce matin. (Le docteur se leva et s'essuya le front de son mouchoir rouge.) Ensuite Bariloche avec Krug et Rudel pour quelques jours de vacances et, de là, Encarnación.

— Soyez très prudent, Gregor !

Ludo vint les interrompre, souriant ; il tenait un couteau sanglant à la main. Il avait séparé presque toute la peau de la carcasse du jaguar, à présent.

— Vous voulez aussi la tête, *Herr Doktor ?*

Le docteur Grigori le regarda, irrité, comme si la question avait été particulièrement impertinente.

— A ton avis, crétin ? *Ja, ja,* bien sûr que je veux la tête !

— Soyez très prudent, Gregor !

Plus tard dans la soirée, dans la cabane annexe qui lui servait de laboratoire, le docteur Grigori passa une blouse de chirurgien d'un blanc immaculé et on fit entrer le premier petit garçon aché qu'il avait ramené de la réserve. Les grands yeux de faon du garçon étaient écarquillés et, visiblement, il était terrifié. Grigori lui donna de petites tapes dans le dos, lui parla gentiment en lui caressant les cheveux, ce qui eut l'effet de calmer l'enfant rapidement. Il s'assit sur les genoux du docteur qui lui donna des bonbons en lui racontant des histoires. Il s'était blessé au genou en jouant dans le jardin et le docteur lui lava la plaie et lui fit un pansement. Ils rirent ensemble, firent quelques blagues et quand Grigori lui fit une injection hypodermique derrière l'oreille, l'enfant s'aperçut à peine de quoi que ce soit. Il sombra vite dans le profond sommeil de la morphine.

Le docteur agita une clochette. Von Rattenhuber qui avait également revêtu une blouse blanche entra et porta l'enfant dans la salle d'opération qui était contiguë au laboratoire. Il prépara alors l'enfant pour une opération dont il ne devait jamais se réveiller.

Presque en même temps, Matschke était entré avec le frère jumeau et Grigori avait entrepris, à l'aide de son sac de bonbons, la même séduction aimable de sa prochaine victime.

Avec les enfants, le docteur était toujours d'une gentillesse déroutante.

Mais une fois ces innocentes créatures anesthésiées, le gentil monsieur avec son sac de friandises disparaissait pour laisser place au savant froid et impartial qui ne pouvait se permettre aucune pitié dans sa quête de la vérité. C'est du moins ainsi que le docteur aimait à se considérer, pendant qu'il préparait ses instruments pour disséquer vivants ces enfants mal nourris qu'il avait attachés à sa table. Le point crucial de l'expérience consistait à pratiquer la dissection sur des enfants qui respiraient toujours ; en effet, il avait la ferme détermination d'étudier toutes leurs réactions, en particulier leur résistance à l'ablation d'organes vitaux avant le choc de la mort effective.

Ensuite, il mesurait avec soin le pancréas, le foie, la rate, les poumons, le cœur, le cerveau, les pesait, prenait l'index crânien et comparait les deux jumeaux non seulement entre eux, mais aussi avec toute une liste qui était le résultat de ses années de recherches dans les forêts du Paraná. Ses dossiers étaient impressionnants, classés selon l'âge, la taille, le poids et même la tribu.

C'était avec ces chiffres et ces données, compilés sur plus de vingt ans, qu'il comptait achever son œuvre monumentale. Il savait qu'une fois publiée, on reconnaîtrait sa haute valeur scientifique et que l'histoire le disculperait totalement de toutes ces accusations monstrueuses.

Quand il avait terminé ses expériences, Horst et Ludo rassemblaient les restes et allaient les enterrer à quelques dizaines de mètres dans une clairière. On mettait les organes vitaux dans du formol et on les plaçait dans des bocaux qui encombraient le laboratoire. Il est impossible de savoir exactement combien d'enfants étaient enterrés dans la clairière ; il suffit de savoir que le docteur habitait la zone 540 depuis plus de douze ans et qu'il avait entrepris une recherche systématique qui n'avait connu aucune interruption depuis son installation.

2

Des voyageurs

15

Sur la Kärtner Strasse, au cœur de Vienne, les gens sortaient des bureaux en vagues pressées et rentraient chez eux dans un crépuscule violet. Les larges et gracieux boulevards bordés de tilleuls baignaient dans une douce lumière qui venait des réverbères et des lumières jaune-orange des innombrables vitrines. Les grands magasins, les bottiers et les chemisiers, les marchands de vin et les boulangeries, les salons élégants et les boutiques étaient pleins d'acheteurs du soir ; les habitants de Vienne, aussi bavards et sociables qu'ils l'ont toujours été, aiment les petits cafés enfumés et les tabacs bondés où ils peuvent à loisir jaser, manger et boire.

Sur l'avenue très fréquentée, hors du Graben, l'aiguille de la grosse horloge du clocher de Saint-Stéphane était presque arrivée à sept. Quand la main qui indiquait les minutes arriva finalement sur le chiffre romain VII, comme le doigt du destin, le premier des sept gongs de plomb sonna dans la nuit tombante. Il y eut une grande envolée de pigeons qui avaient élu domicile dans les claires-voies qui se trouvent sous la coupole de la cathédrale.

Une jeune femme, grande, anguleuse, à l'allure décidée et presque masculine, passa à longues enjambées devant la cathédrale et se dirigea vers l'agréable tintamarre du Kohlmarkt et de la Michaelplatz. Elle portait une petite valise et avançait à longs pas volontaires, peut-être même avec une certaine hâte. Il était évident qu'elle savait où elle allait et ce qu'elle allait y faire.

Elle s'arrêta pourtant pour se placer résolument dans l'atroce lumière crue d'un kiosque à journaux ; elle avait posé sa valise et elle attendait, un peu à bout de souffle, sur fond de quotidiens, de revues et de magazines pornos.

Un observateur objectif aurait pu s'étonner de voir une jeune femme qui allait gracieusement vers la trentaine et possédait les attributs les plus purs de la beauté nordique dans un environnement aussi sordide. C'était le genre de beauté qu'on voit chez les mannequins des grandes maisons de couture, pourtant, il y avait en elle quelque chose de gauche et surtout une évidente indifférence à son physique qui contredisait cette impression. Elle aurait pu être tout autre chose en fait ; une athlète, une nageuse ou même une championne de course. Son visage était d'une grande pureté de lignes et ses grands yeux intelligents étaient d'un doux vert, comme du vieux cuivre patiné — couleur qu'on associe plus aux peuples méditerranéens qu'à ceux des pays nordiques.

Ses cheveux blond cendré étaient longs, mais elle les avait enroulés sévèrement en chignon ; elle avait posé sur sa tête un bonnet de laine, de ceux qu'on voit dans la marine marchande, qui accentuait ses pommettes hautes et la très belle architecture de son visage.

C'était le début du printemps ; le soir était encore frais et la jeune femme portait un ensemble en denim et de grandes bottes marron. Elle avait au cou une amulette qui semblait être égyptienne. C'était un gros bout de tourmaline d'un gris-bleu qui avait la forme d'un faucon.

Elle n'arrêtait pas de surveiller le boulevard dans les deux sens ; finalement, elle acheta *Deutsche Zeitung* et un paquet de Gauloises. Elle en alluma une et, en penchant la tête, jeta un coup d'œil à sa montre.

Peu après, elle sortit de la poche intérieure de sa veste en denim une longue enveloppe très fine. Elle avait été postée d'Asunción et était recouverte d'un alignement de timbres de 18.15 *guarani aeropostes* sur lesquels on voyait les visages augustes de John et Robert Kennedy et le visage mélancolique de Lincoln qui couvrait le fond.

La lettre, adressée à la boîte postale 6403, Wien, avait déjà été décachetée. En fait, elle semblait avoir été ouverte depuis longtemps et le papier était plein de traces de doigts. La jeune femme l'ouvrit encore une fois et, d'un doigt impatient, elle en retira le contenu. Il y avait seulement un billet aller-retour Vienne-Buenos Aires via Dakar, première classe sur la compagnie Braniff Airlines, un petit paquet de billets de banque argentins et un petit carré de papier bleu pâle. Il ne portait que quelques mots, écrits à la hâte : « *Meilleurs souvenirs du pays aux infinies possibilités.* » Il n'y avait ni signature en fin de message, ni de salutations au début.

La jeune femme relut le message et essaya de l'étudier encore. Pourtant, cette étrange missive ne semblait pas l'étonner. Elle mouilla son doigt et frotta les lettres de sa peau mouillée jusqu'à ce qu'elles soient devenues illisibles, comme un barbouillage.

Peu après, un taxi Mercedes apparut dans le virage et s'arrêta près du kiosque, il klaxonna deux fois. La jeune femme se retourna. Elle reconnut immédiatement l'homme qui occupait dans l'ombre le siège arrière, remit à toute vitesse son billet d'avion dans sa poche, prit sa valise et se dirigea vers le taxi de sa démarche longue et rapide.

16

1er juin 1976
Günzburg, Bavaria

« Cher Väterchen,

Merci pour ta lettre du 22 mai. Tout est arrangé. Je pars pour Buenos Aires par le vol 430 de la Lufthansa le 17 juin à Munich. Si j'ai bien compris, Ricardo doit venir me chercher à Buenos Aires le 18. Nous devrons discuter des affaires de la compagnie pendant plusieurs jours, puis prendre le bateau jusqu'à Encarnación, le 27. Je suis sûr que je vais aimer ce voyage de nuit sur la Plata, après tout ce que tu m'en as dit. Mais surtout, nous allons être ensemble de nouveau. Pour moi aussi, ces cinq années ont été longues, tu m'as manqué... »

Le stylo de Rolfe Hupfauer cessa d'exercer la pression inhabituelle sur le papier. Il froissa la feuille, la déchira rageusement et en jeta violemment les morceaux sur le mur.

— Rolfe !

Il vit, en relevant les yeux, le doux regard de Hedi, sa femme. Elle avait prononcé son nom d'un ton de reproche.

— Quoi ? (Il avait presque crié ; il fixait ses mains.) Vas-y, dis ce que tu as à dire.

— Je n'ai rien à dire, répondit-elle d'une voix calme. Tu en dis assez toi-même par ce que tu fais. Si ça doit te rendre malade, si la perspective de voir ton père te répugne autant, n'y va pas !

Il eut un rire mauvais :

— Comme si j'avais le choix. Comme si je pouvais lui répondre... voyons. Comment pourrais-je tourner ça ?

Il arracha une autre feuille du bloc de papier à lettres et commença à écrire avec un entrain laborieux et méchant. « Cher Väterchen... Je ne viendrai pas à Encarnación pour te voir. Je ne viendrai plus jamais. En vérité je n'ai aucune envie de te voir. Ta seule vue me dégoûte profondément... tu me fais horreur... »

Hedi traversa la pièce, lui arracha la feuille et la froissa dans son poing fermé.

— Tais-toi... les enfants vont entendre !

— Tu veux dire qu'ils ne savent pas encore ? (Il ouvrit de grands yeux, parodiant la surprise.) Étonnant. C'est tout simplement stupéfiant ! Je croyais qu'aujourd'hui chaque Allemand, de l'âge du biberon jusqu'aux centenaires, était au courant. Pendant combien de temps encore pourrons-nous protéger les enfants ?

— Aussi longtemps que ce sera humainement possible.

— Pourquoi ? grogna Rolfe. Je n'étais pas protégé, moi. Personne ne m'a jamais protégé. A partir de l'âge de dix ans, je n'ai cessé d'entendre parler de l'estimé docteur, mon père. Tout le monde s'y est mis : les journaux, la radio, les magazines. On en parlait même à l'école. Je me souviendrai toujours de mon professeur en train de déclamer, du haut de sa chaire... Monstre. Vampire. Grigori, l'Ange de la Mort... c'est comme ça qu'on l'appelait et comme, pour des raisons évidentes, j'avais pris le nom de jeune fille de ma mère, ce pauvre idiot n'a jamais réalisé qu'il parlait de l'auteur de mes jours. Le fils du Vampire. Mes copains faisaient des blagues. Plus tard, je me souviens d'avoir été convoqué au bureau du procureur à Francfort, assigné à comparaître comme un criminel ; on m'a forcé à écouter l'acte d'accusation, cet horrible document avec tous ces détails hideux, catalogués avec soin. On me l'a lu à haute voix. On m'a lu les soixante-six chefs d'accusation, un par un, chacun plus incroyable que l'autre. Et on m'a demandé : « C'est votre père ? Est-ce que c'est lui ? »

Rolfe Hupfauer se leva et se dirigea vers la baie vitrée qui surplombait un grand rideau de sapins et une vue magnifique sur le lac, en contrebas. Il regarda longuement le disque étincelant dc l'eau bleue et blanche, ceint de sa couronne de pins. Comme il ressemble à son père, pensa Hedi, en le regardant. Mince et presque fragile, comme lui. L'allure sombre et élégante de son père... sauf qu'à trente-sept ans, il paraissait beaucoup plus vieux que son père à cet âge-là. Les cheveux plus gris. L'air hagard et dérouté. Gregor Grigori, son tristement célèbre beau-père, n'avait certainement jamais eu cet air-là. Bien au contraire, il était en général plein d'allant, vif et malicieux et toujours prêt à s'amuser. En quinze ans de vie avec Rolfe, elle n'avait rencontré le docteur que trois fois, et encore dans des circonstances très curieuses. La première fois, c'était à l'enterrement de son père, Karl Grigori ; le docteur était venu d'Argentine à Günzburg déguisé de la façon la plus baroque qui soit, avec une perruque blonde extravagante. Il se faisait appeler Fausto Rindon. La deuxième fois, elle l'avait rencontré dans un club de Rio de Janeiro ; on le lui avait présenté comme Gregor Schlakstro. C'était le Carnaval. La pièce était surpeuplée et très bruyante. On jouait de la trompette. Tout le monde était ivre mort et débraillé. Rolfe et elle portaient d'horribles déguisements, ils étaient tristement assis dans une tourmente de confettis, renversaient leur vin et, dans la confusion et l'hilarité générales, Herr Schlakstro essaya plusieurs fois de passer une main sous sa jupe.

La troisième fois, c'était à Acapulco. Dans un hôtel de la périphérie, près du Pied de la Cuesta. Aloïs, le jeune frère de Grigori et chef en titre de l'empire, venait de mourir subitement. On devait signer certains papiers très rapidement. Il fallait régler la succession et l'on donna par procuration à Rolfe, qui était avocat, les pouvoirs de son père. Hedi se souvint qu'en cette occasion son illustre beau-père n'était plus du tout d'humeur enjouée. Il avait l'air hagard, dérouté et ennuyé. Il n'arrêtait pas de regarder au-dessus de son épaule, exactement comme Rolfe en ce moment.

— Veux-tu que je t'accompagne ? dit-elle. Est-ce que ça t'aiderait ?

— Non. Il faut que j'y aille seul.

— Oui, je sais. Deux semaines seulement.

Ses doigts tambourinaient sur la fenêtre. Il regardait les deux enfants, un garçon et une fille, qui jouaient dans le jardin.

— Il va me sortir dans tous les endroits à la mode. Dépenser un argent fou pour moi. Me présenter tous ses vieux copains. Les vieux *Bonsen* du Parti et les drogués du pas de l'oie. « C'est mon fils. Mon Rolfe. Mon avocat. Mon bras droit. » On boira beaucoup de champagne et on se soûlera. Je le regarderai rire et boire, ses yeux seront joyeux et tous ces gens autour de lui, faisant des courbettes comme s'il était un héros. Et je me dirai, c'est ça le monstre ? Le Vampire ? Le castrateur de petits garçons ? Le fameux Ange de la Mort ? Ce vieil imbécile sentimental et pleurnichard ? C'est quand même loin d'être l'image qu'on se fait du mal absolu.

« Il m'emmènera sur son bateau. On ira pêcher pendant deux jours. Il aura ses deux assassins de service avec lui. Ils chanteront des chansons et raconteront des histoires obscènes et il cherchera à s'excuser auprès de moi. A se justifier surtout. “ Tu sais, Rolfe, me dira-t-il de sa voix pâteuse, celle qu'il a quand il boit trop de cognac, ça ne s'est pas du tout passé comme ils le disent. Je ne suis pas aussi affreux qu'ils veulent le faire croire. Nous avions une cause " ; il me dira ce genre de phrases avec cet air béat d'ivrogne, comme s'il venait d'avoir un tête-à-tête avec Dieu en personne. " Oh, je ne dis pas que nous n'ayons pas fait d'erreurs. Il y a eu des excès — c'est vrai, je l'admets. Malheureux, lamentable mais — qu'est-ce que tu veux... on avait des prinzipes en ce temps-là ! Prinzipes... "

Rolfe essayait de rendre l'invraisemblable accent bavarois de son père. Il levait le doigt comme un dictateur de bandes dessinées.

« " Le devoir. Notre Devoir ! " Et je vais recommencer à le haïr. Et il le verra dans mes yeux. Et il en sera blessé. Cet air de chien battu qu'il peut prendre ; il n'y a rien de sincère là-dedans ; c'est complètement bidon. Je le sais. Il me mettra les bras autour des épaules et il m'embrassera et il commencera à pleurer. Comme je méprise ce penchant pour le pathos quand il boit trop et qu'il commence à brailler. Et cette contrition servile qu'il me réserve tout spécialement. Je sais qu'il n'est comme ça qu'avec moi. Quand il est avec ses vieux copains, ils se complaisent dans le passé. Ils chantent le *Horst Wessel* et il se vante de tout ce qu'il a pu faire encore plus fort que les autres. Et quand je pars de là-bas, je suis encore plus malade de haine.

Hedi regarda son mari pendant un temps assez long, elle s'agenouilla enfin, ramassa les bouts de papier.

— Si ça te met dans des états pareils, dit-elle, n'y va pas. Et (elle hésita un peu) n'accepte plus son argent.

Ses traits se durcirent immédiatement et il lui jeta un regard de haine à l'état pur.

Il quitta soudain la fenêtre et se traîna vers le bureau. Il s'assit en soupirant, prit une feuille neuve et commença d'écrire.

« CherVäterchen », sa main tremblait. « Merci pour ta bonne lettre du 22 mai... »

Peu de temps après, Rolfe Hupfauer remontait l'autobahn de Günzburg dans sa petite Porsche. Il roulait très vite, avec une sorte de rage calme. Il y a un mois, il était encore plein d'espoir, il faisait des plans sur l'avenir. Tout s'était passé comme si, après tant d'années, un drap funéraire s'était levé et qu'il pouvait enfin émerger d'un brouillard de récrimination et de culpabilité. Il se sentait de nouveau capable de jouir de la vie et de sa famille quand une petite lettre « par avion », affranchie d'Asunción et constellée des timbres multicolores qui dépeignent la faune du Paraguay — jaguar, ocelot, tapir, capibara — était venue tout remettre en question. Avant même de l'ouvrir il avait senti son estomac se nouer. Il pressentait les ennuis. Il y avait l'écriture de Caffeti, petite, précise, et les mots « fantasque », « imprévisible », « malade », « très urgent » qui sortaient douloureusement de la page. Il dut s'asseoir avant de pouvoir la finir. « Votre présence est indispensable. Il vaudrait mieux qu'il ne sache jamais que je vous ai écrit — Laissez-le croire que c'est par amour filial que vous avez entrepris le voyage... » Rolfe eut un rire amer ; il voyait le dernier mot disparaître quand il prit la sortie Günzburg. De cette distance, il pouvait apercevoir les vieux clochers de l'église rococo et sur la gauche le grand château Renaissance avec ses tourelles et ses mâchicoulis.

En traversant cette petite ville médiévale de douze mille habitants, place forte construite sur des hauteurs qui surplombent le Danube, il se souvint que son père y avait passé son enfance et que les entreprises industrielles Grigori & Fils, dont la renommée pour le matériel agricole était devenue mondiale, avaient dominé la vie économique de la petite cité bavaroise pendant plus de deux siècles. Quatre-vingts pour cent de la population active travaillaient pour Grigori et c'était pourquoi, malgré les terreurs du passé, les Grigori restaient dans leur ville natale des héros intouchables.

Il traversa le vieux marché et prit la petite rue pavée qui menait à la demeure ancestrale. Il se souvint, avec un pincement au cœur, que c'était là qu'il était né. C'était bien dans cette maison qu'il avait été sevré, qu'il avait grandi, qu'il avait découvert les premiers jeux et qu'il avait été à l'école. C'est ensuite que son père était parti à Munich pour passer ses examens.

La Porsche passa deux colonnes de pierre et prit une allée en gravier qui serpentait pendant plusieurs centaines de mètres à travers un grand parc. La voiture prit lentement les nombreux virages puis, soudainement, apparut l'immense villa au bout d'une ligne de peupliers, avec ses tours et ses pignons, ses poutres et son stuc.

Elle avait été bâtie près de trois cents ans avant par son arrière-grand-père, Karl Grigori ; c'était un endroit qui mettait toujours Rolfe mal à l'aise. Enfant, il en avait eu très peur. Ses coins froids et humides, ses grandes ailes sombres, ses enfilades de pièces désertes qui conduisaient toutes, inexorablement, à d'autres enfilades. Il était si facile, pour un petit garçon, de se perdre dans un tel labyrinthe. Il avait été un enfant solitaire et hypersensible et ces pièces s'étaient vite peuplées de fantômes terrifiants. Même aujourd'hui, plus de trente ans après, il ne pouvait y pénétrer sans se sentir comme rapetissé, étouffé par une présence éternelle et menaçante. Cette maison exhalait son père. Otto, qui avait été le valet de la famille pendant quarante ans, vint lui ouvrir la porte. Il était presque aveugle aujourd'hui, mais il portait toujours sa livrée et supervisait les activités des quatre autres domestiques — une camériste, un cuisinier, un portier et un chauffeur — toute cette domesticité devait maintenair la vieille Grigori dans un train de vie qu'elle refusait obstinément d'abandonner.

C'était la dernière des Grigori, cette femme de quatre-vingt-dix ans, puisque son petit-fils Rolfe avait opté pour le nom de jeune fille de sa mère et qu'ainsi la dynastie allait s'éteindre. Elle avait été le témoin, il y avait plus de trente ans, de la mort de son cher Karl et des révélations du procès de Nuremberg sur les activités de son fils pendant la guerre qui lui avaient brisé le cœur. Au début, il avait fermement refusé de prendre au sérieux un seul des chefs d'accusation contre son fils Gregor, persuadé que le tribunal allait le disculper totalement. Mais quand il vit que c'était exactement le contraire qui arrivait, il décida simplement, un beau jour, de se tourner contre le mur et de renoncer à vivre.

Dans les années qui suivirent, Mme Grigori vit son fils

aîné, Kurt, mourir prématurément d'une embolie et son jeune fils, Aloïs, périr dans un « accident » sur la nature duquel on émit plus d'un doute. Aloïs avait toujours été considéré comme le « sensible » de la famille et l'infamie que projetaient sur toute la maison les révélations de Nuremberg lui avait causé un grand choc. Les Grigori, très fervents catholiques, ne pouvaient quand même pas accepter la thèse d'un suicide. Pour ce qui est de son fils Gregor, le seul survivant, Mme Grigori n'en parlait plus depuis trente ans. On ne pouvait même pas aborder le sujet en sa présence et, en tout état de cause, ce fils n'avait, dans son esprit, jamais existé.

Otto l'avait précédé en parlant du bon vieux temps dans le grand escalier qui menait à l'étage supérieur où Grand-Maman Grigori vivait dans son splendide isolement. Elle occupait cet étage tout entier, mais ne sortait jamais et prenait tous ses repas dans un grand lit de chêne à baldaquin merveilleusement sculpté, caustique, dictatoriale et particulièrement abusive à l'égard de ses proches. Quand il fut devant la porte, Rolfe eut un frisson d'abattement. Il ne savait plus du tout pourquoi il était venu.

Quand il entra, elle était assise en peignoir à une petite table de bridge, en train de faire une réussite. Les vieilles mains noueuses, alourdies de bagues éblouissantes, brouillaient les cartes sur le tapis vert de la table. Elle était entourée d'un halo de fumée de cigarettes.

Elle ne leva pas les yeux quand il entra, encore qu'il fût persuadé qu'elle le savait présent dans la pièce. Elle ne lui avait jamais pardonné d'avoir renié son nom de famille. Considérant cela comme une trahison, elle l'avait pratiquement déshérité, divisant les parts de ses propriétés et de ses avoirs entre ses autres petits-enfants, moins tourmentés par de tels drames de conscience.

Mme Grigori laissa son petit-fils attendre qu'elle ait fini sa partie, refusant de prendre en compte sa présence. Quand ce fut fait, et sans daigner lever les yeux, elle lui dit d'une voix à peine audible :

— Entre !

Il avançait, et, à mesure, il eut l'impression de pénétrer

des cercles de fumée de plus en plus denses et ténébreux. Le soleil s'était presque couché et un dernier rayon plein d'atomes de poussière filtra à travers les grandes baies de vitrail pour parvenir enfin sur le tapis vert de la petite table. Quelque part derrière elle, un grand cacatoès blanc perché sur un anneau de cuivre lançait des sons étranges et gutturaux dans l'ombre épaisse.

— Tu voulais me voir, Rolfie ? dit-elle en étalant les cartes.

Il fut frappé du « Rolfie ». C'était la façon condescendante dont elle l'appelait quand il était petit garçon et il savait bien qu'un tel rappel, surtout de sa part, ne pouvait être fortuit.

— *Grossmutter,* dit-il en s'installant dans une vieille bergère de rotin qui craqua sous son poids.

Elle lui parut à présent beaucoup plus frêle. Son visage était maquillé de façon grotesque et il s'aperçut qu'elle portait tous ses bijoux. Sa peau, tendue sur les joues, avait la consistance translucide de la cire. Il y avait un filigrane complexe de petites veines bleues à la surface et l'on pouvait distinguer clairement la forme du crâne sous l'épiderme. Pourtant, même dans cet état, elle restait coquette et comme consciente de la grande beauté qu'elle avait possédée. Il fut frappé de constater à quel point son père lui ressemblait.

Elle alluma une cigarette au mégot de la précédente.

— Tout va bien chez toi, Rolfie ?

— Oui, *Grossmutter.*

— Hedi et les enfants ?

— Ils vont bien.

Le cacatoès éructa un ensemble de sons indéchiffrables. Elle le fixa d'un air menaçant et pointa sur lui un doigt accusateur.

— Oh, tais-toi, Zigi. (Elle revint à lui.) Tu as l'air fatigué, Rolfie. Tes affaires — ton cabinet marche bien ?

— Très bien, très bien, *Grossmutter.*

— Le vieil Handelmann me dit que tu travailles très bien. Je suis contente.

— Je fais de mon mieux, *Grossmutter.*

Il y eut un temps mort ; elle attendait visiblement qu'il

lui dise pourquoi il était venu la voir. Elle savait qu'il était là pour quelque chose.

« *Grossmutter ?*

— Oui.

Ses yeux s'étaient plissés et, pour la première fois, elle rencontra son regard.

— Je vais au Paraguay.

Ses mains s'arrêtèrent sur les cartes et une sorte de pellicule brumeuse passa devant ses yeux.

— C'est si bon de voir le beau temps revenir. L'hiver a été atroce, non ?

— *Grossmutter* (Rolfe s'était penché vers elle), je vais au Paraguay.

Il répéta les mots, plus fort cette fois, plus insistant.

— Toute cette neige ! (Elle recommença à étaler les cartes.) Et après, toute cette pluie au printemps !

— *Grossmutter,* je vais voir Papa.

— Incroyable, murmura-t-elle, tout bonnement incroyable !

Elle fixait ses cartes, le cacatoès croassa.

« Tais-toi, Zigi !

— J'ai une lettre de Caffeti. Il ne va pas bien. Ils s'inquiètent beaucoup pour lui. Ils disent que je devrais y aller.

Les vieux doigts arthritiques, alourdis de pierres précieuses, cessèrent leur va-et-vient. Sa langue pointa, comme celle d'un reptile, sur ses lèvres minces et bleuâtres, puis rentra brusquement.

« Je ne voulais pas y aller, continua Rolfe avec empressement, mais je crois qu'il le faut.

— Tu savais que ton cousin Rudy vient d'être père encore une fois ? (Elle continuait à étaler les cartes en babillant.) Sept enfants, tu imagines ? Quelle famille splendide. Qu'est-ce qui se passe avec toi et Hedi ? Vous n'en êtes toujours qu'à deux ?

— *Grossmutter.*

Il suppliait à présent. Mais elle n'avait aucunement l'intention de répondre.

Otto arriva avec un plateau de thé et de gâteaux, mais il s'excusa et ne prit rien et, au moment de lui faire ses adieux, quand il voulut l'embrasser, elle lui prit la main.

— Rolfie.

Elle le regardait à présent, du fond de son odeur d'eau de Cologne, de tabac et de vieilles étoffes. Pour la première fois, son regard eut une expression enfantine et presque effrayée.

« Sois prudent.

Il voulut lui dire adieu de la main quand il fut sur le pas de la porte, mais elle l'avait déjà oublié, tout entière à la joie de mettre de gros bouts de gâteau dans le bec avide de l'oiseau.

17

A 12000 mètres d'altitude, le monde paraît meilleur. On ne voit ni les stigmates ni les pustules. On ne respire plus les effluves nauséabonds de la civilisation. Perdu dans la contemplation d'un ciel bleu, impassible et pur, M. Baumstein étudiait les formes gazeuses des nuages et commença à se sentir mieux. Il était de nouveau lui-même. L'hôtesse lui apporta un scotch, mais vingt minutes plus tard il se précipita à l'arrière de l'avion et, à califourchon sur une cuvette d'acier, il vomit ses tripes dans un trou fétide d'eau teinte en bleu qui était un tout petit peu plus sophistiqué qu'une chaise percée dans une cabane au fond d'un jardin. Il pensa que telle était bien l'image de la civilisation : on presse un bouton et toute la saleté est chassée par un tourbillon de mousse bleue désinfectante tandis que l'horrible et interminable musique de fond vous assène du Jerome Kern. Il a fallu trente millions d'années d'évolution pour en arriver là.

Baumstein revint s'asseoir quelques instants plus tard, la langue comme enveloppée d'un goût amer d'enzymes et de rots ; il avait posé son front brûlant sur le hublot froid. Il y vit un visage verdâtre et décharné, avec une expression hagarde et plaintive, comme celle d'un chiot injustement battu. Il se disait à présent qu'il était vraiment peu doué pour le détournement de fonds, bien mal équipé pour le vol à grande échelle ! M. Peter Baumstein, J. Peter Baumstein, en fait (il appartenait à une culture mercantile qui s'est développée grâce à des imbécillités telles que la confection d'une image publique. Mettez une initiale — n'importe laquelle — avant votre prénom et vous voilà devenu capitaine d'industrie). Baumstein avait un peu honte de ces âneries, se faire appeler J. Peter, par exemple ; mais il n'était pas iconoclaste de tempérament. Quelle que soit son opinion personnelle sur les rituels des grandes entreprises, il y avait toujours souscrit, en public du moins, si sots qu'ils aient pu être. Baumstein était en fuite. Il fuyait son pays et son foyer, sa carrière et pour tout dire une vie pour laquelle il avait gâché sa jeunesse et sa santé et ce, pour presque rien.

Après trente années de dur travail à la Bourse, il avait attrapé un ulcère, de l'hypertension et près de soixante mille dollars dans le rouge ; finalement, il avait été la victime des mêmes espoirs chimériques qu'il avait, en tant que conseiller financier, fait naître dans les cœurs de milliers de petits investisseurs crédules, afin de leur barboter les économies qu'ils avaient péniblement réussi à faire pendant une vie de dur labeur.

Et beaucoup d'entre eux, à vrai dire, s'étaient retrouvés sans le sou, y compris lui. C'est l'histoire de l'araignée qui se prend dans sa propre toile.

Pourtant il y avait eu une période de sa vie où les choses allaient beaucoup mieux. Il avait été, pendant la plus grande partie de sa vie professionnelle, un économiste très prisé et royalement rémunéré, diplômé des universités de Vienne et de Harvard. Il avait émigré d'Autriche après la guerre. Brillant, séduisant, ni effacé ni trop agressif, il était vite devenu cadre supérieur chez l'un des plus prestigieux agents de change de Wall Street. C'est à ce moment qu'il avait augustement accolé le « J » à son nom, comme s'il s'était agi d'un titre nobiliaire ou d'un sceau papal.

C'était si loin déjà ; le monde lui appartenait. Toutes les possibilités lui étaient ouvertes. Aujourd'hui il partait ; il était en fuite pour être plus précis. Il avait mis un mot pour Édith sur le piano et des livrets de banques dans l'urne qui se trouvait sur la cheminée, là où il savait qu'elle les trouverait. Elle en avait assez pour tenir pendant plusieurs mois. Après, il faudrait qu'elle se débrouille seule. Il ne pouvait guère faire plus.

Il était difficile d'expliquer pourquoi il avait choisi de partir à ce moment et pas à un autre. Il était d'ailleurs le dernier à le comprendre et quand il avait dû prendre la décision, il n'avait eu ni le temps, ni le désir de faire le point. Il savait que, dans son cas, l'introspection pouvait être très dangereuse et que son ego déjà gravement malmené ne supporterait pas les rigueurs d'un tel examen de conscience. Tout ce qu'il savait, tout ce qu'il voulait savoir, c'était qu'il était temps de filer, et de filer vite, tant que c'était encore possible.

Malgré tout, quelle comédie que son existence ! Un homme de son âge, épuisé par près d'un demi-siècle de course à la réussite, dans cette foire d'empoigne où l'important est d'être un « gagneur », forcé de déménager à la cloche de bois, en pleine nuit comme un voleur, avec un attaché-case bourré de titres au porteur qu'il avait détournés, de chèques de voyage volés et de tout ce sur quoi il avait pu mettre la main ; le tout entassé pêle-mêle avec du dentifrice, de l'aspirine, des pyjamas froissés, quelques bouteilles de laxatif liquide et un assortiment de pilules multicolores pour soigner son hypertension. Arrivé à ce moment de la vie où l'on devrait se ménager un peu de repos, prendre un peu de champ par rapport à la tourmente des affaires (une pension raisonnable et un petit pavillon bien tranquille), Baumstein était confronté à une terrible obligation, celle d'effacer toute trace et de recommencer une nouvelle vie.

Les moteurs ronronnaient. La nuit tomba et on alluma les lumières. D'en bas aussi, les lumières commencèrent à briller, signalant la présence de grandes métropoles ; il y en avait de toutes petites pour les établissements humains plus modestes. Chaque feu traduisait une existence, pensa Baumstein, une faible lueur, comme une luciole qui se débat dans des ténèbres de plus en plus denses.

Un enfant se mit à pleurer. L'hôtesse jetait un regard réprobateur sur des hommes qui jouaient aux cartes en travers de l'allée.

Après le dîner, on entassa les plateaux d'acier souillés, les misérables petits paquets de condiments, les petites enveloppes de sucre en poudre et les serviettes froissées sur un chariot bruyant. Il fallut qu'il attende que la collecte soit finie pour aller aux toilettes. Il était certain que son mal au cœur allait le reprendre.

Il songea à Édith. Elle devait dîner, juste en ce moment, avec sa mère à Greenwich, inconsciente de ce qui l'attendait à son retour. Et Joël, dans son école, qui ne pouvait avoir le moindre soupçon ; s'il savait que l'âge d'or de son enfance était sur le point de se terminer ! Il le prendrait mal, mais qu'y pouvait-on ? Il lui avait assuré les seize meilleures années qu'il vivrait jamais. C'était fini. Où était-il écrit que la simple procréation est un péché si hideux qu'elle doit forcément condamner son auteur à la servitude économique à perpétuité ? Il connaissait bien Joël, de toute façon ; il allait sans aucun doute passer les seize prochaines années sur le divan d'un psychanalyste particulièrement avide ; ils pourraient ainsi tous deux le maudire de n'avoir pas su assumer la paternité. Baumstein n'avait aucune illusion. Joël était un petit con ingrat et il était certain qu'il n'aurait pas hésité à lui donner des coups de pied à terre.

L'hôtesse vint le voir. Elle lui offrait, cette fois-ci, un oreiller parfumé ; c'était une senteur qui se rapprochait beaucoup du pin, mais un pin affadi, un pin de laboratoire complètement bidon, un parfum manufacturé dans quelque cuve du New Jersey, ou dans n'importe quelle ville dont la célébrité était attachée aux entrepôts où l'on emmagasinait des cuves à parfums. Baumstein prit l'oreiller, lui donna un grand coup de poing désespéré, baissa l'intensité de sa lampe et s'endormit.

— Quelque chose à déclarer, *señor ?*
— Non, rien.
— Cigarettes, whisky ?

— Rien du tout.

Baumstein eut un sourire nauséeux en tendant son sac et son attaché-case au douanier. C'était un petit homme trapu aux moustaches tombantes avec un uniforme gris et fripé beaucoup trop grand pour lui. Avec ses épaulettes et ses brandebourgs, il avait une allure franchement grotesque, comme un figurant dans un opéra bouffe.

Il fit un petit signe à la craie sur les bagages de Baumstein : ces petites marques faites au hasard ressemblaient à des étoiles brisées.

— *Pasaporte, señor.*

Baumstein le tendit à l'inspecteur avec des doigts tremblants.

— *Señor* Gales ? C'est vous le *señor* John Gales ?

— C'est exact.

Sa voix sonnait faux, trop haute, comme extérieure à lui.

Pendant que l'inspecteur examinait une liste de noms (criminels, indésirables et individus susceptibles d'être des ennemis de la République), un haut-parleur grésillait au-dessus de sa tête des numéros de vols et des destinations. Il y eut un flot de voyageurs et de porteurs. Il vit ensuite, devant le comptoir qui se trouvait juste en face de lui, deux *policias* en bottes d'équitation et casques marron qui portaient fièrement leurs fusils russes AK 47 tout neufs sur l'épaule. Ils étaient en train de rire et de faire une cour bruyante à une hôtesse de la Lufthansa tandis que Baumstein, le cœur battant, attendait que l'inspecteur ait fini ses recherches.

— Parfait, *señor* Gales, dit sèchement l'inspecteur en lui rendant le passeport. Hôtel ?

— Pardon ?

— Votre hôtel à Asunción, s'il vous plaît, *señor ?*

— Oh !

Baumstein jeta un coup d'œil gêné au monsieur qui le suivait dans la file, passeport en main, attendant son tour. Il dit soudain à l'inspecteur :

« Le Guarani.

— Gran Hotel de Guarani, inscrivit emphatiquement

l'inspecteur sur sa fiche. *Muy bueno, señor, bienvenido a Paraguay.*

Baumstein traversa l'aérogare, maladroit et perdu ; un immense portrait mural d'Alfredo Stroessner le surveillait. Il portait son grand uniforme et jetait un regard condescendant sur chaque nouvel arrivant, comme Dieu tout-puissant.

Quand il franchit les portes et qu'il fut hors du sanctuaire d'air conditionné, la chaleur le frappa violemment. Elle était palpable, intenable comme la gueule d'un haut fourneau qu'on aurait ouverte subitement.

Le parc était bondé de voitures ; on klaxonnait à tout venant et les miasmes des gaz d'échappement recouvraient tout d'un épais brouillard. D'autres policiers bottés et casqués sifflaient et agitaient de façon menaçante leurs mitraillettes vers les conducteurs récalcitrants.

Baumstein était en train de dépérir devant la navette de l'aéroport, maculée de boue et d'insectes écrasés ; il hésitait à y monter, la température devait bien y être de dix degrés supérieure à celle de l'extérieur. Une rangée de visages pâles et humides était déjà apparue aux vitres, comme d'étranges créatures sous-marines prisonnières d'un réservoir. Baumstein attendait donc en respirant une bonne dose de gaz d'échappement, tandis que deux Indiens rachitiques gémissaient en essayant de pousser les bagages dans la soute chauffée à blanc.

Le vieux bus prit enfin la direction du sud et sortit de l'aire de l'aéroport. Il y avait au-dessus de la ville un nuage phosphorescent d'un jaune peu engageant qui pesait comme un immense champignon vénéneux sur le paysage. Quelqu'un ouvrit une vitre et immédiatement une puanteur écœurante de sulfure et de caoutchouc brûlé envahit tout.

L'autoroute qui allait de l'aéroport à la ville avait un aspect franchement surréaliste ; c'était un vaste terrain vague absolument désert à travers lequel s'espaçaient régulièrement d'immenses lampadaires qui faisaient penser à des potences et qui s'étiraient jusqu'à un improbable horizon, comme dans un paysage de Giorgio de Chirico. Il y avait, à bonne distance de la route, un amas de cuves à produits chimiques, de raffineries d'essence, de tours à haute tension et tout un labyrinthe de tuyaux tordus et de cylindres, d'énormes sphères blanches et inhumaines entourées d'échelles d'acier qui montaient en spirales. Baumstein imagina des dômes et des minarets et se souvint d'une carte postale que son père lui avait envoyée d'Istanbul, quarante années auparavant : « Cher Jake. Me voici en Turquie. Il fait très beau. Dommage que tu ne sois pas là. » Le salaud !

Baumstein regarda sa montre. Quatre heures de l'après-midi. Dix heures du matin à New York. Il crut les voir, au bureau. Il voyait cette vieille conne de Priestley avec ses yeux en vrille de vautour affamé, accrochés à son bureau vide. Et Battersby, toujours sombre et malveillant, double menton tout tremblant, veines du nez prêtes à éclater, de plus en plus nerveux, qui consultait sa montre toutes les dix minutes pour appeler Baumstein.

Ils ont sûrement appelé la maison à présent, songea-t-il, et Édith leur a tout raconté. Elle a probablement lu sa lettre à Battersby, en pleurnichant dans un mouchoir froissé. Et cette vieille salope de Priestley, blême d'indignation, en train de jacasser de toutes ses dents jaunes, tendant à Battersby la clef de son bureau avec un « Je vous l'avais dit » triomphal dans les yeux.

Et puis tous les murmures étouffés. Les va-et-vient sur l'épaisse moquette. La porte de Battersby qui n'arrête pas de s'ouvrir et de se fermer ; la sonnette menaçante du téléphone et le vieil idiot qui s'agite dans le bureau suivi de son larbin Caruthers qui fait des courbettes obséquieuses en essuyant ses mains moites, plein de regrets déchirants sur « la chute tragique » de son confrère tandis qu'il reluque avidement le beau cuir jaune du fauteuil de Baumstein. Et dehors, les employés et les caissiers qui échangent des regards gênés ; la rumeur impatiente du « quelque chose se passe ».

Il se demanda combien de temps il leur faudrait pour commencer les vérifications. Ils le feraient sans doute tout de suite. Comme pour cette sale affaire avec Smythe, quelques années avant. Il n'avait pas fallu plus de vingt-quatre heures à Battersby, après qu'on eut retrouvé son corps qui flottait près du pont d'où il s'était jeté, pour réunir tous les comptables et convoquer un conseil d'administration exceptionnel à deux heures du matin. Il les avait tous tirés du lit et littéralement traînés là-bas par les pieds. Bon Dieu, il avait une sacrée santé celui-là, rumina Baumstein. Mais il n'allait pas imiter Smythe. Ils avaient tous les deux succombé à la même tentation, ayant tous les deux en leur possession à la fois la clef et la combinaison du coffre. Tous deux s'étaient retrouvés sans le sou, comme cela arrive souvent à ceux qui paraissent avoir de très hauts salaires, aujourd'hui. Et bien sûr, tous ces trucs — comment pourrait-on les appeler ? — « négociables » qui traînaient là, à portée de la main. C'est qu'il y avait toutes ces dettes : les études de Joël, l'hypocondrie d'Édith et cette coûteuse habitude qu'elle avait de la soigner en allant consulter quotidiennement tous les spécialistes possibles. Et puis cette foutue ferme dans le Connecticut. Cinquante hectares de prairies pour lesquels la banque le saignait tous les mois. Pourquoi lui fallait-il une foutue ferme, grands dieux ? Lui, Jacob Peter, qui ne pouvait faire la différence entre le devant d'une vache et une bouche d'incendie. Cette ferme était devenue un gouffre à pognon. Et toutes ces choses dans le coffre qui n'attendaient que lui, comme une gentille petite grue, comme une putain qui l'aurait racolé en pleine rue. Tu viens ? Allez, viens !

« Oh non, je n'imiterai pas Smythe, se dit Baumstein. Je ne leur ferai pas ce plaisir. » D'ailleurs Smythe était un con. Un amateur. Il leur faudrait au moins une douzaine de comptables et deux ou trois de ces nouveaux IBM 242 qu'on ferait marcher vingt-quatre heures sur vingt-quatre pendant un mois avant qu'ils puissent même commencer à déchiffrer l'énigme de ses livres de comptes. « Bon, se dit Baumstein quand le bus s'ébranla. Tout ça ne fait qu'apporter de l'eau à mon moulin. Ces fumiers vont devoir travailler pour leur argent. Bande d'ordures ! »

El Gran Hotel de Guarani, près du Jardín botanico sur Independencia nacional. M. Fuentes, le directeur, cherche si Baumstein a fait une réservation sur ses registres ; c'est un homme d'une grande amabilité, la cordialité suave et complètement artificielle des directeurs d'hôtels. Il n'en pouvait plus, impatient de montrer à son client à quel point son anglais était bon. Il était, lui aussi, en train d'inspecter son passeport.

— Simple formalité, *señor* Gales.

Il avait prononcé son nom avec un soin d'élocution digne d'éloge, ayant même poussé le luxe jusqu'à ne rouler le « r » de *señor* qu'imperceptiblement.

« Ah bien ; nous y voilà. Je vous ai inscrit du 15 jusqu'au 19.

— C'est exact.

Le long index tordu du *señor* Fuentes erra quelque temps sur l'acajou des petits casiers qui se trouvaient derrière lui. Il s'arrêta enfin sur le numéro *trecientos noventa y cuatro* et en sortit une vieille clef de bronze d'une taille insensée. Elle atterrit bruyamment sur le comptoir ; le chiffre 394 inscrit sur elle parut à Baumstein être un signe de mort.

« Vous avez une autre chambre de libre ? demanda-t il en avalant sa salive.

— Une autre chambre ?

Fuentes sembla très troublé.

Baumstein chancela ; son esprit s'était vidé totalement. Comment pouvait-il dire au directeur que les chiffres qui composaient 394 faisaient un total de seize et que seize était justement un chiffre qui lui avait toujours porté malheur ? Cela avait toujours été et serait toujours. Son frère David était mort à seize ans. Sa propre fille, âgée de deux ans, était morte un 16 octobre. Et c'était le 16 avril 1955 qu'il avait commencé à travailler pour Battersby Co Ltd. Jour funeste s'il en fut.

« Quelque chose ne va pas, *señor* Gales ?

— Non, rien.

— C'est une très bonne chambre, je vous assure. Très spacieuse avec un balcon et une vue splendide sur la ville.

— Oui, bien sûr. Je me demandais seulement si vous aviez autre chose.

— Un peu meilleur marché, peut-être ? demanda Fuentes avec un sourire sardonique.

— Non, non, le prix est parfait. Je voulais savoir si vous aviez autre chose, murmura faiblement Baumstein.

M. Fuentes eut un sourire de commisération.

— J'ai bien peur que non. Nous sommes en pleine saison, voyez-vous. L'établissement est plein. Il y a des groupes qui vont à San Bernardino et Iguaçu de Foz. J'ai un voyage organisé qui arrive ce soir de Buenos Aires. Peut-être bien dans deux jours, ou trois.

— Bon, bon, soupira Baumstein impuissant.

Il sentit une petite veine battre sur sa tempe. Il jeta un rapide coup d'œil dans le hall désert, cherchant ces fameux touristes. Il n'entendit que le bourdonnement d'un aspirateur qui venait des ténèbres d'au-delà du comptoir et il respira l'odeur âcre des cendres froides de cigares que dégageaient les crachoirs du hall qui n'avaient pas dû être vidés depuis des semaines.

— Le 394 vous convient, *señor* Gales ?

— J'ai bien l'impression de ne pas avoir le choix, soupira-t-il.

— *Bueno.*

M. Fuentes agita une clochette et aussitôt un vieillard sortit de l'ombre, comme s'il en avait fait partie de toute éternité, courbé et ratatiné. Il traîna la savate vers le bureau.

« *Trecientos noventa y cuatro,* dit Fuentes, impérial et dominateur.

Le pauvre diable hocha la tête et soupira faiblement en soulevant l'unique valise de Baumstein. Quand il voulut toucher l'attaché-case, Baumstein eut un violent mouvement de recul. M. Fuentes remarqua cet étrange comportement. Baumstein ne sut pas si cette condamnation silencieuse lui était destinée.

Une fois dans l'ascenseur, le porteur appuya sur un bouton ; le plafonnier s'alluma et l'appareil s'ébranla. Baumstein sentait les vibrations lui parcourir les pieds et la tête. Il était enfermé dans les côtes de cuivre de cette cage à allure de cercueil, sa poitrine touchait celle du vieil homme.

Tandis que la cabine montait doucement, Baumstein pouvait voir défiler devant lui les murs humides et blancs de la cage d'ascenseur et il sentait une forte odeur d'égouts qui remontait d'en bas.

Il surprit le pauvre vieux porteur qui l'observait furtivement sous ses paupières baissées. Quand il attrapa son regard, le vieil homme détourna ses yeux tristes et larmoyants et fit semblant d'être occupé à conduire l'ascenseur.

Une fois arrivé à la chambre 394, le porteur traversa lentement la pièce sur un tapis poussiéreux, écarta une paire de lourds rideaux de perse et, dans un grand bruit de métal, ouvrit les volets. Il y eut un rayon de soleil ; le vieil homme, visiblement impressionné, comme s'il venait de dévoiler la *Primavera,* fit respectueusement un pas de côté pour permettre à Baumstein de jouir de la vue d'Asunción. Il suivit l'homme dans les toilettes où, avec un excès de zèle remarquable, il tira la chasse d'eau et ouvrit les robinets. Ils échangèrent ensuite quelques mots dans un espagnol exécrable et quelques guaranis.

Baumstein lui demanda de lui apporter une bouteille d'eau de Vichy avec de la glace.

— *Una gaseosa ?*

— *Si, una botella y hielo.*

— *Ah, si, si,* balbutia le vieillard qui tenait toujours dans la main ses guaranis, en hochant la tête d'un air entendu.

La porte se ferma derrière lui dans un soupir et Baumstein se retrouva seul dans la grande décrépitude de la chambre 394, au milieu de meubles Louis XIV complètement toc, de tapis poussiéreux et de linge défraîchi. Il était persuadé qu'on n'avait pas changé les draps. Ils avaient l'air fatigués et sales ; il y avait une forte imprégnation de poudre et de parfums bon marché dans la salle de bains. La pièce avait cet air désolé des aventures hâtives et exhalait la mélancolie des corps qui se rencontrent et se quittent furtivement.

Baumstein remarqua combien dans les hôtels un peu louches les émanations des clients précédents se maintenaient ; une aura de douleur et de désespoir passager reste accrochée aux rideaux et aux fauteuils usés, comme un souffle amer.

Quoi qu'il en soit, cette chambre était vivable et, en tout état de cause, elle répondait parfaitement à ce qu'il voulait en faire. Ce n'était pas son genre, il n'y avait aucun doute, mais il était en fuite et Asunción qui n'avait jamais signé de traités d'extradition avec le reste du monde civilisé était la capitale des fugitifs. Financiers en cavale, assassins, terroristes, voyous et hors-la-loi en tout genre faisaient l'Hégire inévitable. Alors, pourquoi pas lui ? Il resterait à Asunción jusqu'à ce que quelque chose d'intéressant se présente. Après quelque temps, quand les choses se seraient un peu tassées, il essayerait de s'installer dans un coin un peu plus civilisé, un endroit qui réponde plus à ses goûts comme Londres, Paris ou peut-être Zurich. Avec ses faux papiers et sa nouvelle identité, il n'aurait pas de mal à se trouver une sinécure dans l'une des grandes Bourses occidentales. Qui sait ?

Il était très fier de lui. Tout s'était passé remarquablement bien. Mais il avait tout prévu. Tout préparé avec soin. Ses cartes de crédit, permis de conduire, passeport et certificat d'état civil étaient tous de première catégorie, jusqu'au moindre détail. Le numéro de Sécurité sociale était un chef-d'œuvre en son genre. Ça avait presque été trop facile. Mais ces Latins ne lui disaient rien qui vaille. Mous et négligés. Ce devait être le climat. Ce serait sans doute un peu plus difficile à Zurich, sous l'œil froid et vigilant des banquiers suisses.

Il y avait des portes-fenêtres coulissantes derrière les rideaux ; le balcon était rempli de pots d'hibiscus et de bougainvillées sur lesquels les cendres qui provenaient des incinérateurs du toit s'étaient déposées. Trois étages en dessous, dans l'air brûlant, des petites silhouettes noires s'agitaient sur le trottoir.

De son balcon, Baumstein pouvait surveiller un grand café européen, Las Acacias, où un camion venait de s'arrêter pour les livraisons. Des petits hommes très excités parlaient fort, faisant de grands gestes avec les bras en déchargeant des caisses et des gros sacs de toile.

Seul avec lui-même, Baumstein se tourna immédiatement vers son attaché-case, comme s'il fallait qu'il le regarde toutes les cinq minutes pour s'assurer qu'il était toujours là. C'est avec des doigts tremblants et une bouche sèche de peur qu'il l'ouvrit. Il regarda, les yeux brûlants, les splendeurs qu'il contenait, comme s'il se fût agi de pierres précieuses. Il murmura un juron dans son argot autrichien natal et plongea jusqu'aux coudes dans l'inestimable tas de parchemins avec un frisson de plaisir. Il jetait les papiers dans l'air, riant à pleins poumons, comme un dément, tandis qu'ils retombaient sur lui en cascade.

Il avait prévu de passer les deux prochaines heures à compter, classifier et inventorier les numéros de séries dans un petit carnet noir. Il pourrait alors estimer sa prise. Quand il fut lassé de ce jeu, comme un enfant de ses soldats de plomb, il enferma ses trésors à double tour dans la mallette qu'il cacha au fond d'un grand placard.

Il s'aperçut alors qu'il était fatigué mais pas le moins du monde malheureux, ni repentant, ni inquiet de l'avenir. Il gardait même une sorte d'optimisme quant à la possibilité de se faire une nouvelle vie avec son jeu de faux papiers tout neufs.

Pourtant il regrettait son pays et son foyer. Le sang battait à ses tempes et il transpirait beaucoup sous les bras. Mais il y avait un autre sentiment, plus inattendu, et c'était une joie assez curieuse de se trouver seul dans une ville inconnue, sans aucune contrainte.

Ce fut à ce moment qu'on sonna à la porte. Puis on frappa de façon rude et impérative. Baumstein sentit ses boyaux se tordre. Il eut la vision de policiers en bottes noires derrière la porte, pistolet à la hanche, mandat d'arrêt en poche, lui déclinant ses droits de citoyen américain. Pris de panique, il chercha des yeux une issue où fuir. Puis, il se souvint du vieillard qu'il avait envoyé chercher sa *gaseosa*. Il pensa qu'ils n'avaient probablement plus de *gaseosa* et absolument plus de glace. Préférait-il une *limonada* ?

Baumstein se dirigea vivement vers la porte, prêt à être très déplaisant, il l'ouvrit violemment. Le vieux portier était là en effet. Il attendait, un plateau dans les mains, sur lequel reposait une bouteille de Vichy givrée. Il avait fait un pas en arrière, un peu effrayé par la violence du geste. La bouteille avait vacillé dangereusement. Elle roula sur le tapis. Les deux hommes se penchèrent en même temps pour la ramasser ; ce fut à ce moment que le portier aperçut les sept chiffres tatoués d'un bleu délavé et trouble un peu au-dessus du poignet de Baumstein, à l'intérieur du bras.

3

Asunción

18

— Études ?

— Licence et maîtrise de sciences, université hébraïque.

— Profession ?

— Ingénieur électronicien.

— Quel âge m'avez-vous dit ?

— Vingt-quatre, vingt-cinq. Carrière très prometteuse.

— Dommage. Idiot. Taille ?

— Un mètre quatre-vingt-cinq.

— Poids ?

— Je dirais à peu près 75 kg.

— Expérience militaire ?

— Forces tactiques spéciales, pendant cinq ans dans l'armée israélienne. Décoré pendant la campagne de 73. Expert en explosifs et en armes légères.

— Alors, il est dangereux.

— Très !

L'ambassadeur d'Israël s'assit derrière son large bureau, au premier étage de l'ambassade, sur l'avenida Choferes del Mar à Asunción et regarda intensément l'homme en uniforme qui lui faisait face.

Le colonel Arganas leva les yeux du carnet sur lequel il prenait des notes.

— Et que disiez-vous sur cette étrange aberration de l'esprit ?

— Je crois bien que cela a commencé peu après la campagne du Sinaï. Quelque chose s'est cassé. Fatigue de la bataille. Tension nerveuse. Désillusion. Probablement les trois en même temps. Quoi qu'il en soit... je veux dire de toute façon, il s'est mis en tête d'accomplir cette foutue mission d'...

— D'extermination ?

Arganas avait proposé le mot ; il l'inscrivit ensuite sur son carnet.

— J'en ai bien peur.

L'ambassadeur s'éclaircit la gorge.

— Savez-vous, Excellence, sous quel nom exactement il est entré dans le pays ?

— Ce pourrait être sous l'un des douze pseudonymes qu'il utilise le plus couramment. Il possède de faux passeports de plusieurs pays. Il parle parfaitement une demi-douzaine de langues. C'est un expert du déguisement.

Le colonel ferma sèchement son carnet et le mit dans la poche de sa tunique.

— Et il a choisi le Paraguay comme théâtre d'opérations ?

— Soyons francs ! (L'ambassadeur ouvrit un humidificateur de cigares et le tendit au-dessus du large bureau jonché de papiers.) Il se trouve qu'il y a dans ce pays une très forte concentration d'individus que Ian Asher cherche précisément à... rencontrer.

— Vous faites allusion aux criminels en fuite ou aux héros de guerre nazis, Excellence ?

Le colonel eut un petit sourire complice et se choisit un cigare.

— J'ai cru comprendre que la différence entre les deux était souvent infime, dit l'ambassadeur en tendant son briquet. Pour être simple, disons qu'il s'agit plutôt des seconds.

— Je vois. (Arganas se leva, tira sur son cigare et commença à arpenter la pièce.) Comme vous le savez, j'ai moi-même très peu de sympathie pour ce genre d'« individus ».

— Néanmoins..., répliqua l'ambassadeur d'un ton sarcastique, en tant que nation, il semble que vous tiriez un certain profit à leur servir de sanctuaire.

Le colonel se raidit. Ses narines frémirent imperceptiblement.

— Vous êtes très injuste, Excellence. Personnellement, j'abhorre cette racaille. Mais aussi longtemps qu'ils vivent à l'intérieur de cette nation souveraine, nous avons le devoir sacré de protéger leurs droits.

— Oui, oui ! (L'ambassadeur chassa ces paroles d'un air excédé. Rien qu'il ne connût par cœur.) Mais notre problème, à présent, c'est qu'un jeune homme à moitié fou est venu ici avec l'ambition avouée d'assassiner quelqu'un. Si ma mémoire est bonne, il a déjà liquidé trois personnes.

— Trois ?

— Un à Luba. Un à Memel. Tous deux étaient des criminels de guerre nazis connus. Le troisième... (l'ambassadeur baissa les yeux et la voix en même temps)... était une erreur.

— Il s'est trompé d'homme ?

— Je crains bien que oui.

— Et sa cible ici est le docteur Grigori ?

— Cela ne fait pas le moindre doute.

Le colonel arrêta de déambuler, croisa les bras et expira lentement la fumée de son cigare.

— Dites-moi, a-t-il l'intention de tuer Grigori ou de le ramener vivant en Israël ?

L'ambassadeur poussa un profond soupir et tourna les yeux au ciel.

— Mettons les choses au point, colonel. Si Asher rencontrait le docteur aujourd'hui, je peux vous assurer qu'il l'abattrait sur-le-champ. C'est justement ce que nous ne voulons pas. Mon gouvernement ne souhaite nullement que le millier de Juifs qui vivent au Paraguay soient victimes d'un pogrome à cause d'une bavure faite par un psychopathe. Nous ne voulons pas d'un bain de sang comme celui qui a suivi l'affaire Eichmann.

Le colonel hocha la tête d'un air compréhensif.

— Et bien sûr *el Jefe* a toutes les raisons de souhaiter que le délicat équilibre entre les communautés juive et allemande soit maintenu.

— C'est notre intérêt mutuel, dit l'ambassadeur en souriant.

— Précisément. Et si c'est le souhait d'*el Jefe*, nous nous devons de l'honorer.

Les deux hommes rayonnaient, comme deux conspirateurs qui sont parvenus à s'entendre.

— J'ajouterais, continua l'ambassadeur, que le Mossad est encore plus désireux que quiconque de voir Asher cesser ses activités. Comme vous le savez, c'est un ancien agent du Mossad.

— Si mes renseignements sont bons, on l'a remercié pour désobéissance et imprudence ?

— C'est exact ! Et aujourd'hui, il a la témérité de se promener de par le monde avec de faux papiers, posant à l'agent du Mossad en activité. (L'ambassadeur sortit un immense mouchoir et s'essuya le front.) Ce pourrait être très embarrassant.

— Et même très dangereux, ajouta le colonel. L'homme doit être fou.

— Comme un lapin ! Avec des missions sacrées, rien de moins. Des prétentions au martyre, si vous voyez le tableau ; il se fait appeler le Faucon bleu, ou une idiotie de ce genre.

— Le Faucon bleu ? (Arganas rit franchement.) Comme c'est cocasse !

— S'il réussit sa mission dans votre pays, dit sombrement l'ambassadeur, je vous assure, mon cher colonel, que vous ne trouverez pas ça cocasse. (Il soupira et croisa les bras sur son ventre proéminent.) Très franchement, pour ce qui est de Grigori, je ne verrais aucun inconvénient à ce qu'il le pende par les pieds et qu'il le châtre. Ça ne serait que justice. Le monde entier se réjouirait de la mort d'une telle ordure. Mon gouvernement pourrait alors faire beaucoup de bruit autour de l'affaire, accuser Asher de haute trahison et de meurtre et le mettre derrière des barreaux.

— Pour le libérer après quelques mois et le déclarer héros national avec une coquette petite pension jusqu'à la fin de ses jours. (Arganas claqua la langue d'un air faux.) Comme nous sommes devenus tous cyniques, n'est-ce pas, Excellence ?

— Oh oui, colonel ! (L'ambassadeur lui fit un clin d'œil.)

Comme par exemple un gouvernement qui se prétend démocratique et qui protège des individus dans le genre de Grigori, là-bas dans la zone 540, tout en clamant au monde entier qu'il ne sait pas où il se trouve.

Arganas et l'ambassadeur se sourirent quelques instants puis éclatèrent franchement de rire. L'ambassadeur se leva, prit une carafe de whisky et deux verres et servit une confortable ration au colonel.

« Dites-moi, Félix, par où allez-vous commencer votre chasse au faucon ?

Le colonel vida son verre d'un seul trait.

— Mais voyons, ici même, Excellence. Dans la communauté juive. Je n'ai pas le choix, n'est-ce pas ? Avec tous les indicateurs que je paye à prix d'or.

19

— C'est lui.

— Tu es sûr ?

— Évidemment que je suis sûr.

— Trente ans ont passé. Les visages changent, tu sais.

— Pas ce visage-là. Pour moi, ça sera toujours la même tête.

Les deux hommes étaient assis dans le noir, dans la cave d'un petit appartement du quartier de Bahia, à Asunción ; ils examinaient des silhouettes grises projetées sur le mur. Les silhouettes marchaient dans les hautes herbes de ce qui semblait bien être une vaste plaine. L'imperfection du film, sa pâleur, leur donnait une apparence quelque peu fantomatique, comme s'ils étaient morts depuis de nombreuses années.

— Retourne un peu en arrière, tu veux.

Il y eut un déclic et le ronflement du projecteur se fit plus rapide, à mesure que les personnages du film revenaient en arrière. Un autre déclic et ils recommençèrent à marcher normalement.

« C'est bien lui. Pas d'erreur possible.

— Et l'autre ? Le chauve.

— Caffeti. Ricardo Caffeti. C'est un associé dans l'affaire de famille.

— Dangereux ?

— Extrêmement dangereux. Évite-le comme la peste.

— Et les deux autres ?

— Les deux jeunes gars au premier plan ?

— Oui. On peut difficilement ne pas les voir.

Ian Asher se leva. Il se dirigea vers le mur où les personnages tremblotaient curieusement. Une main jaillit, immense et noire, dans le rectangle de lumière.

— Ici !

— Ils s'appellent Matschke et von Rattenhuber. Rattenhuber, c'est le plus grand.

— Gardes du corps ?

— Oui. On les appelle pudiquement des « compagnons ». En fait, ce sont des gorilles. Des tueurs à gages. Très sale affaire. A éviter eux aussi.

— Ne te fais pas de souci. Je m'en occuperai.

Deux rabatteurs macas traversèrent le mur au ralenti, en tapant sur des gourdes et des casseroles.

— Tiens, les revoilà ! dit l'autre homme, enfoncé dans un fauteuil, pieds négligemment posés sur une chaise ; des grandes bouffées de sa cigarette remontaient de l'ombre en courbes qui se tordaient dans le faisceau de lumière du projecteur.

Ils regardèrent tous deux en silence les vues d'un jaguar bondissant et d'un chasseur qui le tirait. Puis le mur redevint blanc. Une série de chiffres, allant de dix à un, se déroula, puis le noir ; on ralluma la lumière dans la pièce. Les deux hommes continuaient à fixer le mur en silence, comme si le film continuait.

L'homme se leva :

« Bon, c'est réglé. Quand est-ce que tu y vas ?

— Quand il partira à Encarnación. Comment fera-t-il ?

— Il ira par bateau, ça ne fait aucun doute.

Il s'appelait Arturo Rubens. Il avait à peu près

quarante-cinq ans et s'était fait naturaliser paraguayen. Court, trapu, très musclé, avec des cheveux blonds qui tournaient au gris, Rubens était venu à Asunción via Buenos Aires via Auschwitz, d'où il avait été libéré par les Russes en 1945.

« Les fois précédentes, il y a toujours été en bateau.

— Combien de temps dure le voyage ?

— A peu près trois jours, quand on descend le fleuve.

— Il faudra qu'on m'avertisse quelques jours avant son départ, dit Asher. Le temps que j'y aille. Que je me mette en place. Je peux revoir cette lettre ?

Rubens lui tendit une xérographie d'une lettre envoyée du Paraguay quelques semaines auparavant.

— Embrasse ta chère femme et mes petits-enfants adorés... (le jeune homme lisait à haute voix, calmement). J'attends impatiemment que nous nous retrouvions à Encarnación à la fin de ce mois...

« La fin du mois ? (Asher fronça les sourcils, préoccupé.) Ça peut être n'importe quand dans les deux semaines à venir. (Il écrasa sa cigarette.) Il nous faut une lettre avec plus de détails.

— Tout message qui part de là-bas est « couvert », dit Rubens, lettres, coups de téléphone, télex...

— Et à présent, il va à Bariloche ?

— C'est exact. C'est ce qu'on nous a dit. Il y restera au moins cinq ou six jours. Il y va chaque année, en cette saison. Il retrouve son vieil ami Krug. Alban Krug.

— Quelle sorte d'endroit est Bariloche ? s'enquit Asher.

— Station de luxe. Haut dans la Cordillère. Très à la mode chez les vieux chefs et les anciens du Parti. Grigori descend toujours au Llao Llao.

Rubens remit sa veste.

« Tout le monde y descend, en fait. Stroessner lui-même. C'est leur lieu de détente. Casinos chics. Femmes fatales. Ce genre de truc, tu vois. Nos informateurs nous ont dit que Schwend et quatre ou cinq autres plaisantins de ce genre ont retenu pour la même période. Grigori y va parce qu'il aime nager et faire de l'escalade sur le

Tronador. Il flambe beaucoup la nuit et flirte avec les jeunes filles.

— Je vois.

Asher avait l'air pensif. Il paraissait être en train de se livrer à des calculs compliqués.

— Pourquoi ne pas le frapper là ? demanda Rubens.

— Pas bon. (Asher eut un large mouvement de tête latéral.) Trop de gardes autour. Ça va être plein de gorilles et il y a trop d'issues de secours. Le bateau est le seul endroit possible. Il n'y aura que l'équipage et ses deux gardes du corps. Il n'y a pas de fuite possible, sauf en nageant, et le fleuve fait au moins deux kilomètres de large sur toute cette distance. Non, vraiment, je m'en tiens au bateau.

Rubens pensa pendant quelques instants puis eut un haussement d'épaules.

— De toute façon, les baraques de Puerto Stroessner et de la zone 540 sont gardées vingt-quatre heures sur vingt-quatre. Nous surveillons également la maison du fiston à Günzburg. Nous savons qu'il a récemment fait renouveler son visa argentin.

— Je vois, dit Asher pensivement.

— Nous ne pourrons pas t'aider beaucoup, tu le sais. Nous sommes très étroitement surveillés et j'ai bien peur que notre petite communauté soit infestée de mouchards.

— Le peu d'aide que vous pourrez me donner sera très utile, répondit Asher avec calme. (Il se sourit à lui-même.) Quand le fils partira d'Argentine, je le suivrai. Il me conduira tout droit au vieux.

— J'aimerais que ce soit tout de suite, dit Rubens. Il se leva.

— Mon ami, dit Asher gentiment, tu es beaucoup trop impatient. Tu sais, au moins une douzaine de personnes sont mortes en essayant d'avoir Grigori. Elles étaient toutes impatientes, comme toi.

Rubens boutonna son manteau.

— Ça fait longtemps que j'attends ce jour. J'en porte encore les cicatrices.

Asher s'avança, souriant, vers Rubens. Il lui prit la main.

— Ne t'en fais pas, Arturo. Le travail sera fait. Je te le promets. Oublie tout ça, à présent. Retourne travailler aux services postaux. Continue à bien éplucher toute la correspondance de notre cher docteur. Et fais-moi savoir ce qui se passe. (Asher guidait lentement Rubens vers la porte. Il lui avait pris le bras.) Et ne t'en fais pas pour moi. Je serai à Bariloche dans une quinzaine.

Quand ils arrivèrent à la porte, Rubens se retourna soudain, visiblement inquiet et très agité.

— Ne crois surtout pas que ce sera facile. Ne crois pas que tu vas te promener à Puerto Stroessner ou à Asunción et qu'il sera là, à t'attendre. Il est malin. Il a du flair et surtout il est très dangereux. C'est comme un chat avec neuf vies. Il a un instinct stupéfiant pour ce genre de choses. Il a tout un réseau personnel de mouchards grassement payés, et ce ne sont pas n'importe qui : flics, magistrats, officiers des services d'immigration. Dès qu'ils sentent quelque chose de bizarre — s'ils n'ont même qu'un tout petit soupçon — il sera parti du coin quarante-huit heures avant que tu y mettes les pieds. Il s'évaporera dans les jungles du Chagras, dans la région du Gran Chaco. Il a une bonne douzaine de planques, là-bas. Il a même un bunker dans la baraque de la 540. C'est une région impénétrable, il n'y a pas de cartes exactes. Tu y trouveras des patrouilles formées avec la pire bande de criminels que tu aies jamais vue. Tout ça à ses ordres. S'il se réfugiait là-bas, tu ne pourrais pas l'approcher à moins de cent kilomètres avant de te faire abattre ou trancher la gorge.

Rubens s'arrêta. La porte était ouverte.

« Comment comptes-tu faire ça ?

— Ça ? demanda Asher, étonné.

— Oui, pour le tuer, comment vas-tu faire ? Dis-moi exactement comment tu t'y prendras.

Les yeux de Rubens avaient une lueur un peu folle. Le jeune homme resta silencieux pendant un long moment. Puis il hocha la tête d'un air triste.

— Quoi que je fasse, Arturo, je peux te promettre que tu ne seras pas déçu.

Ses yeux étaient fixes, de ce bleu d'acier qu'on associe au climat polaire.

— Quand Dovia arrive-t-elle ? demanda Rubens.

— Demain soir ; je pars ce soir à Buenos Aires pour aller la chercher.

— Que Dieu soit avec toi ; et sois prudent ! dit Rubens, les yeux un peu troubles.

Asher était assis, seul dans le petit appartement de Mompox. Il était à la table de cuisine et buvait un verre de lait dans la lumière de l'après-midi finissant. C'était un curieux jeune homme, ce Asher. Difficile à approcher et impossible à connaître. Sur sa vie précisément, on savait bien peu de chose ; toutefois, les services secrets israéliens possédaient sur lui le dossier le plus complet qu'on puisse trouver. Voici ce que vous auriez pu y apprendre, à supposer qu'on vous ait laissé le consulter.

Ian Asher est le fils d'un héros juif de l'Irgoun et d'une mère catholique irlandaise. Son père est mort des suites de blessures de mitrailleuse pendant la campagne du Néguev en 1956.

Sa mère décida alors de le ramener en Ulster où, à l'âge de seize ans, il fut très activement impliqué dans les drames de la guerre civile.

A vingt ans, il est de retour en Terre sainte où il suit des cours à l'université. Entre de longues périodes militaires, il passe avec mention ses examens de physique et d'électronique. Personne n'en savait très long sur lui. Il n'avait pas de famille et guère d'amis. C'était un jeune homme très attirant et malgré ses manières d'ours que les femmes prisent tant on l'a rarement, sinon jamais, vu en compagnie de personnes du sexe opposé.

Il a aujourd'hui vingt-cinq ou trente ans (nul ne le sait exactement) et passe le plus clair de son temps à étudier la loi juive et l'hagiographie des saints catholiques, le tout s'agrémentant de quelques bribes de T. E. Lawrence auquel il voue une admiration sans borne. Il rêve souvent qu'il est en compagnie de Lawrence dans le désert, en train de dynamiter des trains turcs qui vont à Djedda.

Mais son rêve le plus fréquent reste celui où il se voit en saint, mutilé et transfiguré, en train de griller sur un bûcher, en proie à des transports extatiques. D'autre part, bien que son père et son grand-père paternel n'aient jamais été à moins de mille kilomètres d'un camp de concentration, il n'en a pas moins conçu toute une imagerie spéciale née de ce qu'il sait de la vie concentrationnaire et c'est en déporté qu'il se voit (mais ceux qui sont passés par l'enfer des camps ne sont-ils pas les nouveaux martyrs ?).

Ian Asher avait tout de l'enfant du désastre ; en un quart de siècle d'existence, dans la fleur de sa jeunesse, il avait déjà combattu et tué des hommes en Irlande, en Angola et en Israël. Dans ce premier pays en tant que gérillero catholique, dans le second comme mercenaire payé par les fonds secrets d'un gouvernement dont il ne connaissait même pas l'identité et dans le troisième comme commando, plusieurs fois décoré pour bravoure dans deux guerres ainsi que pour d'innombrables missions clandestines derrière les lignes ennemies. Il avait toujours participé à ces conflits au nom de principes vagues et incohérents, un pathos politico-moral particulièrement peu facile à débrouiller et qui semblerait même ne pouvoir se réduire à une idée directrice si ce n'est justement ce qu'il se disait à lui-même et à ceux qui avaient la témérité de lui demander, à savoir qu'il faisait ce qu'il faisait pour le bien commun et que ce « bien commun » était pour lui une raison amplement suffisante.

Il avait voué sa vie à de grandes causes, encore qu'il lui ait souvent été impossible de les énoncer clairement. Ses instincts le poussaient plus vers l'action que vers l'introspection. Non qu'il n'ait pas longuement rêvé et déliré sur ses motivations et son sens du « bon droit » mais, à supposer qu'il ait pu réellement analyser ce qui le poussait dans le tumulte et la mêlée des batailles, il se serait sans doute aperçu que, bien plus que le « bon droit » ou le « bien commun », ce qui l'attirait par-delà les océans et les frontières vers l'holocauste et la destruction était la prodigieuse excitation qu'il éprouvait en présence de n'importe quelle forme de violence. C'est pour cette raison qu'il se sentait vivre d'une vie plus pleine et plus vraie. Sans les merveilleuses incandescences des tirs nocturnes d'artillerie au-dessus de sa tête, sans l'odeur de la cordite dans ses narines et les cris horribles des hommes qui agonisent tout autour de lui, la vie lui semblait particulièrement fade et inintéressante.

En Israël, la police et le Mossad savaient presque tout de ses activités et ils avaient de bonnes raisons de le surveiller. A l'extérieur de ce petit pays, son nom apparaissait sur les dossiers confidentiels d'au moins une demi-douzaine d'agences de renseignements dans le monde, parmi lesquelles le KGB, la CIA, Scotland Yard, le Bundes Kriminalen, le Questiore et l'état-major d'Interpol à Saint-Cloud. Chaque dossier le décrivait comme un individu « dangereux », « extrémiste » et « professionnel ». Dans le monde de l'espionnage, on l'appelait le « Faucon bleu ». Personne ne savait exactement comment on avait pu lui accoler un pseudonyme aussi baroque. Une autre génération se serait souvenue que les « Faucons bleus » étaient une brigade de l'Irgoun et une enquête approfondie aurait révélé que le père d'Asher lui-même avait dirigé cette brigade pendant un certain temps — un petit groupe clandestin qui s'était spécialisé dans les exécutions — et c'était une mission que les Faucons bleus, comme les Britanniques n'allaient pas tarder à l'apprendre, réalisaient particulièrement bien. Asher est quelqu'un de très secret. Il voyage énormément mais ne semble pas avoir de problèmes d'argent. On a parlé de liens, clandestins bien sûr, avec le gouvernement israélien et plus particulièrement avec le Mossad pour qui, selon certaines rumeurs, il travaillerait. Ce sont des choses pratiquement impossibles à vérifier et les Israéliens ont désavoué Asher depuis très longtemps déjà, publiquement en tout cas. Quant à des arrangements privés entre Asher et le Mossad, c'était une tout autre question.

On peut cependant ajouter un détail supplémentaire à la biographie d'Asher. A la fin de la guerre du Kippour, dans laquelle il s'était brillamment illustré, on l'envoya dans un hôpital militaire de Haïfa. Si l'on prenait la peine de consulter les dossiers, on verrait qu'il y fut prétendument interné pour cause de profonde fatigue. On sait pourtant que cette institution aux fenêtres grillagées, soigneusement isolée du monde extérieur, est un hôpital psychiatrique.

C'est de cet hôpital qu'Asher parvint à s'enfuir après trois mois de séjour, par un soir d'avril 1973. On n'a pu retrouver sa trace depuis.

20

Catedral de Cristo rey — Asunción.

— *... Spiritus sanctus... nomine patris... filii...*

Le docteur Grigori, à genoux, se confessait.

« Pardonnez-moi, mon Père, parce que j'ai péché. (L'hostie se dissolvait lentement sur sa langue.) Pardonnez-moi, mon Père... (Grigori à genoux dans le confessionnal.) Mon Père, j'ai été de nouveau en vile compagnie. Avec des femmes publiques... Pardonnez-moi mon Père. Pourquoi ce besoin de me dégrader, de m'humilier sans cesse ? Ce dégoût que j'éprouve. Ô, mon Père, je regrette...

Grigori hurlait presque et le ton de sa voix était empreint d'angoisse. Puis, se souvenant de l'endroit où il était, il baissa la voix et remua un peu les genoux dans cette boîte minuscule. C'était un endroit étouffant, recouvert d'alépine, où régnait une odeur indéfinissable.

« Mais depuis ma dernière confession, j'ai été trois fois chez les Achés pour soigner les malades, ajouta-t-il, pour contrebalancer ses fautes. Je suis las, mon Père. Je voudrais voir mes enfants et ma maison natale. Je voudrais revoir ma patrie avant de mourir. Je suis très préoccupé, mon Père, et effrayé. Je n'ai jamais eu peur auparavant, mais aujourd'hui j'ai peur de ne jamais revoir mon fils et mes petits-enfants. Pendant toutes ces années, je n'ai jamais connu la peur. Et soudain... de quoi ai-je peur, mon Père ? Sûrement pas de ces vengeurs. Ce sont des jeux d'enfants. Héros, imbéciles, grands gestes. Je les écraserai tous comme je l'ai fait avant.

« Mais si ce n'est pas d'eux que j'ai peur, qu'est-ce qui m'effraye exactement ? Je fais un rêve, mon Père. Toujours le même. Je suis dans un pays inconnu et désolé. Il y a plein d'enfants. Pas d'adultes. Ils courent dans mes jambes et folâtrent tout autour de moi. Ils jouent et ils chantent. Ils se pendent à mes basques. Ils me supplient de jouer avec eux. Leurs yeux brillent et ils sont à peine humains. Ce sont des esprits, de petites créatures mortes. Pourtant ils dansent autour de moi, ils sont animés. L'un d'eux ébouriffe mes cheveux. Un autre tire sur un bouton de ma veste. Je suis terrifié. Et puis je découvre qu'il n'y a pas que des enfants, il y a aussi des nains. De petits homoncules bossus et grotesques. Et il y a également des enfants gitans qui courent à moitié nus en poussant des cris. Et ils m'attendent tous et j'ai peur.

10 h 30. Café Flores.

Le docteur Grigori sortit de la cathédrale, caché sous ses lunettes noires, et se retrouva dans la lumière du matin. Il portait un costume blanc tropical et une chemise de popeline jaune ouverte et un grand chapeau blanc à bords rabattus. Il cligna des yeux en sortant car, même avec ses lunettes et son couvre-chef, la soudaine clarté du soleil l'avait ébloui. Il marchait dans la foule, se mêlait aux gens qui se promenaient sur le parvis et des hordes de pigeons vrombissaient à ses pieds.

Le docteur alla en flânant chez son coiffeur favori sur l'Estrella, suivi à courte distance par ses deux compagnons. Il se fit raser et couper les cheveux. Il papota avec le coiffeur dans un espagnol très populaire. Ils parlèrent de la loterie nationale tandis que Carlos lui enlevait de grands pans de mousse du visage.

Ensuite, rasé de près et fleurant bon l'eau de Cologne, il se dirigea à grands pas vers la calle de Lillas. Horst et

Ludo le suivaient comme deux chiens fidèles. Il n'avait pas de projet précis, mais il laissait plutôt ses pieds l'emmener au hasard des rues. De temps en temps, il s'arrêtait devant une vitrine.

Un petit Indien de six ou sept ans, sale et pouilleux, passa devant lui. Il allait pieds nus et avait d'horribles pustules sur les jambes. Il avait la main tendue, dans ce geste éternel du mendiant. Grigori lui mit quelques piécettes dans la main. L'enfant resta impassible. Il ne dit rien comme s'il ne voulait même pas reconnaître qu'on lui faisait la charité. Il errait comme un somnambule.

A marcher aussi librement dans la foule, auréolé du chaud soleil du matin, il ressentit un étonnant bien-être, un sentiment tout à fait inhabituel de communion avec les autres. Il se sentait humain de nouveau, contrairement à ce qui se passait dans la 540 où il se faisait l'impression d'une taupe dans son trou. Le docteur s'arrêta devant une petite boutique de frivolités qui s'appelait la *Casa inolvidable* et qui logeait au fond d'une petite impasse vieillotte. Il y avait dans la vitrine, perdue dans un capharnaüm de poupées, de figurines et de bijoux fantaisie, une boîte à musique qui lui fit penser à sa mère à Günzburg. Il se souvint de l'emplacement d'une boîte semblable dans la vieille maison familiale, sur une petite table de jeu Biedermeier, recouverte d'un tapis vert. Il souriait à l'objet, sans remarquer les deux propriétaires qui le fixaient curieusement.

Esther Lederer et Sonia Halevy regardaient ce visage qui était apparu à leur vitrine, éclairé d'un léger sourire. Elles sentirent le sang se geler dans leurs veines et elles furent prises toutes deux d'un immense sentiment de dégoût. C'est que ce visage ne leur était pas inconnu. Elles l'avaient déjà vu, non seulement devant leur boutique, mais trente-trois ans auparavant, dans la grande cour glaciale de la prison de Birkenau, car à l'époque cet homme était le « Grand Sélecteur » qui donnait des bonbons aux enfants tandis qu'il gazait leurs parents. A Asunción, on l'appelait le docteur Neiditch, mais elles se souvenaient qu'à Birkenau c'était le docteur Grigori, *der schöne Doktor.*

Le docteur Grigori avait trois quarts d'heure à perdre avant son rendez-vous avec le médecin ; il s'assit à une table de la terrasse du café Flores, dans la rue Chavez et invita un vieil aveugle à prendre le café avec lui.

— Voulez-vous une cigarette ? demanda le docteur dans son espagnol grossier et inélégant.

Il était très empressé avec ce vieil homme qui lui rappelait Tirésias, le prophète aveugle, et il mit un paquet de cigarettes égyptiennes dans sa paume calleuse et squameuse comme la peau d'un reptile. Le vieux en sortit une avec maladresse, doigts tremblants, et repassa le paquet à Grigori qui lui donna du feu.

« Belle journée, remarqua brusquement le docteur.

— Oui, monsieur, approuva le vieillard, on peut le dire.

Il sirotait son café et ils se turent quelques minutes dans la douceur du soleil. Horst et Ludo n'étaient pas loin ; ils buvaient de la bière et flirtaient avec une serveuse. Grigori revint à sa conversation.

— Qu'est-ce que vous feriez si vous appreniez que vous êtes assis avec un assassin ? demanda-t-il.

— Un assassin ?

Les yeux vides fixaient un point imaginaire droit devant eux.

— Oui. (Grigori était ravi.) En ce moment, vous êtes en train de prendre le café avec un assassin.

— Oh, monsieur !

Le vieil homme était bouleversé mais incrédule.

— Mais c'est vrai. J'ai exterminé des centaines, des milliers de personnes d'un seul coup de poignet. J'ai torturé cruellement des enfants innocents.

— Mais monsieur, pourquoi me le dire ? Il ne faut pas... il ne faut pas...

— Je vous le jure sur la Croix. J'ai fait des choses innommables. Je suis une bête.

— Je ne peux pas le croire ; votre voix est douce...

— Croyez-le, mon ami. Croyez-le. C'est la vérité.

Le docteur parlait doucement. La vieille main tordue de l'aveugle alla maladroitement chercher celle de Grigori sur la table.

— Même si cela était, pour reconnaître de tels péchés il faut que vous soyez sur la voie de l'absolution. Priez pour votre pardon.

Grigori regarda vaguement l'aveugle et hocha la tête ; c'était un geste où se mêlaient le désespoir et le mépris. Il lui demanda soudain :

— Avez-vous peur du noir ?

Le vieil homme parut troublé, puis il rit.

— Vous voulez parler de mes yeux ?

— Oui. Est-ce que vous voyez des lumières ?

— Non. Pas du tout. Le noir seulement. Ça n'est pas du tout effrayant.

— Vous êtes aveugle de naissance ?

— Oui. Je n'ai jamais rien connu d'autre. (Le vieil homme se mit à rire.) Je crois que je serais terrifié si je devais voir des choses tout à coup. C'est ça qui serait vraiment effrayant.

— Voir des choses...

Le rire du docteur était ironique. Le Paraná rouge sang avec ces têtes sans corps apparurent en un éclair.

« Oui, je crois bien que ce serait terrifiant.

11 h 15. Le cabinet du docteur Enriquez.

— Encore un peu. Encore un petit peu. C'est ça. C'est ça. Très bien. Très très bien.

Grigori était sur la table, à quatre pattes. Il se soumettait en grognant et en rougissant de douleur à un examen proctoscopique du côlon.

« Il n'y a absolument rien. Tout est parfaitement en ordre.

— Ne me dites pas qu'il n'y a rien. Je sais qu'il y a quelque chose — un polypome. Une tumeur. Je la sens quand j'élimine. Il y a du sang dans mes selles.

— Hémorroïdes, cher confrère. Rien de plus, rien de moins. Suivez un régime.

— Vous êtes un idiot, Enriquez, hurla Grigori. Vous devez être aveugle. Il y a une lésion. Je suis sûr qu'elle est cancéreuse.

Enriquez soupira.

— Il n'y a pas trace de cancer au côlon, Neiditch. Je ne sais pas ce que je dois faire pour vous convaincre. Si vous ne me faites pas confiance, ne vous gênez pas pour aller voir un collègue.

— Mais qui ? (Grigori remettait son pantalon.) Vous croyez que je fais confiance à ces ânes sud-américains ? Ils ne valent pas un clou. Ils sont ignares. Enseignement minable. Il me faudrait un bon médecin allemand.

— Je vous en prie. Allez-y.

Enriquez enleva ses gants.

— Vous pouvez me croire, cher ami, dit Grigori en lui lançant un regard de travers, si seulement je pouvais... si seulement je pouvais prendre le premier avion...

14 h 15. Café Bavaria, calle de las Mariposas.

— Numéro vingt-deux. Fräulein Giselle Kletzburg.

Une voix tonitruante sortait du mégaphone. Une fille gauche et courtaude arriva sur scène, de derrière un rideau beige, dans un maillot de bain une pièce, au son de la *Comtesse Maritza,* joué sur un violon grinçant. Les bouteilles de champagne Taittinger s'ouvrirent bruyamment. On faisait venir des chariots en fer chargés de platées de saucisses et poisson fumé, de strudel et de sachertorte, de sorbets et de cerises au kirsch. L'air était lourd des senteurs d'un véritable nuage produit par les cigares. Il y avait près de deux cents personnes assises autour des tables rondes de banquet et une foule de serveurs qui se pressaient dans les allées. Il y eut beaucoup d'applaudissements quand Fräulein Kletzburg d'Asunción, la favorite de la ville, quitta la scène. On fit un roulement de tambour et la voix hurla de nouveau dans le mégaphone :

« Numéro dix-neuf — Fräulein Ursula Scharmskraft, d'Iguaçu do Foz.

Le maître de cérémonie était un homme d'à peu près cinquante ans ; il portait un smoking étincelant, avait le visage couperosé et une perruque ridicule. La fille qu'il venait d'annoncer était une Souabe à l'allure de bûcheron ; elle avait une silhouette chevaline et des cuisses énormes. Elle fit un aller-retour qui se voulait érotique sur ses talons trop hauts. Elle aussi portait un une-pièce très démodé. Elle avait les yeux baissés et rougissait comme une première communiante.

« Oh la la, lança le maître de cérémonie en faisant des œillades assassines ; quand la fille fit un demi-tour au bout du podium, on put voir sur son biceps un brassard rouge orné d'un svastika.

A la table du jury, sur une estrade d'honneur, Grigori trônait avec sept autres juges : vieux copains du pays, *Bonsen* du Parti, *schwere Fälle,* chefs des Kameradenwerke. Ils l'entouraient tous, harnachés de leurs vieux uniformes SS. Ils s'étaient mis sur leur trente et un pour la cérémonie, avec leurs médailles et leurs fourragères. On faisait beaucoup de *Sieg Heil,* on claquait des talons et on martelait le sol avec les vieilles bottes bien cirées qu'on avait retirées des greniers pour l'occasion. Dans l'euphorie engendrée par le kirsch et les meilleurs havanes, les nostalgies revenaient naturellement. On se souvenait de la gloire du Troisième Reich et de l'incroyable puissance qu'allait avoir le Quatrième dont l'avènement, chacun le sentait, était imminent. Ces émigrés, ces fugitifs et ces criminels en cavale étaient tous sortis de leurs tanières ; certaines étaient aussi lointaines que La Paz et Quito, Rio de Janeiro ou Santiago du Chili. Certains possédaient de luxueuses *estancias* à San Carlos de Bariloche ou de grands troupeaux qui arpentaient la pampa. D'autres étaient à la tête d'une grande compagnie de taxis à Montevideo ou d'une flotte marchande basée à Antifagasto et à Guayaquil. Ils étaient venus se rassurer et se conforter mutuellement ; chanter les vieux chants du Parti ; voir comment allait celui-ci et ce que le temps avait fait sur celui-là.

Le docteur Grigori était venu comme tous les ans pour être l'un des juges du Grand Prix de beauté pour l'élection de miss Nazi, Amérique latine. Mais il n'y prenait pas autant de plaisir que les années précédentes. Il se sentait fatigué et nerveux. Il était en train de siroter sa flûte de champagne en inscrivant les scores sur un carnet.

« Numéro douze. Frieda Hochmuth d'Encarnación.

Encore un roulement de tambour et un grincement de violon. Un joli petit Guarani versa une autre flûte de Taittinger 59 blanc de blanc au docteur.

— Dis-lui de faire encore un tour, lui cria Freddie Schwend qui était venu de Lima.

La robuste fille blonde fit un tour sur elle-même en souriant hardiment à Schwend.

— Combien tu lui mets à celle-là, Gregor ? demanda Schwend, écarlate et pantelant d'excitation.

Le maître de cérémonie chantonnait derrière les filles.

— Elle vaut sept sur dix.

Le docteur prit le chiffre en note.

— Elle vaut au moins neuf. Rien que ses cuisses...

— Très bien, Freddie, dit Grigori en riant, demande-lui de repasser devant l'estrade.

La fille revint une dernière fois et, tandis que le maître de cérémonie chantait *Nuits de Vienne* dans son mégaphone, Fräulein Hochmuth exécuta quelques pirouettes grotesques.

— Allez, Gregor, avoue qu'elle est parfaite, soupira Schwend. Elle vaut au moins neuf.

— Tu parles, rugit Otto Huensch de Santiago qui était assis à la gauche de Schwend, je commence à en avoir marre ! Marre de la façon dont tu pousses tes pouliches.

— Mes pouliches ?

— Ouais. Chaque année tu viens nous imposer une de tes grues.

— Moi ? (Les yeux de Schwend étaient injectés de sang et exorbités). J'impose mes grues ?

— Parfaitement ! Tes grues ! Et ça me dégoûte ; c'est une insulte à toute l'assistance. Gregor, tu as vu...

Schwend, hors de lui, bondit de son fauteuil.

— Comment oses-tu ?

— Messieurs. Messieurs !

Il y eut une altercation générale, les sept juges autour de Schwend et Huensch voulaient en venir aux mains. Fräulein Hochmuth se tordait les doigts devant ses juges tandis que le maître de cérémonie, complètement déphasé, continuait à susurrer *Nuits de Vienne* dans le mégaphone. Schwend, dans la confusion générale, envoya sa flûte de champagne à la tête de Huensch. Les deux hommes se mirent immédiatement à se frapper violemment.

Soudain et sans aucune raison apparente, le docteur Grigori commença à glousser nerveusement. En très peu de temps, il en était à hurler de rire. Tout son corps était secoué de spasmes et les larmes ruisselaient sur ses joues.

Bientôt, le rire fut contagieux et plusieurs juges se joignirent à lui. Mais leur hilarité était feinte, elle ne pouvait se comparer au fou rire du docteur, ni en volume ni en durée. Il y avait également dans le rire du docteur quelque chose d'indéfinissable, d'étrange et de troublant qu'on ne trouvait pas dans celui de ses amis. La fille, humiliée et oubliée, sortit de la scène en titubant.

Schwend et Huensch cessèrent leur algarade et les autres jurés regardèrent Grigori avec gêne. Les rires et les bavardages de la salle s'arrêtèrent soudain. Même le maître de cérémonie fit le silence et le violon grinçant étouffa un glissendo et il n'y eut plus, dans la grande salle silencieuse, que le son affreux du rire de Grigori, étrange, lamentable et sans joie.

21

Flûtes, harpes, marimbas. Trémolos des timbales dans l'air enfumé et violet de néon du café. Ronronnement du moteur d'un gros appareil d'air conditionné qui envoie de grosses bouffées humides de brise artificielle.

A l'extérieur, le pourpre profond des crépuscules d'Asunción. A l'opposé du porche du Gran Hotel de Guarani, sur l'avenida Choferes del Chaco, la devanture du café Las Acacias.

M. Baumstein dévora un steak de dimensions modestes puis demanda au serveur de lui en apporter un autre. Une heure avant, sur le balcon de sa chambre d'hôtel, il s'était demandé où il pourrait dîner. En laissant son regard descendre dans la rue d'en bas, il avait vu les lumières du café qui scintillaient dans le soleil couchant. L'enseigne brillait d'un orange particulier qui lui rappela la saison des vacances à New York. Ce fut extrêmement tentant. Peu après, il était profondément installé dans le coin de la grande banquette de cuir, dans une pénombre à moitié éclairée de bougies du café Las Acacias et il ne pensa plus qu'au verre de Martini glacé qui se trouvait en face de lui.

Il eut une brève vision du vieux Battersby, talonné par une horde d'agents du Trésor, et d'Édith qui dilapidait ce qui restait de ses biens avec des hommes de loi cupides. Mais l'apparition de son deuxième double Martini et de son steak fit cesser toute spéculation morbide. Il leva pourtant les yeux en entendant le bruit d'un bouchon de champagne qui sautait, suivi d'un rire formidable. Un grand nombre de serveurs se pressaient autour de cette table ; ils semblaient tous happés comme de la limaille de fer par un fort courant magnétique vers un petit recoin ténébreux à moins de cinq mètres de sa table.

Il y avait trois messieurs attablés, entourés de plusieurs serveurs en veste rouge. Il y avait peut-être une vingtaine de personnes dans l'établissement et pourtant la plus grande partie du personnel semblait ne s'occuper que de ces trois clients. Baumstein observait un maître d'hôtel qui s'inclinait respectueusement en réponse au murmure d'une voix qui donnait les ordres d'un ton ferme et sans appel. Ce n'était qu'un murmure, mais constellé de sifflantes très prononcées qu'il pouvait distinguer sans peine de sa place.

Baumstein ne pouvait voir les occupants de la table (il y avait trop de monde autour d'eux). Au début, il pensa qu'ils parlaient espagnol ; puis, il se rendit compte que c'était de l'allemand ou peut-être un mélange des deux. Cela faisait plusieurs années qu'il n'avait entendu sa langue maternelle. Il avait fait des gros efforts sur lui-même, après sa naturalisation, pour éviter de la parler mais en l'entendant ce soir-là, en redécouvrant ces intonations rébarbatives, cette autorité sèche, il se sentit curieusement mal à l'aise. Peu après, il entendit une voix demander d'un ton hargneux du « Roederer 53 » et un nom, « Don Gregor » revenir sans cesse dans la bouche des serveurs.

Quand le maître d'hôtel partit avec son escorte de valets, Baumstein put enfin voir les trois hommes à la lueur des bougies. Ils étaient tous trois en habit de soirée, comme s'ils devaient, en partant de Las Acacias, aller au théâtre ou à l'opéra. La lumière des bougies donnait à leurs traits une sinistre apparence.

Le premier était petit, en fait à peine plus grand qu'un nain, avec une tête d'un volume surnaturel et une immense barbe blanche. Avec ses joues rouges et bombées et la grosse pipe qui pendait à ses lèvres, on aurait pu le prendre pour un jouet, ou pour ces Pères Noël qu'on loue pour la saison dans les grands magasins. Il avait un œillet rose à la boutonnière de son smoking et il descendait d'énormes chopes de bière. Il riait beaucoup et, à chaque fois, frappait la table de ses petits poings en forme de mailloches.

L'homme assis à ses côtés était grand, anguleux et taciturne, il avait des cheveux noirs et luisants, coiffés en arrière de façon très sévère. Il avait quelque chose d'étrange, comme un être marqué par le destin, orageux et lugubre et même s'il riait avec les autres une sorte de mélancolie se dégageait de toute sa personne.

Mais ce fut le troisième personnage que Baumstein ne put pas quitter des yeux. C'était dû, sans le moindre doute, à son aspect tellement extravagant, à la coupe très « vieux monde » de son habit, à sa grande cape d'opéra, au monocle rivé à son œil gauche et à la canne à poignée de perles qu'il agitait constamment. Il n'était pas qu'extravagant ; il était véritablement bizarre. C'était lui qui était le centre d'attraction. Les serveurs étaient encore plus obséquieux avec lui qu'avec les autres. Ils faisaient des courbettes et presque des génuflexions devant lui et se retiraient en exécutant des révérences insensées tandis qu'il inspectait et jugeait chaque plat qu'ils apportaient.

Baumstein, pétrifié, assistait au spectacle. Un flux de pensées incontrôlables l'assaillit. Ce sentiment chaleureux de bien-être qu'il avait savouré quelque temps s'était totalement dissipé, à la place, il eut l'impression d'une main froide et cruelle qui lui étreignait le cœur, d'un bâillon qui l'empêchait de dire quoi que ce soit.

Le nain, semblait-il, venait juste de terminer une histoire. Il martelait la table de ses petits poings. L'homme qui portait la cape était secoué de grands éclats de rire sonores. Baumstein vit un éclair d'or entre ses dents. Le monocle tomba et se balança au bout de la chaîne d'or en un mouvement presque hypnotique.

Tous trois riaient de bon cœur mais Baumstein ne pouvait plus que concentrer son attention sur l'homme à la cape, incapable de sonder ses propres sentiments. Puis le nain recommença à marteler la table :

— Schwebe... Champagne... Schwebe... Bon Dieu... Mais qu'est-ce qu'il fout...

Baumstein sentit une sueur froide lui couler sur le front, il était au bord de l'évanouissement. Les musiciens indiens avaient repris leurs rythmes violents et un petit danseur martelait la scène de ses talons. Baumstein contemplait, impuissant, un flot d'images qui passait devant ses yeux. La salle était comme une étuve.

Il ne sut jamais comment il avait fait pour demander l'addition, payer la note et partir à toute vitesse en laissant intact le steak dont il avait eu tant envie. Ni comment il put se diriger à travers le vacarme de l'avenida Independencia nacional, dans la folie des voitures lancées à toute vitesse, jusqu'au Guarani et enfin jusqu'à sa chambre. Il dormit par à-coups cette nuit-là et, à l'aube, il eut un cauchemar qui commençait par le hurlement d'une voix : « *Links.* »

« *Links... Rechts... Links... Links.* »

Des centaines de prisonniers descendant de wagons de marchandises sur une planche de fortune qui les mène directement à un quai en béton où ils se massent dans une bruine froide. Des milliers d'autres sortent de la même façon de tous les wagons du convoi. Tandis que les longues files se forment tant bien que mal, un orchestre composé d'hommes et de femmes attifés du pyjama rayé du camp joue des polkas, des tangos et des valses de

Strauss. L'orchestre comprend un saxophone, une clarinette et un accordéon, plusieurs guitares, un violoncelle, un piccolo et un tambour. C'est une jeune violoniste qui le dirige, elle utilise son archet comme baguette.

« *Links... Rechts... Rechts... Links... Links.* »

Autour de cet orchestre fantomatique, la terre est plate et boueuse, pleine de cratères et de tranchées, un paysage aride et lunaire. Un épais brouillard monte du sol, comme des flammes qui lécheraient les jambes des prisonniers.

« *Rechts... Links... Links... Links... Links.* »

Un capitaine SS en uniforme gris de combat avec le liséré blanc du service de santé de la SS sur sa casquette hurle avec une monotone régularité dans l'air humide et froid ; de la vapeur sort de sa bouche. Les prisonniers battent la semelle en attendant de passer devant lui. Quand ils arrivent à sa hauteur, ils se dirigent vers la droite ou la gauche selon la direction qu'il leur a indiquée.

« *Links... Rechts... Links... Links... Links.* »

Le docteur SS, entouré de soldats en armes, se tient debout, jambes largement écartées, dirigeant les prisonniers d'un coup de pouce négligent encore que gracieux.

Le docteur, *Hauptsturmführer* par le rang, est impeccable. Il est « sélecteur » et, dans son uniforme SS bien coupé, il a fière allure ; gants blancs immaculés, bottes noires parfaitement cirées et badine sous le bras. Son œil gauche est affecté d'un fort strabisme et, quand il sourit, on peut voir un large espace triangulaire entre ses deux dents de devant. C'est qu'il a souvent le sourire ! Courtois, raffiné, élégant, il s'incline crânement devant les belles prisonnières et tout en lui exprime une sorte de suavité jointe à un détachement professionnel. On ne peut discerner que rarement, dans l'exercice de son travail, la touche subtile de joie mauvaise ou d'amusement teinté de mépris.

Il regarde froidement chaque prisonnier qui se présente à lui, d'un œil professionnel, il l'estime, le juge. « *Links* » — à gauche : mort immédiate dans les chambres à gaz. « *Rechts* » — à droite : sursis temporaire et travaux forcés. Le rythme incessant de son pouce est pareil à celui d'un métronome ; on songe aux Césars qui décident de la vie ou de la mort du gladiateur. Pendant son travail, le docteur siffle doucement. Aux accents langoureux de l'orchestre qui joue des tangos ou des valses, il se sifflote des arias wagnériennes. Une jeune déportée est devant lui, à présent. Elle attend le fatal coup de pouce. Il incline lentement la tête, son visage s'épanouit en un sourire :

— Quelle était la mélodie que j'étais en train de siffler ?

La fille se mord la lèvre inférieure un long moment :

— C'est *Tannhaüser,* dit-elle gravement.

Le docteur fait non de la tête.

— Faux, c'est *Lohengrin* — *Links.*

Une vieille femme s'avance à présent. Elle essaye désespérément de relever les épaules et de se tenir droite avec une sorte de dignité pathétique. Le docteur lui sourit gentiment, il y a un soupçon de malice dans ses yeux.

« Vous connaissez l'autre côté, grand-mère ? Vous savez à quoi ça ressemble ?

— Je ne comprends pas, répond-elle.

— Ne vous en faites pas, lui dit-il d'une voix apaisante, vous n'allez pas tarder à comprendre. *Links.*

Un jeune homme qu'on a séparé de son père impotent quitte la file pour lui donner un dernier baiser d'adieu. Rapide comme l'éclair, fou de rage, face congestionnée, il lui décoche un grand coup de cravache qui lui ouvre profondément la joue. A part ces rares moments d'irritation qui gênent l'accomplissement de sa tâche, le docteur s'acquitte de son travail avec un calme placide et débonnaire, une courtoisie parfaite. Une mère pleure à chaudes larmes parce qu'on la sépare de son enfant ; magnanime, le docteur lui permet d'aller le rejoindre sur la gauche. Un couple supplie qu'on ne le sépare pas. Le docteur lance un coup d'œil énigmatique aux cheminées du crématoire et leur assure avec bonté qu'ils se retrouveront dans peu de temps. Il leur indique la gauche.

On amène alors au docteur deux frères jumeaux de sept ans. C'est un caporal SS qui est allé les chercher dans la foule. Les yeux du docteur s'allument, il s'en échappe une radiance difficile à décrire. Il se penche et leur caresse gentiment les cheveux.

« *Rechts und Rechts,* proclame-t-il gaiement dans la froide matinée.

A la fin d'une harassante journée de travail, le docteur est toujours aussi impeccablement élégant qu'au début. Car, en vérité, le docteur est un homme de grande passion et de grande conviction. Et, plus que tout, il aime son travail. « *Links.* » Le rêve se termina comme il avait commencé, par ce mot. Quand Baumstein se réveilla, il en entendait toujours l'écho mais, Dieu merci, il ne se souvenait d'aucun détail de son cauchemar. C'était trop horrible pour que sa conscience, à l'état de veille, les laisse filtrer. Tout ce qu'il savait, c'est qu'il avait recommencé à rêver (ce qui ne lui était pas arrivé depuis près de trente ans) de son séjour à Auschwitz.

Le lendemain matin, Baumstein, complètement ébranlé, décida de quitter Asunción. Il ne savait où aller ; les déplacements constituaient toujours pour lui une activité pleine de périls et il était incapable de se dire pourquoi la fuite immédiate lui était soudain apparue comme une nécessité aussi impérative.

Il s'habilla et descendit dans le hall, à l'agence des Aerolineas Avianca. Il dit à la jeune femme que, pour des raisons de santé, il fallait qu'il quitte la ville le plus vite possible. Il voulait aller à la montagne, disait-il ; il avait de l'asthme et, pour rendre la chose vraisemblable, il toussa trois fois violemment. En un rien de temps, la jeune femme, très inquiète de l'état de ses bronches, lui vendit un billet pour Bariloche, une station des Hautes Andes argentines. Un peu plus tard, elle l'appela dans sa chambre et lui dit avec un accent de triomphe qu'elle avait pu, après s'être donné beaucoup de mal, lui réserver une chambre à l'hôtel le plus chic et le plus prestigieux de la station : le Llao Llao.

22

Asunción, quelques jours plus tard.

Il allait être trois heures et Corrados, le vieux gardien de nuit, continuait à faire ses rondes. Ses longs parcours nocturnes l'emmenaient habituellement dans le petit quartier d'affaires d'Asunción — Remigio, Teniente Ruiz, Boqueron, 22 de Septiembre, Manuel Perez et enfin au grand Parque Caballero, entouré de cyprès. Pendant le jour, les rues et les boulevards et ces plazas bondées et bruyantes avec leurs bancs de bois constellés de crottes de pigeons et leurs statues militaires étaient d'une activité débordante. Les marchands étaient là, dans leurs petites *tiendas* humides qui s'alignaient dans les ruelles étroites et encombraient les grandes artères de leurs chariots, étalant complaisamment toutes leurs marchandises sur le sol. C'était là que les habitants d'Asunción venaient acheter la plupart des objets de consommation courante. Nourriture, produits divers, tissus, meubles bon marché, bric-à-brac invraisemblable, le tout en abondance et à des prix insignifiants. A la tombée de la nuit, tous ces chariots rentraient, les longs rideaux d'aluminium qui protégeaient chaque boutique étaient baissés, on nettoyait les rues et les ruisseaux de façon très efficace et marchands et piétons se hâtaient de rentrer chez eux.

C'était à ce moment que Corrados entrait en action, boitillant sur sa jambe raide dans cette solitude désolée qui avait abrité, quelques heures plus tôt, tant d'animation — c'était maintenant un grand espace silencieux et vide, quelque peu inquiétant, où le bruit de ses pas résonnait sur la mosaïque des trottoirs.

Asunción se couche de bonne heure. Après 10 heures du soir, il est rare de rencontrer âme qui vive dans une rue. Papa Stroessner pense qu'un peuple travailleur doit aller au lit très tôt. Il regarde d'un très mauvais œil les beuveries nocturnes de ses enfants, bien que, de son côté, il ait une véritable passion des nuits blanches et de leurs plaisirs.

Le travail de Corrados consistait à vérifier que chaque *tienda* était bien cadenassée et de décourager les flâneurs qui auraient pu s'attarder trop tard dans son secteur, pour d'inavouables raisons.

Il portait toujours sur lui une lampe-torche, un antique revolver américain et une poignée de cartouches dont l'utilité semblait bien faible. En bon vigile, Corrados faisait régulièrement le tour de son secteur toutes les trois heures. Il avait, ce soir-là, mangé un peu trop copieusement et ressentait quelque appréhension à faire sa dernière ronde. En fait, il voulait en finir vite et c'est pourquoi la vue du Parque Caballero lui fit plaisir, elle signalait la fin de sa nuit. Il se dirigea vers une baraque dans le coin nord-est du parc. Il y avait, entre les murs blanchis à la chaux, une seule pièce avec deux paillasses, des latrines et un petit réchaud électrique sur lequel il se faisait du café ou une soupe. Mais ce qui était vraiment parfait, c'est qu'à l'intérieur de cette baraque se trouvait l'homme qui allait le relever.

Il se hâta en apercevant la petite maison blanche. La nuit était fraîche et une petite brise désagréable faisait bouger les cyprès ; tous les *lapachos* en fleur se balançaient comme des danseurs fantômes dans les ténèbres.

La grande tour du Guarani se profilait, grand pan sombre où ne se détachaient que quelques lumières sur une surface de granit. Quand Corrados entra, comme tous les soirs, dans la large boucle de Sebastian Gabieto, il prit conscience d'une animation inhabituelle qui régnait dans le parc. De vagues sons indéterminés qu'il prit d'abord pour des rafales de vent. Mais il y eut le bruit sec d'un objet métallique sur le sol et il regarda au-dessus de son épaule, pour voir une ombre qui courait à deux cents mètres de lui.

Aussitôt il fonça dans le massif de cyprès et se retrouva dans une grande plaine herbeuse. Il vit alors, à cinquante mètres de lui, les silhouettes de six ou sept personnes en train de prendre la fuite. Il hurla, leur ordonna de faire halte et les prit en chasse. Mais il ne fit aucun doute que c'était lui qu'elles fuyaient et qu'elles n'avaient aucune intention de lui obéir. Corrados se lança à leur poursuite en boitillant, en un grand sursaut d'énergie ; sa grosse lampe de cuivre se balançait violemment à sa hanche tandis qu'il menaçait de son revolver les fuyards. Mais cela ne servit pas à grand-chose. Quelle qu'ait été l'identité des rôdeurs, il était évident qu'entre l'obscurité du parc et le revolver antédiluvien, il y avait une marge confortable.

La bande disparut bientôt dans un bouquet d'arbres assez touffu et le pauvre Corrados, essoufflé et pantelant, se remit de son galop épuisant en fouillant, sans réel espoir, l'endroit où il avait d'abord surpris les intrus. Mais qui étaient-ils ? Que venaient-ils faire ? Quelques minutes plus tard, quand il se retrouva nez à nez avec la grande statue équestre de Francisco Solano Lopez chevauchant un imposant étalon de marbre blanc dans son uniforme de parade, Corrados eut enfin sa réponse.

Sur le petit chemin bitumé qui se trouvait devant la statue, il vit un pot de peinture renversé sur le côté dont le contenu se répandait lentement sur le gazon. Corrados leva alors sa lanterne vers la statue elle-même et il put distinguer les grandes lettres noires qui couvraient toute la surface du grand piédestal d'albâtre. Elles disaient :

Le Paraguay protège les bouchers nazis comme Grigori.

Plus haut, au niveau du garrot et des flancs puissants de la splendide créature de marbre, on avait soigneusement calligraphié des lettres hébraïques, qui signaient le message : « *Al Tishkakh.* »

Au même moment et à plusieurs kilomètres de là, un autre veilleur de nuit qui effectuait sa ronde aux alentours du dôme blanc du Panthéon paraguayen tomba sur de semblables graffiti. Sur l'un des murs, à l'intérieur des grandes colonnes de marbre qui soutiennent le tympan, on pouvait lire, écrit en lettres similaires, le message suivant :

Papa Stroessner — ami et protecteur
du boucher nazi Grigori.

A deux cents kilomètres au nord-est d'Asunción, l'aube se lève à peine au-dessus du petit port fluvial de Puerto Stroessner. Là aussi, les rues sont pratiquement vides ; pas un être en vue, si ce n'est les chats errants qui fouillent les poubelles dans les coins sombres.

A un peu plus d'un kilomètre de la ville, sur les rives du Paraná, se trouve une villa blanche à la pelouse méticuleusement tondue, derrière une barrière de piquets blancs ; depuis peu, la nouvelle autoroute qui va de l'aéroport local à Asunción passe devant elle.

Tous les volets sont clos et un grand nombre de journaux s'entassent sur la véranda ; tout a l'air curieusement désolé. Aucun signe ne trahit la présence d'un habitant mais pourtant, sur le macadam à deux voies qui passe devant la maison a été tracée une immense flèche blanche de près de quinze mètres qui fait brusquement un angle à quatre-vingt-dix degrés pour bien désigner la porte d'entrée de la villa. Le long de la flèche, on peut lire en grandes lettres rageuses peintes à la chaux : *Suivez la flèche jusqu'à la demeure du docteur Grigori, l'Ange de la Mort d'Auschwitz.*

Et en dessous, en hébreu, les mêmes lettres : « *Al Tishkakh.* »

A Asunción, il allait être huit heures du matin et les premières voitures gouvernementales commençaient à arriver au palais présidentiel. Le docteur Simon Nogues, ministre de l'Intérieur de la province d'Amambay, fut un des premiers à se présenter. Il rendit son salut à la garde d'élite du palais et mit pied à terre ; il voulait faire un petit tour dans les jardins, le long d'une piste de mosaïque qui traversait le parc.

Il se sentait étonnamment bien et commença à siffloter en se dirigeant vers la masse impressionnante des trois étages du palais blanc qui brillait au soleil, immaculé comme un gâteau de mariage. Ce ne fut qu'au moment où il mit le pied sur la première marche qu'il manqua de tomber ; il avait clairement discerné, au niveau du linteau de marbre qui couronnait l'entrée secondaire, un message particulièrement blasphématoire, peint en grosses lettres noires :

Papa Stroessner est un porc.

Juste au-dessous de l'infâme inscription, on avait mis, avec une pompe qui eût convenu à un sceau officiel, l'étoile de David.

Dès neuf heures du matin, une vingtaine de rapports officiels faisaient état de dégradations d'édifices publics (musées, monuments, immeubles gouvernementaux et installations militaires) qui toutes associaient le président Stroessner au docteur Gregor Grigori.

Très peu de temps après, une douzaine de voitures spéciales de la Policia federal de seguridad partirent en trombe du garage souterrain qui se trouve sous le palais présidentiel. Le colonel Arganas les avait envoyées dans les « points chauds » de la ville, c'est-à-dire dans le quartier à forte majorité juive du côté de l'Estrella. Les officiers des forces spéciales de sécurité étaient chargés de jeter un filet dans cette zone « sensible » dans l'espoir d'appréhender le plus grand nombre de suspects. Chaque officier possédait une liste d'une demi-douzaine de suspects pour interrogatoire préliminaire (ceux qu'on soupçonnait d'être les artisans de cette conspiration).

Le colonel Arganas avait donné des ordres précis : les suspects principaux devaient être ramassés tôt le matin, quand la population dort toujours, afin d'empêcher, si possible, que la nouvelle se propage trop rapidement.

Les forces spéciales firent leur travail calmement et méthodiquement. Mais elles ne furent pas assez rapides pour empêcher une bande de jeunes Allemands de rôder devant l'ambassade israélienne et de s'en faire chasser par les gardes, pas avant, toutefois, d'avoir rageusement tracé sur la façade l'avertissement suivant :

Jüdische Botschaft
Härde weg von Grigori
Wir befehlen.

On avait signé d'un gros svastika noir.

A midi, des svastikas avaient commencé à fleurir un peu partout sur les vitrines des boutiques juives de l'Estrella. Une vitrine avait même été brisée et une bande de voyous s'était jetée sur un vieux rabbin qui revenait de la synagogue, lui avait tiré la barbe et l'avait roué de coups.

Peu après midi, la Sécurité arrêta Arturo Rubens au siège central des postes paraguayennes, où il occupait un poste de haute responsabilité.

Plus tard dans la soirée, après un dîner particulièrement plaisant, le colonel Arganas fuma un cigare et but son cognac en compagnie d'*el Negrón.* Les événements de la journée lui avaient mis du baume au cœur. Le stratagème qui consistait à envoyer ses propres agents commettre des « dégradations d'édifices publics » et autres « délits graves » comme prétexte pour rafler tous les « individus suspects ou douteux » avait parfaitement fonctionné.

Ce fut à ce moment que le Boeing 707 de la Braniff descendit d'un épais brouillard jusqu'à la piste uniforme et brillante de l'aéroport Torcuato à une trentaine de kilomètres de Buenos Aires.

La fille en ensemble de denim sortait juste des toilettes où elle s'était rafraîchi le visage, mis une broche dans les cheveux et donné un raccord du rouge à lèvres corail, seule concession au maquillage. Elle était allée s'asseoir, mais comme à regret ; elle bouillait d'excitation dans sa ceinture de sécurité. Elle serrait dans son poing le petit faucon de tourmaline, elle ne cessait de le toucher, de caresser sa surface lisse, comme s'il s'était agi d'un talisman doué de grands pouvoirs magiques.

Dovia Safid faisait partie du Mossad depuis neuf ans déjà. Elle était née à Tel-Aviv vingt-sept ans auparavant ; son père était un diplomate de haut rang qui devint un jour ambassadeur d'Israël en Suède. C'est ce qui explique qu'elle ait effectué ses études à l'étranger, dans des écoles suisses et des universités britanniques. Elle parlait six langues couramment et avait vécu à peu près partout. Malgré cet apparent cosmopolitisme, elle demeurait profondément et agressivement une Sabra. Elle appartenait à cette génération pour qui Israël résumait l'alpha et l'oméga de l'existence. Elle était nationaliste jusqu'au chauvinisme et impitoyable pour ceux qu'elle cataloguait comme des ennemis de son pays ; tout ce qui était bon pour Israël était bon pour elle.

En mars 67, à l'âge de dix-huit ans, elle était aux sports d'hiver à Kitzbühel quand elle apprit la nouvelle de l'offensive égyptienne dans le Sinaï. Elle partit immédiatement rejoindre son régiment. On l'avait mise dans une unité d'information. Ce n'était pas ce qu'elle avait désiré. Elle aurait voulu une unité combattante mais, sans qu'elle le sache, son père avait pu utiliser son influence pour la faire verser dans un secteur considéré comme moins dangereux ; c'est là que, par une ruse du destin, elle avait rencontré Asher.

Ce fut un accident. Elle avait manqué un convoi de renseignements qui partait au front et fut forcée de voyager avec un bataillon des Forces spéciales. Le jeune commandant n'était autre qu'Asher.

Ils ne s'entendirent pas du tout, et ensuite leurs rapports devinrent franchement exécrables. Elle allait à plusieurs heures de distance des combats. Asher n'aurait voulu pour rien au monde manquer une minute de la bataille. Ils n'arrêtèrent pas de se disputer pendant la plus grande partie du voyage jusqu'à Sharm El Sheik ; d'abord parce qu'il était furieux de devoir la conduire là où elle allait et ensuite, chose encore plus curieuse, à propos de politique.

Il l'accusa d'être étroite d'esprit, infantile, aveugle aux problèmes généraux des souffrances humaines. Elle ne disait que des platitudes, des mots d'ordre, disait-il, comme n'importe quel idiot de Sabra qui chante et danse des airs folkloriques dans le désert. Méchamment, il l'accusa de ne pas avoir de pensée propre.

Elle lui répondit sur le même ton et l'accusa à son tour de n'être qu'un aventurier international, un mercenaire et un « demi-Juif ». Qui plus est, il trahissait Israël et sa tendance à se servir de son judaïsme pour prendre fait et cause pour tous les combats d'arrière-garde dans le monde n'était qu'une excuse à son inextinguible soif de violence. C'était sa seule et unique passion.

Leur antagonisme mutuel était bien entendu surtout épidermique. Ce soir-là, ils partagèrent un sac de couchage dans le désert. Elle trouva qu'il faisait l'amour de façon brutale, superficielle et même mécanique, comme si ce n'avait été qu'un moyen prophylactique parmi d'autres ; comme on se brosse les dents. Elle faisait partie d'une génération « politiquement consciente », aussi associa-t-elle cet amour « sans engagement » à une fonction de son idéologie politique férocement libre de tout « engagement », au sens que l'on donne d'ordinaire à ce terme. Il va sans dire qu'ils se virent beaucoup. Elle était très confuse au sujet d'Asher. Ce qui était certain c'est qu'elle ne l'aimait pas. Elle pensait qu'il était fou, inconstant, imprévisible. Mais elle ne pouvait pas rester éloignée de lui très longtemps, elle était attirée par le caractère hautement explosif de sa personnalité.

Après la guerre de 67, ils se retrouvèrent à Tel-Aviv. Il finissait ses études à l'université et elle commençait à travailler à plein temps pour le Mossad. Dovia devait beaucoup voyager. Son travail n'était pas seulement dangereux, il pouvait aussi être extrêmement déplaisant, comme ce qu'elle était censée faire avec Grigori. Elle savait parfaitement à quoi elle était condamnée ; pourtant, elle ne se souciait guère de moralité ou plutôt de l'absence de toute morale inhérente à sa mission. Ce qu'elle avait à cœur, c'étaient les principes de la justice et tout spécialement de la justice israélienne. Elle voulait servir son peuple.

Officiellement, le Mossad n'avait pas de « contrat » sur la personne de Grigori. L'énorme dossier détaillé sur ses activités présentes et ses cachettes avait été relégué dans la section « classé ». Ils avaient à s'occuper d'autres problèmes, autrement importants, comme ceux des Palestiniens et des Syriens pour ne plus trop s'intéresser à un vieux nazi presque sénile qui se cachait au fin fond d'une jungle sud-américaine.

Officieusement, pourtant, l'organisation aurait eu un grand choc sentimental si Asher avait pu réussir sa mission. Beaucoup de gens importants dans le Mossad étaient eux-mêmes des rescapés des camps de la mort et ils déploraient que le gouvernement leur ait lié les mains pour tout ce qui concernait la chasse aux criminels de guerre.

Le Mossad connaissait bien Asher. Il avait été un de ses agents au début des années soixante-dix, dans une période particulièrement agitée. Mais on n'allait pas tarder à découvrir que les talents d'Asher, aussi grands qu'ils aient été, ne pouvaient lui permettre de devenir un agent scrupuleux et discipliné. Sa dépression nerveuse à la suite de la guerre de 73 fut le coup de grâce pour sa carrière d'officier des renseignements. Son évasion de l'hôpital et ses activités « sauvages » le firent passer pour quelqu'un de particulièrement dangereux, tout spécialement à cause du fait qu'il continuait à se faire passer pour un agent du Mossad.

Mais, en vertu de la nature particulière des organisations de contre-espionnage où les agents vivent en cercle fermé mais demeurent très loyaux les uns par rapport aux autres, l'agence ne put se résoudre à prendre des mesures draconiennes à l'encontre d'un camarade dans l'erreur. Le père d'Asher avait été l'ami intime de plus d'un officiel du Mossad ; après tout, c'était un héros de l'Irgoun. Ils avaient renvoyé son fils à contrecœur. On pouvait difficilement leur demander de le mettre au pas. Si ses activités se déroulaient à l'extérieur du pays et n'entraient pas en contradiction avec les actions menées par l'agence, ils avaient décidé de ne pas intervenir. Les anciens criminels de guerre n'étaient plus, depuis longtemps, sur la liste des priorités gouvernementales. Si c'était ce qu'Asher voulait faire, après tout, cela leur était égal. Pendant ce temps, il ne risquait pas de se mettre dans leurs jambes. Tacitement, ils avaient même décidé de financer certaines de ses opérations et de détourner pudiquement les yeux si un agent actif du Mossad, tel que Dovia Safid, devait lui prêter main-forte dans une de ses opérations illicites. C'est toujours un peu de cette façon qu'on fonctionne dans le milieu de l'espionnage. Il n'est pas question de se demander où est la morale dans tout ceci. Il n'y en a pas.

Quand l'atterrissage fut terminé, Dovia se leva et attendit nerveusement dans la queue des passagers qui descendaient les passerelles.

Elle passa la douane sans problèmes et elle n'eut aucun mal à le trouver. Elle le vit tout de suite — longue silhouette échevelée qui traînait devant le tapis roulant des bagages. Elle n'en fut pas surprise, elle lui avait télégraphié de Dakar de la rejoindre à cet endroit précis. Mais quand elle le vit ainsi, rêveur, préoccupé, absent, elle eut pendant une fraction de seconde l'envie de reprendre l'avion et de partir au plus vite. Elle était rarement sujette aux prémonitions, mais c'en était bien une — comme un coup sec, la conscience surnaturelle d'un danger à venir. Elle s'approchait un peu trop de quelque chose de mystérieux et d'indéterminable : « Va-t'en ! » lui dit une voix. C'est presque ce qu'elle fit, mais il était trop tard, son regard l'avait trouvée, il lui souriait et lui faisait de grands gestes et le pressentiment s'envola comme une bouffée d'air confiné. Elle lui sourit à son tour en levant le bras. Et il fut près d'elle et il l'embrassa avec cette retenue et presque cette réticence qui lui étaient si particulières. Elle se serra contre lui, heureuse, contre toute raison ; sauvagement heureuse.

Plus tard, à l'hôtel, sa froideur disparut. Il lui fit l'amour brutalement, comme un homme qui s'est imposé la chasteté pendant longtemps. Il était violent, il la meurtrit, mais pourtant il y avait entre eux une certaine tendresse et, quand elle eut un dernier tressaillement de douleur, elle s'évanouit dans la cage tiède de ses bras, pleine de son odeur forte. Ses bras la tenaient serrée contre lui et, pendant un temps, elle eut la vision de quelque chose de sombre et de primordial, deux crustacés qui s'accouplaient à l'aube des temps. Elle se sentait profondément heureuse d'être là.

Ensuite, étendus côte à côte sur les draps défaits, ils purent enfin parler et fumer, heureux et fatigués. Il l'accablait de sarcasmes, faisait des plaisanteries douteuses sur les jeunes gens qu'elle avait connus, sur son travail dans l'agence et sur la loyauté de ses collègues du Mossad qui avaient été les siens un jour.

Elle en fut blessée ; mais elle savait qu'il lui avait parlé ainsi en toute conscience. Elle ne se sentit pas prête à faire une scène. Elle ne voulait pas tout gâcher en reproches et en disputes. C'est quand il essaya d'atteindre, en passant au-dessus d'elle, un paquet de Gauloises sur la table de chevet, qu'elle vit les coupures et les profondes cicatrices qu'il avait sur le flanc. Elles semblaient récentes, des croûtes s'étaient formées.

— Mon Dieu ! fut tout ce qu'elle put dire en les touchant du bout des doigts.

Il détourna les yeux.

« Où as-tu attrapé ça ? cria-t-elle, qu'est-ce que tu as fait ?

Il voulut sortir du lit mais elle le retint fermement.

« Réponds-moi ! Je n'ai pas eu de tes nouvelles pendant des mois. Je ne sais pas où tu es d'un jour à l'autre.

— Depuis quand dois-je te remettre un rapport détaillé ?

— Je ne te demande pas de faire un rapport, nom de Dieu. Je ne t'ai jamais rien demandé. Tu peux aller au diable, si c'est ce que tu veux savoir. Toi et tes putains de missions !

Il se leva et elle le suivit, comme une furie, brandissant le télex froissé :

« *Meilleurs souvenirs du pays aux infinies possibilités,* lut-elle à haute voix. Qu'est-ce que ça peut bien vouloir dire, bon Dieu ? Je reçois ça par le courrier. Rien que ça. Et je fais vingt mille kilomètres comme une idiote pour en découvrir le sens.

Elle le poursuivait autour du lit pendant qu'il cherchait désespérément à remettre son pantalon.

« Pourquoi tout ce secret, d'abord ?

— Tu sais bien de quoi il s'agit.

— Je crois, enfin je suppose. Je n'en suis pas certaine.

— Tu veux faire partie du coup, non ?

— Oui, bien sûr.

— Tu sais de *qui* il s'agit ?

— Oui, oui, je le sais.

— Et ça t'intéresse, tu as envie de faire partie de notre groupe ?

— Bien sûr ! (Elle leva les bras au ciel.) Je n'ai pas fait la moitié du tour de la terre pour voir le paysage.

— Alors, qu'est-ce que tu veux savoir d'autre ? (Il était en train de mettre ses chaussures.) Tu sais tout.

Pendant un court instant, elle fut incapable d'articuler un seul mot. Il y eut ensuite quelque chose qui ressemblait à l'éclair de la révélation au fond de ses yeux.

— L'organisation avait raison. Ils ont eu absolument raison de te virer. Tu es fou. Complètement fou... espèce de salaud. (Elle se jeta sur lui pour le gifler mais il lui saisit le bras et la contint facilement.) Salaud, espèce de salaud...

Elle pleurait en donnant de grands coups de tête dans le vide, comme si elle avait pu le fouetter d'un revers de ses magnifiques cheveux blonds.

— Tu veux repartir ? lui demanda-t-il calmement (il lui tenait toujours fermement les bras). Tu as le billet. Tu peux partir immédiatement.

— Je n'ai jamais dit...

— Je n'ai pas besoin de ce genre de choses à présent, murmura-t-il. Je n'ai vraiment pas besoin de ce genre de scènes. L'opération est trop importante pour moi.

— Mais pour moi aussi, supplia-t-elle. Je veux en faire partie. Tu m'avais promis.

— J'ai tenu ma promesse. Je t'ai fait venir. Mais ça ne te suffit pas ? Tu veux encore quelque chose de plus.

— Mais non...

— Tu crois que le fait d'être venue te donne droit à un traitement de faveur ?

— Je n'ai jamais parlé de ça, cria-t-elle. Je ne veux rien de toi. Salaud.

— Très bien ! (Il sourit enfin et lui donna une petite tape sur le menton.) Tout va très bien marcher entre nous alors. Habille-toi, nous avons un train à prendre.

Peu après, Asher et Dovia Safid prirent un taxi qui les emmena du Hilton Towers sur l'avenida Diaz Velez à la gare du Retiro. Il ne leur restait que vingt-cinq minutes pour traverser le centre de la ville et attraper au vol le rapide de minuit, le Special Correntosa Express pour San Carlos de Bariloche. C'était un train de luxe avec des sleepings, un wagon-restaurant où l'on servait une cuisine de tout premier ordre et un cinéma. Les vingt-neuf heures de voyage entre Buenos Aires et la petite station de montagne passeraient vite.

4

Llao Llao

23

Le docteur Grigori avala une dernière cuillerée de sorbet aux fraises, s'essuya gracieusement les lèvres avec le bord de son mouchoir de soie et alluma une cigarette égyptienne ovale. Il attendait qu'on amène le chariot dans la grande salle à manger, avec ses liqueurs fines, ses chocolats somptueux et ses havanes. Il comptait bien user et abuser de toutes ces bonnes choses.

Il y avait un petit orchestre qui jouait sur un balcon surélevé pour la clientèle de l'hôtel Llao Llao, station thermale renommée dans le monde entier qui se trouvait dans les Andes argentines, à San Carlos de Bariloche. L'orchestre se composait de six musiciens hommes, plutôt engoncés, et d'une harpiste solitaire à l'allure très chevaline qui portait une robe d'organza de soie dont la bretelle n'arrêtait pas de tomber. Ils avaient une prédilection toute particulière pour les valses de Strauss avec quelques rares détours vers Liszt et von Weber. Il y avait, bien entendu, beaucoup de musique légère, *Marietta, le Prince étudiant, la Veuve joyeuse,* et ainsi de suite. Grigori en grinçait des dents. La banale vulgarité de ces bluettes était une insulte à son sens esthétique. Cela lui donnait le *Kopfweh.*

Krug et Rudel, qui étaient assis à sa table, parlaient ; en fait, c'était surtout Krug qui parlait en faisant de grands gestes, plus rouge que jamais ; Rudel, lui, avait son habituelle allure solennelle et même morbide dans son habit de soirée, comme un grand corbeau noir lugubrement posé sur une branche. Grigori faisait semblant de participer à la conversation mais il n'avait d'yeux que pour la très séduisante jeune femme qui dînait seule à une table voisine.

Dovia Safid était arrivée une demi-heure plus tôt, escortée le long de l'allée centrale par un maître d'hôtel plus obséquieux que jamais qui lui avait fait une révérence finale en l'installant à une petite table toute proche de celle de Grigori. Il remarqua immédiatement qu'elle était jolie, qu'elle approchait la trentaine, qu'elle ne portait pas d'alliance et qu'elle venait probablement d'arriver à l'hôtel puisque c'était la première fois qu'il la voyait et qu'il était lui-même arrivé depuis trois jours. Ce n'était pas le genre de femme qu'on puisse facilement oublier. Il pensa qu'elle devait être scandinave, hollandaise peut-être ; elle avait de merveilleux cheveux blond cendré, un visage d'une très belle régularité et un petit nez fin, exquis, qui trahissait à coup sûr une origine patricienne. Elle était très simplement vêtue, d'un tailleur gris impeccablement coupé et son long corps élancé se mouvait avec une grâce incroyable. Il eût été impossible que Grigori ne la remarque pas, où qu'elle eût été. Il commençait presque à désespérer ; les femmes seules de l'hôtel étaient toutes des veuves défraîchies ou des institutrices en goguette qui cherchaient à trouver un compagnon pour partager leur retraite. Le docteur se sentit soudain plus heureux. Il en avait toujours été ainsi. *Der schöne Doktor* ne restait jamais très longtemps sans une compagne digne de lui. Il ne doutait pas un seul instant qu'elle viendrait à lui, attirée comme de la poussière de métal par un champ magnétique.

Alban Krug était en train de lui parler à présent. Le docteur hocha la tête, comme s'il suivait la conversation. Il n'écoutait pas un mot de ce qui se disait. Il n'en avait cure. Ses yeux étaient rivés à la jeune femme d'en face, tandis que d'épais anneaux de fumée s'élevaient de sa cigarette. Il était très contrarié ; elle n'avait pas daigné lui accorder un seul regard. Elle semblait n'avoir pas même remarqué qu'il la fixait depuis de longues minutes avec une insistance presque gênante.

L'ignoble musique continuait et Grigori sentait l'irritation monter en lui. Pourtant, il avait l'impression d'être très séduisant ce soir-là : élégant, mince, bronzé et d'une jeunesse étonnante. Ses longues marches sur le pic du Tronador et les épuisantes parties de pêche à la truite saumonée dans les eaux glaciales du Nahuel Huapi avaient eu sur lui des effets miraculeux. Il portait en plus ce très beau spencer blanc, une rose d'un jaune pâle à la boutonnière et son monocle cerclé d'argent, le tout lui donnait assurément une classe folle, cette aura de distinction aristocratique qui ne pouvait manquer de séduire les femmes.

Malgré tout, elle n'avait rien remarqué. Grigori n'était pas habitué à une telle indifférence. C'était inouï. Il savait que les dames le trouvaient *simpatico* et que, même dans les circonstances les plus difficiles, comme celles qu'il avait connues dans les camps, il avait toujours pu attirer l'attention.

Der schöne Doktor regardait toujours cette jeune femme solitaire qui tentait d'arracher une pince de son homard comme si l'intensité de son regard devait la forcer à lever les yeux et à les diriger vers lui.

— C'était formidable Gregor, tu ne penses pas ?

Il entendit Rudel lui parler à des kilomètres de là. Il se tourna vers lui, décontenancé.

— Quoi ?

— Le saumon, dit Rudel. Le saumon que j'ai pris aujourd'hui.

— Ah oui, murmura le docteur. Splendide ! Splendide créature !

Il regardait toujours cette fascinante apparition.

Ce fut alors qu'elle leva les yeux pour attirer l'attention du serveur et qu'elle fut éblouie par un reflet dans le monocle de Grigori. Il lui fit un petit signe de tête et un sourire discret.

S'il s'était attendu à ce qu'elle baisse pudiquement les yeux ou à ce qu'elle rougisse en renversant son verre, il en était pour ses frais. Il eut droit, tout au contraire, à un regard froid, imperturbable et pour tout dire franchement évaluateur. Elle n'était pas hostile mais, en même temps, elle semblait assez indifférente. Son regard exprimait plus la résignation ou un manque d'intérêt courtois, un mélange d'ennui et d'impatience qui fit jaillir sur son visage intelligent une expression qui voulait à peu près dire : « Oh bien, qu'est-ce qui se passe à présent ! »

Grigori s'apprêtait à lui faire servir un champagne-cocktail quand le maître d'hôtel argentin, toujours aussi servile, escorta un homme pâle et prématurément blanchi qui semblait très mal à l'aise dans l'allée. Il attendit devant la table pendant que le maître d'hôtel parlementait avec la jeune femme. Le docteur Grigori se pencha pour mieux écouter leur conversation. Le monsieur venait d'arriver. Il n'y avait plus une seule table. Est-ce que la jeune dame ne verrait pas trop d'inconvénient à partager la sienne, juste pour ce soir, bien sûr. On ferait tout pour leur trouver deux tables séparées le lendemain. Le docteur rougit de colère quand la jeune femme accepta avec un sourire. Il se sentait trahi.

— Merci infiniment, Fräulein Aldot. (Le maître d'hôtel était rayonnant. Il se tourna vers le monsieur.) Puis-je avoir l'honneur de faire les présentations ?

Le docteur s'était penché pour entendre le nom de la fille. Il désespéra franchement quand il les vit tous deux discuter comme de vieux amis ou plutôt comme deux êtres qui viennent de se rencontrer et qui sont très attirés l'un par l'autre. Pour tout dire, cette rencontre fortuite n'avait pas l'air de les ennuyer.

— Je suis confus de m'imposer de la sorte, dit le monsieur avec un sourire un peu niais.

Il avait l'air embarrassé.

— Mais pas du tout, lui répondit Dovia avec empressement. J'étais justement en train de me dire (elle baissa le ton et lança un long regard vers la table de Grigori) que ce n'était pas la table idéale pour une femme seule. Vous êtes en vacances ou en voyage d'affaires ?

— Un peu des deux. Et vous ?

— Pareil. Américain ?

— Oui.

— Votre complet est indéniablement américain, mais pas votre accent.

L'homme eut un sourire timide.

— Je suis naturalisé américain. De naissance, je suis autrichien.

— Autrichien ? (Ses yeux s'étaient éclairés.) Comme c'est drôle ! Moi aussi. J'avais remarqué quelque chose en vous qui m'était familier ; d'où çà ?

— Vienne.

— Ah ! (Elle s'excitait de plus en plus.) Moi aussi.

— Vous y vivez toujours ?

— Non. Je n'y suis pas retournée depuis des années. Je vis à Paris actuellement. Je suis professeur.

— Oh ! professeur !

Ils rirent de bon cœur et commencèrent à parler leur langue maternelle comme deux enfants qui viennent de découvrir un secret. Ils ne remarquèrent pas le regard dur et désapprobateur de l'homme au monocle.

— J'ai peur de ne pas bien avoir saisi votre nom, dit Dovia qui remarquait que l'homme avait l'air très fatigué.

— Gales, répondit J. Peter Baumstein, un peu gêné. John Gales.

Elle eut une petite moue.

— Gales ? Ça n'est pas très viennois.

Baumstein rougit. Il se tut en cherchant mentalement une parade.

— J'ai anglicisé mon nòm pour les affaires. Un nom anglais est tellement préférable, dans ma branche, vous savez.

— Finances ?

Il y eut un silence lourd. Heureusement, un serveur apparut en brandissant un immense menu au-dessus de Baumstein.

— Ah ! enfin !

Baumstein s'en saisit, heureux de pouvoir faire une diversion. Il s'y enfonça littéralement :

« Je suis affamé, dit-il, en inspectant les trois langues explicatives. Qu'est-ce que vous prendriez à ma place ?

— Le faisan, répondit-elle en mettant une Gauloise dans un petit fume-cigarette d'argent, il a l'air très bon. Les gens de la table d'à côté en ont pris. Il a l'air parfait.

— Magnifique ! (Baumstein fit un signe de la tête au serveur.) Du faisan, donc. Et je commencerai par des huîtres. Voulez-vous partager une bouteille de vin avec moi ?

— Ce serait merveilleux, dit Dovia dans un sourire.

Elle se pencha pour lui permettre d'allumer sa cigarette.

Après avoir passé la commande, il la regarda de nouveau.

— Eh bien, c'est unc très agréable surprise, dit Baumstein d'un air satisfait.

Il commençait à se sentir mieux. Depuis qu'il avait quitté Asunción, deux jours auparavant, il était passé par un état de fatigue nerveuse à peine imaginable, convaincu qu'il était d'avoir été découvert par les autorités locales. Il s'imaginait que tout le pays était à ses trousses. Quand il avait passé les douanes argentines, il s'attendait tellement à être reconnu que la facilité des formalités l'étonna. Ensuite, les deux jours de train avaient été un enfer. Il s'était persuadé qu'un agent fédéral américain (ou plutôt l'idée qu'il se faisait d'un agent fédéral) n'arrêtait pas de le surveiller. Dès qu'il arriva au Llao Llao, il déposa son attaché-case dans le coffre de l'hôtel et cacha la clef derrière le réservoir d'eau de sa salle de bains.

Baumstein voulut dire autre chose mais, juste à ce moment, l'orchestre qui était au-dessus de leurs têtes cessa brusquement de jouer une valse de Strauss et l'on n'entendit plus qu'un long roulement de tambour. Il y eut un peu d'agitation au bout de la salle à manger et soudain tous les serveurs parurent s'élancer dans cette direction.

Alors, l'orchestre entreprit de jouer une version assez métallique et empotée de l'hymne national du Paraguay. Un projecteur fut braqué immédiatement sur les grandes portes de verre de la salle et un homme de haute taille, très distingué, fit son apparition.

— Stroessner, dit la jeune femme.

— Qui ?

— Alfredo Stroessner, le président de la République du Paraguay.

— C'est un client de l'hôtel ?

— C'est ce qu'il semble, dit-elle avec un petit sourire ironique.

Baumstein remarqua alors pour la première fois à quel point elle était jolie. Cela le fit penser à Édith et il se retrouva très triste.

— Il semble, continua Dovia de son ton moqueur, que nous allons connaître un grand honneur.

Tandis que l'orchestre continuait sa version minable de l'hymne national, le président Stroessner, entouré d'une phalange de six ou sept gardes du corps impressionnants, continua de descendre par l'allée centrale. Il se dirigeait vers une grande table de banquet qu'on lui avait préparée quelque part dans le fond. Sur son chemin, *el Jefe* s'arrêtait çà et là pour serrer des mains. Baumstein était fasciné par le cortège présidentiel qui se mouvait dans la salle avec la légèreté d'un char d'assaut. Il eut une envie irrépressible de fuir. Depuis son expérience de la guerre, tout ce qui était officiel l'affectait de curieuse manière. Il était certain, à présent, que ces hommes n'étaient venus à Bariloche que dans l'intention de l'arrêter. Il se recroquevilla instinctivement.

Mais ils passèrent sa table sans provoquer d'autre désastre que d'avoir fait vaciller le vase d'anémones. Quand il releva les yeux, il vit que Dovia Safid fixait avec une attention incroyable un point situé au-dessus de son épaule gauche, là où le président et ses amis s'étaient arrêtés. Il y avait de grandes effusions avec les trois hommes de la table d'en face. Elle remarqua que l'un d'entre eux tout particulièrement (celui qui portait cet habit extravagant et le monocle et qui l'avait regardée de façon si insistante) s'était mis debout et que le président lui serrait la main avec beaucoup d'empressement.

24

Le 747 de la Lufthansa, vol 506 de Francfort venait de recevoir l'autorisation d'atterrir de la tour de contrôle de l'aérodrome de Don Torcuato, à Buenos Aires. Rolfe Hupfauer Grigori regardait, à travers un nuage, les myriades de lumières de la capitale argentine qui brillaient en bas comme un lac immense et ondulant, en pleine incandescence.

Il entendit, sans vraiment l'écouter, la voix grésillante de l'hôtesse qui décrivait en trois langues les conditions de leur descente. Il était fasciné par le spectacle des lumières et par l'énorme crucifix dont la brillance indiquait la piste sur laquelle le vol 506 de la Lufthansa se dirigeait inexorablement.

Il y eut une petite secousse quand le train d'atterrissage heurta le sol et des petits rires nerveux des voyageurs quand l'aile gauche pencha dangereusement. Rolfe était un bourgeois indécrottable, il pensait toujours à des détails triviaux : aurait-il des problèmes pour passer la douane, est-ce que tous ses bagages seraient arrivés en bon état ou encore est-ce que Ricardo Caffeti serait là pour l'accueillir ? Il n'y avait pas de quoi s'inquiéter ; le passage de la douane se fit sans encombre, ses bagages l'attendaient déjà sur le tapis roulant quand il arriva et Caffeti était là et bien là, à la porte des arrivées, bras croisés avec un immense sourire. Ils étaient maintenant à bord de la Lincoln Continental dernier modèle de Caffeti, roulant à vive allure sur l'autoroute 9, la Ruta Panamericana, vers les lueurs éblouissantes de la cité.

Maintenant qu'il était assis sur le cuir luxueux de la voiture, Rolfe ressentit l'impression classique qu'on a, au terme d'un voyage de plus de dix heures en avion, celle d'être complètement sale et fripé. Il avait toujours le goût de l'infecte nourriture standard dans la bouche et il voulait prendre une douche et se coucher. Mais les lumières de la ville qui brillaient devant lui et qui avaient transformé le ciel en un déluge de rouges en fusion eurent sur lui un effet curieusement excitant. C'était un peu le sentiment de liberté absolue qu'un très jeune homme peut ressentir quand il se retrouve seul pour la première fois dans une grande ville inconnue.

— Vous avez mangé ? demanda Caffeti.

— Oui, dans l'avion. Mais je suis sûr de pouvoir supporter une petite collation. Comment va mon père ?

— Très bien. J'étais avec lui il y a encore deux jours. Il est très impatient de vous voir. Il veut vous emmener à la chasse, vous faire toutes sortes de cadeaux.

Rolfe grinça des dents et s'enfonça lentement dans son siège.

« Il est à Bariloche, en ce moment, continua Caffeti. Au casino probablement. (Il regarda le cadran lumineux de l'horloge au tableau de bord.) Nous le verrons à Encarnación dans trois jours. D'ici là, c'est moi qui me charge de vos plaisirs.

Après avoir passé San Isidoro, ils entrèrent dans le quartier résidentiel de Vicente Lopez ; Caffeti fit un brusque virage à gauche qui les conduisit sur une petite route perpendiculaire à la Ruta Panamericana. Rolfe tomba sur son chauffeur.

— Mais qu'est-ce que vous foutez...

— Désolé. Je tourne ici.

— Je croyais qu'on allait en ville.

— C'est exact, répondit aimablement Caffeti, mais je viens d'avoir une autre idée.

Il regarda longtemps le rétroviseur pour s'assurer que les phares qui les suivaient depuis leur sortie de Don Torcuato avaient disparu. Quand il avait pris ce virage, il avait vu l'autre voiture faire une embardée, incapable de tourner à temps ou de s'arrêter à cause de l'intense circulation qui règne sur l'autoroute. Il ne pouvait pas savoir si ces phares appartenaient à quelqu'un qui les filait réellement. Il prenait simplement des précautions. Son instinct lui avait dit de tourner et il écoutait toujours cette petite voix intérieure.

La Lincoln se dirigeait à présent vers le sud, vers les berges du Rio de la Plata, plus précisément, dans le beau quartier de l'avenida del Libertador San Martin.

— Où m'emmenez-vous ? demanda Rolfe, assez effrayé.

— Au Yacht Club d'Olivos.

— Mais j'ai réservé au Hilton.

— C'est beaucoup plus calme que le Hilton. Très fermé. Je suis sûr que vous aimerez.

— Et s'ils n'ont pas de chambre ?

— Je m'occupe de tout ça, laissez-moi faire.

Caffeti jeta encore une fois un coup d'œil dans son rétroviseur. Il était toujours vide.

25

— *Veintidos. Veintidos rojo. Pongan sus apuestas, damas y caballeros.*

La roue tournait en formant une tache blanche et confuse. Il y eut un moment de silence absolu tandis que des yeux innombrables n'arrivaient pas à se détacher de la petite boule blanche qui tournait et cliquetait d'une rainure à l'autre. La roue commença à tourner moins vite ; les chiffres et les couleurs devinrent presque visibles jusqu'à ce que, finalement, la boule vienne tomber dans la case 9 rouge, non sans avoir auparavant frôlé la tranche qui la séparait du 10 et s'y être arrêtée quelques fractions de seconde.

Il y eut des grognements déçus et des exclamations de joie.

« *Rojo, damas y caballeros,* annonça le croupier. *Rojo nueve.*

Le croupier était un Argentin très mince, avec une moustache fine comme un trait de crayon et des cheveux noirs gominés. Quand il souriait, ce qui lui arrivait souvent, ses dents blanches brillaient, ce qui lui donnait l'apparence d'un lézard vicieux. Il poussa un gros tas de jetons vers un homme tout souriant, un peu saoul aussi et qui rougissait de ravissement. Le docteur Gregor Grigori ouvrit largement les bras comme un ange qui s'envole vers le ciel pour accueillir la manne de petits jetons écarlates qui venait à lui. Il appela un serveur et lui demanda de servir le champagne à toutes les personnes qui se trouvaient autour de la table.

« *Otra vez,* annonça le croupier. *El Gran Vencedor. Pongan sus apuestas, damas y caballeros. Vamos a jugar.*

La roue se mit à tourner encore une fois et le silence se fit dans la salle de casino enfumée. On avait mis une flûte de Dom Pérignon à portée du docteur Grigori. Horst, qui se tenait derrière lui, alluma sa cigarette. Krug et Rudel le protégeaient de chaque côté afin que personne ne pût l'approcher de trop près.

Cela faisait plus de trois heures que Grigori était à la table. Au début, il y avait eu beaucoup de joueurs, mais à mesure que ses gains devenaient franchement considérables et que son jeu se faisait plus extravagant, ils s'étaient retirés, envieux et intimidés, pour n'être plus que de simples témoins.

Il y avait de plus en plus de monde autour du tapis vert. Le bruit s'était répandu que le docteur Neiditch d'Asunción avait une passe fantastique. Tous étaient venus du bar et des autres tables, des salons et du grand jardin d'apparat, pour assister à la mise à mort. Les tables de chemin de fer, de baccara et de blackjack s'étaient vidées. Même les employés étaient venus discrètement. Chacun voulait participer, à sa manière. Alfredo Stroessner, *el Jefe* en personne, était venu vers dix heures, entouré de gardes du corps et d'amis. On lui fit immédiatement une place. *El Presidente* s'installa à l'opposé de Grigori, tirant sur un énorme havane tandis que son index entourait un gros verre de cognac. Chaque fois que Grigori gagnait, Stroessner applaudissait.

Baumstein était là, juste derrière Dovia Safid qui s'était arrangée pour trouver une chaise autour du tapis.

— C'est fantastique, non ?

Elle lui sourit par-dessus son épaule. Avant qu'il pût répondre, elle s'était arrangée d'une façon ou d'une autre pour le faire venir à sa hauteur. Les gains du docteur s'élevaient à quelque chose comme soixante mille dollars. Il mit vivement mille pesos sur une passe.

— *Treintaidos,* cria le croupier.

Il y eut un grand brouhaha quand le docteur ramassa

ses deux mille pesos. C'est à ce moment qu'il aperçut la belle jeune femme de la salle à manger et l'homme qui venait d'arriver qui lui faisaient face et observaient le jeu. Ivre de victoire et de champagne, il lui sourit et leva son verre.

— Il vous fait signe, dit Baumstein.

— Oui, je sais.

— Vous le connaissez ?

— C'est la première fois que je le vois.

— Moi, je l'ai déjà vu, dit Baumstein après un instant d'hésitation.

— Ah bon ? dit Dovia, intéressée.

— Il y a deux nuits de cela, dit Baumstein d'une voix tremblante, dans un restaurant d'Asunción. Il faisait beaucoup de tapage. Il était avec les deux hommes que vous voyez à ses côtés.

Dovia était devenue très sérieuse tout à coup.

— Le drôle de petit homme et le grand escogriffe ?

— C'est ça. Eux-mêmes. J'en suis certain. J'ai l'impression de connaître l'homme au monocle.

— Curieux, hein ? dit-elle dans un rire.

— *Cinco,* annonça le croupier.

Tonnerre d'applaudissements et, une fois de plus, des jetons vinrent grossir la petite montagne de Grigori.

Quelques instants après, un serveur leur apporta deux flûtes de Dom Pérignon.

— Pour nous ? demanda Dovia.

— *Si, señorita — cumplimiento del doctor Neiditch.*

— Le docteur Neiditch ? s'enquit Baumstein.

Le serveur désigna le grand vainqueur de la soirée qui leur souriait et levait son verre de champagne dans leur direction. Dovia et Baumstein levèrent leurs flûtes et lui rendirent son salut.

Sentant qu'il avait réussi à capter l'attention de la jeune femme, le docteur Grigori joua de façon encore plus extravagante. Il mit quatre mille pesos sur le noir. Plusieurs joueurs s'empressèrent de l'imiter. Les croupiers échangèrent des regards avec le directeur du casino qui s'était déplacé. On lança la roue.

— *Negro,* cria le croupier.

Il y eut un long tonnerre d'applaudissements. On versa une autre flûte de Dom Pérignon au docteur. Le champagne l'avait isolé de tout. Il n'entendait ni les applaudissements, ni les rires, ni les cris. Il était entré dans un état de calme absolu et glacé, un paysage polaire qu'il était le seul à fréquenter et où seule la belle dame qui se tenait à l'autre bout du tapis vert avait le droit de pénétrer. Il se rendit compte qu'elle était en train de lui sourire et que quelque chose d'infiniment séduisant était en train de se produire, une énorme partie qui se jouait entre eux deux, subtile et excitante. Il en était, littéralement, à jouer pour elle.

Krug et Rudel le supplièrent plusieurs fois de s'arrêter et de s'enfuir avec sa montagne de jetons et de plaques. Mais il rit plus fort et doubla, tripla même ses mises. « *Pongan sus nombres, damas y caballeros,* annonça le croupier. *Vamos a jugar.*

Les grandes dents blanches étincelaient sous la fine moustache, le sinistre sourire de saurien ne disparut pas de la nuit.

— C'est vraiment fantastique, remarqua Dovia.

— Oui, dit Baumstein, c'est tout à fait remarquable.

Mais il ne parlait pas de la partie ou de ce qui se passait à la table. C'était le joueur, ce Neiditch, qui l'absorbait totalement. Tout en le regardant avec une fascination horrible et proche de la transe, il savait qu'il luttait intérieurement pour se souvenir de quelque chose, d'un fait profondément enterré dans un lointain passé.

C'est à cet instant que la méditation de Baumstein fut interrompue par un grand gaillard blond qui se mit en face de lui. C'était un jeune homme remarquablement fait, avec tous les caractères dominants des Teutons et quelque chose de moqueur, un vague air de défi dans le regard.

— Qu'est-ce qu'il veut ? demanda Dovia.

Il y avait quelque chose dans les manières du jeune homme qui incommodait profondément Baumstein. Ludo von Rattenhuber se pencha, claqua des talons et s'adressa directement à la jeune femme.

— Le docteur Neiditch a l'honneur de vous saluer et de

vous prier de lui accorder le grand plaisir de jouer avec lui.

Il tendit un petit plateau d'argent avec l'équivalent de plusieurs milliers de dollars en plaques. Dovia fixa le plateau. Pendant un bref moment elle sembla prise de court, puis elle sourit au jeune homme qui se tenait devant elle.

— Vous voulez dire accepter cet argent ?

— Précisément, dit Ludo, très raide.

La jeune femme regarda à travers la table, dans la direction de Grigori. Il lui souriait et ses lèvres d'un rouge artificiel bougeaient, comme s'il lui disait des mots intimes ou suggestifs. Quelqu'un se pencha pour dire quelque chose à l'oreille d'*el Jefe*. Le président rit très fort et elle eut conscience que lui aussi la regardait avec une franche admiration.

— Qu'est-ce qui se passe, selon vous ? demanda Dovia dans un murmure.

— Je crois qu'ils sont en train de vous observer, pour voir ce que vous allez faire.

Elle sourit, avec un air de malice qui émanait de toute sa personne. Elle se tourna aussitôt vers von Rattenhuber et lui prit le plateau, puis elle regarda bien en face le gentleman au monocle et lui fit un petit signe de tête pour exprimer son consentement, comme elle aurait accepté un défi. Le docteur s'inclina avec emphase, ce qui déclencha un tonnerre d'applaudissements dans le groupe qui entourait Stroessner.

Baumstein tombait de haut. Il avait pensé naïvement, selon son code moral du vieux monde, qu'elle déclinerait l'invitation. A présent, il était carrément fâché. Elle avait déjà commencé à jouer et, sans qu'un seul mot ait été échangé, il allait de soi qu'elle jouerait les mêmes nombres et mettrait les mêmes enjeux que le docteur Neiditch.

La partie se continua ainsi pendant près d'une heure. Baumstein vit la pile de jetons de Dovia doubler, puis tripler.

Il semblait que tous les clients de l'hôtel soient venus assister à l'événement.

Peu après minuit, deux immenses tas de plaques multicolores se dressaient devant Dovia et Grigori. Baumstein, prétextant un mal de tête, s'excusa et alla se coucher.

26

Baumstein passa une nuit horrible. Bien qu'épuisé, il fut incapable de trouver le sommeil. Il ne cessa de se tourner dans son lit, de se lever, d'aller aux toilettes et de se torturer avec des images d'Édith. Il y avait aussi le visage de l'homme au monocle — *el Gran Vencedor* du casino — qui revenait et que Baumstein essayait de supprimer, tordant ses draps jusqu'à ce que ses articulations deviennent blanches, complètement en nage.

Mais plus il tentait d'oublier cette image, plus elle revenait avec la persistance d'un cauchemar éveillé. Cet homme dont il avait bu le champagne, ce Neiditch, docteur Neiditch comme il se faisait appeler, était indubitablement l'homme qu'il avait vu deux jours auparavant avec ses deux compères au Las Acacias. Il n'y avait rien d'étrange à cela. Les gens aisés d'Asunción viennent souvent passer le week-end à Bariloche. C'était très à la mode.

Et puis il y avait le fait que Baumstein était arrivé en un piteux état. Il ressentait ce même malaise que cette nuit-là. La nausée, les sueurs froides, le mal au crâne, cette impression de panique qu'on connaît quand on est au bord de l'évanouissement. Mais pourquoi ? Une de ces *turistas* sur lesquelles les voyageurs font de grosses plaisanteries ? L'altitude, peut-être ? On était bien à 2 500 mètres et il lui était difficile de respirer. Ou seulement la peur ? L'étrange sensation d'être un fugitif, un criminel. Ce sentiment d'être pourchassé et l'horreur d'une arrestation imminente, de se faire passer les menottes en public et de se faire traîner devant une foule de vacanciers hilares.

Ou peut-être était-ce la pensée d'Édith et de Joël ? Cette culpabilité qui l'envahissait, ces reproches qu'il se faisait de les avoir trahis et même de les avoir salis. Il imaginait les articles de journaux, sa photo étalée en première page accompagnée d'un long commentaire sur ses malversations et Battersby qui le dénonçait au monde entier.

Il se leva et entreprit d'écrire une longue lettre d'excuses à Édith mais il la déchira aussitôt parce qu'il se rendit compte qu'aucun mot n'avait l'air de sonner vrai. Il repensa immédiatement au docteur Neiditch. Ce teint jaune et cireux qui n'arrivait pourtant pas à le rendre laid, malgré un affaissement des chairs inévitable. Et ce monocle, cette irrégularité des traits. Et cette bouche aux lèvres trop rouges. Pourquoi donc cette bouche glaçait-elle le sang de Baumstein ?

A trois heures du matin, il fit sonner le portier de nuit et lui demanda de lui monter une bouteille de scotch. Ce ne fut qu'à l'aube qu'il sombra dans un sommeil stuporeux

Dovia Safid n'était allée se coucher qu'à quatre heures du matin. Ce ne fut qu'à cette heure qu'elle put s'échapper de la soirée offerte par le docteur Neiditch, dans sa chambre. Il y avait eu beaucoup d'invités, surtout des Allemands très riches.

Dovia avait raflé près de quinze mille dollars et le « docteur Neiditch », rayonnant de triomphe, l'avait exhibée à son bras devant ses invités comme si, elle aussi, faisait partie de ses énormes gains. Elle ne quitta la soirée qu'aux premières lueurs du jour. Quand elle fut enfin dans sa chambre, elle ferma à double tour, enleva ses chaussures et se dirigea immédiatement vers le téléphone. Elle composa un numéro qu'elle connaissait par cœur ; on laissa sonner cinq fois avant de répondre. Une voix masculine, un peu empâtée, lui répondit.

— Ian ? murmura-t-elle.

Il y eut un silence.

— Dovia ?

— Oui.

Silence.

« Je t'appelle pour te dire que tout se présente bien.

— Contact ?

— Oui, contact. (Elle eut un sourire de satisfaction.) Quand tout sera terminé, est-ce qu'on pourra partir, juste toi et moi ?

— Oui ! répondit-il simplement.

Ils se turent un moment, n'écoutant que leurs respirations.

— Bonne nuit, mon amour.

Dovia s'allongea et ferma les yeux. Tout son corps lui faisait mal ; elle avait passé sa journée à nager et à jouer au tennis mais, en dépit de l'heure et de son manque de sommeil, elle se sentait heureuse. Son travail avait bien marché.

Baumstein s'éveilla plusieurs heures après. Il était étonnamment en forme. Il se rasa, prit une douche et descendit engloutir un petit déjeuner qui aurait pu étouffer un cheval. Quand il sortit de la salle à manger, une heure après, sifflotant gaiement, le caissier lui tendit un message. Il était écrit en petits caractères bien nets et signé Nora Aldot :

« J'ai été invitée par le docteur Neiditch pour une partie de pêche sur le lac. Je lui ai dit que j'avais un rendez-vous avec vous. J'espère que vous me pardonnerez ce petit mensonge. Voudriez-vous venir. S'il vous plaît.

« Je vous expliquerai plus tard.

Nora. »

Baumstein n'avait pas la moindre intention d'accepter. Il détestait faire du bateau et la pêche le rendait malade. Non, il passerait l'après-midi à lire ou à se promener en ville. Il demanda du papier mais, à peine avait-il commencé à écrire ses excuses qu'il sentit une main sur son épaule. Il se tourna vivement et laissa échapper un soupir d'étonnement. Devant lui se tenait le docteur Neiditch en personne, souriant aimablement.

— Désolé. Je ne voulais pas vous effrayer.

— Vous ne m'avez pas effrayé, dit Baumstein en criant presque.

Il ressentit comme un spasme viscéral en essayant de rendre son sourire au docteur. Dovia Safid était à son bras.

— J'ai bien peur de vous avoir enlevé votre charmante amie ; vous avez fait l'erreur de la laisser prendre son petit déjeuner seule, alors, naturellement...

Le docteur plaisantait d'un ton badin mais Baumstein arrivait à peine à comprendre un mot de son anglais impeccable, légèrement teinté d'accent allemand.

« ... me demandais si vous voudriez bien..., continuait Neiditch.

Baumstein faisait des efforts surhumains pour écouter, son cerveau essayait de se souvenir de quelque chose.

— Venez, John, ça sera si drôle !

Dovia lui parlait avec douceur. Il sentit sa main exercer une pression particulièrement forte sur son bras. Ses yeux s'étaient faits implorants :

« S'il vous plaît. Pour moi.

Il vit l'œil jaune-vert derrière le monocle.

— Oui, Herr Gales, venez donc..., insistait aimablement le docteur.

Baumstein sentit une pointe lui percer l'estomac et ses mains devenir moites.

— Oui, bien sûr, s'entendit-il répondre, avec plaisir.

Nora poussa un soupir de joie. Ses yeux étaient pleins de gratitude.

— J'ai bien peur de n'être pas équipé, bredouilla Baumstein.

— Ne vous en faites pas. J'ai tout ce qu'il faut sur le bateau. Parfait. Disons que nous nous verrons à dix heures ?

Neiditch frappa dans ses mains. Le geste fut si brusque et si sonore que Baumstein tressaillit. Tout le monde rit. Baumstein aussi. Son sang s'était glacé pourtant. Ce son évoquait pour lui quelque chose de définitif et de terrifiant, comme le coup du destin.

27

— Vous qui ne pouvez pas oublier — vous les gens du Tishkakh. Vous qui êtes venus ici de très loin, d'Asunción, de Rio, de Montevideo, de Santiago, de Buenos Aires, envoyés par votre chef, M. Rubens, pour participer à cette mission sainte, je veux vous dire, pour commencer, que cette mission sera sans merci. Notre tâche sera dangereuse. Nous sommes peu nombreux. Chaque année, notre cause devient moins populaire. Le monde a la mémoire courte. Nous n'avons qu'une occasion de rafraîchir ses souvenirs, une occasion et une seule. Nous ne pouvons pas nous permettre de laisser passer cette chance. Qu'on se souvienne qu'il n'y a pas place parmi nous pour des héros. Chacun a un travail. Chaque travail est également important. Les rôles seront distribués de la façon suivante...

Ian Asher était debout au milieu d'un cercle de quinze personnes, treize hommes et deux femmes. Ils s'étaient réunis dans les ruines d'une ferme à une vingtaine de kilomètres de Bariloche. La ferme avait été naguère utilisée pour l'élevage. Il y avait encore dans les granges et les dépendances les boxes des animaux ; il y avait aussi un silo délabré où il restait encore des traces de nourriture. Les seuls habitants de l'endroit étaient les oiseaux et de petits rongeurs. Dans les mois précédents, des vandales avaient complètement dévasté cette ruine — petits appareils arrachés des murs, plomberie détachée du sol, toit dégarni de ses tuiles qui de ce fait s'écroulait en laissant percer dans la charpente des grands pans de ciel bleu.

« *Ayin* sera le soutien. Nous aurons besoin de six à huit

hommes. Deux missions : suivre et surveiller la cible et aménager une voie par laquelle les escadrons *Aleph* et *Beth* sortiront du pays.

Asher était debout, sur un sol de terre battue ; il s'adressait au groupe en écrivant en même temps sur un tableau noir.

« *Qoph,* continua-t-il de façon sèche et méthodique, désignant chaque groupe par une lettre de l'alphabet hébraïque, s'occupera des communications. Deux hommes. Deux missions : la première, maintenir le contact avec l'équipe d'un point secret près du théâtre des opérations. L'autre est de servir de relais entre notre ambassade à Santiago et le centre du Mossad à Tel-Aviv. Questions ?

Asher parcourut le cercle silencieux et tendu, attendit quelques secondes, puis continua.

« *Heth :* couverture. Un homme et une femme. Deux missions : s'occuper de la location des voitures et de tout le soutien logistique nécessaire. Et surtout, faire en sorte que nous puissions opérer sans risque de détection. Dans la mesure où le groupe *Heth* nous sert de couverture, l'équipe que nous allons choisir doit être très soudée mais extérieure aux autres groupes ; ils devront se ménager une couverture à toute épreuve, mari et femme peut-être ; ils seront dans un hôtel ou un appartement loué de façon à ne pas donner le moindre indice quant à la filière israélienne. Nous avons déjà une femme à proximité de la cible.

Asher regarda une nouvelle fois la façon dont les autres enregistraient ses mots. Il était tout à fait dans sa manière d'être brusque et agressif au cours de ce genre de réunions. Il continua :

« *Beth* sera composé de deux gardes. Ils opéreront en tandem avec *Aleph*. Pendant qu'*Aleph* réalise sa mission, *Beth* protège sa sortie. Puisque nous serons sur une voie fluviale importante, cela nécessite des connaissances approfondies en navigation. Au point où nous avons décidé d'agir, le Paraná est bourré de vedettes argentines et paraguayennes. Aucune des deux nations n'est particulièrement favorable à notre cause. Pour cette raison, les

Beth doivent être d'excellents tireurs et porteront des automatiques. Ils devront également avoir de solides connaissances en explosifs.

Une fois encore, Asher fit un tour, dardant ses yeux bleu d'acier sur chaque visage.

Il avait l'air plus vieux, à présent, plus hagard aussi, l'aspect d'un homme animé et lassé à la fois par un démon incompréhensible. Pourtant, il jouissait littéralement à la vision de ces hommes absolument pendus à ses lèvres, comme des primitifs subjugués par un sorcier.

Une chauve-souris était entrée par un des trous de la toiture et s'était pendue à un chevronnage au-dessus d'eux. Asher fut troublé de sa présence, comme si un signe puissant lui avait été révélé.

« Il nous reste donc le dernier escadron. *Aleph,* qui comprendra deux hommes. Les *Aleph* se chargeront d'exécuter la cible avec des revolvers et à bout portant. Ils seront certainement en face de la cible et vous comprendrez qu'il nous faut des hommes à la fois très motivés et très endurcis. Questions ?

Un homme leva la main. Asher lui fit un petit signe de tête.

— Est-ce que les *Aleph* et les *Beth* sont ici ce soir ?

— Les *Beth* oui. Les *Aleph* non.

— Qui fera la sélection finale des groupes et des équipes ? demanda une grande fille blonde en treillis.

— Moi ! dit Asher sans aucune hésitation.

Il y eut quelque chose d'agressif dans sa réponse.

« Réglons d'ailleurs tout de suite le problème des *Aleph* avant d'aller plus loin. L'opération est très importante. Vous savez tous qui est la cible et ce n'est pas n'importe qui. Il nous a fallu beaucoup de temps pour mettre sur pied notre plan d'opération. (Asher regardait chaque assistant tour à tour.) Vous êtes presque tous venus à moi en privé et vous m'avez demandé de faire partie des *Aleph*. J'admire votre zèle, mais il vous sera facile de comprendre que c'est impossible. L'insigne honneur de l'exécution ne pourra revenir qu'à ceux qui ont le plus de chances de réussir. Car dites-vous bien que nous n'aurons jamais une autre occasion. Nous ne faisons déjà cette opération qu'avec un soutien officieux de notre gouvernement. Il est entendu qu'ils nous soutiennent mais, pour des raisons que nous connaissons tous, ils ne peuvent se permettre d'être impliqués dans notre action. Il est également entendu que, si nous réussissons, le gouvernement sera obligé de nous désavouer, pour des raisons de diplomatie. Il est également entendu que, si nous échouons ou si nous sommes capturés par les Argentins ou les Paraguayens, nous ne pouvons pratiquement pas espérer d'aide de la part de notre gouvernement. Nous savons tous à quoi ressemble une prison au Paraguay et ce qui peut nous y arriver. Mais nous sommes tous des adultes et nous avons entièrement conscience des risques impliqués. C'est pourquoi, à partir de maintenant, nous devons fonctionner comme une équipe, un seul corps. Si une seule partie du corps est faible ou menacée, le corps tout entier est en péril. C'est pourquoi le fait de savoir qui sera *Aleph*, *Beth* ou *Heth* importe peu. Chaque fonction est cruciale, ne l'oubliez surtout pas.

— Quand commençons-nous ? demanda un membre de l'assistance.

— Après-demain, quand la cible viendra à Encarnación par bateau.

Asher lança un regard circulaire et il sourit pour la première fois.

« S'il n'y a pas d'autres questions, mesdames et messieurs, je suggère que nous commencions à mettre cette affaire sur pied.

28

— Lancez. Tirez. Lancez. Tirez.

Le bout de la canne à pêche s'éleva, se courba vers l'arrière, vibra un moment dans l'air puis, avec un bruit sec, s'élança en avant. Une grande courbe ondulante de fil plongea dans l'eau pailletée de soleil. A la fin de sa trajectoire, à une dizaine de mètres de là, une mouche à truites se mit à flotter à la surface des eaux, en s'agitant et en illuminant les petits cercles concentriques qu'elle avait produits.

« Lancez. Tirez. Lancez. Tirez, criait le docteur Grigori, en s'accompagnant du geste.

« A vous maintenant.

Il donna la canne à Dovia. Il était tout rouge et son front dégoulinait de transpiration. Midi venait de passer mais il avait déjà trop bu et la présence de cette belle jeune femme accusait encore ses écarts de conduite.

« Non, mais non, vociféra-t-il quand elle manqua son lancer et entortilla le fil.

Il se mit derrière elle, posa sa joue contre la sienne, guidant son bras de façon à ce que leurs deux corps soient imbriqués. Baumstein le vit frôler ses seins plusieurs fois. Grigori s'était essoufflé. Toute la scène était d'une lubricité particulièrement répugnante.

Ils étaient sur le lac depuis des heures. Le soleil était à mi-course dans le ciel et le lac était d'une blancheur bleutée assez grandiose. Même à une profondeur de trente mètres on pouvait voir le fond très clairement, ce qui donnait l'illusion de flotter dans le vide. Tout autour d'eux, aussi loin que l'œil puisse se porter, les sommets enneigés des Andes les entouraient, immortels et imperturbables, perdus dans l'infini empourpré du ciel.

On ouvrit encore des bouteilles de champagne. Il y avait beaucoup de basses plaisanteries et de rires gras. Baumstein regrettait amèrement d'avoir accepté l'invitation. Il l'avait fait dans un moment d'égarement, par esprit chevaleresque, parce que la fille voulait qu'il vienne ou peut-être même parce qu'elle avait besoin de lui pour des raisons qu'il avait du mal à se représenter. Mais maintenant, le spectacle qu'elle donnait, en train de roucouler avec le docteur, l'écœurait au-delà de tout.

Baumstein faisait semblant de se concentrer sur sa ligne, avec une bonne humeur feinte. Il ne pensait qu'au moment où il pourrait enfin rentrer dans sa chambre, s'enfermer à double tour et plonger dans un bain chaud en compagnie d'un double scotch.

Hans Rudel avait l'air ennuyé lui aussi. Il considérait ouvertement la fille comme une intruse. Un bateau de pêche n'était pas un endroit pour une femme. Il se tenait seul sur le bord, fumait cigarette sur cigarette et jetait des mégots à moitié consumés loin dans l'eau. Il regardait occasionnellement le docteur en train de se ridiculiser avec la fille avec une moue dégoûtée puis plongeait du regard dans les froides abysses du Nahuel Huapi.

Hans Rudel était ce qu'on aurait pu appeler un « homme à hommes », ou même un « homme à soldats ». Il était devenu un as de la Luftwaffe avant d'avoir vingt ans, avait été décoré deux fois par le Führer en personne et sa réputation de héros était devenue légendaire dans la Wehrmacht.

Plus porté aux loyalismes qu'aux idéologies, ses instincts le poussaient au patriotisme automatique plus qu'à la remise en question. Quand il arriva en Amérique latine en 1946, il s'installa d'abord à La Paz, puis à Buenos Aires ; il ne fuyait aucune commission de crimes contre l'humanité. Il n'était, à aucun sens du mot, ce qu'on pouvait appeler un criminel de guerre et il n'avait eu nul besoin de fuir l'Allemagne. Il était parti en Amérique du Sud pour se retrouver avec des gens qu'il considérait comme ses compatriotes et avec qui il partageait des idéaux et des aspirations nationales. D'autre part, l'Allemagne qui commençait à se faire jour en 1945 n'était plus le grand pays où il désirait vivre.

Hans Rudel n'avait jamais eu d'argent, à proprement parler. Il était issu d'une famille de fermiers luthériens fiers mais pauvres. Il avait toujours refusé, ce qui n'arrangeait guère ses problèmes, toute aide de l'organisation « Spinne », en conséquence de quoi il dut vivre une existence minable au milieu des fastes déployés par la communauté allemande de Buenos Aires. Solitaire et maussade, il n'était pas homme à se faire assister par qui que ce soit. Il vivait dans le passé. Il était donc très seul et quand il rencontra Grigori en 1952, les deux hommes étaient mûrs pour une union qui allait traverser les ans.

Ils s'étaient rencontrés dans une soirée à Olivos, une très résidentielle banlieue de Buenos Aires. Grigori était déjà très mondain à l'époque, en outre, il servait d'attraction ; à peine arrivé, on se l'arrachait. Il portait le nom de Stanislaus Proske, mais tout le monde savait qui il était, y compris les autorités argentines qui détournèrent pudiquement leurs regards. Grigori fut immédiatement attiré par Rudel, fasciné par ses exploits militaires et son courage légendaire. Il représentait tout ce qu'un bon Allemand devait être. C'était l'Aryen type. Toujours à la recherche de ce genre de talents, très conscient de la fierté du personnage autant que de son manque d'argent, le docteur lui proposa immédiatement une affaire : si Rudel consentait à devenir le « compagnon-garde du corps » du docteur, il serait inscrit sur la feuille de paye de la Hierro-Fabrofarünk à un salaire plus que coquet. Le travail serait agréable — voyager avec le docteur. Chasser, pêcher. L'accompagner à des soirées chics. Tous frais payés.

Si Grigori avait entendu parler de Rudel, l'inverse était également vrai. Et tout ce qu'il avait ouï dire de l'individu l'écœurait passablement. Le code d'honneur du pilote, héros de la Seconde Guerre mondiale, ne pouvait que lui inspirer le plus profond mépris pour le docteur.

Son travail de *Selektor* dans les camps avait été quelque chose de méprisable, sans même parler des crimes contre d'innocentes victimes, spécialement des enfants. Tout cela était odieux. Pourtant, Rudel s'était dit que Grigori et lui avaient combattu pour la même cause, sous le commandement du même chef prestigieux. Ils étaient des compagnons d'armes et, tant que les Alliés continueraient à pourchasser cet homme, il se devait de lui donner protection et secours ; c'était une question d'honneur. Bien entendu, il avait aussi grand besoin d'argent.

Pendant ce temps, Alban Krug s'amusait follement. Diablotin pervers, il était ravi de voir Grigori se ridiculiser avec cette grue dont il aurait pu être le père. Il était écarlate, résultat des excès de vin et de grappa qu'il commettait et de nombreux petits vaisseaux sanguins s'étaient épanouis sur son nez ; plus il riait, plus il devenait rouge. Le rire qui secouait le nain était tel que sa tête penchait curieusement, comme une fleur trop grosse sur une tige. Horst et Ludo n'étaient pas non plus très satisfaits de la performance de leur maître. Ils se montraient serviables et d'une politesse irréprochable, servaient à boire à tout le monde, mettaient les appâts, arrachaient les saumons frétillants des hameçons. Enfin, ils étalèrent des petites nappes à carreaux sur une longue table de réfectoire et servirent le déjeuner avec un grand sang-froid et beaucoup de cérémonie. Ils ne se départaient jamais de leur grâce mais, en plusieurs occasions, Baumstein surprit les regards qu'ils jetaient à la fille. Sans rien perdre de leur civilité, il vit nettement qu'ils l'observaient, froidement. Comme s'ils attendaient leur heure, ou un signe qui viendrait, sans l'ombre d'un doute.

Krug et Grigori se soûlèrent franchement. Ils avaient embarqué avec eux sur le quai de Puerto Panuelo une caisse de Roederer 53 et l'alcool les rendait de plus en plus bruyants et vulgaires. Krug racontait des histoires grivoises en frappant la table de ses poings minuscules et Grigori en hurlait de joie. Quand on en arriva au dessert, des fraises au kirsch, le docteur s'était complètement vautré sur Dovia ; il l'entourait de son bras et l'attirait à lui de temps en temps, d'un geste brusque. Rudel faisait grise mine et ruminait seul dans son coin.

Baumstein, quant à lui, se sentait de plus en plus mal. En fait, il commençait à avoir un peu peur. Qui étaient ces cinq hommes ? Quels étaient les liens qui les unissaient ? Il était clair qu'ils tournaient tous autour d'un seul — le docteur — comme des satellites. Ces deux jeunes gens trop empressés et un peu inquiétants et ce nain salace avec ses histoires, ses cigares à deux sous et sa grossièreté ? Et l'autre — Rudel —, qui avait toujours cette apparence lugubre ? Quand il l'avait vu dans ce restaurant d'Asunción, Baumstein avait pensé à l'adjectif taciturne, et c'était bien le terme qui convenait. Et puis, bien sûr, il y avait le docteur, le centre de ce petit univers — raffiné, cultivé, très évidemment riche — il y avait une odeur de crimes tout autour de lui. Il n'avait pas mentionné une seule fois sa profession, pas une seule fois parlé de sa famille. Quel genre de docteur était-il ? Baumstein ne pouvait s'empêcher de lui trouver un air vaguement familier mais sans pouvoir vraiment mettre le doigt dessus. Et que faisait la fille dans tout cela ?

Ce fut alors que Baumstein décida de considérer Nora Aldot comme une aventurière. Elle était trop intelligente pour être vraiment attirée par ce sexagénaire si plein de lui-même. En voyant les gains prodigieux du docteur la nuit d'avant, elle avait tout de suite évalué le parti qu'elle pouvait en tirer et c'est exactement ce qu'elle était venue faire aujourd'hui : ramasser le plus possible. Mais pourquoi donc avait-elle besoin de Baumstein comme témoin ? Grigori riait toujours, l'entourant d'un bras et se cachant assez souvent au creux de sa nuque. Quand il partit d'un hurlement encore plus fort que les autres, Baumstein fut obligé de fixer la bouche du docteur. Les lèvres étaient sensuelles et charnues avec cet excès de rouge qui choquait, chez un homme. Il alluma une de ses cigarettes égyptiennes, souriant largement à Dovia ; ses dents étaient...

Les pensées de Baumstein furent interrompues par Alban Krug.

— Dans quel secteur travaillez-vous, au juste, Herr Gales ?

— Financier, répondit Baumstein de façon quelque peu évasive.

Krug dressa l'oreille.

— La Bourse, les actions, ce genre de choses ?

— Plus ou moins. J'analyse le marché. Je ne suis pas courtier, à proprement parler. Je conseille de grandes compagnies.

— Vous leur dites comment investir ?

— Si vous voulez.

Krug lui posa immédiatement d'innombrables questions sur son propre portefeuille. Le soleil était très chaud, à présent ; ils avaient très bien déjeuné et Rudel s'excusa et alla se coucher pour la sieste à l'arrière du pont. Peu après, le docteur et Dovia se levèrent et disparurent eux aussi. Krug et Baumstein parlaient affaires tandis que Horst et Ludo desservaient. Le nabot essayait de lui vendre du terrain sur l'Alto Paraná.

« Très intéressant, bredouillait-il entre deux bouffées de cigare.

— Potassium... manganèse... très gros gisements... Une fortune à se faire... Les prix devraient tripler dans les dix prochaines années.

Baumstein feignait l'intérêt en buvant son café. Soudain, l'une des lignes qu'on avait laissée accrochée au bastingage commença à se tordre.

— Yi, yi, yi !

C'était Grigori qui avait hurlé et qui était apparu près de la cabine de pilotage et qui avait saisi la ligne.

Rudel fit un bond :

— Tiens-le, tiens-le bien. Je vais chercher le filet.

Ludo et Horst, suivis de Chuzito, s'étaient eux aussi précipités au lieu de l'action. En moins d'une minute, le bateau s'était transformé, tout le monde était devenu bouillonnant d'activité. Baumstein assista passivement à tout cela. Grigori maintenait la ligne en poussant des grognements.

— Laisse du mou. Laisse du mou, hurlait Rudel.

— Surubi. Surubi, criait Chuzito.

— Laisse du mou, bon Dieu, du MOU !

Le docteur se débattait en haletant. Il avait bloqué un de ses pieds sur la lisse et tentait de hisser l'animal. Le moulinet fit un bruit horrible et Grigori se mit à jurer. Dovia riait très fort en frappant des mains et en l'encourageant de la voix. Chuzito, le mousse, continuait à brailler comme un maniaque.

— *Tira. Tira. Mas cuerda !*

Ludo vint au pas de course avec un énorme filet. Matschke se tenait prêt, penché au-dessus de l'eau, une gaffe à la main. Un condor planait au-dessus du cercle.

— Vas-y, maintenant, bon Dieu, vas-y ! aboya Rudel.

Le docteur fit une horrible grimace :

— C'est comme essayer de hisser un mur !

A vingt mètres de là, presque à la surface de l'eau, ils aperçurent un mouvement très rapide, puis un éclair, une forme noire et massive qui s'élançait de l'eau, pour y replonger avec un grand bruit.

— AiiiEEE ! cria Chuzito d'une voix suraiguë en dansant sur le pont. Surubi, surubi.

— Il va se défendre, remarqua Rudel d'une voix forte.

Chuzito dansait comme un dément, désignant du doigt l'endroit où le poisson avait disparu.

— *Se esta yendo.*

Grigori s'était reculé jusqu'à s'adosser à la cabine de pilotage.

— Levez l'ancre ! cria-t-il dans un effort désespéré. Son visage était devenu blanc et sa canne s'était presque pliée en deux. Horst s'était précipité vers l'arrière et commençait à lever l'ancre. Immédiatement, le bateau se souleva sous l'effet d'une lame et commença à tourner lentement sur son axe, dans le sens inverse des aiguilles d'une montre.

— Mon Dieu, dit Baumstein qui s'était éloigné de la lisse, il nous entraîne à contre-courant !

Le surubi n'était plus qu'à une quinzaine de mètres du bateau, à présent, et ils pouvaient nettement le distinguer à la surface de l'eau. Debout sur la proue, Ludo désignait la grande nageoire dorsale de la créature en lui adressant des obscénités.

Rudel était juste derrière le docteur et lui donnait des instructions à voix basse :

— Pas encore. Pas encore. Trop rapide. Ne le force pas, tu le perdrais.

Ils laissèrent le surubi les traîner à contre-courant pendant près de cent cinquante mètres jusqu'à ce qu'ils sentent qu'il commençait à se fatiguer. Peu après, le bateau, qui s'était cabré et embardé contre le courant, s'arrêta tout à fait, porté par les clapotis.

— Je t'ai à présent, murmura Grigori en faisant une grimace. Je t'ai, salopard ; tu es à moi !

Mais le docteur dut encore se battre vingt minutes. Chaque fois qu'il réussissait à amener l'animal près du bateau, il retrouvait la force de plonger de nouveau. Le moulinet hurlait et le fil transparent glissait entre ses doigts. Son front était luisant de transpiration et ses flancs se soulevaient péniblement sous l'effort insensé. Finalement, il réussit à hisser le poisson à portée d'une gaffe, et, après dix autres minutes de lutte, ils arrivèrent à mettre le poisson dans le filet.

Il était de dimensions incroyables : un mètre soixante de long et près de cent cinquante livres. Quand il s'écrasa sur le pont, son énorme masse noire ne produisit qu'un son pitoyable. Horst, qui pesait presque cent kilos, s'assit sur lui et le chevaucha, comme un cavalier de rodéo. Il s'allongea ensuite sur l'animal en faisant des mouvements obscènes qui provoquèrent des tonnerres de rire chez les autres.

— Non ! cria Dovia. Ne lui faites pas de mal !

Rudel s'était agenouillé devant la bête et la contemplait avec une admiration solennelle et muette. Baumstein avait envie de vomir.

Grigori, essoufflé, essuyait la sueur qui ruisselait sur son front ; il s'était appuyé sur la cabine de pilotage et regardait le gros poisson pris par les derniers soubresauts de l'agonie. Il avait une curieuse expression sur le visage — une fixité étrange, presque obsessionnelle dans le regard. Le sang commençait à couler par les ouïes de la créature et le gros hameçon qui avait fini par le prendre au piège avait transpercé la voûte buccale et était ressorti tout près de l'œil. D'où il était, Grigori pouvait voir le grand œil blanc du poisson qui pivotait de peur dans son orbite. Cet œil lui sembla humain, tout à coup, conscient de sa mort prochaine. Il se débattait désespérément pour échapper au poids cruel qui le maintenait sur le pont. Il voulait retourner vers ces profondeurs noires et froides où il serait en sécurité. Grigori attrapa un couteau de plongée qui traînait sur le pont et le lança vers Horst :

— Achève-le, nom de Dieu !

Horst se leva, jambes écartées au-dessus du poisson et leva la lame au-dessus de sa tête. Il enfonça brutalement les doigts de sa main gauche dans les ouïes roses et sanglantes et, en un éclair de métal, fit pénétrer la dague profondément dans le crâne de la bête, derrière son œil blanc béant ; il fit alors tourner la lame, avec un mouvement circulaire parfait et décapita le poisson très proprement.

Dovia tourna la tête et s'en alla. Grigori resta quelque temps avec les autres, fasciné par le corps du poisson décapité qui continuait à se tordre sur le pont inondé de sang. Quand Baumstein leva les yeux, il vit Grigori qui s'écartait et qui, soudain, se blottit contre la cabine comme s'il allait rendre ses tripes.

— Bon Dieu, dit Krug qui dansait comme un dément autour du poisson. Mais c'est un monstre !

— Qu'on le pèse, dit Rudel. Il faut le peser ; je suis sûr que nous avons battu un record.

Ils se mirent tous à essayer de soulever le poisson pour l'amener jusqu'à la balance qui se trouvait à l'arrière du bateau. Ce n'était pas chose facile que de hisser la carcasse glissante et ruisselante de sang jusqu'au crochet de la balance. Il y avait beaucoup de cris et de faux pas. Ils y arrivèrent presque mais, chaque fois, la créature leur glissait finalement entre les doigts et retombait lourdement sur le pont. Seul Grigori se tenait à l'écart de la lutte ; il était toujours essoufflé et appuyé contre la cabine, comme s'il avait eu besoin d'aide.

Ludo et Baumstein tiraient d'un côté, Rudel et Horst de l'autre ; Krug était dans les jambes de tout le monde, hurlant des ordres. Le grand poisson se souleva doucement, comme la masse énorme d'une divinité d'argent en lévitation au-dessus d'eux. Ils poussaient des râles incroyables et le poisson continuait à se lever. Baumstein, épuisé par l'effort, excité aussi, fut pris d'un fou rire jusqu'à ce qu'il prenne conscience que Ludo s'était arrêté de tirer. Il regardait fixement le poignet de Baumstein, à l'endroit où, dans la lutte, sa manche s'était relevée et où était tatouée la série des sept chiffres bleu pâle.

29

— Vous êtes donc rentré chez vous à 10 h 40. Où étiez-vous ?

— A Buenos Aires. Je vous ai dit que j'étais à Buenos Aires.

Le colonel Arganas leva une main gantée et un garde en uniforme actionna un grand treuil qui grinça horriblement en entraînant une lourde chaîne sur une poulie. Au bout de la chaîne se trouvait Arturo Rubens, trempé et pris de saccades nerveuses, pendu par les pieds, la tête juste au-dessus d'un égout. C'était en fait une grosse canalisation qui se trouvait dans les sous-sols humides et puants de la prison Tembuco, dans la banlieue d'Asunción. Le sol était couvert d'algues boueuses et l'air étouffant était saturé de l'horrible puanteur des égouts qui viennent du centre de la ville pour se déverser dans le bassin du rio Paraguayo.

Dans ces oubliettes putrides, la silhouette d'Arganas, froide et immaculée, semblait totalement incongrue. Il regardait la scène imperturbablement, bras croisés tandis que le corps frissonnant et tordu de spasmes plongea une fois de plus, tête la première, dans la vase fétide jusqu'à ce que seules les jambes en dépassent.

El Negrón arriva à pas traînants devant l'égout. Il avait une grande matraque blanche et, chaque fois que le supplicié semblait se tordre un peu moins de douleur, il lui en administrait un grand coup, pour le ramener à la vie. En ce moment même, arborant un large sourire, il frappait très fort.

Pendant un court moment, l'eau bouillonna et moussa ; l'homme qui se trouvait au bout de la chaîne se débattait juste au-dessous de la surface pour tenter de se remettre droit. Peu à peu, ces mouvements frénétiques diminuèrent pour ne laisser place qu'à des bulles qui vinrent éclater plaintivement. Le colonel Arganas observait les bulles avec un grand détachement, son visage était un masque d'impassibilité. Finalement, il leva le bras dans la direction du treuil. Le garde se pencha pour l'actionner encore une fois. Et la cellule retentit de nouveau de l'horrible grincement de la poulie, amplifié par les voûtes très hautes de cette caverne moyenâgeuse, juste en dessous d'Asunción.

Le corps d'Arturo Rubens s'éleva de la mare fétide, dégouttant d'ordures, semblable lui-même à un paquet d'ordures indescriptible. On aurait pu penser à un bout de bois ou à des débris qui auraient séjourné trop longtemps au fond d'un marais et qu'on aurait décidé de repêcher à l'aide d'une drague. Cela n'avait en tout cas pas la moindre ressemblance avec un corps humain. C'était à peine animé.

— *Señor* Rubens, commença le colonel. Tout ceci est tellement inutile et téméraire de votre part, si je puis me permettre.

Sa voix était particulièrement polie, avec une qualité de douceur raisonnable qui pouvait passer pour de la commisération.

Pendant ce temps, *el Negrón* frappait Rubens de sa matraque.

« J'ai ici la liste des passagers du vol Avianca 502 qui est arrivé à vingt-deux heures de Dakar, il y a une semaine.

Arganas tenait la liste devant l'ignoble masse de chair qui pendait dans l'air, attachée par les chevilles.

« Il y a votre nom sur cette liste, continua Arganas avec bonhomie. Je sais également que vous n'avez pas embarqué à Dakar. Dakar n'a été que votre correspondance. Les employés d'Avianca m'assurent que vous êtes venu à Dakar par le vol El Al 601 en provenance de Tel-Aviv. Alors, pourquoi vous entêtez-vous à prétendre que vous n'êtes pas un agent israélien quand toutes mes sources m'assurent que vous en êtes un ? Quand je sais que vous avez effectué six voyages en Israël l'année dernière, pourquoi le niez-vous ? Cela me blesse réellement. Vous devez me prendre pour un imbécile.

La seule réponse que put faire la chose qui pendait à la chaîne fut de tressaillir faiblement, ce qui la fit tourner un peu autour de ses liens.

Le colonel continua :

« J'ai également entre les mains une formule du ministère de l'Immigration que vous avez remplie le mois dernier. J'y lis que vous et votre famille comptez émigrer au Canada... après-demain, si je lis bien. Bien ! ce que je voudrais savoir, c'est ce que vous faisiez à Tel-Aviv, il y a une semaine ; pourquoi vous m'avez menti en me disant que vous étiez à Buenos Aires ; pourquoi il est si important que vous quittiez le Paraguay aussi précipitamment et surtout, pourquoi toute cette affaire coïncide avec les récentes inscriptions juives qui ont profané des édifices publics et des sites historiques d'Asunción.

Le colonel Arganas étudiait l'attitude de la forme vaguement humaine, pendue par les pieds, et attendait patiemment une réponse. Il avait un air de déférence, comme un homme de l'Antiquité qui vient consulter un oracle et qui en attend des vérités éternelles. Mais le pendu ne fit aucune réponse, il ne bougea même pas. Seule la pesanteur et les liens spéciaux de la chaîne provoquaient cette légère rotation qui l'emmenait d'abord dans le sens des aiguilles d'une montre, puis dans le sens inverse. C'était un mouvement régulier et presque hypnotique, accompagné du seul grincement du métal.

Le colonel Arganas s'approcha lentement du bord de la fosse de curage et se pencha légèrement pour mieux étudier les traits de l'homme renversé. Les yeux étaient fermés ; les cheveux et la barbe constellés de matière fécale. Une boue verdâtre s'échappait du nez et de la bouche et retombait en gouttes dans la fosse.

Arganas fit un signe à *el Negrón*. Il arriva immédiatement et, après une courte conversation, il donna plusieurs coups assez forts jusqu'à ce que les paupières se missent à battre.

« Vous vous sentez bien, *señor* Rubens ? demanda le colonel avec sollicitude.

Pour toute réponse, Arturo Rubens émit un rot sonore et vomit abondamment.

« Très bien, *señor* Rubens. Cela devrait vous permettre de pouvoir mieux répondre à mes questions...

30

Ce soir-là, à la table du docteur, on s'amusait beaucoup. Il y avait Rudel et Krug, le docteur et, bien sûr, Dovia, plus ravissante que jamais. Baumstein s'était excusé, prétextant un coup de soleil.

A une table voisine, Horst et Ludo mangeaient comme deux jeunes loups affamés. Entre deux bouchées, ils observaient le docteur et la jeune femme. Il y avait à présent quelque chose de carrément hostile dans leur attitude. La fine courbe des lèvres de Matschke cracha des torrents d'injures quand il vit les doigts du docteur se perdre sur la nuque de la fille.

On en était au café et au cognac quand le maître d'hôtel appela Krug au téléphone.

Krug fit une grimace :

— Qu'est-ce que c'est encore ?

— Un appel longue distance d'Asunción, s'excusa-t-il. Un certain colonel Arganas.

« Seul... Regrets d'avoir... Voudrais tant rentrer... Comme c'était bête... Tout ceci est inutile à présent... Tellement inutile... » Le stylo de J. Peter Baumstein parcourait vivement le papier à en-tête du Llao Llao. Il était allongé sur le lit en robe de chambre et pyjama. Il y avait un plateau à moitié entamé, des assiettes sales et des serviettes froissées sur la table de chevet. Les excès du bateau lui avaient donné un lumbago et il avait couvert ses jambes d'une crème pour les coups de soleil. « Je te prie d'essayer de comprendre... pardonne-moi si tu le peux. »

Il leva la tête, pensant avoir entendu un bruit sur le mur d'en face. Ou peut-être était-ce la porte ? Mais tout était silencieux maintenant. Sans doute la porte à côté.

Il se mit à relire la dernière ligne et tenta de composer mentalement une chute convenable. Il fallait une conclusion appropriée, affectueuse. Quelque chose qui exprimât ses regrets mais qui ne soit pas vil. Il ne voulait pas ramper ; même s'il admettait la stupidité de son acte. Il n'avait aucun doute sur le fait qu'il serait puni, aussi bien personnellement que pénalement mais il ne voulait à aucun prix se traîner lui-même dans la boue.

On frappa de nouveau. Cette fois, c'était plus net, plus insistant aussi.

— Un moment ! s'entendit-il crier, irrité du tremblement de sa voix.

Il se leva, enfila des chaussons et alla ouvrir.

« Je vous demande…

Baumstein eut à peine le temps de bredouiller devant la silhouette de Dovia Safid ; elle entra d'autorité dans sa chambre.

— Fermez la porte, dit-elle à voix basse.

— Mais pouvez-vous me dire…

— Fermez la porte !

Cette fois, le murmure s'était fait cri.

— Mais qu'est-ce qui se passe ?

Avant qu'il puisse continuer, elle lui avait fermé la bouche de son doigt. A la sentir si proche de lui (cette odeur d'eau de Cologne, de savon, de cheveux propres, cette belle odeur de femme luxueuse) il ne put réprimer un petit frisson.

Elle le traîna à travers la chambre, fixant la porte, jusqu'à un petit divan où elle l'attira près d'elle.

Il remarqua qu'elle était pâle et à bout de souffle, comme si elle avait couru. Ses yeux parcouraient la pièce en tous sens et elle lui tendait une enveloppe.

« Voudriez-vous me dire…

Baumstein essaya de parler, sans succès.

— Prenez ça !

Elle lui mit de force l'enveloppe dans la main. Il la repoussa :

— Écoutez, je...
— Prenez-la ! Ne discutez pas !
— Mais qu'est-ce que c'est ?
— Aucune importance. Prenez-la, c'est tout ! Gardez-la-moi. Dans un endroit sûr. Le coffre de l'hôtel serait parfait.
— Mais...
— Si quelque chose m'arrivait, vous devez la poster. Vous me comprenez bien ! Postez-la simplement.

Baumstein regardait avec effroi l'enveloppe dans sa main. Il la repoussait toujours, comme si elle était douée d'un pouvoir maléfique. Elle était déjà timbrée et adressée à une boîte postale de Santiago.

« Prenez-la, enfin !

Elle essaya de la mettre dans sa robe de chambre. Baumstein la repoussa de nouveau, mains tremblantes.

— Je n'ai pas la moindre intention de la prendre ni d'ailleurs de prendre quoi que ce soit.

Il y eut un brusque changement chez Fräulein Aldot. Une expression dure et sans merci qui altérait dramatiquement la douceur de ses traits. En un mouvement d'une vivacité étonnante, elle lui attrapa la main et releva la manche de sa robe de chambre, révélant la série des sept chiffres tatoués en lettres bleu passé.

Elle lui dit en serrant les dents :

— En tant qu'économiste, Herr Baumstein, vous devez être assez brillant, j'en conviens. Mais en tant que fugitif, vous êtes un désastre ambulant.

Il s'assit, cœur battant, stupéfait. Il bougea les lèvres mais il n'en sortit rien d'autre que de l'air.

— Vous n'êtes pas professeur, n'est-ce pas ?
— Pas plus que vous n'êtes un financier viennois.
— Je l'ai été, dit-il tristement. Mais plus maintenant.
— En fait, tout ce que vous m'avez dit était un tissu de mensonges.
— Pas tout ! (Pris d'une soudaine lassitude, Baumstein s'arrêta et réfléchit, essayant de gagner du temps.) Vous êtes de la police ?
— Mais non ! Et laissez-moi vous dire immédiatement

que je ne m'intéresse absolument pas à vos minables bons volés.

— Comment savez-vous mon nom ?

— J'y viens, dit-elle. (Elle parlait très vite et ne pouvait s'empêcher de regarder à la dérobée vers la porte.) Même si je n'appartiens pas à la police, il se trouve que j'ai des contacts parmi elle.

— Je vois, dit Baumstein qui ne voyait rien du tout. Mais alors, qui êtes-vous ?

— Ne vous en faites pas pour ça, dit-elle, énervée par ses incessantes interruptions. Quand vous m'avez dit, l'autre soir, que vous vous appeliez Gales, j'ai trouvé ça bizarre. Votre accent autrichien ne colle pas du tout avec un nom aussi typiquement anglais. Cet après-midi, j'ai remarqué le tatouage sur votre poignet. Vous savez (elle eut un sourire ironique), vous devriez être un peu plus prudent, dans un endroit comme celui-ci. Je n'ai pas été la seule à le remarquer.

Il la regarda avec une sorte de stupeur imbécile, comprenant à peine un mot sur dix. Il comprenait seulement que, d'une façon ou d'une autre, pour lui, c'était fini. Si la police ne venait pas l'arrêter, il se passerait quelque chose d'encore pire.

« Quoi qu'il en soit, continua-t-elle, j'ai eu la confirmation, par des sources très bien informées, qu'un homme du nom de Jacob Peter Baumstein était recherché par les agents du Trésor américain pour le détournement de plus d'un million de dollars en bons de caisse, valeurs négociables et chèques de voyage. On m'a aussi précisé que M. Baumstein qui était chef économiste chez Battersby, Rudge & Pospisil, voyageait sous la fausse identité de John Gales.

Il ressentait à présent un calme parfait.

— Et qui sont ces sources ?

— Ne vous occupez pas de cela.

Elle lui tendit la main. Il regarda dans la paume ouverte et y vit une petite photographie d'identité qui avait été prise il y avait dix ans.

— On aurait pu espérer qu'ils aient une photo plus

récente, remarqua-t-il tristement. Alors, vous êtes bien de la police ?

— Mais non !

Elle cria presque, exaspérée. Puis, curieusement, sa dureté fit place à une sorte de douceur.

« Écoutez, je ne peux rien vous dire de plus. Il faudra que vous me fassiez confiance. J'ai quelque chose que vous voulez et vous avez une chose dont j'ai besoin.

Elle mit l'enveloppe sur ses genoux. Elle resta là sans que ni l'un ni l'autre n'ose la toucher.

« Si vous faites ce que je vous dis, je peux oublier qui vous êtes. Je n'aurai pas à télégraphier au FBI ou au département du Trésor ou aux autorités argentines.

— La police argentine est au courant, pour moi ?

— Autant que je sache, personne ne sait que vous êtes ici. Sauf moi. Je vous donne ma parole que si vous coopérez avec moi, vous n'aurez rien à craindre.

Baumstein prit une longue inspiration.

— Et si je refuse ?

Pour toute réponse, Dovia haussa ses belles épaules.

« Je vois.

Baumstein expira lentement. Elle lui adressa un sourire non dépourvu de tendresse.

— Compris ?

Cette fois, Baumstein baissa les bras ; il était défait.

— Mais si vous n'êtes pas de la police et si vous ne vous intéressez pas à ce que j'ai, qui êtes-vous au juste et que recherchez-vous ? Est-ce que ça a quelque chose à voir avec ce Neiditch ?

Elle resta silencieuse et immobile, un léger sourire au coin des lèvres.

— Oui, dit-elle finalement. Je peux seulement vous dire que si j'obtiens un succès dans cette affaire, le dénouement risque de vous plaire.

Elle lui avait pris la main et elle la garda un moment. En la regardant bien il s'aperçut qu'elle devait être encore plus jeune que ce qu'il avait pensé tout d'abord. Il pouvait voir, à présent, de quelle façon elle s'était donné une apparence plus mûre. Elle avait l'air d'une enfant, à ses yeux. Pas plus d'une vingtaine d'années, mais avec l'apparence soigneusement composée d'une femme beaucoup plus âgée.

Elle tenait toujours sa main et la leva ; puis elle fit une chose étrange : elle laissa ses lèvres errer sur la peau de son bras, là où étaient tatoués les sept chiffres bleus.

« Mes grands-parents portent les mêmes marques, dit-elle doucement.

Elle se leva brusquement et traversa la pièce. Elle attendit devant la porte, à l'écoute d'un bruit venu de l'extérieur.

« Faites-moi confiance ! dit-elle avant de sortir.

Il resta un long moment sur le divan, pris par une panique inexplicable. Il voulait fuir. Faire ses valises et partir sur-le-champ. Se réfugier dans une grande ville comme Rio ou Buenos Aires. Se perdre dans la foule. Ou encore mieux, dans une région désolée et perdue comme Érythrée ou la Tierra del Fuego. N'avoir de rapports qu'avec des sauvages muets et indifférents ou avec les pingoins.

Il regarda l'enveloppe qui gisait sur ses genoux, là où elle l'avait jetée. Il commença à l'ouvrir, persuadé que son contenu dissiperait tous les malentendus. Pourquoi pas ? Elle n'était même pas cachetée. C'était une provocation. Il ouvrit le rabat et fut prêt à sortir ce qu'elle pouvait contenir. Mais, au lieu de s'exécuter, il traversa la pièce à toute allure jusqu'à son lit. Il ouvrit le tiroir, y prit deux pansements autocollants qui se trouvaient dans une trousse de première urgence et colla l'enveloppe à l'intérieur du petit meuble qui se trouvait sous la cuvette des toilettes, comme il avait fait avec ses bons de caisse à Asunción.

Il resta longtemps allongé sur son lit, incapable de penser ou de décider d'un plan d'action. Il voyait la tête du docteur Neiditch qui lui souriait d'un air moqueur. Quand il finit par éteindre la lampe de chevet, il était complètement épuisé et sombra dans un profond sommeil.

« *Links... Rechts... Links... Rechts... Links... Links...* »

Son rêve était revenu, annoncé, encore une fois, par la

sinistre litanie du *Selektor.* Mais il y avait quelque chose de plus *cette* fois ; il vit un petit garçon qui attendait, trempé et tremblant de froid, tout nu dans l'antichambre immaculée d'une salle d'opération en briques de céramique blanche. On entendait les cris perçants des enfants qui venaient de l'aile expérimentale, un peu plus loin. C'étaient des hurlements effroyables. Il y avait aussi les ordres secs des médecins et le bruit des bottes des SS qui entraient et sortaient sans cesse.

— Toi ! dit d'un ton brusque le gros officier SS au petit garçon gitan, blotti contre Jacob Baumstein, qui était devenu son ami depuis une semaine. Le SS l'avait attrapé par les épaules et essayait de l'emmener en chirurgie. Mais le garçon se débattait, freinant avec ses pieds. Il y eut un hurlement quand le SS sauta de tout son poids sur les pieds nus de l'enfant avec ses grosses bottes ferrées. Il le prit alors sous son bras et l'emmena dans la salle d'opération, hurlant de terreur. Peu de temps après, on entendit un long cri déchirant.

Jacob, l'autre garçon, yeux largement ouverts, grands comme des soucoupes, courut vers le kapo qui faisait les cent pas dans le vestibule, une longue blouse blanche très sale passée sur son pyjama de prisonnier.

— Mon frère, criait l'enfant en montrant du doigt la salle d'opération. Mon frère... mon frère.

C'était tout ce qu'il pouvait dire. Les larmes ruisselaient sur son visage.

Le kapo était un petit homme chauve et mal rasé avec des dents sales et abîmées ; il secouait la tête d'un air idiot et continuait à déambuler en essayant de ne pas entendre.

Puis le docteur apparut dans l'entrebâillement de la porte. Il portait lui aussi une blouse blanche maculée de sang. Les doigts de ses gants de caoutchouc étaient entièrement recouverts de sang eux aussi. C'était un homme de petite taille, brun, assez attirant. L'expression de son visage n'avait rien de cruel. On l'appelait *der schöne Doktor.* Il était sorti de la salle d'opération et souriait au petit garçon qui tremblait dans ses sous-vêtements sales. Il lui caressait les cheveux, lui pinçant gentiment la joue, toujours très souriant. L'enfant avait les yeux rivés à cette bouche rouge aux dents écartées. La bouche se rapprocha de plus en plus.

Baumstein se retrouva debout sur son lit ; les couvertures étaient défaites et il avait des sueurs froides. « Grigori » murmura-t-il dans la pénombre ; il attendait presque qu'on lui réponde. Mais il n'y eut rien que l'écho de sa voix qui répéta encore une fois « Grigori ».

Mais c'était impossible, il se refusait à le croire, Grigori était mort. Tout le monde le savait. Il avait lu, lui-même, des douzaines d'articles qui l'avaient annoncé en grands titres il y avait dix ans de cela. « L'ANGE DE LA MORT D'AUSCHWITZ RETROUVÉ MORT AU PARAGUAY » ou d'autres manchettes du même genre. Il avait lu l'histoire de cette tombe qu'on avait découverte dans un village indien dans le nord du Paraguay, tout près de la frontière bolivienne. Comment les indigènes avaient conduit les autorités jusqu'au village et comment des experts de médecine légale envoyés de Russie, d'Israël et des États-Unis avaient conclu à l'authenticité du cadavre après des tests aux rayons X du crâne et de la dentition. Il se souvenait d'avoir éprouvé le calme sentiment de la justice enfin rendue. Le pauvre petit fantôme torturé de son frère pouvait reposer en paix.

Grigori était mort. Cela ne pouvait faire aucun doute. Comment était-il possible qu'il fût en vie aujourd'hui ? Cet homme (comment s'appelait-il ? — Neiditch. Le docteur Joseph Neiditch) ne ressemblait même pas à Grigori, ou tout au moins au souvenir que Baumstein en avait. Bien sûr, trente années avaient passé. Trois décennies avaient pu changer grandement l'apparence du beau docteur et ce que le temps n'avait pu faire, nul doute que le scalpel du chirurgien avait pu y remédier. Pourtant, c'était trop incroyable. Une inquiétante coïncidence — ce strabisme et ce trou dans les dents, cette bouche si rouge... Rien qu'une coïncidence. Et pourtant...

« *Links... Rechts... Links... Rechts...* » Son rêve revint, comme un piétinement. Pendant un moment, il eut même l'impression de pouvoir entendre les milliers de pieds qui martelaient lentement les wagons à bestiaux, descendaient des planches de bois sur les quais, marchaient inexorablement sur le gravier qui les conduisait aux crématoires. « *Links... Rechts... Links... Rechts...* » L'écho de cette voix devenait de plus en plus puissant et traversait le temps. Et soudain il y eut son frère, David, un fantôme du passé, un esprit de dix ans. Il avait un an de plus que lui, mais leur ressemblance était telle qu'on les prenait immédiatement pour des jumeaux. C'est ce qui avait sauvé la vie de Baumstein. Dans le cauchemar des années de l'Holocauste, il n'y avait pas de certificats de naissance ; il n'y avait aucun document qui attestât de leur passé. Le bon docteur Grigori, toujours en quête de sujets d'expérimentation sur les naissances multiples, garda les frères Baumstein en vie. Il avait grand besoin de cobayes.

Tôt en 1945, alors que les Russes traversaient la Pologne et menaçaient Auschwitz-Birkenau, le docteur Grigori commença ses travaux sur David Baumstein. Le petit garçon n'y survécut pas. Jacob devait suivre mais, heureusement pour lui, les Russes arrivèrent avant.

Il y avait une présence dans la chambre, comme l'aura de son frère mort qui saturait l'air. Il était noyé d'émotions diverses, il avait la sensation que quelqu'un cherchait à le prévenir d'un danger, tendrement. Baumstein était un pragmatique. Un esprit éminemment logique. C'était la chose dont il était le plus fier. Il n'était pas homme à se laisser aller à des spéculations chimériques sur l'autre monde. Mais cette nuit, haut dans la Cordillère, à près de quinze mille kilomètres et à trente ans de distance du lieu où David Baumstein avait connu une mort atroce, il eut la sensation incontrôlable que son frère était là, pour le protéger. Quand il se réveilla enfin, il ne se rendit même pas compte qu'il était en train de pleurer.

Il prit le téléphone et demanda la chambre de Nora Aldot. Il était assis au bord du lit, dans sa chemise de nuit un peu ridicule, écoutant la sonnerie qui, au bout d'un temps assez long, le convainquit qu'elle n'était pas chez elle. C'eût d'ailleurs été fort curieux. Cela n'aurait pas cadré avec le grand plan qu'il commençait à peine à percevoir. Si elle était quelque part dans l'hôtel, ce ne pouvait être que dans les bras de Grigori, l'enfonçant tendrement dans un bien-être fatal. Mais cette étreinte, il le savait également, pouvait tout aussi bien lui être fatale à elle. « Le dénouement risque de vous plaire. » Ces mots, qui lui étaient incompréhensibles quelques heures auparavant, prenaient à présent une signification pleine de menaces. Il se leva très vite, sautant presque du lit. Le fait de connaître Fräulein Aldot, fût-ce par inadvertance, le mettait dans une situation extrêmement dangereuse. S'ils commençaient à la soupçonner, ils en viendraient tout naturellement à avoir des soupçons sur lui aussi. Il se souvint de Matschke et du regard glacial qu'il avait porté sur les chiffres tatoués à son poignet, quand ils luttaient pour soulever le poisson. Il n'y fit guère attention sur le moment mais, à présent, à la lumière de ce qu'il avait appris, il comprit que ces chiffres le condamnaient.

Il lui fallait quitter Bariloche sur-le-champ. Partir loin, très loin de tout cela. Mettre très vite une grande distance entre lui, Nora, Grigori et toute la bande.

Il était en train de mettre, dans le plus grand désordre, toutes ses possessions dans une petite valise. Mais il s'arrêta presque aussitôt. L'attaché-case et son précieux contenu étaient en bas, enfermés dans le coffre de l'hôtel. Il ne pouvait le récupérer qu'au matin, quand le caissier reprend sa journée. Il fallait qu'il reste jusque-là (à moins, bien entendu, qu'il décide de laisser la mallette). L'oublier, cette foutue mallette. La rayer, comme une mauvaise plaisanterie, rentrer chez lui et avaler l'amère pilule qui l'attendait. Mais même dans ce cas, il ne pourrait le faire qu'après avoir restitué ce qu'il avait été assez bête de voler. Ce n'est qu'alors qu'il pourrait tenter de se livrer à la police. Qui sait ? Ils pourraient lui donner de grosses circonstances atténuantes. Jusque-là, sa vie avait été exemplaire. Il votait, payait ses impôts, il avait même été jusqu'à faire partie d'une association de parents d'élèves. C'était un bon père. Ils prendraient cela en considération, ça ne faisait aucun doute. A la pensée de retourner chez lui, il se sentit regonflé. Revoir Édith ! Et même Joël — ingrat, vil et ignoble comme il était ! Il sourit en se faisant une image mentale du jeune homme.

Mais il revint vite à lui, conscient du danger. Il devait, de toute façon, attendre le matin.

Il pouvait au moins prévenir la fille du danger qu'elle courait. Elle devait le savoir ; mieux que lui certainement. Pourtant, passant une robe de chambre, sans vraiment savoir où il allait, il décida d'essayer de la trouver et de l'aider, si possible. Il savait où se trouvait la chambre de Grigori et elle y était certainement. Sans se soucier de son invraisemblable accoutrement, il ouvrit sa porte et se plongea dans le couloir sombre. Immédiatement, il fit un grand pas en arrière et ferma sa porte à double tour. Il resta longtemps contre la porte, essoufflé, le cœur battant. Il avait vu quelqu'un, une présence dans l'ombre, au bout du couloir et qui le regardait. Il n'avait pas pu discerner les traits de l'individu car, quand il était sorti, l'homme s'était brusquement caché derrière une grande plante. En fait, il n'avait vu qu'un profil et un dos. Encore l'impression n'avait-elle été que fugace. Pourtant, il fut persuadé que l'ombre n'était autre que celle du jeune compagnon du docteur Grigori, Horst Matschke.

31

— Si je devais partir maintenant, me suivriez-vous ?

— Jusqu'à la face cachée de la Lune.

— Ah, vous vous moquez de moi. Tout, avec vous, devient matière à plaisanteries.

Grigori fit semblant d'être vexé. Intérieurement, il jubilait. Il était très flatté qu'une jeune femme aussi charmante puisse le trouver séduisant.

— Me moquer de vous ? protesta le docteur ; ma chère Nora, je peux vous assurer…

Ils se baladaient sur un petit chemin dans la forêt des Arrayanes, dans la péninsule de Quetrihue qu'on ne pouvait atteindre qu'en bateau à moteur. Ils étaient sortis tôt le matin avec Rudel et Rattenhuber. Krug et Matschke étaient restés à l'hôtel pour s'occuper de tous les détails de leur départ, le lendemain.

Dovia et Grigori marchaient, main dans la main, sous un dôme d'arbres centenaires qui ne laissaient filtrer qu'une douce lumière cuivrée. Rudel et Rattenhuber les avaient accompagnés un moment mais, à mesure que le docteur et la jeune femme pénétraient plus profondément dans la forêt, les deux autres avaient perdu du terrain, jusqu'à devenir complètement invisibles.

— Mais pourquoi devez-vous partir demain ?

Dovia avait un ton plaintif et sensuel à la fois. Grigori lui entoura la taille de ses mains et se mit à rire.

— Juste au moment où tout allait si bien.

— Et vous ne voulez même pas me dire où vous allez ?

— Je vous ai dit que j'allais voir mon fils.

— Oui, je sais, vous ne l'avez pas vu depuis cinq ans. Vous m'avez déjà dit tout ça. Mais nous venons à peine de nous rencontrer. Et tout se passe si bien, non ? J'ai tellement aimé la nuit dernière. Pas vous ?

Le chemin devenait plus sombre et plus tortueux.

« Et à présent, vous vous contentez de faire vos valises et de partir. Sans même me donner une adresse. Je ne peux même pas vous envoyer une carte de Noël. J'ai l'impression de n'avoir rien été pour vous, Joseph. J'ai l'impression d'avoir été utilisée.

Il rit très fort et la prit contre lui.

« Vous voyez, dit-elle en faisant la moue, vous vous moquez bien de moi. Vous riez comme si je n'avais été qu'un épisode.

— Je ne ris pas, ma chère. Et la pensée de devoir vous quitter me désole sincèrement.

Il embrassa ses paupières. Elle lui jeta un regard malheureux.

— Promettez-moi que nous nous reverrons.

— Mais oui, ma chérie. (Il embrassa ses yeux, pensant que c'était vraiment une très futée petite salope.) Je vous le promets. A présent, prenons quelque chose. Il faut nous reposer et manger un peu. Cet après-midi nous irons sur le Tronador.

— Les toilettes, dit Krug d'un ton sec.

— Je les ai déjà fouillées.

— Et le sac à chaussures ? Et n'oublie pas le panier à linge qui est sur la porte.

Horst Matschke secoua la tête, un peu perdu.

— J'ai aussi fouillé là.

Krug vit le jeune homme se précipiter dans la salle de bains.

— Où vas-tu ?

— Je vérifie s'il n'y a rien dans la boîte à pharmacie.

Le nain claqua des doigts, comme s'il avait été frappé par une révélation soudaine.

— Mais bien sûr. La boîte à pharmacie.

Il fonça lui aussi dans la foulée de Matschke. Ils formaient tous les deux un couple assez comique — Matschke, le jeune héros blond issu d'un opéra du Ring wagnérien et Krug, le nabot, le vilain crapaud d'un conte de Grimm — ils étaient en train de tout mettre sens dessus dessous, d'ouvrir les meubles, de vider les poubelles, de transformer la chambre de Dovia Safid en champ de bataille. Ils en avaient obtenu la clef grâce à l'aide d'un directeur extrêmement accommodant et, à vrai dire, tout à fait terrorisé. Ils avaient vraiment mis l'endroit à sac sans pouvoir mettre la main sur quoi que ce soit.

Ils étaient dans la salle de bains à présent, fouillant dans les médicaments et les ustensiles de toilette. Matschke ouvrit un petit flacon de parfum et respira.

— Français ! murmura-t-il. Et cher !

Krug lui arracha le flacon et le remit violemment là où il l'avait trouvé.

— Imbécile — tu nous fais perdre du temps ! Arganas s'inquiète beaucoup de toute cette affaire.

Il mit les mains dans une boîte de tampons périodiques qui se trouvait sous l'armoire de toilette, les éparpillant sur le sol pour vérifier si la boîte était bien vide.

« *Nichts,* dit-il, enragé, *immer nichts.* Nous perdons notre temps. Viens.

Il entraîna le jeune homme dans la chambre.

« Remettons tout en place ici. Après, nous irons voir un peu ce qu'il y a dans le coffre.

Peu après, la chambre retrouva l'aspect qu'elle avait avant leur arrivée. L'œil le plus entraîné n'aurait pu deviner qu'on avait passé l'endroit au peigne fin. Ils partirent aussi silencieusement qu'ils étaient venus et retournèrent au comptoir où le directeur très complaisant et de plus en plus effrayé attendait leurs ordres.

Au même moment, Ian Asher extrayait un petit ressort d'acier d'un monstrueux fouillis de fusils complètement démontés et huilés. Il y avait sur la table les entrailles de trois fusils semi-automatiques Beretta à canon long qu'il était en train de modifier.

Il était dans la grande pièce de la ferme abandonnée à l'extérieur de Bariloche, assis devant une douzaine de chiffons huileux sur lesquels reposaient des douzaines de pièces métalliques, des burettes d'huile, des baguettes et autres ustensiles.

Le jeune homme se consacrait à un travail très prenant. Il devait extraire un peu de poudre de chaque cartouche de 22, puis remplacer les plombs afin que chaque détonation soit relativement peu bruyante. Ce n'était que le stade préliminaire de l'opération la plus importante : réajuster la mécanique de la gâchette pour donner un maximum de rapidité. Le second stade était encore plus délicat ; cela avait à voir avec le mécanisme de rechargement. Dans la mesure où les Berettas allaient avoir une puissance explosive moins forte qu'à la normale, le ressort du mécanisme de retour devait être réglé exactement en conséquence. Telle était la tâche d'Asher. Quand ces modifications seraient faites, il disposerait d'une arme de petit calibre, silencieuse et mortelle.

Il travaillait avec des gestes de chirurgien, une loupe de diamantaire fixée à l'œil, complètement insouciant de l'incroyable désordre qui régnait sur la table. Tout ce qui lui importait, c'était le temps. Aurait-il tous les atouts de son côté au moment d'entrer en action ?

32

Baumstein téléphona à la réception le matin afin d'essayer de réserver une place dans le prochain vol pour Buenos Aires. On lui dit aussitôt qu'il n'y avait pas de vol pour Buenos Aires ce jour-là. Il fallait attendre le lendemain. Et pour La Paz ou Rio de Janeiro ? demanda Baumstein. La réponse fut la même. L'employé lui rappela qu'on était dimanche et que ces jours-là rien ne quittait le petit aéroport de Bariloche si ce n'était des vols postaux. Il pouvait pourtant lui garantir une place dans le vol pour Rio du lendemain. Résigné, Baumstein confirma sa réservation et raccrocha. Il ne pouvait pas deviner qu'au même moment Krug et Rattenhuber étaient en bas, dans la salle du coffre du Llao Llao, en compagnie d'un directeur très effrayé.

Nul doute que si Baumstein avait été au courant, il n'aurait pas accepté si aisément de rester un autre jour à l'hôtel. Il aurait pu, par exemple, partir à Buenos Aires en train ou louer une voiture et décamper sans rien demander à personne. Mais, à cet instant, il n'avait pas pleinement conscience du danger qu'il courait. La présence du jeune Matschke à trois heures du matin dans son couloir aurait pourtant dû l'inquiéter. Ils avaient des soupçons. Mais il était fantaisiste d'imaginer qu'ils puissent croire qu'il était, d'une façon ou d'une autre, en collusion avec Nora Aldot. Lui ? Agent secret de quelque gouvernement étranger, membre d'une équipe de tueurs avec l'infâme Grigori comme cible ? Grotesque. Bien entendu, Baumstein soutenait entièrement leur cause. Il avait les meilleures raisons au monde de le faire. La vengeance est douce, certes, mais, curieusement, il n'avait aucun désir de prendre part à son exécution. Baumstein n'était pas un homme vindicatif. L'effusion de sang n'avait jamais été son fort. Il avait eu, tout au long de son existence, un dégoût prononcé pour la violence. Il avait peur des armes à feu et détestait le bruit qu'elles faisaient. Il avait, depuis très longtemps, tenté d'oublier le cauchemar qui avait assombri son enfance. Il n'avait aucune envie de le voir resurgir tout à coup. Il avait perdu un frère qu'il aimait plus que tout, torturé et mutilé par un monstre. Aujourd'hui, trente ans après, le monstre était toujours libre, il vivait même dans le luxe. Où était la justice dans tout cela ? Avait-on fait payer le crime comme il convenait ? Mais Baumstein ne se sentait pas prêt à venger qui que ce soit. Que Nora Aldot et ses amis s'en chargent. Il avait déjà assez d'ennuis sur le dos comme ça ! Tout ce qu'il voulait, c'était partir très loin.

Tandis que Baumstein divaguait sur son lit, Krug et Matschke étaient en train de fouiller systématiquement les papiers de Dovia Safid. Le coffre qui portait son nom avait été ouvert à l'arrière du bureau directorial et son contenu éparpillé sur la table. le *señor* Ortiz, dos au mur, se tordait des mains moites de transpiration, persuadé que la jeune femme allait faire son entrée dans le bureau et appeler la police. Il était certain de perdre sa place.

Krug ne partageait nullement ses craintes. Il savait que Fräulein Aldot serait tenue à l'écart de l'hôtel jusqu'à ce que sa vraie identité puisse être établie. Elle n'était certes pas celle qu'elle prétendait être. Le colonel Arganas avait été tout à fait catégorique, la nuit d'avant, au téléphone. D'après toutes les informations que le colonel avait pu réunir à Asunción depuis quelques jours, la présence de Fräulein Aldot à Bariloche était à coup sûr un indice inquiétant. Il ne fallait laisser le docteur avec elle sous aucun prétexte. On devait au contraire la surveiller.

— Dovia Safid, lut Krug tout haut, vingt-sept ans. D'origine russe mais naturalisée israélienne.

Les autres documents, les plus accablants pour elle, se composaient essentiellement du dossier Grigori qui portait le sceau officiel du Mossad et qui était plein de photographies et d'empreintes digitales du docteur, jointes à des copies de télégrammes entre Interpol et le

Mossad et un échange de dépêches entre l'ambassade d'Israël au Paraguay et le Centre de documentation d'Haïfa ; l'ensemble condamnait irrémédiablement la jeune femme.

— J'ai toujours su qu'il y avait quelque chose de pourri autour de cette fille, murmura Matschke en frappant sa paume du poing. Et cette limace, son complice... Gales. Herr Gales avec ses numéros tatoués. J'aurai grand plaisir à lui régler son compte. Il faut être fou pour les exhiber aussi effrontément.

Matschke serra les poings et son visage s'empourpra. « Allons-y immédiatement !

— Pas encore, dit Krug en replaçant avec beaucoup de soin les documents dans la boîte.

— Mais il y a peut-être danger. Dieu sait combien ils sont.

— Je ne crois pas qu'il y ait danger, remarqua Krug avec un sang-froid impressionnant. Nous aurons tout notre temps pour nous occuper de Fräulein Safid. Ortiz... (Le nain claqua des doigts en direction du pauvre directeur, plié en deux dans son coin.) Remets cette boîte dans le coffre et, en revenant, aie l'amabilité de m'apporter celle de Herr Gales.

33

— Là-bas, à l'ouest, c'est le Chili.

— Cette ligne de crêtes ?

— Oui. Le pic le plus haut, celui qui est un peu rond, c'est le volcan Osorno.

— Il a un air si cruel, n'est-ce pas ?

— C'est vrai, dit le docteur Grigori qui souriait à la jeune femme qui s'oubliait si tendrement dans ses bras. Vraiment très cruel.

Ils étaient sur une corniche de rochers sur le Cerro

Tronador, presque au sommet des Andes. L'air était froid et rare à cette hauteur et le panorama spectaculaire. Tout était si grand. Toutes les vanités humaines semblaient réduites au silence. L'escalade avait été tonifiante. D'ailleurs, le docteur était tout rouge. Il paraissait particulièrement content d'être monté si haut, comme pour donner la preuve de son indestructible jeunesse. Le fait d'avoir pu accomplir cet exploit en compagnie d'une si ravissante jeune femme était une prime supplémentaire à son narcissisme.

Il dissertait longuement sur tous les pics qui les entouraient, fouettés par les vents. Ils se tenaient à quelques mètres du bord de la corniche qui surplombait la vallée de Vuriloches, à quelques centaines de mètres en contrebas. Rudel et von Rattenhuber étaient sagement restés sur le chemin.

— Et ça, là-bas, qu'est-ce que c'est, Joseph ?

Elle montra du doigt un imposant mur de glace, figé en formes ondulantes et ridées. Il longeait la vallée et se dressait très haut au-dessus d'elle, dans une variété infinie de tons gris.

— On les nomme les Glaciers noirs, dit Grigori en serrant la fille contre lui. Vous voyez cette immense fissure grise là-bas ?

— Oui.

— C'est la gorge du Diable. (Grigori l'attira encore plus au bord, puis regarda ses compagnons.) Alors, vous venez, bande de méduses ?

Il rit aux deux hommes qui se tenaient à une quinzaine de mètres sur le chemin. Ils répondirent de la main mais n'allèrent pas jusqu'à s'aventurer sur la corniche. Grigori et Dovia partirent d'un fou rire.

Le manque d'oxygène à haute altitude l'avait quelque peu étourdie. Pourtant, elle se sentait curieusement en pleine possession de ses moyens. A mesure que le docteur lui parlait et qu'elle lui répondait distraitement, elle voyait Asher, caché quelque part aux alentours (à moins de trente kilomètres de là) et elle dut faire un grand effort pour ne pas éclater de rire. Elle regarda l'homme qui la suivait de manière si courtoise sur cette corniche et elle ne put s'empêcher de ressentir une sorte d'affection étrange pour lui. Bien sûr, elle savait tout de lui, tous ces horribles détails dans son dossier. Elle l'avait appris par cœur et pourtant, elle ne pouvait pas réellement associer l'immonde bête qu'on y décrivait avec ce gentleman si tendrement attentif, d'un raffinement qui le rendait tellement familier. Il fallait dire que la nuit précédente avait été loin de ressembler à une affaire de famille.

« Là-bas, là où tu vois la grande faille à flanc de colline, continua le docteur en soufflant son haleine chaude sur la nuque de Dovia.

Elle était très absorbée par ce qu'il disait, sa voix avait presque un effet hypnotique. C'était bien l'un de ses atouts maîtres — sa voix à la suave urbanité, avec ses inflexions chaudes et variées. Il pouvait la caresser de la voix... ou l'endormir.

Il lui tenait le menton entre pouce et index, dirigeant son regard vers la crête violette des pics lointains quand, soudain, elle vit, ou crut voir du coin de l'œil un mouvement, une esquisse de mouvement plutôt, si légère qu'elle n'était que difficilement perceptible. Elle ne se croyait pas du tout en danger et, quand elle sentit les mains de Grigori qui lâchaient lentement ses épaules, elle n'éprouva aucune peur. Elle prit simplement conscience d'une séparation, du départ de celui qui était derrière elle et, sans comprendre comment la chose s'était faite, elle se retrouva tout à coup horriblement seule sur cette corniche. Ce fut alors que, souriante, elle se tourna.

La première vision qu'elle eut fut celle du dos de Grigori. Il était toujours sur la corniche, mais déjà tout près du chemin ; il marchait lentement mais délibérément vers l'endroit où devaient se trouver Rudel et von Rattenhuber. Von Rattenhuber était bien là, mais Rudel s'en était allé et, à sa place, elle vit Krug et Matschke.

Puis elle vit Rudel. Il avait fait le tour de la corniche et tendait la main à Grigori, pour lui permettre de passer sur le chemin. Le docteur se retourna et la fixa : c'était un regard désenchanté, plein d'un vague regret qui lui inspira presque de la pitié. Il paraissait si vulnérable ainsi, entouré par ses protecteurs, comme un invalide ou un idiot suivi par ses infirmiers.

Les deux autres, Horst et Ludo, se tenaient à l'autre bout de la corniche, comme deux couguars qui s'apprêteraient à sauter sur un cerf. Krug aussi attendait, un peu en avant, les tenant en réserve pour la curée. Nora Aldot, alias Dovia Safid, n'essaya même pas de sauver sa propre vie. Elle était assez professionnelle pour savoir, après évaluation de ses chances, que sa situation était désespérée. Et, étrangement, elle n'en fut nullement effrayée.

C'est alors que Grigori se mit à hurler ; ses traits se tordirent de façon hideuse en laissant des sons inaudibles sortir de sa gorge. Elle crut reconnaître de l'allemand. Une obscénité. Quelque chose de bas. Pendant un temps horriblement long et figé, l'écho de son cri retentit à travers le gouffre, se réverbérant d'un rocher à l'autre. Elle l'entendait toujours quand elle le vit charger. A ce moment, ce qui venait sur elle n'était pas humain, mais une forme grise en mouvement, qui frappait en tous sens, qui voulait faire mal, tuer. Elle ne regardait plus que son œil louchon. Ils la maintinrent là, au bord de la corniche, bras ouverts, et lui la martelait systématiquement de coups de poing. Il lui donna enfin un coup de pied au bas-ventre. Elle ne sentait rien. Elle avait l'impression d'être spectatrice d'une scène qui se jouait hors d'elle. Puis, elle eut la sensation un peu étourdissante d'être soulevée du sol et projetée dans l'air, elle pensa à ses frères qui la faisaient sauter dans une couverture et elle se souvint de la chaleur confortable et sombre de cette couverture. Mais elle eut l'impression inverse, elle avait très froid et elle ne parvenait plus à respirer. Elle put entendre l'horrible écho de son propre hurlement qui résonnait dans sa tête.

Ian Asher contempla le Tronador et ressentit un froid intense dans la colonne vertébrale. La montagne, à plus de trente kilomètres, paraissait énorme et inquiétante. Il voyait à son sommet l'éblouissant pic de glace et le mur abrupt, sombre et gibbeux qui dominait toute la perspective au nord.

Asher s'accroupit dans le sable, effaçant avec un bout de bois les traces du plan qu'il venait de se dessiner quelques minutes auparavant. Il en avait appris tous les détails (routes, issues de secours, etc.) par cœur. A présent, il se retrouvait seul, désolé au-delà de toute expression, avec un goût de cendres dans la bouche.

L'après-midi tirait vers sa fin. Le soleil qui se couchait à l'ouest dardait ses derniers rayons en plein sur le majestueux Tronador. Il pensa à Dovia ; où était-elle en ce moment, avec qui ? Mais c'était une pensée un peu trop dérangeante, il décida de se concentrer sur un tout autre sujet. Il fixa toute son attention sur le pic, essaya d'imaginer ses hauteurs incroyables, les rafales de vent glacé et les rochers imprenables où seuls l'aigle et le condor peuvent monter.

Un nuage bas qui ressemblait à une empreinte digitale sale fit soudain disparaître le pic. Il eut un sursaut d'appréhension. C'était comme si un poing s'était refermé brutalement sur son cœur.

« Cette nuit, pensa-t-il. Je vais la voir cette nuit. »

34

C'était déjà la fin du crépuscule. Le ferry de nuit de Posadas quittait lentement le quai en pointant sa proue rouge vif vers le rio de la Plata, avançant paresseusement, comme un jouet sur un courant lent. Rolfe Hupfauer était très loin à l'arrière, penché au-dessus du bastingage, essayant de se perdre dans la mousse blanche que produisait l'hélice. Il n'avait pas mangé de la journée et d'ailleurs, il n'avait pas faim. Il eut l'impression de ressentir les premières saccades du moteur dans le creux de son estomac. Plus que jamais auparavant, il sentait que la proximité d'une rencontre avec son père allait le déprimer complètement ; plus la distance dans le temps et dans l'espace raccourcissait, plus il se sentait abattu.

Caffeti était assis derrière lui, allongé dans un transat, en train de lire *el Correo de Buenos Aires.* Les gens allaient et venaient sur le pont en bandes joyeuses, s'agglutinaient en groupes bruyants et buvaient force bière et apéritifs avec de grands rires sonores. Une guitare égrenait une ballade nostalgique. On était vendredi soir et le long week-end argentin commençait. Des deux côtés du fleuve, les lumières étincelaient dans le soir. Les passagers de nuit, ceux qui allaient à Encarnación ou, plus au nord, à Asunción, avaient très vite succombé au charme d'une croisière nocturne, cet agglomérat d'inconnus perdus dans les ténèbres, sur un fleuve immense avec l'aventure au bout du chemin...

Un steward vint prendre les commandes. Caffeti, allongé sur son transat, quitta son journal pour s'adresser au jeune homme.

— Prenez un apéritif. Vous vous sentirez mieux.

Rolfe accepta un Campari ; en bas, un petit orchestre de rumba commençait à s'accorder dans la salle à manger.

« Vous voulez manger ? demanda Caffeti.

Rolfe lui rendit à peine un regard. Il était blême et dépeigné. Avec son costume de laine très strict, sa chemise immaculée et sa cravate, il était tout à fait raide, tendu et terriblement déplacé. Il y eut un grand éclat de rire derrière lui. Il plissa les yeux et se mordit les lèvres. Les rires, la gaieté, la chaleur humaine ne faisaient qu'accentuer sa dépression.

« Vous allez vous rendre malade, à force.

Caffeti se leva, le prit par le coude et l'éloigna discrètement de la frivolité ambiante.

Ils se promenèrent sur le pont en sirotant leurs apéritifs, essayant de se frayer un chemin dans la foule bruyante jusqu'au point où seule une poignée de gens courageux osaient affronter le roulis et les embruns qui cinglaient la proue.

« J'aurais aimé que nous puissions faire plus, ces derniers jours.

Caffeti avait fait cette remarque d'un ton détaché ; il s'était arrêté à un style de conversation évasif pour éviter tout déplaisir au jeune Grigori. Il était assez fin pour s'apercevoir de l'inutilité d'une telle tactique. L'imminence de la rencontre avec son père après cinq années de séparation allait, sans aucun doute possible, traumatiser le jeune homme, en dépit de tous les efforts qu'il pouvait déployer. Il baissa donc la garde avec un soupir de soulagement.

« Honnêtement, je n'ai aucune idée de ce que nous allons trouver là-bas.

— Je n'espère pas que ce soit très différent de mon dernier séjour, murmura Rolfe avec résignation. Des mensonges. Des plaisanteries. Des vantardises. Des soûleries. De longues et vaines plaidoiries. Il va protester de son innocence ; accuser le monde entier de l'avoir chargé, lui, de tous les crimes imaginaires du IIIe Reich. En un mot, la folie pure et simple. Il a toujours ses gorilles avec lui ?

— Horst et Ludo ?

— C'est ça. Ces deux chacals ! Ils n'arrêtent pas de rouler des mécaniques, de brandir leurs revolvers, de traîner dans ses pieds et de lui voler son argent. Ricardo, je vous jure que je ne serais pas venu si vous ne m'aviez pas dit qu'il était très mal.

L'autre se tut un court instant.

— Vous allez avoir d'ici peu l'occasion de vous en rendre compte.

— C'est sa tête, hein ?

— Il n'y a aucun doute. Le docteur Enriquez maintient qu'il est dans une forme physique superbe. Mais il est convaincu d'être atteint d'une maladie mortelle. Un jour, c'est son cœur ; le lendemain, c'est le cancer. Il a peur du noir. Il ne peut pas dormir seul. Il se voit des ennemis partout, derrière chaque buisson. Il croit qu'on empoisonne sa nourriture et il entend des voix à la tombée de la nuit. Il dit que ce sont des enfants qui pleurent. Il joue du violon pour ne pas entendre.

— Quel cinéma ! lança Rolfe en laissant échapper un rire amer.

— C'est aussi ce que j'ai pensé, d'abord. Mais franchement, entre vous et moi, Rolfe, je crois que votre père est très atteint. Son comportement est de plus en plus extravagant et aberrant. On lui a tout enlevé : le rang, le statut social, les diplômes universitaires. Il ne travaille à rien qui en vaille la peine, des bureaucrates corrompus le dépouillent littéralement et il est de plus en plus vieux et solitaire. Il ne supporte plus le Paraguay et ne veut pas mourir dans son marais fétide. Je crois qu'il veut rentrer chez lui.

— Ça, il ne le fera jamais ! (Rolfe avait parlé calmement mais avec une étonnante fermeté.) Jamais tant que je serai vivant. J'ai une femme et des enfants et je ne permettrai pas qu'on leur fasse endurer cette épreuve.

Caffeti lui jeta un regard gêné à travers ses énormes sourcils, gros comme des chenilles velues. Le jeune Hupfauer alluma un petit cigare et jeta l'allumette dans les eaux sombres.

« Quand dois-je le voir ?

— Demain soir, si tout marche comme convenu.

— Vous voulez dire que quelque chose pourrait ne pas marcher ?

— Pas du tout ! (Caffeti eut un sourire sardonique et se commanda une autre bière Kulmbacher.) Vous comprendrez pourtant qu'il nous faille prendre toutes les précautions utiles.

— Quelles précautions ?

— Il y a toujours les fous et les fanatiques. Les mercenaires et les vengeurs de carrière. Les jeunes romantiques aux idéaux élevés.

Rolfe tira sur son cigarillo.

— Comme l'autre nuit ?

Caffeti fit semblant de ne pas comprendre.

« Quand nous allions à Buenos Aires et que vous avez pris ce virage si brusque. (Rolfe fixa de ses yeux bleus le petit homme au crâne rasé.) C'était seulement une précaution ?

Caffeti attendit un peu avant de répondre. Il ne voulait pas affoler le jeune homme.

— D'une certaine façon.

— Je vous trouve très évasif.

— Je ne veux pas faire toute une histoire à propos d'un incident qui ne le mérite pas.

— Vous pensez que nous étions suivis ?

— Je m'exerçais simplement au cas où, mon cher Rolfe. (Caffeti entoura le jeune homme de son bras.) L'eau a un merveilleux effet sur ma digestion. J'ai une faim de loup. Venez, nous prendrons un steak et du champagne. Vous savez, vous êtes le portrait tout craché de votre grand-père. Le vieux Grigori, que Dieu ait son âme ! Le vieux chef. Il serait très fier de vous, s'il pouvait vous voir aujourd'hui.

Toujours très mal à l'aise, Rolfe Hupfauer Grigori se laissa entraîner dans la moiteur de la nuit jusqu'aux lumières joyeuses de la salle à manger.

Le pont était vide, à présent. Il n'y avait plus que la lune, irréelle comme un jouet, qui éclairait encore le coin désert où avaient été Rolfe et Caffeti. Mais peu après, deux autres silhouettes sortirent de l'ombre ; un homme et une femme, sûrement des amoureux. Ils riaient, dans les bras l'un de l'autre, et se dirigèrent vers la salle où l'orchestre de rumba était en train de se déchaîner.

35

Baumstein se leva brusquement et commença une fois encore à faire les cent pas dans sa chambre. La nuit était tombée, à présent, et il n'avait pas osé s'aventurer hors de sa chambre de toute la journée. Il comptait les heures jusqu'au matin, jusqu'à son départ pour Rio de Janeiro. Ses nerfs étaient mis à rude épreuve. Il savait qu'à tout moment, la police fédérale argentine pouvait frapper à cette porte et lui demander des documents et des explications qu'il serait incapable de leur donner. Il ne faisait aucun doute que, depuis le temps, le FBI, les agents spéciaux du Trésor américain et Interpol avaient réussi à retrouver sa piste. Ils allaient venir l'arrêter. On l'extraderait vers New York. Il soupirait tristement ; il aurait presque souhaité qu'ils le fassent. Il ne désirait rien de plus au monde que d'être appréhendé ; être enfin pris en charge et relevé de toute responsabilité. Que pourrait-il y avoir de plus réconfortant que d'être enfermé dans un coin sombre où il n'aurait rien à faire ? Où il ne pourrait plus faire de mal à qui que ce soit et surtout à lui-même. Il eut une saute de cœur. On marchait devant sa porte. Mais les pas continuèrent plus loin et il entendit le cliquetis d'une serrure voisine. Pourtant, il avait les mains moites et la sueur perlait sur son front. Il repensait à Nora Aldot. Ce n'était certainement pas une aventurière qui chassait les milliardaires allemands en Amerique du Sud. Il n'arrivait pas à le croire. Il y avait en elle quelque chose de plus, une envergure autrement importante, plus de zèle et d'engagement qu'une vulgaire croqueuse de diamants. Et tout ce qu'elle avait dit sur ses sources personnelles d'information au FBI et dans Interpol. Si elle n'appartenait pas à la police, ce devait être une sorte d'agent secret. Elle n'était sûrement pas allemande, ni américaine, ni anglaise. Soudain, il eut un éclair. Elle devait être israélienne, ça expliquerait tout !

Dans la seconde qui suivit, il avait fait demi-tour et se ruait vers la salle de bains. Il se cogna un doigt de pied contre un coin du lit et cracha des insultes dans l'air confiné tout en mettant à sac la commode. Il trouva enfin l'enveloppe. Il l'ouvrit et en déversa le contenu sur le lit. Il prit un à un les documents éparpillés sur la couverture, le cœur battant à tout rompre. Il inspecta les mots de ses yeux fiévreux, les photos et les microfilms. C'étaient des dossiers dans lesquels le nom de Grigori apparaissait très fréquemment. Il en fut malade. Alors c'était vrai ! Grigori était vivant. Et Grigori n'était autre que Neiditch.

Baumstein jeta un regard affolé en direction de la porte ; il répondait à une crainte confuse dont il ne connaissait même pas la nature. Il resta assis pendant un long moment au bord du lit, paralysé, comme un lièvre qui vient de sentir l'odeur du renard. Il n'y avait pas un bruit. Le silence, accablant. Il resta assis au même endroit, tendu, osant à peine respirer, yeux rivés à la porte. Est-ce qu'il l'avait verrouillée ? Il pensa que oui mais sans en être certain.

Soudain, il y eut un déclic. A la limite de l'audible. Il y en eut un autre ; et puis ce fut franchement le son clair et presque joyeux d'une clef qui ouvre une serrure. Baumstein attendait là, pétrifié, en train de vivre un cauchemar et incapable de crier. Il entendit un bruit métallique et vit le bouton de porte qui tournait lentement. Il perçut le souffle d'une respiration. La porte s'ouvrit violemment.

Ils étaient deux dans l'encadrement de la porte. Ils avaient l'aspect gris et irréel de négatifs photographiques : plats, sans traits et sans épaisseur. Il ouvrit la bouche mais s'aperçut avec horreur qu'aucun son ne s'en échappait. La peur avait pris au piège tout l'air de ses poumons.

Quand ils entrèrent dans la chambre et qu'ils fermèrent calmement la porte derrière eux, il sut qu'il n'avait nulle part où s'enfuir. Horst avait toujours le passe de l'hôtel dans la main et, au même moment, l'autre sortit quelque chose de sa poche. Baumstein vit l'éclat d'un objet brillant et métallique. Il les vit s'approcher, extraordinairement lucide ; ils semblaient curieusement réservés. La main de Ludo se déclencha soudain et Baumstein comprit que l'objet en question était une seringue hypodermique.

Quand ils furent sur lui, il n'espérait plus vivre, et quand Ludo lui fourra un mouchoir dans la bouche, il ne se débattit même pas. En fait, il ouvrit même docilement la bouche, comme un chien qui accepte un biscuit ou une petite caresse.

Ludo lui remonta la manche et lui tordit le bras en même temps. Malgré l'indignité du bâillon dans la bouche et la position où il avait été mis, il put regarder ses bourreaux. Il ne voulait à aucun prix qu'ils puissent voir de la peur dans ses yeux et il fut pris par la crainte qu'ils interprètent son expression comme une demande de pitié. Il ne voulait pas mourir dans l'ignominie.

Il sentit un picotement juste au-dessous du biceps et, immédiatement, un brouillard gris roula dans sa tête. La dernière chose qu'il put entendre fut un cri perçant : « *Links... Rechts... Links... Rechts... Links... Links...* »

Peu après le crépuscule, les trois messieurs allemands revinrent à l'hôtel et déclarèrent l'accident. C'est Herr Krug qui parla tout le temps. Il raconta comment ils avaient été sur le Tronador avec la jolie dame de Vienne qui avait bu tant de vin au déjeuner et comment elle avait poussé l'inconscience jusqu'à s'aventurer sur cette corniche au-dessus du gouffre de Vuriloches. Ils avaient essayé d'aller à son secours, mais il était trop tard. Elle était tombée avant qu'aucun d'entre eux ait pu lui tendre la main. Krug était bouleversé, il y avait des larmes dans ses yeux.

Le docteur Neiditch avait été particulièrement touché. Il courut se cacher dans sa chambre, comme un fou, pendant que les autres remplissaient les formalités de départ. Il aimait tellement la jeune dame.

Ian Asher était au bar de la discothèque Ali-Baba, au centre de Bariloche. C'était un de ces endroits minuscules et torrides avec trop de lumières et trop de bruit qu'on avait curieusement décoré dans le style tyrolien : horloges à coucou, têtes de cerfs sur les murs, le tout pour attirer une clientèle principalement allemande.

Asher était assis devant une bière, entouré de jeunes gens très gais en combinaisons de ski. Il était vêtu de la même façon et se fondait parfaitement dans cette foule bigarrée. Il attendait un coup de téléphone d'Asunción. Il avait pensé que cette boîte étant l'un des endroits les plus connus de Bariloche, ce serait bien là qu'on s'attendrait le moins à ce que se fasse un contact aussi périlleux.

Il était en train de boire et de plaisanter avec une jolie Chilienne. Elle paraissait le trouver très à son goût. A 7 h 40 exactement, il s'excusa et se dirigea vers la cabine téléphonique. Dès qu'il entra l'appareil se mit à sonner. Il prit le combiné en fermant les portes derrière lui. Il entendit un bourdonnement pendant quelques secondes ;

l'opératrice d'Asunción lui demanda son identité. Puis, il y eut un déclic et une voix. L'autre ne dit pas son nom. Il ne lui dit pas bonjour, mais simplement : « Rubens est mort. Dovia est morte. L'opération est supprimée. Je répète. SUPPRIMÉE. Fous le camp en vitesse ! » Il raccrocha.

Asher ne fit rien pendant un temps, il avait le combiné dans la main et il écoutait le chant des fils lointains. Il eut un curieux sourire énigmatique, comme s'il y avait toujours quelqu'un au bout de la ligne. Peu après une jeune femme qui attendait donna deux petits coups impatients sur la vitre. Asher murmura quelque chose dans le récepteur mort et raccrocha. Il fit un signe de tête à la jeune femme qui attendait et sortit, toujours souriant. Puis il se fraya un passage dans la lumière stroboscopique, la musique assourdissante et les danseurs qui ondulaient sur la piste. Quand il passa devant le bar, la Chilienne lui fit un grand signe de la main. Il lui sourit, lui rendit son salut et quitta la boîte.

Il prit immédiatement sa Ford Cortina et fonça vers le Llao Llao. Son esprit était déjà en train de concocter d'autres scenarios, de prévoir des changements ou des alternatives aux plans établis. Il serait extrêmement difficile de dire ce qu'éprouvait Asher à ce moment, ou même d'affirmer qu'il éprouvât quoi que ce soit. C'était un idéologue. Il réservait ses sentiments aux causes et aux principes. Il n'en ressentait que pour les individus qui épousaient les mêmes causes que lui. Et Dovia Safid en faisait partie.

On ne pouvait pas dire que, sur le chemin du Llao Llao, Ian Asher se sentît perdu, au sens que prend ce mot pour ceux qui pleurent des êtres chers. Pour Rubens, par exemple, il ne ressentait rien. Rubens n'avait été qu'un pion qu'on avait sacrifié pour une grosse pièce. Mais pour ce qui était de Dovia, il y avait quelque chose de très profond mais d'évanescent en même temps. Quelque chose de fort et d'éphémère à la fois. Une expérience qu'il avait rapidement sublimée avant qu'elle puisse vraiment le faire souffrir. Ce qui le submergeait, sur le moment, c'était un immense sentiment de haine et un désir de violence sans frein. Et tout se concentrait sur une carte maîtresse — et c'était celle du docteur qui était sortie.

Il alla vers l'entrée principale et parla avec le réceptionniste, se présentant comme un vieil ami de Fräulein Aldot. L'homme hocha la tête tristement et lui raconta par le menu les dramatiques événements de la journée.

— Et le docteur Neiditch ? s'enquit Asher. Est-il toujours à l'hôtel ?

— *El Gran Vencedor,* dit l'employé en montrant du doigt plusieurs valises qui encombraient un chariot près de l'entrée. Oui, il est toujours ici, mais il ne va pas tarder à partir. Le pauvre homme est complètement bouleversé.

— Dans combien de temps ? demanda Asher.

Le réceptionniste lui répondit que ce serait probablement dans une heure. Voulait-il qu'on aille chercher le docteur ?

— Non, non, s'empressa de dire Asher.

Il ne voulait pas le déranger dans de si pénibles circonstances. Il le verrait plus tard et lui présenterait personnellement ses condoléances.

Asher prit congé et partit dans la nuit.

En moins de vingt minutes, il était arrivé à la ferme déserte. Il rangea soigneusement ses Berettas à canon long et quelques affaires personnelles dans un havresac et reprit la route du Llao Llao. Vingt minutes plus tard, il se rangeait dans le parking de l'hôtel ; il éteignit ses phares et attendit. Il avait, de sa place, une vue parfaite de la grande porte d'entrée qui ne se trouvait qu'à une trentaine de mètres.

Il fuma quelques cigarettes et consulta sa montre. Il vit peu après la grande Mercedes jaune se ranger devant la porte et deux porteurs qui commencèrent à remplir le coffre. Puis, trois hommes émergèrent par la grande porte : le premier était jeune et blond, le second était une sorte de nain difforme et entre eux se trouvait Grigori caché sous un grand chapeau et ceint d'une cape. Il trébucha sur la première marche du perron. Il fallut qu'un porteur l'aide à s'asseoir sur le siège arrière. Asher eut immédiatement le sentiment que quelque chose n'allait pas. Dovia avait parlé de quatre hommes qui suivaient Grigori. Il n'en voyait que deux. Où étaient les deux autres ? Étaient-ils déjà partis ? Ou allaient-ils partir plus tard ? Mais pourquoi diable se séparaient-ils maintenant ? Il s'agissait peut-être de tromper d'éventuels poursuivants... De toute façon c'était dans cette Mercedes que se trouvait Grigori et Asher n'avait pas le choix ; il fallait bien qu'il la suive.

Quelques heures après le départ du docteur, Hans Rudel et Horst Matschke vinrent eux aussi régler leur note. Ils étaient accompagnés d'un autre client, un Américain, M. John Gales, à qui ils avaient gentiment offert une place dans leur voiture. Il devait être à Asunción dans deux jours pour affaires. Matschke dit au réceptionniste que Gales avait été tellement abattu par la mort de Fräulein Aldot qu'il n'aurait pas pu s'occuper des formalités de l'hôtel ou de la douane. Herr Matschke s'était gentiment proposé de tout régler pour le gentleman américain et avait même été jusqu'à lui faire ses valises. Matschke donna alors à l'employé la clef du coffre de M. Gales, accompagnée d'un reçu ; le réceptionniste, abasourdi, lui en donna le contenu. Une demi-heure plus tard, quand Rudel et Horst Matschke descendirent, M. Gales était avec eux. Il portait le même costume d'homme d'affaires américain qu'il portait quand il était arrivé. Il avait également mis un grand chapeau et, curieusement (la nuit était déjà tombée depuis longtemps) des lunettes de soleil.

A cette heure, le hall d'entrée était pratiquement désert. La plupart des clients étaient au casino ou dans les petits salons attenants. Rudel et Matschke purent donc emmener leur ami américain vers une voiture qui les attendait devant la porte, sans causer trop de sensation.

Pourtant, le porteur qui prit leurs valises fut très étonné. L'homme qu'ils n'arrêtaient pas d'appeler Herr Gales n'était certainement pas le même Herr Gales qu'il avait vu à son arrivée. En fait, le Herr Gales qui se cachait sous ce grand chapeau et ces lunettes noires si déplacées ressemblait beaucoup à un autre client, le « docteur

Neiditch », celui qu'on avait baptisé *el Gran Vencedor* au casino.

Quand leur voiture démarra, elle prit la direction exactement opposée à celle qu'avait prise la Mercedes quelques heures plus tôt.

Au même moment, une équipe de sauveteurs d'une douzaine d'hommes du village et de policiers avait retrouvé le corps disloqué de Nora Aldot. Elle avait fait une chute de trois cents mètres. Le corps était complètement en bouillie ; il avait rebondi sur les rochers qui se trouvaient sous la corniche. Au cours des heures qui avaient précédé sa découverte, le corps et le visage avaient été dévorés par des animaux sauvages et des petits rongeurs. L'identification ne présenta pourtant aucune difficulté particulière. La police eut plus d'une preuve, une fois l'autopsie faite, de l'invraisemblance d'un accident, mais, pour de mystérieuses raisons, ils donnèrent quand même le permis d'inhumer et inscrivirent sur l'acte de décès : *Mort accidentelle.*

5

La fuite

36

Quand Baumstein s'éveilla, c'était l'aube. Un rayon de soleil lui caressa le front et il entendit des voix qui discutaient vivement, mais de très loin. Le brouillard gris du sommeil stuporeux faisait place à une lueur verte et brillante, diffusée par un soleil haut dans les Andes. La conscience lui revint peu à peu. Il était assis, seul sur le siège arrière de la grosse Mercedes jaune et il prenait graduellement conscience d'une sensation étrange dans ses membres. Il n'avait pas encore entièrement recouvré le sens de l'orientation et, en baissant les yeux sur la cape dans laquelle il était emmitouflé, il se souvint vaguement de Grigori.

Les virages de cette route de montagne l'avaient réveillé. Sa tête était allée rouler sur son épaule. Il avait rêvé de sa ferme dans les collines du Bershire, dans le Connecticut. Édith et lui en genouillères pêchaient la truite dans les courants rapides du Houstonic. Ils marchaient précautionneusement sur les cailloux qui constellent le fond et il pouvait même ressentir le froid du courant à travers les hautes bottes. Édith portait un grand chapeau de paille sans forme sous lequel elle cachait sa moue et son visage si net à la tranquille beauté. Il essayait de se tenir à cette vision, comme si son équilibre mental en dépendait.

Et pourtant, même assis sur cette banquette, yeux fermés, faisant semblant de dormir, il sentait une douleur diffuse et comme la certitude d'une perte ; il savait qu'il ne la reverrait jamais.

Les deux hommes ne s'étaient pas rendu compte qu'il s'était réveillé. Von Rattenhuber, sombre et silencieux, tenait le volant tandis que Krug bougeait continuellement son énorme tête en crachant un flot incessant d'obscénités en *hoch Deutsch.*

— Je l'avais prévenu. Nom de Dieu, je l'avais prévenu. Je lui avais dit que c'était dangereux. Mais ça ne lui suffisait pas, nom de nom. Il fallait qu'il vienne, qu'il n'en fasse qu'à sa tête... (Krug se lança dans un autre flot d'insultes.) Et maintenant... Qu'est-ce qu'on va faire ?

Il tourna la tête vers Baumstein d'un air mauvais.

— Il ne peut plus aller à Encarnación, dit von Rattenhuber.

— C'est évident. Mais comment l'en empêcher ? Il veut absolument voir Rolfe. *Ach* — il est complètement fou.

— Mais est-ce qu'on ne pourrait pas prévenir Caffeti ? demanda von Rattenhuber.

— Mais comment ? Dis-le-moi. Si je savais où il était en ce moment tu crois que je ne lui téléphonerais pas, ou que je ne lui enverrais pas un télégramme ? Il est en chemin avec le fiston. En ce moment même.

— Tu pourrais appeler le Tyrol ce soir et leur laisser un message ; leur dire que les plans ont changé et que nous les verrons autre part.

— Non, non et non ! Tu n'as pas compris ? Tu es complètement idiot ?

Krug frappait violemment la paume de sa main.

— Qu'est-ce que je n'ai pas compris ? (Von Rattenhuber s'énervait au volant et son pied enfonçait la pédale d'accélérateur.) J'essaie seulement...

— Tu n'as donc pas compris, cracha Krug comme une bouilloire, que si cet Asher est sur la piste de Gregor, il y a forcément quelqu'un qui fait de même avec Caffeti ? L'expérience de cette femme Aldot ne t'a donc rien appris ?

Krug se tut un instant, pour que l'autre se pénétrât de ses paroles.

« Ce n'est pas parce que tu ne les vois pas juste derrière toi qu'ils n'y sont pas, imbécile ! Il faut qu'ils te la sortent sous le nez, crétin ?

Le nabot, furieux, pivota encore une fois, très brusquement et, cette fois, il vit les paupières de Baumstein qui battaient.

« Ah, bonjour Herr Baumstein. Vous avez bien dormi ? demanda-t-il cordialement. Je crois que oui. Von Rattenhuber et moi nous demandions si nous devions vous livrer vous et vos bons au porteur aux autorités paraguayennes ou simplement vous couper la gorge et vous jeter à cinquante brasses de fond dans le Paraná. Ça ferait un bon appât pour les poissons, hein, Ludo ? Quoi qu'il en soit, pour des raisons évidentes, je crois que j'ai choisi la deuxième solution.

Baumstein s'était ratatiné. Il ne pouvait pas répondre. Il était plus près des larmes qu'il ne l'avait été en quarante ans.

« Mais, dites-moi, Herr Baumstein, continua Krug de son ton moqueur, pourriez-vous satisfaire ma curiosité ? Comment se fait-il qu'un agent israélien du Mossad se trouve en possession d'un million de dollars en bons de caisse ?

— Un agent israélien ? hurla Baumstein en sautant presque de son siège.

— Voyons, vous n'allez tout de même pas me dire que vous êtes conseiller financier ! glapit Krug. Est-ce que vous comptiez utiliser ces bons et ces actions pour acheter des gens ? Informateurs ? Flics ? Tueurs ?

Un postillon partit gracieusement des lèvres du nain pour atterrir sur la veste de Baumstein.

« Vous n'ignorez pas, j'en suis sûr, ce qui est arrivé à votre imprudente collègue ?

— Ma collègue ? bredouilla Baumstein.

— La belle Fräulein Aldot, ou devrais-je dire Safid ?, aux jambes fuselées et à l'opulente poitrine. *Ach* — quel dommage !

Baumstein parut plus dérouté que jamais. Les séquelles du puissant somnifère qu'on lui avait injecté se faisaient encore sentir.

— Safid ? Mais qui est...

— Je vais vous dire quelque chose, cher ami, dit Krug d'un ton menaçant. Nous avons découvert votre petit manège. Vous êtes faits. Un de vos dirigeants à Asunción vous a tous donnés. Le pauvre garçon n'est hélas plus avec nous. Il a eu le même genre d'accident que cette pauvre Fräulein Aldot. Le genre accident mortel, si vous voyez ce que je veux dire.

Von Rattenhuber était toujours aussi silencieux et lugubre. Sa bouche ressemblait au tranchant d'une hache. Il était rivé à son volant comme s'il faisait partie de la machine.

Baumstein tendit l'oreille.

— Qu'est-ce que vous dites ? Fräulein Aldot ?

Krug prit un ton railleur.

— Vous voulez dire miss Safid ? Bien sûr, vous ne pouvez pas être au courant.

Baumstein avait le cœur qui battait à tout rompre ; sa bouche était devenue sèche.

« Oui. Cette pauvre fille a eu un accident. Elle est tombée d'une corniche du Tronador. Une chute de trois cents mètres... mortelle !

— Tombée ?

Baumstein répéta le mot comme s'il était tiré d'une langue inconnue. Il eut la sensation qu'on lui donnait un coup de pied dans le ventre.

— C'est une fin tout à fait digne d'une sale pute d'espionne, dit Krug. Et c'est ce qui vous attend, Herr Baumstein.

— Je ne suis pas un espion, redit-il avec force.

— Dans ce cas, où auriez-vous trouvé un million de dollars en valeurs négociables, si ce n'est par l'entremise d'un gouvernement ? Le gouvernement israélien peut-être ? (Krug lut l'inquiétude dans les yeux de Baumstein.) Oh, ne vous en faites pas. J'ai votre portefeuille. Il est en sécurité. Mais j'aimerais beaucoup que vous me disiez comment il est entré en votre possession.

— Je l'ai volé, dit Baumstein.

Krug plissa les yeux, incrédule.

— Vous l'avez volé ? (Il éclata de rire.) Voyons, Herr Baumstein. Vous pouvez certainement faire mieux que ça !

— Je vous dis que je l'ai volé. Et je ne suis pas un agent israélien. Il y a deux jours, je ne connaissais pas Fräulein

Aldot. Je ne l'avais jamais vue de ma vie. Je vous répète que je ne suis pas un agent. Je ne suis qu'un vulgaire voleur et je ne comprends pas un traître mot de ce que vous me dites.

Krug bondit par-dessus le siège avant et saisit le poignet de Baumstein. Il remonta la manche, révélant les chiffres tatoués.

— Et ça, où est-ce que vous les avez attrapés ? A Auschwitz ! Ne dites pas le contraire, je reconnais les séries.

Baumstein, après un moment d'hésitation, approuva silencieusement de la tête. Von Rattenhuber, qui s'était tu jusque-là, lâcha un grand rire de délectation.

« Donc, continua Krug avec une satisfaction évidente, le docteur Grigori n'est pas un inconnu pour vous.

Baumstein se sentait impuissant ; le filet se resserrait autour de lui.

— C'est vrai. J'étais à Auschwitz. Il est également vrai que je connais Grigori, soupira-t-il. Tout le monde le connaissait. Mais je me moque de tout cela. Trente ans ont passé. Il faut bien vivre et laisser vivre. Je ne suis pas un espion.

— Menteur !

— Je ne sais même pas ce qu'est votre foutu Mossad.

Le nain fit un autre bond et frappa violemment Baumstein en plein visage. Surpris, von Rattenhuber donna un grand coup de volant et perdit presque le contrôle de la voiture.

— Allez, Baumstein, railla-t-il, ne vous donnez pas tant de peine. Votre petit couplet de l'innocence bafouée ne trompe personne. Cela fait des années que le Mossad connaît toutes les planques de Grigori. Mais je peux vous assurer que si votre plan avait réussi, les Juifs du Paraguay auraient connu un pogrome tel qu'on n'en a pas vu depuis la Nuit de Cristal !

Les traits du nain s'étaient déformés en un rictus de haine. Baumstein réalisa que l'homme devait être fou.

— Livrez-moi à la police. Je suis un voleur. Je veux aller en prison.

— Oh ! non, dit Krug en passant son poing sous le nez de Baumstein, ça serait trop facile.

— Mais il y a cinq minutes...

— Je sais ! Mais ce serait un peu trop généreux de notre part. J'ai changé d'avis. Je vais t'envoyer où tu mérites, sale youpin, au fond du Paraná. Ludo ! hurla-t-il d'un ton sec, arrête la voiture !

La grosse Mercedes stoppa sur la route de montagne, au sommet d'un col de la Cordillère des Andes. Un pâle soleil matinal faisait briller les pics enneigés. Krug et Ludo étaient sortis prestement, chacun d'un côté de la voiture. Ils tirèrent brutalement Baumstein. Le nain s'était déplacé avec la vivacité d'un acrobate ; il posa le canon froid et graisseux d'un Luger sur la tempe de Baumstein.

— Pas d'embrouilles, Herr Baumstein !

Von Rattenhuber releva instantanément la manche de Baumstein et brandit sa seringue. Il n'y avait rien à faire. Baumstein sentait ses muscles se tendre, son corps se débattre ; puis vint le petit picotement et, une fois de plus, il se laissa aller presque béatement au bonheur solitaire et désespéré du brouillard gris qui, inexorablement, prenait possession de lui.

37

— Impossible !

— Si.

— Non ! Je ne veux pas en entendre parler.

Baumstein se tourna et réalisa qu'il était étendu dans les draps sales d'un lit défait. La chambre était froide et sentait le chat. Les volets étaient fermés. Il put entendre le bruit d'une violente dispute dans la pièce voisine.

— Je n'assumerai pas cette responsabilité.

— Personne ne te l'a demandé.

— *Ach Scheiss !*

Baumstein s'éveilla tout à fait, se prit la tête dans les mains et la pressa comme si elle était en train d'éclater. Il se rendit compte qu'on l'avait dépouillé de ses vêtements et qu'on l'avait jeté là, sur ces draps répugnants.

Il entendit, à travers les murs, une voix qu'il reconnut comme celle de Grigori.

— Ils croient pouvoir m'intimider, eh bien c'est raté ! Ils croient pouvoir me rendre fou de peur, me forcer à faire un faux pas, me forcer à découvrir mon jeu. Ils veulent m'inspirer le dégoût de moi-même, mais ce que j'ai fait était parfaitement honorable. Je ne me haïrai jamais. Jamais... Ils ne pourront pas...

— Gregor !

Baumstein entendit une porte claquer et des pas qui couraient. On cria de nouveau :

« Gregor !

Aussitôt après, la porte de la chambre s'ouvrit violemment et une silhouette apparut dans l'encadrement. La lumière jaillit.

Baumstein se couvrit les yeux. Il entendit un grand remue-ménage autour de lui et il sentit une main qui le tirait du lit avec brutalité. La conscience lui revint et il vit, en même temps que la lumière crue, la face écarlate de Grigori. Il savait également qui étaient les quatre autres. Ils faisaient cercle autour de lui. Le poing de Grigori s'écrasa sur son visage avec une force telle qu'il lui décrocha presque la nuque.

— Pourquoi me pourchassez-vous ? hurla le docteur. Pourquoi cherchez-vous à me faire du mal ? Comment osez-vous ?

— Mais je...

Sa voix s'étrangla dans sa gorge. Il ne pensa qu'à l'indignité qu'il y avait à se trouver là, en caleçon devant quatre étrangers et un fou. Baumstein pensa à la vulnérabilité qu'on éprouve quand on est nu. Les traits de Grigori se tordirent en une horrible grimace. Il approcha son visage tout près de celui de Baumstein et lui cracha :

— Pourquoi me fixez-vous ainsi ?

— Voyons, Gregor, intervint Rudel. Cela ne servira à rien.

— Je ne vous ai rien fait. Je ne veux pas vous faire de mal.

Le docteur avait changé de ton ; sa voix s'était faite plaintive et faible comme celle d'un homme au bout de ses forces.

« Vous ne voyez donc pas comment je vis ? Ce que je suis ? Vous ne voyez donc pas de quelle façon vous me forcez à vivre et avec qui ? (Il fit un grand geste circulaire qui embrassa ses quatre compagnons qui en restèrent bouche bée.) Vous pensez que je ne suis pas assez puni ? Je n'ai plus de foyer. Mon seul foyer est un bunker. Je n'ai plus ni femme, ni famille. Je vis parmi des sauvages. Je suis à la merci de voleurs et de bandits de grands chemins qui me sucent comme des sangsues. Je n'ai pas un seul ami sur lequel je puisse compter. Je dois acheter, et très cher, la loyauté de ceux qui vivent avec moi.

Krug et Rudel s'assombrirent considérablement.

« Qu'est-ce que vous voulez encore de moi ?

Grigori pleurait presque. Il était devenu lamentable. Pendant un moment, Baumstein crut qu'il attendait une réponse et, mentalement, il essaya d'en préparer une qui soit appropriée à la situation et qui, surtout, calme le docteur. Mais, plus il fixait cette bouche trop rouge, plus son esprit se laissait envahir par une seule pensée, encombrante comme une obsession : « C'est l'homme qui a tué mon frère. Est-ce qu'il a regardé David de la même façon qu'il me regarde en ce moment ? »

Krug s'avança et supplia le docteur :

— Gregor, on ne peut plus s'attarder ici. Il faut qu'on s'en aille tout de suite ! Qu'on se débarrasse de ça !

— De quoi ?

— De ça ! dit Krug en montrant Baumstein du doigt. Nous ne savons pas combien ils sont. Arganas dit qu'ils sont quatorze, peut-être quinze.

— *Ach Scheiss,* Arganas !

Grigori leva les bras au ciel. Quand il se tourna vers Baumstein, il avait l'air plus calme, presque repentant.

« Mais qu'est-ce que vous me voulez ? Vous voulez que

je me rende, pour que vous puissiez organiser un procès ? Pour que vous puissiez vous battre la coulpe, tordre vos mains et dénoncer mes crimes ? Pour que la presse et les tribunaux puissent encore une fois faire leur cirque à l'intention de la racaille ? Est-ce que le monde en serait rendu meilleur ? Est-ce que cela vous aiderait à dormir mieux la nuit ? Est-ce que cela m'aiderait à dormir mieux ? Vous savez, je ne dors déjà pas très bien ! (Grigori se détourna en soupirant.) J'ai honte. Voici mon propre fils qui vient me voir. Nous ne nous sommes pas vus depuis cinq longues années. Il nous faudra, pour pouvoir nous voir, aller dans un coin perdu où je dois me cacher comme un voleur. Je dois me cacher comme un rat, vous comprenez ? C'est inimaginable, mais j'ai honte de regarder mon garçon dans les yeux. (Il parlait à Baumstein comme s'il lui implorait le pardon.) Vous avez des enfants ? Est-ce que vous voyez ce que ça veut dire ? Votre propre fils qui vous regarde avec dégoût ?

Baumstein fit oui de la tête. Il imaginait très bien Joël le regardant de cette manière. Il ressentit une curieuse complicité avec cet homme.

Soudain, le docteur pivota sur les talons et se jeta sur le poignet de Baumstein qu'il exposa à la lumière. Il passa ses doigts sur la peau en louchant, comme s'il essayait de lire les tatouages tactilement.

« Auschwitz, hein ? Alors, vous me connaissez... Voyons, dit-il, comme un censeur à une réunion de conseil de classe. Cela doit faire une trentaine d'années.

Il fut pris d'une vague nostalgie.

— Gregor ! s'impatienta Krug. Il faut que nous partions immédiatement si nous voulons attraper le ferry...

Le docteur Grigori lui fit signe de se taire.

— Dites-moi, Herr Gales. Mais est-ce votre vrai nom ?

— Non, dit Baumstein. C'est Baumstein. Jacob Baumstein.

— Ah, Baumstein, dit tout haut le docteur, comme s'il essayait de se rappeler le nom. Vous y étiez quand, Baumstein ?

— De septembre 44 à mars 45.

— Ah bon ! vers la fin alors ? Ce sont les Russes qui vous ont libéré ?

— Oui, répondit Baumstein, maladroitement.

— *Ach,* c'était un sacré merdier, n'est-ce pas ? Vous aviez de la famille, là-bas ? demanda le docteur en braquant son œil torve sur lui.

Il vit son frère, l'espace d'un instant.

— Non, s'entendit-il répondre avec dégoût.

Le docteur se fit plus insidieux.

— Pas du tout ? Pas un parent, ou peut-être un frère ou une sœur ?

— Personne, dit Baumstein, en regardant le sol de ses yeux humides.

Le docteur fit une pause, préparant intérieurement une question délicate.

— Pendant tout ce temps, Baumstein, vous ai-je jamais touché ? Fait du mal ? Torturé ?

— Non, jamais !

Baumstein ne pouvait plus relever les yeux.

— Vous deviez être un enfant à l'époque ? Neuf ans, dix ans ?

— Dix !

— J'étais gentil avec vous ? Je vous ai donné des bonbons ?

— Oui ! bredouilla Baumstein. Vous étiez gentil.

Grigori rayonnait ; il avait presque l'air reconnaissant.

— Hé oui, j'étais bon pour les enfants. Ils m'appelaient « Oncle » n'est-ce pas, Baumstein ?

— Oui, c'est vrai.

— Vous voyez. Vous voyez. Ils m'appelaient « Oncle » !

Grigori eut un rire triomphant. Il lança un coup d'œil circulaire sur ses compagnons.

« Vous savez, Baumstein, continua-t-il chaleureusement, j'ai un fils de votre âge. Dans les quarante, n'est-ce pas ? Quarante et un ? Quarante-deux ?

— Quarante-trois.

— Je suis sûr que vous l'aimeriez. Il vous ressemble beaucoup. Je suis désolé de vous avoir frappé. C'était un geste malheureux. Je suis, comme vous le savez, très sous pression, en ce moment.

Il avait un air désolé. Mais, tout de suite après, la grimace rouge et difforme apparut une fois de plus sur son visage.

« Alors, vous êtes venu me tuer, hein ?

Baumstein recula, comme pour éviter une locomotive lancée à toute vapeur.

— Non... pas du tout... Je n'ai jamais... Ces hommes, *Herr Doktor...* (il désignait les autres de la main, d'un geste désespéré)... ils disent que je suis...

— Un agent du Mossad ? dit Grigori avec douceur.(Il s'alluma une cigarette.) Mais bien sûr que vous l'êtes. Nous en avons eu la confirmation.

Baumstein regardait le docteur, pétrifié.

« Voyez-vous, Baumstein, nous avons des contacts très étroits, comme vous ne l'ignorez pas, avec les polices fédérales d'au moins une douzaine de pays clés. Je paye, personnellement, des policiers non seulement au Paraguay, mais à Bonn, aux États-Unis et même en Israël. (Grigori eut un sourire de pitié.) Oui, je dis bien Israël. Nous avons de très bonnes informations qui nous viennent de là-bas. Les meilleures, probablement.

— Et les Israéliens vous ont dit que j'étais un agent du Mossad ?

— Pas du tout ! Mes informateurs, à Asunción, m'ont averti qu'il y avait une forte probabilité. (Grigori tira sur sa cigarette avec beaucoup de suffisance.) Plus tard, Fräulein Aldot, ou plutôt Fräulein Safid, a plus ou moins corroboré tout ceci avant son horrible accident.

— Corroboré ?... (Baumstein était comme frappé par la foudre.) Mais elle...

— Il y a quelqu'un en bas !

C'était von Rattenhuber qui avait murmuré. Il avait soulevé le coin d'un rideau et inspectait la cour. Rudel fit rapidement le tour de la pièce et alla, lui aussi, faire le guet.

— *Ach,* pour l'amour du ciel ! Ce n'est vraiment rien ! Seulement un des fermiers.

— Vous êtes sûr ? demanda Ludo d'un ton sec.

— Mais évidemment ! J'ai déjà vérifié tout ça à notre arrivée.

Krug se retourna vers le docteur en soupirant.

— Il est impératif que nous retournions immédiatement à la 540.

— Alban, je vous ai déjà dit que je n'irai pas avant d'avoir vu mon garçon.

— Mais vous courez un grand danger. En ce moment même...

— Voyons, Gregor, dit Rudel en plaidant sa cause avec sérieux. Arganas vous a expressément défendu...

— *Ach,* qu'il aille se faire foutre, Arganas... Vous entendez ? Qu'il aille se faire foutre ! Je vais voir mon fils à Encarnación.

— Quand ? demanda Krug.

— Tout de suite. A cette seconde même. Hans... toi et Horst, venez avec moi. J'ai l'intention d'y être tôt, demain soir.

Krug glapit de rage.

— Et Ludo et moi ? Qu'est-ce qu'on fait ?

Von Rattenhuber sortit de l'ombre.

— *Ja, Herr Doktor !* Et nous ?

Grigori jeta un imperméable sur ses épaules.

— Toi et Krug, vous prendrez le bateau avec notre ami Baumstein.

— Pour nous faire buter ?

— Tu n'es pas obligé, Alban, dit insidieusement le docteur. Les entreprises Grigori Ltd. ont toujours la possibilité de trouver un autre concessionnaire pour l'Amérique latine.

Il y eut un long moment de silence pendant lequel le nabot, enragé, considéra la perte financière que pourrait lui causer une telle éventualité. Il était au bord de l'apoplexie.

« Très bien, conclut Grigori en frappant dans ses mains. Tout est arrangé. Rendez-vous au Tyrol.

— C'est de la folie ! s'étrangla Krug. De la pure folie. Le Tyrol sera bourré d'agents du Mossad.

Il montra Baumstein du doigt.

— Si cela était, dit le docteur en tournant sur ses

talons, ils ne m'y trouveraient pas. Je serai à la villa Antonio avec Rolfe et Caffeti. (Il se tourna vers Baumstein.) Mais c'est vous qu'ils trouveront !

Il rit bruyamment, puis, réalisant que Baumstein était toujours en train de grelotter en caleçon :

« Pour l'amour du ciel, Baumstein, mettez quelque chose. Vous allez attraper froid. De plus, vous avez l'air ridicule !

Les yeux de Grigori se posèrent sur un petit tas composé de ses propres vêtements, ceux qu'avait portés Baumstein en venant de Bariloche. Ils avaient été jetés sur une chaise et, à présent, c'était Grigori qui les apportait à Baumstein.

« Allons ! mettez ça, je vous en prie. Comment cela vous va-t-il ? Bien, j'espère. Prenez un soin tout particulier de la cape. Je l'aime beaucoup. Je l'ai achetée à Madrid. Pour l'opéra, vous savez ?

Il riait franchement ; puis se renfrognant un peu :

« Je dois dire que pour ce qui est de *votre* garde-robe, mon cher, je la trouve un peu limitée. Aucune allure. Aucune classe. Aucun panache, Herr Baumstein. Vous devez être un pantouflard impénitent.

Grigori s'avança en pleine lumière et ce fut à cet instant que Baumstein vit son costume d'affaires. Il dut reconnaître avec horreur qu'il avait l'air triste et froissé.

« Horst ! Hans ! cria le docteur d'un ton sec.

— Gregor, supplia le nain. Qu'est-ce qu'on doit en faire ?

Il désigna Baumstein d'un coup de tête.

— Si jamais les Israéliens ne le tuaient pas par erreur, dit *der schöne Doktor*, le Grand Sélecteur, tuez-le !

38

L'*Esperanza* se balançait doucement le long du quai. De ses flancs peints en rose se détachaient de gros flocons et ses diesels crachotaient et vibraient au ralenti. Il prenait des passagers et un grand nombre de gens montaient à bord. Des fermiers, des planteurs, de grosses paysannes avec une théorie d'enfants braillards et des Indiens qui amenaient avec eux des poules et des chèvres qui faisaient du crottin sur les passerelles métalliques. Sur le quai, les voitures faisaient la queue en attendant que finissent les formalités douanières effectuées par des fonctionnaires endormis. Elles s'engouffraient alors dans les ténèbres du ferry. La chaleur était suffocante et il planait dans l'air alentour une surexcitation diffuse.

La grosse Mercedes attendait en plein soleil depuis plus d'une heure ; elle était la septième de la file et ses trois passagers n'étaient pas sortis, malgré la fournaise. Il y avait une douzaine de véhicules après elle : des voitures et des remorques, des chariots brinquebalants chargés de boucs, de melons et de bananes qui avançaient avec une lenteur désespérante. Il y eut une brève altercation en avant. On avait refusé l'accès du ferry à quelqu'un dont les papiers n'étaient pas en règle. On criait beaucoup et, finalement, plusieurs policiers armés d'un véritable arsenal ambulant ordonnèrent au conducteur récalcitrant de sortir de la file. On fit signe à la Mercedes d'avancer. Quand le douanier apparut à la fenêtre, Krug lui tendit les papiers. L'homme en kaki fit semblant de lire les documents ; son énorme moustache bougeait avec ses lèvres. Il lança un regard inquisiteur dans la voiture.

— *Y quien es el doctor Neiditch ?*

Krug désigna du pouce la silhouette avachie sur la banquette arrière, cachée par un grand chapeau.

— *Esta durmiendo,* murmura-t-il d'un ton confidentiel.

— *Borracho ?* demanda le douanier.

— *Un poquito,* dit Krug en clignant de l'œil.

Les deux hommes rirent ensemble. Le douanier rendit les documents à Krug en mettant l'index sur la visière de sa casquette.

— *Bienvenidos a Paraguay, caballeros !*

Il se faisait tard et l'on commençait à accélérer les formalités ; on faisait un peu moins de zèle. L'inspection était pratiquement devenue de pure forme. Le temps pressait. Au moment où s'avança un petit chariot croulant sous les bananes, le cœur n'y était plus. Le douanier aux imposantes moustaches regarda à peine les papiers du charretier ; c'était un jeune *campesino* qui venait de l'arrière-pays, avec un grand chapeau de paille.

— *Ondivos, Carlos ?* demanda-t-il.

— *Si, soy Ondivos,* répondit le jeune homme.

Le douanier regarda la cargaison et la déclaration qu'il tenait en main.

— *Solamente bananas, Ondivos ?*

— *Si, solamente.*

— *Bueno hombre, abordo.*

— *Muchas gracias, amigo,* répondit le jeune homme en touchant son chapeau de paille.

Il tira un peu sur les rênes et sa mule se réveilla, emmenant la charrette grinçante sur la passerelle.

En fin d'après-midi, l'*Esperanza* luttait contre le courant, voguant vers Encarnación où il était prévu qu'il accoste vers minuit. Une fois sur le fleuve, le temps avait changé. Le vent soufflait de l'est et les nuages noirs s'étaient amoncelés, cachant la face du soleil. Le fleuve était devenu mauvais, le temps aussi.

La plupart des passagers s'étaient réfugiés dans la salle du bas, autour d'un bar où l'on vendait de la bière, du café et des pâtisseries ainsi que d'ignobles frites graisseuses. Le pont était résolument désert à la notable exception de deux Allemands, Krug et von Rattenhuber qui, malgré la pluie, s'étaient installés sur des transats en buvant force bière tandis que Baumstein, « toujours un peu gris », se remettait de sa gueule de bois dans une cabine.

Quand la nuit vint, le vent et la pluie avaient cessé. Les étoiles brillaient au firmament et la Croix du Sud était suspendue au-dessus de la jungle brésilienne ténébreuse et opaque. L'*Esperanza* voguait comme dans un rêve et, n'eût été le bruit des moteurs, on aurait pu croire qu'elle flottait sur l'eau, sans faire de vagues. Son apparence était celle d'une nature morte, une sorte d'immense cygne qui glisserait sur les eaux avec la sérénité d'une statue, sans efforts.

Le ferry était en gros à une vingtaine de kilomètres au sud-ouest de Posadas. L'étrange configuration des terres à cet endroit donne au fleuve un calme remarquable ; le Paraná n'a pratiquement plus de courant à ce point et, à la nuit, la lune se reflète dans l'eau en gros tentacules irisés, comme d'énormes serpents brillant sur un miroir.

Il était dix heures. L'*Esperanza* était attendue à Encarnación dans un peu moins de deux heures. Tout en haut, près de la proue, Krug et Baumstein conversaient dans l'ombre. Von Rattenhuber était descendu faire un somme. Il était exténué. Il n'avait pas fermé l'œil une seule fois dans les dernières quarante-huit heures.

Krug portait toujours le même costume et, après les événements des deux derniers jours, le gnome avait une allure impossible. A ses côtés, Baumstein avait revêtu l'attirail préféré de Grigori : une grande chemise blanche, des sandales et un pantalon de nankin beaucoup trop large. Ce pantalon lui donnait un peu l'allure d'un clown.

Krug s'adossait au bastingage ; il arrivait à peine à l'atteindre de ses épaules, mais cela ne l'empêchait pas de bavarder sans arrêt et de fumer son cigare qui décrivait des courbes incandescentes dans l'air du soir. De temps en temps, il enfonçait le canon d'un revolver Taurus 38 dans les côtes de Baumstein pour lui faire comprendre qu'il fallait continuer la promenade et faire semblant de parler comme de vieux amis. Baumstein écoutait docilement, comme un enfant qu'on morigène, tête baissée. Il n'entendait que très peu de ce que lui disait le nain ; son sang était encore saturé de hyoscine et il allait partout où l'on voulait, comme un robot endormi. Il y eut un moment où Baumstein s'arrêta et pencha la tête vers Krug. Il voulait lui dire quelque chose mais il ne put s'en souvenir. Ce devait être quelque chose au sujet d'Édith ou du million de dollars volés. En fait, tout cela n'avait plus beaucoup d'importance. Il ne se souciait guère de ce qu'était devenu son portefeuille d'actions. Il avait l'esprit vide de nouveau, assailli par une foule d'impressions évanescentes et il semblait que ses jambes de caoutchouc puissent à peine le tenir debout.

Le pont était désert là où ils se tenaient. Krug continuait de parler fébrilement et son cigare continuait à tracer dans le noir son étrange calligraphie. Il n'avait même pas vu le jeune *campesino* qui était sorti de l'ombre à grands pas décidés et qui s'était planté devant eux.

Baumstein ne fit rien ; il en était bien incapable, sa tête ballottait sur sa poitrine. Mais Krug eut une expression féroce à l'adresse de ce paysan impertinent qui osait les approcher de cette façon. Il ouvrit la bouche, prêt à jeter un torrent d'invectives. Il vit enfin le canon long et brillant du Beretta qui était dirigé sur son ventre et qui dépassait du bas effrangé du poncho et ses yeux exprimèrent une sorte d'admiration muette.

Un « Oh » d'étonnement tomba de ses lèvres mais aussitôt, des bras puissants levèrent la petite créature du sol. Il se débattait, donnait des coups de pied dans le vide, crachait et laissait échapper des grognements gutturaux. On le maintint quelques fractions de secondes au-dessus des eaux noires et, quand il tomba finalement, il donna l'impression d'une poupée qu'on jette par la fenêtre. Il y eut un grand bruit d'éclaboussement.

Ian Asher était seul devant le visage décomposé de J. Peter Baumstein à présent.

— Bien dit-il, en soulevant son grand chapeau de paille, comme s'il allait se présenter.

Les deux hommes se regardaient à présent dans les yeux.

Ce que vit Baumstein, à travers les fumées de la drogue, fut un visage poupin, plutôt ouvert, avec des yeux d'oiseau de proie dans lesquels, curieusement, il ne put lire aucune menace. Ce que voyait Asher n'avait rien à voir avec les traits tordus du docteur Grigori qu'il connaissait par cœur pour avoir épluché son dossier pendant plus d'un an. C'était le visage d'un inconnu, visiblement pris de boisson.

Chacun parut cerner en une fraction de seconde le rôle que l'autre avait joué et Asher, avec une sorte d'indulgence tendue, remit lentement le fusil sous son poncho.

On entendait les hurlements du nain dans l'eau ténébreuse. Il y eut des cris et des bruits de pas affolés qui montaient d'en bas par les passerelles de fer.

Asher se tourna, comme pour se perdre dans les ténèbres d'où il était sorti mais, à ce moment précis, un faisceau de lumière bleue perça la noirceur, tel un grand doigt déchiqueté. On aurait pu croire alors à un éclair d'électricité statique mais l'instant d'après, la silhouette de l'*Esperanza* fut isolée dans un déluge de lumière crue, épinglée sur les ténèbres par les faisceaux croisés de deux projecteurs très puissants. Les deux hommes, aveuglés par la lumière, ne purent rien voir pendant deux secondes. Mais après quelques instants, Asher distingua, juste en travers du fleuve, une vedette grise et courtaude qui arborait le pavillon rouge et bleu de la marine de guerre paraguayenne. L'*Esperanza* n'était pas armée mais la vedette paraguayenne menaçait le ferry de ses deux mitrailleuses lourdes de 50, clairement visibles au-dessus du poste de pilotage.

Il y eut soudain des cris et des bruits de pas, le rugissement des moteurs qui faisaient marche arrière et finalement le vacarme d'une salve. Des fusées éclairantes tombèrent en pluie tout autour du ferry, suivies par une sirène stridente et par une voix qui s'éleva d'un haut-parleur :

— M. Asher ! (La voix du colonel Arganas résonna dans le bleu indigo de la nuit.) L'homme que vous cherchez ne se trouve pas sur ce bateau. Rendez-vous ! Vous êtes cerné !

Baumstein s'accrocha au bastingage, sans comprendre. Il était témoin de la scène mais il la voyait à travers les brumes de son cerveau somnolent et tout avait un aspect irréel, la nuit devenait un kaléidoscope, un éclatement de verres brisés et multicolores. Il entendit des cris et des pas derrière lui et il crut deviner von Rattenhuber qui se tapissait dans l'ombre, comme une panthère prête à sauter.

« Je répète : Rendez-vous ! Vous êtes cerné !

Baumstein vit alors le jeune homme, le *campesino* au chapeau de paille, monter sur le bastingage et, dans la position du saut de l'ange, se jeter dans le vide. Ce plongeon fut immédiatement suivi d'une volée de balles qui vinrent taillader les eaux noirâtres du fleuve. Baumstein tituba, perdant l'équilibre, et porta les mains à sa poitrine, là où les balles destinées à Asher l'avaient atteint. Jambes écartées, bras grands ouverts, son corps donna l'impression de flotter comme un ballon et de léviter quelques instants au-dessus du pont. Une autre rafale le fit s'agiter comme un pantin et donner de grands coups de pied dans le vide. La dernière rafale lui fit faire un grand saut dans le vide, tête la première vers le fleuve, mais, juste avant d'être englouti, son pied s'accrocha à la dernière marche de la passerelle de fer. Ainsi, le corps flasque et à moitié submergé de J. Peter Baumstein, bras ouverts, crucifié à l'envers, resta pendu au bout de l'échelle, secoué par les trépidations du bateau comme celui d'un poisson au bout d'un hameçon.

L'*Esperanza* et la vedette restèrent ancrées plusieurs heures au milieu du fleuve. On avait repêché Krug sain et sauf et entrepris des recherches pour retrouver l'homme qui avait sauté par-dessus bord. L'un des servants d'une mitrailleuse affirma qu'il avait aperçu une longue forme blanche et spectrale qui traversait les eaux et qu'il avait aussitôt déclenché un tir de barrage jusqu'à ce qu'il la coule. Il avait bien fixé l'endroit pendant plusieurs minutes après, mais sans voir le cadavre remonter à la surface. On retrouva, un peu après, le grand chapeau de paille et on le garda comme pièce à conviction. La vedette fit plusieurs fois le tour de la zone en question, décrivant d'abord de grands cercles concentriques, puis rétrécissant à chaque tour, projecteurs braqués sur l'eau. Tout le monde fut persuadé que l'homme était mort, mais on ne put retrouver trace du corps.

A bord de l'*Esperanza,* le colonel Félix Arganas et le capitaine du ferry passèrent un bon moment à remplir des déclarations et des formulaires qui seraient soumis aux amirautés argentine et paraguayenne. Le capitaine du ferry avait été tellement secoué par les événements qu'Arganas fut forcé de terminer à sa place ses dépositions.

Quand le colonel quitta finalement le ferry pour se diriger vers Encarnación, il emporta avec lui le corps de J. Peter Baumstein qu'il devait remettre au consul américain à Asunción. Des agents fédéraux du Trésor américain attendaient déjà là-bas pour rapatrier le corps aux États-Unis. Il leur déclarerait qu'il avait personnellement dirigé une battue pour retrouver les effets personnels de Baumstein ainsi que le million de dollars en bons volés et valeurs au porteur, mais qu'hélas, ses recherches avaient été vaines.

39

— Alors, où est-il ?

— Ils sont un peu en retard. Des ennuis mécaniques sur la route, sans doute. Ils ne devraient pas tarder à arriver.

— Mais enfin, il devait être ici il y a cinq heures. Il doit s'être passé quelque chose !

— Si c'était le cas, on nous aurait prévenus. Un coup de fil. Un télégramme. Ne vous en faites pas. Tout va bien.

Les deux hommes étaient assis dans le bar de l'hôtel Tyrol à Encarnación. Ils étaient arrivés tôt le matin de Buenos Aires et il était entendu que le docteur Grigori était censé les accueillir. Le réceptionniste confirma qu'on attendait le docteur pour la veille au soir mais qu'il n'était pas encore arrivé. Ils n'avaient reçu aucun message pour annuler ses réservations. On connaissait très bien le docteur ici, assura le réceptionniste. Il avait été leur client un grand nombre de fois et, en tout état de cause, on lui garderait sa chambre jusqu'à nouvel ordre.

Rolfe et Caffeti passèrent le reste de la journée à tuer le temps, à aller se rafraîchir au bar, à errer dans les parcs et sur la plaza et à essayer d'éviter les innombrables mendiants qui hantaient les rues. Ils n'osaient pas trop s'éloigner de l'hôtel, de peur de manquer l'arrivée de Grigori ou un message venant de lui qui les informerait d'un changement urgent.

Au fil des heures, la température aidant, Rolfe Hupfauer était devenu très irritable. A présent, à la tombée de la nuit, cette mauvaise humeur s'était transformée en affolement. Extérieurement, Caffeti restait d'un calme olympien. Il partageait pourtant les appréhensions de son compagnon. Cela ne ressemblait pas au docteur dont le mode de vie était marqué par l'exactitude.

— Je n'attendrai pas plus longtemps ! rugit Rolfe.

— Je suis sûr qu'ils seront ici d'une minute à l'autre.

— Pas d'appel. Aucun message. C'est inexcusable.

— Je dois dire que je suis moi-même très étonné, mais...

— J'ai fait vingt mille kilomètres pour venir dans ce putain de pays...

— Ils nous ont peut-être câblé quelque chose à Buenos Aires ou sur le ferry...

— Mais ils savent que nous sommes au Tyrol ! grogna Rolfe. Même s'il y avait eu un changement, ils devraient le savoir à présent et ils nous auraient envoyé un câble.

— A moins que...

— A moins que... A moins que quoi ? (Rolfe donna un grand coup de poing sur la table ; il avait les mêmes gestes que son père.) Vous avez toujours des excuses prêtes, Ricardo.

Il se leva si brusquement qu'il faillit renverser les verres sur la table.

— Où allez-vous ? demanda Caffeti.

— Je vais appeler ma femme. J'avais promis d'appeler ce soir. S'il y avait du nouveau, je suis dans ma chambre.

Il partit du bar à grandes enjambées.

Il réapparut vingt minutes plus tard.

— Vous avez eu la communication ? demanda Ricardo.

Rolfe s'installa devant sa boisson tiède.

— Ricardo, je pars demain !

— Vous partez ? (Il était resté bouche bée de surprise.) Sans le voir ? Impossible !

— Je pars. Je rentre chez moi, que je le voie ou non. Je n'aurais jamais dû venir de toute façon !

— Mais votre père... dans l'état où il est en ce moment...

— Je me fous de mon père ! lança Rolfe d'un ton cassant. Je me fous de son état mental ! Très franchement, je n'ai aucune envie de le revoir.

La mâchoire de Caffeti s'ouvrit et resta ainsi quelques moments.

— Pour l'amour du ciel, Rolfe, comment pouvez-vous...

— Je peux, un point c'est tout ! (Rolfe Hupfauer était devenu blanc comme un linge.) Vous devez bien comprendre. Je m'en vais demain matin à l'aube.

Défait, Caffeti s'affala dans le fauteuil de cuir. Il soupira :

— Je l'ai toujours su.

— Su quoi ?

— Ce que vous pensiez de votre père.

Rolfe semblait devenir plus sûr de lui à mesure qu'il parlait.

— Dans le passé, je me suis tu. Maintenant, c'est fini !

— Je savais que vous viendriez à votre corps défendant.

— Je ne veux plus m'imposer ce genre de contraintes. C'est un sens du devoir auquel je ne me sens plus lié.

Rolfe, sombre et presque calme, faisait tourner un verre vide dans la paume de sa main. Caffeti reprit :

— Je n'essayerai pas de le nier. Quand on découvrit les

faits, la famille fut mortifiée. Je suis sûr que c'est ce qui a tué votre grand-père. Il n'avait pas été malade une seule fois depuis Nuremberg. Si seulement vous aviez connu votre père avant la guerre. Un jeune médecin. Beau garçon, gentil, généreux. Plein de son idéal de travail bien fait. Il ne voulait qu'aider... Et puis la guerre, et quelque chose d'absolument différent fait surface. Une chose qu'aucun de ceux qui l'avaient connu n'aurait pu suspecter... quelque chose de...

— Monstrueux...

— C'est vrai. Votre grand-père écoutait la radio, lisait les journaux ; il voulait se faire sa propre impression sur tout ça. Il cherchait la vérité. Il espérait qu'un jour toute cette fantastique accusation serait réduite en poudre. Et puis, un jour, il s'est tourné la tête contre le mur. Il refusa de quitter le lit. Ce fut sa fin. Pour ce qui est de sa mère, votre grand-mère — elle refuse de croire, jusqu'à aujourd'hui. Oui, ses actes étaient monstrueux. Ignobles. Le pire c'est que même aujourd'hui, je serais incapable de vous dire s'il comprend vraiment ce qu'il a fait.

— Le plus grand talent de mon père, dit Rolfe avec un sourire sardonique, a toujours été de se tromper lui-même. S'il avait vraiment compris — s'il s'était vraiment regardé dans une glace — il se serait mis une balle dans la tête, il y a longtemps déjà.

Caffeti tourna la tête quelques instants. De dos, son crâne rasé et ses yeux bruns aux lourdes paupières lui donnaient l'aspect d'un magistrat florentin, peint par un maître du Quattrocento.

Rolfe savait que, derrière ces yeux, des pensées entreprenaient un combat frénétique mais sans espoir : des excuses, des défenses, des explications très rationnelles. Mais rien ne vint. Ce qui avait fini par le paralyser, c'est qu'il réalisa soudain que tout système pour défendre le docteur Grigori apparaîtrait aussi comme un système chargé de le disculper de sa complicité et de son zèle à protéger ce criminel.

— Qu'auriez-vous voulu que je fasse ? (Il était devenu extrêmement nerveux.) Le donner ? Le trahir ? Le vieux

Grigori, votre grand-père, était comme un père pour moi. Il m'a toujours considéré comme l'un des siens.

Mais ses lèvres bougeaient en vain. Il arrivait à former les mots, inutiles et brisés, et ceux-ci se perdaient finalement ; il s'arrêta, les yeux rivés sur ses mains.

— Vous voyez bien, Ricardo, dit doucement Rolfe Hupfauer, vous êtes maudit, tout comme je le suis. Nous n'avons rien fait ; pourtant, nous allons porter sa malédiction sur nos épaules jusqu'à la tombe. Il n'y a rien à faire à ça, non ? Pas de réponse, pour vous, ni pour moi.

Il y eut, en même temps, de l'agitation à l'autre bout de la salle. Caffeti aperçut la longue silhouette de Rudel qui se tenait dans l'entrée de la porte, comme un grand corbeau sale. Il inspectait les lieux, se tordait le cou en tous sens, il était, à l'évidence, à la recherche de quelqu'un qui se cachait dans la pénombre du bar à moitié vide.

— Ici ! cria Caffeti en faisant de grands gestes.

Rudel opina et leur fit signe d'attendre. Au lieu d'entrer, il fit demi-tour et disparut dans le hall. Alban Krug, toujours aussi arrogant et content de lui, fit son entrée. Il se dirigea vers eux, suivi de Horst et Ludo, et bientôt de Rudel ; ils formaient, à eux quatre, une solide phalange autour d'une unique silhouette chétive qui traversa la pièce comme un liquide. Le docteur Grigori faisait signe à son fils, tout sourire ; il avait négligemment posé sur ses épaules un trench-coat parfaitement coupé.

40

Près de deux heures après son plongeon de l'*Esperanza,* Ian Asher sortit trempé des eaux boueuses du Paraná. Il lui avait fallu tout ce temps pour couvrir les huit cents mètres qui le séparaient de la rive paraguayenne, car la vedette qui décrivait de grands cercles lents avec ses deux gros projecteurs l'avait contraint à parcourir le plus gros de la distance sous l'eau.

Une fois arrivé sur la terre ferme, il contempla les efforts qu'on mettait à le retrouver. Caché par les épais buissons qui courent le long de la rive, Asher regardait le ballet des projecteurs et les rares rafales de mitrailleuse qui visaient principalement des chimères et des ombres dans l'encre noire du fleuve. Il avait accosté à l'endroit exact qu'il avait prévu (car, même si sa mission avait été un succès, il aurait quitté le ferry de cette façon). Puis, à quelques centaines de mètres du point où il avait atterri, il trouva la cache de vêtements secs et de rations alimentaires qu'il avait préparée quelques semaines auparavant.

La forêt était sombre ; c'était un marais fétide où se décomposait une sylve extravagante. Des lucioles volaient devant lui comme des météores nains. Des myriades de criquets et de crapauds cachés dans les arbres géants se répondaient d'un bout à l'autre de la forêt. C'était à travers cet énorme labyrinthe qu'Asher avait dû retrouver sa cache. Dès qu'il y fut arrivé, il jeta son attirail de péon et passa un pantalon neuf, une chemise basque et une veste légère. Il enterra ensuite les vieux habits et coupa à travers la forêt vers une grande route qu'il savait pouvoir trouver à quelques kilomètres à l'ouest. La traversée de la forêt était lente et ardue mais pas du tout impossible si l'on connaissait bien, comme Asher, les innombrables chemins forestiers qui y pullulent.

Asher, compas en main, marchait résolument, à travers lucioles et criquets, son esprit et son corps étaient tout entiers tendus vers une seule idée. On l'avait eu (il acceptait cela) et cette indignité l'avait profondément vexé. L'homme qui était sorti du Llao Llao, caché sous un chapeau et une cape et qui, pour le monde entier, était Gregor Grigori, n'avait rien à voir avec le docteur. Ce n'était qu'un pantin pitoyable dans les yeux duquel il avait pu lire, en l'espace de quelques secondes, l'inexorable destin qui l'attendait. Il pouvait faire revivre ce visage très clairement ; il portait la marque des victimes. Les yeux avaient une lueur stuporeuse et abrutie, mais il y avait vu de la terreur et la conscience d'une fin prochaine.

Mais l'homme était mort, à présent. Cela ne faisait aucun doute. Asher avait vu les balles s'engouffrer dans sa chair et l'impact le soulever littéralement du sol et le faire retomber, tête la première, au-dessus de la lisse de proue. Asher, à ce moment, était déjà dans l'eau. Quand il fut sur la terre ferme, à la lueur des projecteurs, il put les voir détacher le pauvre bougre de là où il pendait, comme on enlève une carcasse de bœuf d'un crochet dans une chambre froide. Le « Sélecteur » était, une fois de plus, passé par là. Il avait considéré ce nouveau candidat avec flegme et l'avait écrasé du doigt, comme il l'avait fait, sans l'ombre d'un doute, avec Rubens et Dovia.

Le souvenir de la fille le rongeait cruellement. Il avait essayé de l'éloigner, de l'enterrer en un lieu où elle ne pourrait plus gêner et même remettre en question sa bonne conscience. Mais cette image de jeunesse et de beauté ne se laissait pas effacer si facilement. En fait, il lui en voulait beaucoup. En se faisant tuer, elle avait fait rater son plan. Rubens et les autres ne s'étaient pas conduits autrement. Tant pis ! Rubens et les autres étaient morts et il se retrouvait seul. Cela ne l'ennuyait pas tellement. Au contraire, il avait toujours préféré travailler en solitaire. Il était solitaire par nature et le Destin l'avait souvent désigné pour ce genre d'épreuves ; celles qu'il ne pouvait surmonter qu'en comptant sur ses propres forces.

La mort de Dovia et la ruse triomphante de Grigori lui restaient sur le cœur. La mort la rapprochait de lui plus que la vie qu'ils avaient pu partager, à l'occasion. Le martyre lui donnait droit de cité dans un panthéon personnel très particulier. La vertu de son sacrifice la faisait sienne, pour toujours, seule avec les autres victimes.

Il se souvint d'eux, couchés à même le sol dans le même sac de couchage, quelque part dans le Néguev, avec cette calligraphie sauvage et presque joyeuse des roquettes et des balles traçantes au-dessus de leurs têtes.

Tout avait eu cette même saveur de vérité profonde. Ils

avaient partagé un sac de couchage. Ils s'étaient aimés dans une zone de combats. Pourtant, la nuit avait été paisible ; curieusement, ils n'avaient ressenti aucun danger. Il n'y avait eu que ces embrassements hâtifs, ces étreintes frénétiques sous le ciel étoilé du désert. Il n'y avait eu ni roquettes, ni balles traçantes, ni déluge d'artillerie égyptienne qui explosait tout près d'eux. C'était lui qui avait ajouté ces éléments à la toile, comme les indispensables figures imaginaires de son désir. La violence qu'il portait en lui avait définitivement transposé la scène en quelque chose de plus vrai que la réalité et, désormais, il ne pourrait plus jamais séparer ces feux d'artifice de leur nuit d'amour.

Il continuait sa marche forcée dans la jungle étouffante et son imagination fiévreuse produisait des scènes de destruction et d'holocauste. Il était entouré de flammes qui le léchaient et le consumaient lentement. Mais il n'était plus seul désormais, dans les fours crématoires et les chambres à gaz. Dovia était avec lui. Elle était sienne, son sort lié au sien, sanctifiée par le martyre. Ils s'étaient avancés, sans courber la tête, droits et fiers, sous les douches au cyanure.

La mort de Dovia serait vengée. Au centuple. Il n'y avait plus que le docteur Grigori en face de lui, à présent. Il se cachait quelque part, dans la nuit immense et calme. Il n'y avait que Grigori et lui ; rien qu'eux deux, seuls. Deux ennemis qui se font face dans les ténèbres. Et c'était sa seule consolation ; car il avait toujours, au fond, désiré qu'il en soit ainsi.

41

— Pardonne-moi de me conduire comme un idiot. (Le docteur Grigori s'essuya les yeux.) Je hais la sentimentalité.

Il rit et embrassa son fils encore une fois. Il était en larmes et un peu ivre après trois verres de champagne. Il avait roulé toute la nuit et presque toute la journée. Il était épuisé, à présent, et se répandait émotionnellement.

Les autres s'étaient discrètement éclipsés pour laisser le père et le fils à la joie de leurs retrouvailles. Mais, sans être visibles, ils n'en étaient pas moins présents ; ils s'étaient postés devant les deux entrées du bar, examinant chaque nouveau venu avec beaucoup de soin.

« C'est tellement drôle, continua Grigori, en essuyant ses yeux larmoyants de son mouchoir. Te voir là, assis en face de moi. Comme au bon vieux temps. Comme si nous n'avions jamais été séparés. Toi et moi — comme si rien ne s'était passé. Mais dis-moi tout ! Hedi ? Comment va-t-elle ? Et mes petits-enfants ? Freddy doit presque être un homme à présent ? Il a treize ans, ou quatorze ? Et *Grossmutter ?* Comment va-t-elle, son asthme ? Tu sais qu'il y a un nouveau médicament sensationnel. Je viens de lire un article dans l'*International Journal.* Il dilate les vaisseaux capillaires de la plèvre. Soulagement instantané. J'essaierai de m'en procurer. Est-ce qu'elle pose des questions sur moi ?

Rolfe observait son père. Il venait d'allumer une cigarette avec le mégot de la précédente. Il était plein d'énergie, pensa-t-il, mais tout semblait artificiel, comme s'il faisait semblant, qu'il ait voulu à tout prix créer l'illusion de la vivacité aux dépens d'une réserve presque tarie. Incapable de maîtriser ses émotions, il allait brutalement de la joie extatique au découragement le plus total. Il arrivait à peine à s'allumer une cigarette de ses doigts tremblants. Il riait énormément, très fort, avec beaucoup de suffisance, puis s'assombrissait devant le maintien froid de son rejeton. Il y avait toujours des larmes au bord de ses paupières ; ses yeux étaient rouges et très fatigués et surtout inquiets, incapables de rester en place, toujours en mouvement, à la recherche d'un fantôme.

— Qui cherches-tu, père ? demanda Rolfe.

— Mais personne, répondit Grigori en riant et en

caressant la main de son fils. Personne. Je ne cherche plus.

Pour Rolfe, qui n'avait pas vu son père depuis cinq ans, ce déluge de sentiments contradictoires semblait normal, à bien des égards ; mais, d'un autre côté, le reste avait l'air complètement faux. Il ne pouvait s'empêcher de penser que ce à quoi il assistait n'était qu'un numéro particulièrement bien mis au point, destiné à lui faire baisser la garde, à effacer tout le ressentiment dont le docteur savait bien qu'il mijotait depuis des années dans l'esprit de son seul et unique fils. Grigori déployait tout son charme pour le séduire et, en même temps, il implorait sa pitié. Sans aucune gêne.

Grigori commanda une autre bouteille de champagne, malgré les protestations de Rolfe. Puis il se pencha vers lui, plaçant affectueusement ses mains sur les siennes.

« Dis-moi tout. Je veux t'entendre parler du pays. De tout le monde.

Rolfe s'éclaircit la gorge :

— Tout est pratiquement resté comme quand tu es parti, père. (Il voulait libérer ses mains mais n'y parvenait pas.) Tu sais que le vieux Schmieg est mort ?

— Oui. Von Sorgen me l'a écrit. Altmann aussi ?

— Oui. L'hiver dernier. Brusquement.

— Circulation, hein ? J'ai moi-même des problèmes de ce genre. A la jambe. Rien de très sérieux. Mais Schmieg est arrivé jusqu'à soixante-seize ans. C'est un bon âge. (Grigori se tut quelques instants et se mit à rire.) J'espère que j'irai aussi loin. Et ta mère ? Elle va bien ? Tu la vois ?

— Oui, nous sommes tous allés à Mérano, le printemps dernier. Elle voulait voir les enfants. Elle semble très bien se porter.

— Et son mariage ?

Grigori prit un air embarrassé.

— C'est un type très bien. Ils s'entendent parfaitement.

Grigori versa une autre coupe de champagne à son fils et finit la sienne. Le jeune homme ne but pas mais fixa son père durement.

— Et, toi, père, comment vas-tu ?

— Comment je vais ? (Il poussa un long soupir et s'affala dans son fauteuil.) Eh bien, je me porte comme un charme. Ça se voit non ? (Il bomba le torse.) Je suis vigoureux. J'ai plus d'énergie qu'il y a vingt-cinq ans. Le plein air. Voilà le secret. Je ne me dorlote pas. Je chasse. Je pêche. Je reçois des amis de temps en temps.

Il fit un clin d'œil grivois à son fils et éclata de rire. Puis il devint plus préoccupé.

« Mais toi, *mein lieber Sohn,* tu n'as pas l'air très en forme. Pâle. Anxieux. Fatigué. Tu as l'air inquiet, Rolfe. Quelque chose ne va pas à la maison ?

— Tout va bien, père.

— Ton travail ?

— Bien. Ça va bien.

— Tu as besoin d'argent ? Si tu veux...

— Je t'ai dit que tout va bien, père. (Rolfe avait haussé le ton.) Je n'ai besoin de rien.

Grigori parut vexé. Puis il eut un grand éclat de rire, faisant comme s'il n'avait pas noté le ton acerbe de son fils.

— Bon ; ici, je vais te prendre sous mon aile. Tu as besoin de te relaxer. Je vois que tu travailles trop. Les nerfs. Le stress. Ça te tuera. Ricardo dit que tu n'as pas envie de chasser, mais je vais t'emmener au Chagras quoi qu'il en soit...

— La chasse ne m'intéresse pas, père.

— Ah ? (Le docteur se tut un moment.) Dans ce cas, nous n'irons pas chasser. Nous pourrions faire des parties de pêche ou même de simples balades en bateau. Une croisière sur le fleuve. Nous pourrons boire, nager, parler, être ensemble.

— Je ne reste qu'un court moment ici, père, dit calmement Rolfe.

— Tu sais, le Paraguay est un très beau pays. (Grigori babillait comme s'il n'avait rien entendu.) Climat atroce, mais beaucoup de choses à voir et à faire. Je t'emmènerai à Iguaçu pour voir les chutes et San Bernardino. Nous louerons une baraque et nous irons pêcher la dorade dans l'Ipacarai. Tu vas voir, Rolfe, nous allons nous amuser...

— Père, je pars demain.

— Oui, bien sûr. (Grigori eut un rire gêné.) Nous partirons d'ici au petit matin. A l'aube. J'ai pensé que nous pourrions aller d'abord à Puerto Stroessner, y rester quelques jours et puis...

— Je quitte le Paraguay. Je rentre chez moi, père.

— Chez toi ?

Grigori répéta le mot comme s'il l'avait mal compris. Ses yeux se plissèrent ; il posa sa flûte de champagne. « Chez toi ?

— Oui, père. (Rolfe avait adopté un ton calme très inquiétant.) A Günzburg. Je vais rejoindre Hedi et les enfants.

— Mais tu viens juste d'arriver. Tu ne veux pas dire...

— Je m'en vais, père. La seule raison de ma visite est qu'on m'avait dit que tu n'allais pas bien.

— Pas bien ? (Sa face s'empourpra.) Qui a dit que je n'allais pas bien ? Qui a osé ? C'est Caffeti, hein ? (Il fixa Rolfe.) C'est ça ; c'est Caffeti.

— Il a cru bien faire et je pense qu'il a eu raison.

— Comment a-t-il osé ? En quoi est-ce que ça le regarde ? Je vais m'occuper de lui. Qu'est-ce qu'il t'a dit ? Allez, dis-le-moi !

Rolfe réfléchit, soucieux de ne pas pousser son père à bout.

— Il m'a seulement dit que tu étais fatigué et un peu nerveux.

— Fatigué ? Nerveux ? (Grigori éclata de rire.) Pauvre con ! J'ai l'air fatigué et nerveux ? Mais vas-y, dis-le-moi. Je suppose qu'il t'a fallu un peu plus que cela pour faire tout ce chemin.

Il fronça les sourcils. Il semblait très soupçonneux. « Il ne t'a pas parlé d'autre chose ?

— Quoi ?

— Il ne t'a pas parlé d'Enriquez ?

— Qui est Enriquez ?

— Mon médecin. Il ne t'en a pas parlé ?

Rolfe mentait ouvertement. Il nia avoir rien entendu des maladies imaginaires de son père, de ses troubles cardiaques ou de ses polypomes rectaux.

— Mais non, père. (Il essayait de sourire.) Il m'a seulement dit que tu semblais très fatigué et nerveux.

— *Ach Scheiss !* (Il eut un geste de dégoût.) N'écoute pas Caffeti. C'est une vieille femme. C'est un Rital. Tu sais comment ils sont. Complètement hystériques. (Il but une autre coupe de champagne et rougit encore davantage.) Je ne suis ni fatigué, ni nerveux. Et pourtant, j'aurais toutes les raisons de l'être. Rien que la nuit dernière, un imbécile a essayé de me tuer.

Rolfe Hupfauer arrêta son verre au bord de ses lèvres.

— Tu ne parles pas sérieusement ?

— Oh, je suis on ne peut plus sérieux.

— Mais comment ? Qu'est-il arrivé ? Dis-le-moi, enfin !

— Ça n'a pas d'importance.

— Pas d'importance ? dit Rolfe, les yeux écarquillés. Tu viens de me dire qu'on a essayé de te tuer et tu me dis que ça n'a pas d'importance !

— Mais ça n'en a pas. (Grigori cherchait désespérément une cigarette dans ses poches.) Je n'ai pas envie d'en parler. On a si souvent essayé de me tuer. C'est devenu lassant.

Rolfe devenait très angoissé.

— Mais qui a tiré sur toi ? Tu le sais ?

— En fait, ce n'est pas sur moi qu'ils ont tiré, dit Grigori pour faire durer le plaisir. Ils ont tiré sur quelqu'un qu'ils prenaient pour moi. Mais malheureusement, on nous avait prévenus. Il y avait cette femme et un inconnu.

— Un inconnu ?

Grigori décela une note de scepticisme.

— Un complice ; ce sont des agents. Ah, oublie tout ça, bon Dieu ! C'est trop compliqué. (Il essaya de penser à autre chose.) Pour l'amour de Dieu, Rolfe !

Sa voix s'était faite plaintive et, pour la première fois, il laissa son fils contempler sa fatigue et sa peur.

« Ne pars pas tout de suite ! Ne me laisse pas. Cela fait si longtemps que j'attends. (Il passait nerveusement la main dans ses cheveux.) Je suis un peu fatigué, à présent. S'il te plaît, reste avec moi quelque temps. Nous n'avons pas besoin de chasser ou de faire quoi que ce soit. Reste simplement avec moi. Ça n'est qu'une semaine de ta vie. Qu'est-ce qu'une semaine ? Tu as toute une vie devant toi. Moi... (il eut un sourire tordu), j'ai presque soixante-dix ans. Le temps m'est compté. Comment saurais-je quand je te reverrai ou si je te reverrai jamais ?

Rolfe observa son père en silence. Il avait en face de lui un homme mince, habillé avec recherche, vieillissant, certes, mais toujours séduisant avec une sorte d'aura de richesse autour de lui. Mais malgré cela, on pouvait deviner que ce n'était en gros qu'une façade. La chair pendait sous son menton ; il avait des rides aux coins des yeux, et ses paupières étaient gonflées par les œdèmes. Il regarda les élégantes tempes argentées et réalisa avec tristesse que les beaux cheveux noirs qui les surmontaient étaient teints. Il ne pouvait en détacher son regard, comme on fixe une perruque ou des dents manifestement fausses.

« Ne t'en va pas ! dit Grigori d'une voix fatiguée. Donne-moi au moins quelques jours.

Il mit une fois de plus sa main sur celle de son fils. Cette fois, Rolfe la retira.

— Père, je n'ai rien à faire ici. On a besoin de moi à la maison.

— Mais moi, *moi,* j'ai besoin de toi ! avait lancé Grigori d'une voix sèche, entre ses dents serrées.

Il se couvrit immédiatement les yeux de ses mains, comme un enfant qu'on gronde. Il parlait derrière l'écran de ses mains, à présent.

« Je sais ce que tu penses de moi. J'imagine le genre de choses qu'on a dû te dire. Je comprends ce que tu ressens. Un monstre. Un ogre. Que peut-il vouloir de moi ? Tu ne veux pas qu'on te voie avec moi.

— Père...

— Ne me force pas à te supplier, Rolfe ! (Les yeux de Grigori se mirent à briller derrière les mains qu'il avait ouvertes.) S'il te plaît !

Rolfe Grigori regardait la loque humaine assise en face de lui. Il se haïssait, non pour avoir forcé son père à se justifier et à s'abaisser, mais pour y avoir pris du plaisir.

Rolfe avait toujours trouvé facile de mépriser le Grigori arrogant et vantard mais pas ce vieillard grotesque et pathétique. Il éprouva un indescriptible écœurement.

« S'il te plaît, Rolfe.

Le jeune homme haussa les épaules et détourna le regard. Il ne pouvait pas regarder son père dans les yeux.

« Tu vas rester ? lui demanda-t-il d'une voix rauque.

Les yeux baissés, Rolfe fit oui de la tête en regardant ses mains croisées sur les genoux. Quand il leva les yeux, le visage de son père irradiait d'un sourire presque béat.

42

L'aube se levait quand Asher sortit de la forêt et s'engagea sur une route macadamisée de troisième classe qui transperçait les jungles du Haut Paraná. A part ses souliers crottés, il avait une allure générale qui, vu le caractère inhospitalier du terrain qu'il avait traversé, était étonnamment fraîche. Il était vraiment très présentable. Il se brossa du revers de la main et, avec cette certitude que donne une forte résolution morale, il se dirigea d'un pas décidé vers le nord, sur cette petite route de jungle qui court dans l'Alto Paraná.

Le soleil ne s'était pas encore complètement levé, aussi la forêt était-elle grise, prise dans les épaisses brumes du matin. Les grands conifères et les cyprès projetaient contre le soleil levant de grandes ombres déchiquetées dans le ciel rosé.

Asher marchait avec gaieté. Ses aventures de la nuit ne l'avaient aucunement fatigué car il avait conscience que chaque pas le rapprochait du docteur Grigori. Il fut distrait de ses pensées par une petite camionnette antédiluvienne qui vint s'arrêter à sa hauteur, toute fumante et tremblante. L'arrière débordait de maïs et la cargaison avait du mal à tenir en place à cause des embardées constantes du moteur. Dans la cabine, se trouvait un *campesino* au large visage souriant.

— *Hey, amigo,* cria-t-il au-dessus du bruit du moteur. *Que haces tu ?* Qu'est-ce que tu peux bien foutre ici à cette heure ?

— J'ai eu une panne à quelques kilomètres d'ici.

Non seulement Asher parlait un espagnol parfait, mais il pouvait sans peine imiter les accents régionaux. Le *campesino* resta dubitatif.

— Ça fait six heures que je suis sur cette foutue route, *amigo,* j'ai pas vu une seule bagnole.

— Je l'ai laissée dans un buisson à une quinzaine de kilomètres d'ici, dit Asher en souriant. J'ai pensé que ce serait plus prudent en attendant la dépanneuse.

L'explication parut satisfaire le fermier. Après tout, il avait l'air d'un brave garçon, avec de l'éducation même.

— Où vas-tu ? lui demanda-t-il.

— Encarnación.

Le *campesino* mâcha sa gomme un moment puis opina du chef.

— Je peux t'emmener jusqu'à Jablasco. Tu trouveras certainement quelqu'un là-bas. Monte !

Ils roulèrent pendant à peu près une heure en causant et en fumant. Le chauffeur devait voir sa fiancée ce soir à Jablasco. Ça serait une sacrée soirée. Est-ce qu'il (Asher) voulait venir ? Il était certain que sa fiancée lui trouverait une amie pour la nuit.

— Non, merci, dit Asher aimablement. J'ai à faire à Encarnación.

— Dans quoi es-tu, exactement ? demanda le chauffeur, intrigué.

Ce fut à ce moment qu'Asher aperçut la voiture de police qui barrait la route. La camionnette s'arrêta. Un *federal* apparut à la portière.

— Qu'est-ce qui se passe ? demanda le chauffeur.

— Il y a eu une fusillade sur le ferry hier soir. On recherche le salaud qui a fait ça. Vos papiers, s'il vous plaît, *señores.*

Le chauffeur présenta les siens. Le *federal* les examina soigneusement et se tourna vers l'autre passager. Mais il ne vit pas de papiers d'identité. Il était face au canon d'un Beretta. Ce fut la dernière chose qu'il vit.

Asher se tourna alors vers le chauffeur ; le *federal* était allongé sur le sol, son cerveau s'était répandu sur le pare-brise. L'homme avait levé les mains automatiquement. Il était trop pétrifié pour sortir un seul son. Il secouait la tête de droite à gauche comme pour dire : « Non. S'il vous plaît. Pas moi. » Asher regarda l'homme d'un air grave. Il lui sourit soudain et haussa les épaules d'un air désolé.

— *Lo siento mucho, amigo,* murmura-t-il en lui caressant le genou.

Il tira entre les deux yeux.

Il était très tôt et il n'y avait personne en vue. Asher prit donc son temps pour revêtir l'uniforme du policier. Il prit ensuite son pistolet et ses papiers, se mit au volant et partit résolument en direction de Jablasco.

43

Après une douche, rasé de près, fleurant bon l'eau de Cologne, le docteur Grigori passa son costume du soir qui sortait du pressing. Dans la pièce voisine, Rolfe Hupfauer, malade, se soumettait à un semblable rituel ; il se méprisait lui-même et aurait voulu être très loin, mais Alban Krug avait organisé un banquet pour fêter les retrouvailles du père et du fils, et il était absolument impossible d'y échapper.

A 8 h 30 précises, Hans Rudel frappa à sa porte. Rolfe sortit de sa chambre. Son père, flanqué de ses deux gardes du corps, l'attendait, resplendissant dans son frac. Caffeti les rejoignit bientôt et tous descendirent dans le hall d'entrée. Ils prirent une sortie secondaire. La Mercedes jaunes les attendait. Ils furent vite en pleine campagne. Encarnación était derrière eux. Autant ils avaient été tendus et nerveux dans la ville, autant ils se détendaient maintenant. Grigori parlait d'un ton enjoué. Il parlait surtout du passé et Rolfe se rendit compte du caractère exceptionnel de sa mémoire. Plus ils approchaient du café Bavaria, plus le docteur s'excitait. Rolfe savait bien que c'était sa nature : il était toujours incroyablement heureux de sortir et de mettre son habit d'apparat. Au début, Rolfe essaya de parler avec son père mais, finalement, il succomba au torrent de paroles et de souvenirs qui jaillissait de sa bouche, irrévocablement. Il garda donc le silence, vaincu et presque désespéré, sombre, attendant, bras croisés, qu'un désastre arrive.

Le café Bavaria se trouvait près de la colonie d'Obligado, à soixante kilomètres d'Encarnación. Le patron était un *Hauptsturmführer* SS en retraite du nom de Gerhardt Glanzmann ; la clientèle se composait principalement de vétérans de la Wehrmacht, fugitifs ou déracinés, qui avaient quitté l'Allemagne à la fin de la guerre. C'était pendant les jours sombres, quand l'avenir leur paraissait sombre ou au moins douteux. Aujourd'hui, ils étaient tous devenus des fermiers prospères, des éleveurs, des spéculateurs fonciers qui possédaient toutes les richesses minérales de la région du Paraná. Aujourd'hui, c'étaient eux la classe dirigeante du Paraguay ; ils vivaient dans de luxueuses *estancias,* servis par une foule d'indigènes sous-payés et il y avait autant de mystère dans l'origine de leur fortune que dans leur mode de vie.

Le Bavaria était une auberge de campagne typique. Quand on y entrait, on pouvait imaginer être quelque part au Tyrol ou en Forêt-Noire. Il y avait un foisonnement de meubles allemands un peu lourdauds et d'un mauvais goût innommable mais très chers. Le lambrissage en chêne rendait la pièce sombre et irrespirable. Il était impossible de faire deux pas sans se retrouver nez à nez avec une horloge à coucou ou une tête de cerf pendue au mur dont les doux yeux semblaient être omniscients et d'une infinie tolérance.

Quand Grigori et ses amis arrivèrent au Bavaria, l'auberge était gaiement éclairée. Il y avait un air de fête et des myriades de voitures — Mercedes et Cadillac principalement — tout autour.

Le capitaine Glanzmann, onctueux et empressé, vint les saluer à la porte ; il fut bien vite rejoint par Krug, le tyran nain en smoking ; il bombait sa petite poitrine de pigeon, dictatorial, sûr de lui, hurlant des ordres à tout le monde. Encarnación était la ville d'Alban Krug. Dieu ait pitié de celui qui dirait le contraire ! Il en possédait presque tous les immeubles ; il en était le maire et, qu'on apprécie ou non la situation, il fallait bien admettre que c'était lui qui faisait la loi dans la région. Il rendait la justice avec zèle, s'aidant d'un code moral très élevé grâce auquel il punissait durement les malfaiteurs (il va sans dire que la définition de ce qu'était un malfaiteur restait entièrement à sa discrétion). Quand Alban Krug donnait une fête à Encarnación, les invités ne se privaient pas de renâcler dans leur coin, mais personne n'aurait eu l'idée de décliner l'invitation.

Krug avait mobilisé, en l'honneur de son ami Grigori, une centaine de personnes, toutes issues des meilleures familles allemandes de la région, sans oublier l'habituelle figuration de principe de quelques aristocrates paraguayens dont Krug disait, dans le privé, que c'étaient des « aborigènes ». Il se devait néanmoins de ménager les susceptibilités de ces « hottentots », comme il les appelait ; il fallait à tout prix pacifier les indigènes.

Les invités de la soirée étaient principalement des amis communs de Grigori et de lui-même. Il n'y avait que de belles âmes : d'anciens gros bonnets de la Wehrmacht, des *Obersturmführers*, d'anciens ministres du *Reich*, tout un mélange d'anciens dirigeants de Krupp et d'I.G. Farben qu'on avait envoyés à l'étranger pour leur bien ; toutes gens qui auraient difficilement supporté la moindre enquête sur leur passé. Il y avait donc ce qu'il restait de la crème du Troisième Reich : les zélotes et les vrais croyants qui ne concevaient leur exil que comme une parenthèse en attendant le Quatrième qui, tel le Phénix, se relèverait de ses cendres, inévitablement.

Quand Grigori et ses amis pénétrèrent dans la salle, les lumières tamisées devinrent soudain brillantes. Tout le monde se leva. Krug leva la main, comme un César, et un petit orchestre tyrolien entonna le *Horst Wessel.* On leva les coupes de champagne et tout le monde applaudit et frappa du pied quand Grigori, suivi de ses compagnons, marcha triomphalement tout le long de l'allée centrale jusqu'à une estrade d'honneur au-dessus de laquelle pendait un immense svastika. Rolfe rougit violemment quand il l'aperçut.

Tout le monde les saluait. Grigori revivait, transfiguré dans ces manifestations d'amour ; il n'arrêtait pas de saluer de la main les vieux amis qui s'étaient déplacés. Même le colonel Arganas avait fait le voyage d'Asunción pour tenir quelques secondes le docteur dans ses bras.

On ouvrait des bouteilles de champagne et on passait le caviar iranien sur des petits chariots. Il y avait des attractions, un accordéoniste, des jongleurs tyroliens et des acrobates, un montreur d'ours, une danseuse du ventre et un grand magicien impavide avec l'inévitable cape noire, le chapeau haut de forme et tout l'attirail un peu funéraire qui lui donnait une allure de vautour.

Pendant tout le dîner, un flot continuel venait à la table saluer le héros de la soirée. Après tout, Grigori était devenu une figure légendaire. Il était assis à leurs côtés à présent, symbole de leur propre indestructibilité.

Chacun voulait le voir, le toucher. Ce n'était pas évident. Avant de présenter ses salutations il fallait passer par Krug. Certains pouvaient aller directement voir le docteur, d'un signe de lui. D'autres, à l'inverse, devaient se contenter de le voir de loin. Ceux à qui on faisait le grand honneur d'une accolade avec Grigori avaient également le droit d'être présentés à Rolfe. Beaucoup de ceux qui venaient embrasser le docteur étaient d'anciens collègues qui avaient servi avec Grigori en Russie ou à Auschwitz et Birkenau. Ils se prenaient dans les bras et s'embrassaient sur les joues. Les yeux de Grigori étaient rouges de champagne et d'émotion.

Et, pendant tout le dîner, la parade des vieux amis et des admirateurs défila, accompagnée par des vieux airs berlinois joués par l'accordéoniste ambulant.

Parmi ceux qui avaient réussi à passer le barrage Krug,

il y en avait qui amenaient leurs femmes et leurs enfants ou même leurs petits-enfants. Pour eux, Grigori était presque un être surnaturel, illuminé par un pouvoir mystique profond. Il était un des élus, un membre du panthéon suprême de la SS. On voulait simplement être en sa présence.

Tout était étrangement primitif, sauvage même, pensa Rolfe. Comme les cérémonies propitiatoires dont on honore une divinité cruelle qu'on craint, qu'on hait et qu'on révère à la fois, mais qu'on craint surtout. Son père représentait pour ces gens un dieu devant lequel on se prosterne.

Telles étaient les pensées de Rolfe, regardant la foule qui attendait d'être annoncée par Krug le nain tout-puissant à l'ogre-dieu non moins puissant. L'Histoire avait canonisé son père comme un ogre et il comprenait à présent pourquoi on rendait un culte à cet ogre : parce qu'on craignait sa colère. Tous savaient de quoi il était capable, quelles choses horribles il avait déjà réalisées, et cette cérémonie de propitiation faisait partie d'un rituel chargé de l'apaiser. Il était clair que ceux qui présentaient leurs femmes ou leurs petits-enfants à l'ogre exécutaient une sorte de sacrifice symbolique.

Une fois, dans la procession des zélotes, un vénérable vieillard qui portait sa croix de fer autour du cou et qui s'appuyait sur une canne poussa devant lui son petit-fils. L'enfant n'avait pas plus de cinq ou six ans ; il était blond, un vrai chérubin sorti d'un Tintoret. Il rougissait à l'idée de voir la divinité de si près.

Rolfe regardait, subjugué, son père prendre l'enfant dans ses bras, jouer avec ses cheveux blonds et se pencher pour l'embrasser sur les deux joues. Il eut froid dans le dos ; il se souvint du désespoir qui avait été le sien quand on l'avait emmené voir un fossé qui se trouvait derrière le bâtiment 2 d'Auschwitz, c'est-à-dire le dispensaire médical. Les autorités soviétiques qui cherchaient des renseignements sur les allées et venues de son père avaient insisté pour que Rolfe jette un coup d'œil sur cette fosse commune, bourrée d'os broyés et cassés qui avaient été ceux d'enfants en bas âge. Ces enfants avaient été, au nom de la recherche médicale expérimentale, castrés, estropiés, aveuglés et mutilés, ils étaient morts dans d'atroces douleurs, sous les mains de son père.

Quand le colonel russe lui expliqua l'affaire, sans lui épargner aucun détail, Rolfe ne put même comprendre de quoi il s'agissait. D'ailleurs, il refusa d'y croire. Ils lui firent alors lire une documentation et une foule de témoignages oculaires qui venaient de tant de personnes différentes et qui racontaient tous les mêmes faits qu'il perdit complètement l'espoir de croire encore ce qu'on disait parfois, à savoir que toute l'affaire n'aurait été qu'un ensemble de faux rassemblés par les Alliés pour salir le Troisième Reich. Enfin, on lui montra les photographies : elles allaient toutes au-delà de l'horreur, enfants tziganes, slaves ou juifs, pauvres petites victimes innocentes. *Kindertoten — Détritus racial. Untermenschen — Déchets humains.* A utiliser de n'importe quelle manière pour faire avancer la cause.

Plusieurs années après, le souvenir de cette horrible tranchée — l'image de ces âmes sacrifiées, affamées ; déjà à moitié mortes ; ces ventres ballonnés ; les os qui saillent cruellement sous la peau ; les yeux exorbités, hantés, des yeux qui savent tout, qui sentent la tragédie de l'existence et qui l'acceptent doucement — ce souvenir avait poursuivi Rolfe Grigori pendant toutes ces années de douleur et lui avait imposé le fardeau des crimes de son père.

Rolfe sentait le dégoût monter en lui tandis qu'il contemplait son père, embrassant le petit garçon sur la joue ; il eut un besoin pressant de fuir la table de cette horrible pièce avec son énorme svastika et tous ces sycophantes respectueux qui faisaient la queue devant lui — ce mélange de haine et de crainte religieuse qui ne les empêchait pas d'attendre leur tour pour lui présenter leurs respectueux hommages.

Juste au moment où il allait partir, Krug se leva et fit tinter son verre de champagne avec un couteau à beurre. Le silence se fit. Avec un léger sourire aux lèvres, une expression à la fois arrogante et malicieuse, il parcourut la salle du regard et soudain, lançant sa main en avant, il hurla : « *Sieg Heil !* »

En un clin d'œil, tous les participants, y compris Grigori, furent debout et hurlèrent à l'unisson en se tournant vers le nain : « *Sieg Heil !* »

L'incantation hystérique continua pendant dix bonnes minutes, assourdissante, grossissant à chaque fois en volume et en intensité. Krug surplombait l'assemblée comme une petite poupée devenue folle, pompant l'air de son bras et hurlant avec une exaltation forcenée. A chaque « *Sieg Heil* » il projetait son bras en avant et claquait des talons ; il était devenu écarlate, transporté par une sorte d'extase sadique. Ce fut à ce moment que Rolfe réalisa que des yeux (beaucoup d'yeux en fait, et qui venaient des quatre coins de la salle) le fixaient. On l'observait et son propre père faisait de même. Il comprit soudain que, de toutes les personnes présentes, il était le seul qui était toujours assis.

Il n'avait en effet pas daigné se lever pendant cette cérémonie obscène. Tous ces gens lui commandaient, d'une façon ou d'une autre, de se mettre sur ses pieds et de hurler à l'unisson. On le mettait en garde. Krug et Rudel et Caffeti, qui étaient ses voisins, le regardaient fixement. Son père, transi de honte et ivre de colère, lui lançait des regards coupants comme des lames de rasoir. Ses yeux rouges et humides d'ivrogne lui ordonnaient de se lever, pour sa Patrie.

Rolfe Grigori ne s'était jamais considéré comme un héros. Face à son père en particulier, il se faisait l'effet d'être un vrai poltron. Il avait toujours été un fils obéissant et l'idée même d'aller à l'encontre des désirs de son père ne lui était jamais venue.

Et aujourd'hui, à quarante-trois ans, il restait un petit garçon timoré qui tremblait devant l'auteur de ses jours, prêt à la fessée. Grigori essayait vraiment de percer les yeux de son fils du regard, comme si toute sa force y avait été contenue. Il « sieg heilait » toujours autant, ordonnant silencieusement à Rolfe d'en faire autant.

Rolfe fut prit d'une panique soudaine et inexplicable. Il savait qu'il ne reviendrait jamais au Paraguay — qu'après ce cauchemar, il ne reverrait jamais son père de toute sa vie. Cette simple pensée aurait dû lui donner la sensation d'être libre de toute obligation à son égard ; mais ce n'était pas le cas. Le regard brûlant de son père fixé au sien faisait fléchir sa résolution et il sentait que son moment de rébellion était en train de passer. Il se leva, presque malgré lui, comme si l'action eût été involontaire, qu'un lien invisible et puissant l'eût forcé à quitter son siège ; mais il n'arriva pas à se lever vraiment.

Les hurlements et les claquements de talons étaient à présent devenus assourdissants. Ils résonnaient dans la tête de Rolfe tandis que l'air outragé de son père le torturait. Plusieurs fois, sa volonté faillit être prise en défaut. Il sentait ses genoux qui commençaient à fléchir, les muscles des mollets qui se tendaient ; c'était un mouvement automatique, incontrôlable. Il était comme hypnotisé par un sorcier aux pouvoirs maléfiques. Mais pourtant, chaque fois qu'il était au bord de la capitulation, quelque chose en lui, il ne savait pas exactement quoi, le contraignait à rester assis. Et sa résistance ne faisait que stimuler les autres encore davantage. Ils avaient tous compris le sens du combat à mort qui se déroulait entre père et fils et leur ardeur n'en était que ravivée. Tout de suite après, ils levèrent leurs verres de champagne en direction de Grigori et entonnèrent le *Horst Wessel.* Rolfe put soutenir le regard de son père mais, cette fois, au lieu de l'arrogance et de la tyrannie qu'il avait pu y lire précédemment, il ne vit qu'une supplication désespérée et il comprit à cet instant que ce n'était pas les principes qui l'intéressaient. Malade de dégoût, il prit sa flûte en main et se leva. Il y eut un tonnerre d'acclamations. Son père rayonnait.

Plus tard dans la soirée, vers la fin du banquet, quand les gens se pressèrent tous dans le vestibule pour se souhaiter une bonne nuit, Rolfe se retrouva face au colonel Arganas. Le colonel avait des manières exquises. Il gardait toujours cet air d'amusement profond comme s'il venait d'assister à un spectacle rare et infiniment agréable. Il était très aimable. Rolfe fut cassant et à peine poli.

— On m'a dit qu'on avait tenté de tuer mon père ?

— C'est exact, répondit Arganas.

— Je crois avoir compris que le danger immédiat est passé, à présent.

— Vraiment ? (Arganas fronça le sourcil.) Ce n'est pas du tout mon opinion.

— Herr Krug m'a dit que l'assassin avait été abattu dans le fleuve.

Arganas eut un sourire indulgent.

« Est-ce vrai ? demanda Rolfe.

— Il est exact qu'on a tiré sur l'assassin quand il était dans l'eau.

— Dans ce cas...

Arganas ne pouvait toujours pas cacher son amusement :

— Nous ne pouvons être certains que l'homme a été touché. Nous n'avons pas retrouvé le corps.

— Il a peut-être coulé.

— C'est possible, dit Arganas d'un ton vaguement protecteur. Mais dans la plupart des cas, les corps qui coulent tendent, après quelques heures, à revenir à la surface. Et, pour ce qui est du corps qui retient précisément notre attention, il n'en a rien été.

— Ah ?

Rolfe avait été mouché. Il étudia son interlocuteur, essayant de prendre sa vraie mesure ; il ne savait pas s'il était soupçonneux ou impressionné.

« Donc, colonel, vous avez le sentiment que ce danger est toujours présent ?

Arganas garda le silence un moment. Il cherchait une réponse adéquate. Il pouvait très bien être persuadé qu'Asher avait péri dans les eaux du Paraná mais, en homme pratique, il savait qu'il était préférable de brandir la menace d'Asher aussi longtemps que possible. Sans danger immédiat, réel ou non, il savait qu'il serait difficile d'extorquer les sommes de plus en plus extravagantes qu'il demandait au docteur.

— Ce tueur à gages qui poursuit votre père, continua-t-il lentement comme s'il pensait à haute voix, est un vrai professionnel.

— Vous le connaissez ?

— Non seulement je le connais, mais je dois vous

avouer que j'éprouve à son sujet une admiration totale. Professionnellement s'entend. Nous avons un dossier de plusieurs centaines de pages sur l'individu.

— Il est israélien ?

— Oui, c'est un Sabra. Mais même les Israéliens en sont venus à le désavouer. C'est un homme sans patrie. C'est un ancien des commandos d'élite de l'armée israélienne et un ancien du Mossad.

— Le Mossad ? Mais qu'est-ce qu'ils peuvent bien vouloir à mon père après tout ce temps ?

— La haine ne meurt pas aussi facilement, Herr Hupfauer. (Arganas eut un sourire compatissant.) Le nom de votre père tient une place toute particulière dans les cœurs des Juifs d'une certaine génération. Il y en a beaucoup qui ne lui pardonneront jamais.

— Oui, bien sûr.

Rolfe avait répondu très sèchement. Il avait décidé que, loin de l'impressionner, le petit homme brun en uniforme de colonel lui déplaisait souverainement.

— Comme je le disais, dit Arganas, cet Asher...

— Asher ?

— L'homme qui traque votre père.

— Eh bien ?

— C'est donc quelqu'un de très habile, professionnel et très dangereux. La menace qu'il représente n'est ni imaginaire ni négligeable. Je peux vous assurer qu'elle est très authentiquement réelle. Et... il a des complicités.

— Quelles sortes de complicités ?

— Je me suis déjà occupé de trois d'entre eux, dit Arganas, assurant sans aucune gêne sa propre publicité. Le premier était un maladroit qui a succombé aux rigueurs de la prison Tembuco, à Asunción ; le second, une très jolie jeune femme à Bariloche qui avait réussi à s'attirer les faveurs de votre père.

Rolfe eut une expression mauvaise.

— Et le troisième ?

— Un pauvre homme qui a eu un accident mortel sur le ferry du Paraná la nuit dernière.

— Est-ce l'homme dont vous n'avez pu retrouver le corps ?

— Non, celui-là c'est Asher.

— Qui pourrait être encore en vie…, murmura Rolfe, dont le dégoût était en train d'augmenter sensiblement. Combien sont-ils, alors ?

— Je n'en ai aucune idée, répondit poliment Arganas. (Il ne prenait pas la peine de se formaliser de la façon dont on lui parlait.) Il se pourrait qu'il y en ait deux douzaines.

— Mais dans ce cas n'est-il pas très risqué, pour mon père, de se montrer aussi ouvertement ?

— Je dirais qu'il est plus en sécurité dans une foule d'amis qu'isolé. Il ne faut pas que vous permettiez qu'on isole votre père une autre fois. A Bariloche, on y est presque parvenu. Bien (Arganas se raidit), j'ai bien peur d'être obligé de devoir partir. Je dois être à Asunción ce matin. Mais je n'aurais, pour rien au monde, manqué la soirée de votre père.

— Vous partez ? Mais je pensais qu'au contraire vous alliez rester à ses côtés tant qu'il y a une menace, comme vous dites ?

Le colonel eut un sourire plus charmant que jamais. Il avait des réserves inépuisables de tolérance.

— Mon cher Hupfauer, dit-il en soupirant. Vous pouvez être certain que mes hommes ont reçu les ordres les plus stricts de surveiller votre père sans le perdre de vue ne serait-ce qu'une seconde. En ce moment, il y a une cinquantaine d'hommes à moi qui circulent dans cette salle.

Arganas prit Rolfe par le bras, d'un geste rassurant. « Votre père sera protégé vingt-quatre heures sur vingt-quatre jusqu'à ce qu'il retourne à Carlos Antonio Lopez.

Arganas alluma une cigarette et jeta son manteau sur ses épaules.

— Et cet Asher ? protesta Rolfe.

— Laissez-moi m'en occuper ! (Arganas sourit de toutes ses dents, en voyant le docteur Grigori qui s'approchait d'eux.) Ah, voici le docteur ! Eh bien, bonsoir ! Ravi de vous avoir rencontré.

Arganas s'esquiva discrètement. Rolfe vit son père qui

se frayait un chemin dans la foule de gens qui tous semblaient n'avoir qu'un seul désir, celui de l'approcher. Protégé par une garde improvisée de vieux amis, il arriva à sa hauteur, épanoui, riant très fort, puant le cognac et le cigare. Il le prit tendrement dans ses bras.

Il était 2 h 45 du matin quand le bus de Jablasco entra dans la gare routière d'Encarnación. Le bus était sale et boueux ; il avait essuyé, pendant tout le trajet sur les routes de montagne, les pluies saisonnières particulièrement fortes. Il y eut un crissement de freins et, dans un grand souffle d'air comprimé, les portes s'ouvrirent. Une poignée de passagers dépenaillés, suants et éprouvés par les huit heures de confinement, commencèrent à se réveiller et à prendre leurs bagages. Encarnación était le terminus de la ligne.

Le dernier à descendre était un moine dominicain. Il portait toutes ses possessions terrestres dans un sac de cuir noir en assez mauvais état. Il avait un air doux et ouvert. Un vieux porteur fatigué se précipita sur le sac, le porta jusqu'à la station de taxis et refusa le pourboire qu'on lui tendait. Ian Asher s'installa sur le siège arrière du taxi Mercedes et, dans son espagnol parfait, demanda au chauffeur quel était le meilleur hôtel d'Encarnación. Il savait que c'était le Tyrol, mais il voulait qu'on le prenne pour un étranger. Il eut, bien entendu, la réponse qu'il attendait.

— Le meilleur, c'est le Tyrol, *hermano*.

— Mais ça doit être très cher ?

— *Si, muy caro, hermano.*

Le chauffeur eut un haussement d'épaules désolé dans le rétroviseur.

— Dans ce cas, amenez-moi dans un endroit un peu meilleur marché. Mais que ce soit dans le même coin.

Ils rirent tous deux de bon cœur.

44

— Je ne tolérerai pas qu'on me juge, cria Grigori à travers la pièce. Jamais. Et je n'ai à me justifier devant personne, encore moins devant toi. Tu es mon fils. Tu es censé comprendre.

Il était près de quatre heures du matin et ils étaient revenus au Tyrol. Le docteur avait ôté sa veste, son nœud papillon et ses chaussures. Il arpentait la chambre en chaussettes, chemise ouverte et bretelles pendantes. Il avait un verre de cognac dans la main et il aspergeait les meubles et la moquette en faisant de grands gestes irrités. Il se querellait ainsi avec Rolfe depuis une heure.

« Mais enfin, qu'ai-je fait de si horrible ? Je faisais honnêtement une enquête de caractère scientifique. Ce n'est pas un crime, quand même ? J'avais deux objectifs principaux : le premier était de permettre aux femmes d'avoir plusieurs enfants par grossesse et le second de pouvoir contrôler les caractéristiques physiques de chaque nouveau-né afin que seuls les caractères raciaux les plus parfaits d'un peuple puissent se perpétuer. C'est ça qui était horrible ? C'était un crime ?

Grigori se tut pour boire une rasade de cognac. Il s'essuya la bouche d'un revers de la main.

« Mes ennemis m'ont surtout reproché d'avoir essayé de changer la pigmentation des yeux et des cheveux de certains des enfants sur qui je travaillais. Mais ce qu'ils refusent d'admettre, c'est qu'en fait je ne faisais que tenter d'enrichir et d'améliorer des individus de races inférieures, de les transformer à partir du moule glorieux de nos ancêtres aryens.

« On peut ainsi comprendre que mon travail sur les jumeaux et les triplés, ainsi que sur les infirmes, les nains et les bossus n'était pas, contrairement à ce que disent mes ennemis, motivé par une quelconque cruauté. A la base, c'était une entreprise humanitaire. De toute façon, qu'aurait-on pu faire d'autre avec ces pauvres créatures ? Ils étaient condamnés, quoi qu'il en soit.

« Et cela m'amène à la question des Juifs. Je voudrais insister sur le point que je n'éprouve aucune haine envers les Juifs en tant que tels. Contrairement à ce que mes actions passées pourraient faire croire, je n'ai jamais été antisémite. Le vrai antisémite, l'agitateur professionnel avec l'écume aux lèvres, qui récite hystériquement des versions pathologiques des Saintes Écritures et qui se promène avec sa médiocre cargaison de slogans haineux et de contresens historiques, représente pour moi la plus basse forme de vermine. Mon père a employé des Juifs dans son usine de Günzburg. Il y avait des Juifs parmi mes amis les plus proches. J'ai un immense respect pour les Juifs. Ils sont avec nous, les Allemands, la seule autre race supérieure. C'est justement le problème. Deux peuples aussi doués ne peuvent pas coexister dans le même espace. Une des deux races devait dominer et ce devait être les Allemands !

« Certes, je ne nie pas avoir exécuté des Juifs. C'était très malheureux, mais c'étaient les ordres. Nous vivions une époque de folie et de guerre. On fait, durant ces périodes insensées, des choses qu'on préférerait oublier. Mais, j'insiste, je n'ai pas tué de Juifs par haine. J'ai tué des Juifs pour la Connaissance. Si cela paraît dur, je n'y peux rien. Et n'est-ce pas vraiment ironique (pour ne pas dire franchement marrant) que le travail que j'ai entrepris dans les années de folie, en quarante, soit aujourd'hui repris en charge par de très distingués savants, financé par les gouvernements et les fondations qui travaillent tous sous un épais manteau de respectabilité et qui n'éprouvent, quant à leurs expériences, pas le moindre doute ? N'y a-t-il pas de quoi rire ? On ne considère plus qu'il soit horrible de parler de purifications raciales ; au contraire c'est à la mode. Seulement, on a trouvé de nouveaux noms pour faire passer la pilule. On appelle ça engineering humain, conditionnement comportemental ou *cloning*. Ce ne sont que de doux euphémismes pour ce que je faisais dans les années quarante. On donnera bientôt le

Nobel à un homme qui aura fait les mêmes choses pour lesquelles on m'a appelé " monstre " ou " bête ".

« Mais si tu tentais de mettre ces hommes " distingués " et " cultivés " devant cette seule vérité, ils la nieraient avec la plus grande énergie. Ils crieraient à l' " outrage ". Ils diraient que si, à la limite, on pouvait penser que les buts soient de même nature, leurs méthodes n'ont absolument rien à voir avec les miennes, parce qu'ils travaillent avec des poules et des singes et non avec des enfants. C'est un jésuitisme méprisable. Retiens bien ce que je vais te dire : les poules vont bientôt devenir des enfants. Aujourd'hui, dans leur grande piété, dans leur écœurant confort moral à usage interne, ils m'ont dépouillé de mes diplômes universitaires. Mon ancienne université m'a renié. Tous des hypocrites !

« Mais moi, je ne renie pas mon passé ; je dirai même que j'en suis fier. La seule chose que je regrette dans le passé, la seule faute que j'ai commise, c'est d'avoir fui. J'aurais dû rester et participer aux festivités. Après tout, je n'étais qu'un médecin parmi beaucoup d'autres " docteurs des camps ". Pourquoi les Alliés m'auraient-ils moins bien traité que les autres ? On m'aurait jugé. On m'aurait mis sur la sellette pour que tout un chacun puisse venir agiter le poing d'indignation. On se serait tordu les doigts, rongé les sangs, un de ces spectacles publics de feux d'artifice moraux que les soi-disant démocraties occidentales aiment si tendrement. Une bonne occasion pour une de ces confessions publiques tellement dans la manière des puritains. Les juges en auraient appelé au Tout-Puissant, fait des effets de manche inspirés par une sainte colère, et se seraient pâmés de pharisaïsme en me condamnant à la prison à vie, tout en détournant pudiquement la tête quand je serais discrètement sorti par la porte de derrière de Spandau après quatre ans. Après que les roulements de tambour et les battements de coulpe se seraient tus. Et aujourd'hui, je ne serais pas en train de me cacher, condamné à vie dans cette annexe de l'enfer. Je serais un homme libre.

Le docteur Grigori arrêta un instant ses allées et venues frénétiques, reprenant conscience de la présence de son fils dans la chambre. L'expression qu'il put lire sur le visage de Rolfe le rendit fou furieux.

« Tu es en train de me regarder comme si j'étais un monstre. Oh, je sais ce que tu as entendu. (Il jeta un regard louche et défiant à son rejeton.) Je sais ce que tu as lu, tout ce qu'on a voulu me mettre sur le dos. Je sais combien tu as souffert de ces histoires. Comment ta famille et tes enfants...

Il semblait être totalement essoufflé et s'essuyait la gorge d'un foulard de soie.

« Pourtant, je maintiens, continua-t-il, de plus en plus déclamatoire et ivre, je n'ai jamais torturé, je n'ai jamais tué...

Rolfe se leva comme une furie.

— Tu n'as jamais tué ?

— Jamais volontairement.(Grigori leva le doigt comme pour insister sur un point très important.) J'étais un soldat. Un savant. Il y avait le devoir, le code...

— Torturer, castrer, rendre infirme. Les femmes et les enfants faisaient partie de ton code ?

— Tout le monde. *Tout le monde !* Nous avions des ordres. Le soldat ne distingue pas... le soldat n'est pas là.... (La voix de Grigori s'affaiblissait à mesure qu'il voyait le dégoût grandir sur les traits de son fils.) Mais essaye de comprendre, c'était une époque de folie. Tu ne peux pas comprendre ! La folie et... peut-être que, moi aussi, j'étais un peu fou.

Grigori se tut, les efforts d'introspection qu'il avait déployés l'avaient épuisé mais ravi en même temps, comme s'il avait trouvé dans l'opération confort et bien-être.

« Si j'ai tué des gens, continua-t-il, ce ne sont pas les milliers qu'on a dit. Pure imagination. En fait, il devait y en avoir une poignée. Peut-être une douzaine... mais jamais plus. (Il avait toujours le doigt levé et l'autre main s'occupait d'une carafe de cognac.) Et ces quelques-uns-là étaient des moribonds affligés de maladies mortelles. Les tuer était un acte de pitié. Pourquoi a-t-il fallu que la presse exagère autant, qu'elle mente aussi effrontément ?

Rolfe prit la parole d'un ton mesuré mais grave. Il n'avait plus aucun désir d'épargner son père.

— Il y a un dossier accablant. Je l'ai vu ; j'ai vu les photos, les témoignages passés au crible d'innombrables témoins visuels...

— Qui me dépeignent comme un monstre ? Mais pourquoi ont-ils perdu tout sens de la mesure et des faits ? Nous étions des prêtres voués à l'autel du savoir. Pourquoi ne parlent-ils jamais des innombrables actes de pitié et de générosité que j'ai faits à l'intention de ces basses créatures avec qui j'étais forcé de cohabiter quotidiennement ? Pourquoi ne parlent-ils pas de l'équipement de chirurgie que j'ai fait venir, un des plus hygiéniques, complètement stérilisé, pour l'époque... Pourquoi ne disent-ils pas que j'ai enrayé les épidémies de typhoïde et de choléra dans les camps ? Comment j'aidais les mères juives à accoucher sans douleur et de façon hygiénique ? Pourquoi se taisent-ils sur tout ça ? Tu sais pourquoi, mon cher fils ?

Rolfe observait son père et, pour la première fois, il comprit ce qu'avait voulu dire Caffeti quand il avait parlé de sa « maladie ».

« Je vais te l'expliquer, continua-t-il, pris à la fois par la boisson et la folie. C'est parce que le sionisme international a besoin d'un bouc émissaire. Ils ont besoin d'un bouc émissaire pour réveiller la haine et la maintenir vivante et c'est moi qu'ils ont choisi. Ils veulent faire de moi un symbole. Le symbole d'une époque. Ils se servent de moi pour ramasser des fonds.

Grigori s'affala sur une banquette, exténué par sa tirade, soudainement abattu. Son menton s'étalait sur sa poitrine, de grosses gouttes de sueur lui coulaient sur le front. Rolfe se leva et se dirigea vers son père.

— Je peux t'aider ?

Le docteur Grigori fit comme s'il n'avait pas entendu et Rolfe répéta sa question.

— Mes médicaments, murmura-t-il enfin. Dans la salle de bains. Le sac de cuir sur l'évier. Les pilules vertes...

Rolfe trouva les pilules à l'endroit exact où elles devaient être. Il avait peur que son père tombe vraiment malade et qu'il soit forcé de retarder son départ. Il se sentit honteux de son petit égoïsme et apporta les pilules avec un verre d'eau.

Après avoir pris ses médicaments, le docteur fut de nouveau d'humeur bavarde ; mais il était devenu assez mélancolique, plein d'une nostalgie rêveuse.

« La première fois que je pris conscience de l'horrible réalité de mon exil et de ce que cela voulait dire en termes de vie future, de ce que j'avais à jamais perdu dans l'existence, je fus pris d'une horrible crise de dépression. C'est très typique des hommes blancs qui vivent sous les tropiques. On a un nom français pour ça, tu le savais Rolfe ? " Cafard ". Je ne connais pas l'étymologie du nom, mais j'en ai eu tous les symptômes. Dépression, anorexie, apathie, insomnie. Je ne lisais plus, même pas un journal. Je n'écoutais plus de musique et, chose plus grave encore, j'ai négligé mon travail. Je n'avais rien en vue pour l'avenir qu'une lente et progressive atrophie de l'esprit et du corps. Une irrésistible descente en moi-même. Une succession infinie de jours vides jusqu'à l'oubli final. (Grigori fixa son fils, intensément.) Et c'est ainsi que j'ai survécu aux dernières années. Mais récemment, je ne sais pas pourquoi, l'espoir m'est revenu. J'ai recommencé à travailler. C'est pour cela que je voulais que tu viennes. Je voulais que tu puisses me revoir ainsi encore une fois. Plein de vie, occupé, au sommet de mon pouvoir. Pour que tu puisses garder cette image de moi.

Rolfe détourna le regard, incapable de regarder son père dans les yeux.

« L'exil m'a beaucoup coûté, Rolfe, dit le docteur d'une voix tremblante. Tu ne sauras jamais à quel point. Oh, je ne me plains pas ; ça m'a gardé en vie ces dernières années et c'est déjà quelque chose. Mais c'est triste d'être confiné à un marais fétide, loin de toute civilisation, avec ses souvenirs et sa solitude. Pas de compagnie si ce n'est celle de ces brutes bâtardes et une nostalgie incroyable pour les nuits dans les grandes capitales du continent — Berlin, Vienne, Paris. Les bons restaurants et les petits cafés chaleureux. Le théâtre et l'opéra ; les amis et les discussions mondaines. Comme j'ai envie, une fois de temps en temps, d'une seule demi-heure de conversation intelligente. Oh, Rolfe, tu n'as pas idée, tu ne devineras jamais le prix que je dois payer simplement pour vivre.

Grigori voulut se servir un autre cognac mais Rolfe l'arrêta de la main.

— Père, tu ne crois pas que tu devrais un peu oublier cela ?

Le docteur regardait son fils, médusé. Puis, il lui arracha violemment la bouteille.

— Merci, siffla-t-il, devenu livide, je n'ai pas besoin de toi pour me dire combien je peux boire.

« Oui — j'ai tué, dit-il en déglutissant son cognac avec une sorte d'orgueil, je l'admets. Mais j'ai expié pour mes péchés. Au millième ! Presque vingt années à se cacher et à être chassé ; banni dans une case puante près d'un marais fétide. Tu crois que ce n'est pas assez, en guise d'expiation ?

Rolfe resta quelque temps plongé dans un profond silence. Il était assis sur un sofa trop rembourré qui avait pour effet de lui faire remonter les genoux. Il avait posé sur l'un d'eux un verre d'eau qu'il balançait de la main, renversant parfois un peu de liquide pour remplir les blancs, pour masquer son profond embarras. Il se sentait mal dans sa tenue de soirée, il voulait aller se coucher, fuir son père.

Mais le dernier mot que celui-ci avait prononcé résonnait encore dans ses oreilles. « Expiation. » Il soupira, posa son verre et se leva.

— Il m'aurait été possible de croire en ton expiation, père... (il parlait lentement, boutonnant son col et refaisant son nœud de cravate)... si je n'avais pas assisté au banquet de ce soir. Si je ne t'avais pas vu devant la foule de tes admirateurs. Le svastika a été une merveilleuse pierre de touche, et quand ils ont chanté le *Horst Wessel* et commencé à « *sieg heiler* »...

Grigori rougit violemment.

« On faisait faire une petite foulée d'entraînement aux vieux dieux de la Guerre, hein, père ? C'était presque comme en 33 !

— Tu prends ça trop au sérieux.

Rolfe s'amusait.

— A peine, je te l'assure. Je pense l'avoir plutôt compris comme une vaste plaisanterie accomplie par des petits nabots obscènes. Je regrette seulement qu'on m'ait forcé à y prendre part.

— Oh, je t'en prie ! (Grigori lança les bras au ciel.) C'était vraiment innocent. Un peu de nostalgie, c'est tout. Ces gens-là ne voulaient rien exprimer de plus.

Rolfe haussa les épaules, désespéré.

— Si tu t'étais vu là-haut en train de hurler tes *Sieg Heil* comme je t'ai vu, moi, tu serais raisonnablement en droit de te poser des questions sur ta prétendue « expiation ».

— Mais de quel droit...

— Je ne crois pas qu'à ce jour tu aies compris ce que tu as fait. Tu te considères toujours comme la victime d'une terrible injustice.

— Et ce n'est pas le cas, peut-être ? (Le hurlement de rage que poussa Grigori laissa filtrer son angoisse.) J'ai été injustement traité. Je ne faisais que mon devoir, mon travail. Un bon travail. Un travail *honorable.* Et on m'en a puni...

— Il faut que tu saches, père, dit Rolfe en lui coupant brutalement la parole, que la seule raison pour laquelle je me suis levé ce soir était de t'épargner une humiliation devant ceux que tu considères comme tes amis. Et de plus, je m'en vais !

Rolfe avait pris sa veste et l'avait jetée sur ses épaules.

— Je ne veux pas que tu partes.

— Je n'aurais d'ailleurs jamais dû venir.

— Je veux que tu restes.

— Je suis venu parce qu'on m'avait dit que tu étais malade.

Rolfe faisait les cent pas et, à mesure, gagnait en autorité.

« Et il est vrai que tu es malade, mais je ne peux vraiment rien y faire. La médecine non plus d'ailleurs. J'ai peur que ta pathologie soit d'origine historique et donc incurable. On peut freiner l'extension de l'épidémie quelque temps, mais à la première petite occasion, telle que la soirée d'aujourd'hui avec ces vautours gorgés de gnôle, la rechute semble inévitable. Excuse-moi, mais, dans ta bouche, le mot " expiation " prend des allures grotesques. Je doute que tu saches même ce qu'il signifie. Honnêtement (Rolfe enfila sa veste), si on te laissait faire tu rouvrirais les camps et les fours crématoires dès demain et tu te mettrais sur-le-champ à reprendre tes chères études sur le corps humain, tes recherches médicales aussi glorieuses qu'humanitaires. Mais dis-moi, père, c'était sexuel ?

— Sexuel ?

— Mais oui... quand tu « travaillais » sur les femmes et les enfants.

— Comment...

— Étais-tu vraiment ce scientifique froid et sans passion que tu aimes à dépeindre ou bien est-ce qu'il y avait à la base de toute cette « curiosité » quelque chose de moins noble, de bestial, pourquoi pas ?

Grigori était au bord de la syncope. Il était écarlate et muet.

— Ordure... (Il crachait le cognac.) Espèce d'ordure.

— Si c'était sexuel à la base, continua Rolfe, sans pitié, je pourrais comprendre, et même pardonner pour ce que tu as fait. Je pourrais m'accrocher à l'espoir que les horreurs psychosexuelles que tu as infligées à des êtres humains étaient causées par la maladie mentale, l'aberration... Je pourrais te pardonner. Mais maintenir que tu n'as fait cela que pour servir la science ; que tu cherchais la vérité, que tu étais un... un... comment t'appelais-tu ? Un prêtre votif ? (Il éclata d'un rire incroyable.) Vraiment, père, je trouve ça dégueulasse, au-delà de toute description.

Le poing de Grigori prit Rolfe à la tempe. Cela lui fit moins de mal que de surprise. Au moment même où le docteur avait frappé, il semblait déjà regretter son coup de poing. Il s'avança maladroitement, comme pour s'excuser, comme pour effacer les quelques secondes passées. Mais Rolfe s'était déjà relevé, plus sûr de lui que jamais.

« Bonne nuit, père ! (Il parlait d'une voix douce, comme un homme qui accepte sa défaite.) Je partirai avant le petit déjeuner. Je suis certain que nous ne nous reverrons jamais. Porte-toi bien ! (Il le regarda, désireux de dire quelque chose d'autre, mais peu sûr de l'utilité du message.) Si tu parlais sérieusement, tu sais, à propos d'expiation... Reviens en Allemagne. Je te trouverai le meilleur avocat. Tu passeras sans aucun doute le reste de ta vie en prison, mais, par rapport aux crimes atroces que tu as commis, c'est peu ! Adieu.

Rolfe se dirigea vers la porte. Grigori lui emboîta le pas.

— Rolfe ! Reviens, je te l'ordonne. Rolfe !

La porte lui claqua au nez. Il criait encore.

« Rolfe ! hurla-t-il une dernière fois.

C'était un cri qui n'exprimait plus l'ordre mais plutôt le désespoir et l'impuissance.

45

Peu avant l'aube, Rolfe Hupfauer s'était levé et s'agitait dans sa chambre. Il fit ses valises et appela la réception pour qu'on lui envoie un porteur. Il demanda au réceptionniste de lui appeler un taxi pour l'aéroport.

Il réglait les derniers détails avec calme, mais avec la sourde prémonition d'un danger dont il ne pouvait préciser la nature. Quelque chose qu'il avait lu dans le regard de son père quelques heures auparavant, quand il était sorti de sa chambre — ce regard fou et sombre, ce cri étranglé derrière la porte — ce n'était pas un cri de défaite mais celui d'un homme outragé qui demande vengeance.

On frappa. Un employé attendait avec un chariot à bagages. Rolfe le suivit, boutonnant son manteau, le souffle court d'appréhension. Accoudé à la réception, il attendait que l'employé mal réveillé retrouve sa note.

Après plusieurs minutes de fouilles inutiles, l'homme le regarda avec une lueur d'idiotie dans les yeux :

— On a déjà payé la note, *señor.*

— Déjà payé ?

— Oui. Les deux *caballeros.* Il y a à peu près vingt minutes.

Il exhiba un bout de papier qui portait un large tampon en son travers : « PAGADO ».

— Mais je ne comprends pas, murmura Rolfe.

Il eut soudain l'impression d'un mouvement autour de lui. Mais son esprit était encore ensommeillé. Il ne comprenait pas bien la situation. Horst et Ludo vinrent immédiatement se placer autour de lui. Von Rattenhuber souriait très aimablement. Il ne regardait pas Rolfe dans les yeux, mais au-dessus de son épaule, vers quelque point imaginaire.

— Bonjour, Herr Hupfauer. J'espère que vous avez passé une bonne nuit.

— Oui, répondit Rolfe en lançant des regards gênés aux deux hommes.

— Vos bagages sont déjà dans la voiture, ajouta Matschke.

Il s'avança soudain vers Rolfe qui recula un peu.

— Mes bagages ?

— Oui, nous allons y aller maintenant. Les autres attendent.

— Les autres ?

Le réceptionniste eut un grand sourire approbateur quand les deux hommes saisirent Rolfe sous les bras et lui firent ainsi traverser le vestibule de l'hôtel. Une fois sur le perron, Rolfe vit la grosse Mercedes au pied des escaliers, précédée d'une autre voiture, une Buick louée. Malgré le soleil qui l'aveuglait, il reconnut sans peine les deux silhouettes qui attendaient dans la Buick.

« Qu'est-ce que c'est ? Qu'est-ce qui se passe ?

— Par ici, Herr Hupfauer, murmura Horst, comme on parle à un vieillard ou à un aliéné.

Quand il vit la portière de la Mercedes s'ouvrir il commença à résister, à freiner des pieds, mais il fut littéralement traîné sur le sol. Ses doigts de pieds raclaient le gravier.

La grosse tête de Krug apparut comme un ballon à la vitre. Il arborait un large sourire quand Rolfe fut à son niveau.

— *Ach,* bonjour Herr Hupfauer.

— Mais, au nom du ciel..., cracha Rolfe à la portière, tandis que Horst et Ludo essayaient de l'asseoir de force sur le siège arrière.

« Lâchez-moi ! criait Rolfe, battant inutilement des bras.

Son chapeau tomba. Krug jaillit de l'intérieur, il avait un rictus figé d'assez mauvais augure ; il prit la manche de veste de Rolfe.

— Magnifique. Magnifique, Herr Hupfauer. (Sa face était devenue violacée et il semblait chanter un refrain joyeux.) Allons, montez !

Il y eut une brève altercation à la portière quand Horst et Ludo poussèrent gentiment de l'extérieur et Krug tira de l'intérieur.

— Mais qu'est-ce que vous foutez ? hurla Rolfe.

Il ressentit un coup sourd sur le crâne quand il heurta la bordure métallique de la portière.

— Attention, bande d'idiots ! cria Krug aux deux gardes du corps un peu trop zélés.

Rolfe vacilla sous le choc. Des taches noires dansaient devant ses yeux et il tomba seul sur la banquette. Il tomba d'ailleurs directement sur Krug qui grogna et manqua d'étouffer. Aussitôt Horst et Ludo se précipitèrent à l'avant. La Buick où se trouvaient Rudel et Grigori démarra doucement et Horst, mettant en marche, la suivit immédiatement. Plusieurs piétons qui avaient assisté à la scène firent des commentaires désobligeants. Ils croyaient avoir vu un ivrogne récalcitrant et émirent quelques remarques bien senties sur le comportement des étrangers. Personne ne remarqua la Chevrolet Impala de location conduite par un moine qui quitta, quelques secondes après, l'hôtel qui se trouvait juste en face. Curieusement, elle prit la même direction que les deux autres voitures.

— Mais bon Dieu, qu'est-ce qui se passe ici ?

Rolfe était hors de lui. La tête lui tournait encore un peu, mais il avait retrouvé l'équilibre et la vue.

— Rien, Herr Hupfauer, chantonnait Krug, plein d'une feinte cordialité. Rien du tout.

— J'ai un avion à prendre. On m'attend chez moi.

— Oui. Bien sûr.

— Arrêtez immédiatement cette voiture !

— Certainement...

Le nain était en train de se brosser pour défroisser son costume. La voiture filait dans les petites rues étroites et désertes.

— Est-ce que j'ai été kidnappé ?

— Kidnappé ? (Krug eut un air très choqué.) Absolument pas ! (Il examina la petite bosse orange qui commençait à se développer sur le front de Rolfe.) C'est assez mauvais, ce que vous vous êtes fait. Je m'excuse vraiment pour le comportement de ces deux babouins.

Il lança un regard furieux aux deux hommes qui ne pipaient mot et se fixaient sur la route.

« Bande de cons ! murmura-t-il entre ses dents.

— Mais on m'emmène quelque part contre mon gré, continua Rolfe. De force !

— Pas exactement, Herr Hupfauer. Ce n'est pas comme si...

Le nain se perdit en un délicat exercice de casuistique incompréhensible, pendant que la voiture filait.

« Voyez-vous, Herr Hupfauer, votre père...

— Mon père est dans la voiture de devant ?...

— C'est exact.

Ils venaient juste de sortir de la ville et s'engageaient dans les collines.

— Je veux lui parler.

— Mais bien sûr, dit Krug en souriant. Encore qu'il soit impossible à présent...

— Tout de suite. Je vous l'ordonne !

— Je suis désolé, mais c'est hors de question.

— J'ordonne..., hurla Rolfe.

— Désolé, Herr Hupfauer.

Rolfe s'enfonça dans son siège ; il ferma les yeux et essaya de retrouver son calme dans le noir. Il poussa enfin un grand soupir.

— Pourrais-je au moins savoir où l'on m'emmène ?

— A Puerto Stroessner. Votre père y possède une propriété.

— Je vois. Et l'on va m'y garder en otage ?

— Mais pourquoi employez-vous des mots comme « kidnapping » ou « otage » ? protesta aimablement Krug. D'après ce que je sais, vous n'y resterez que quelques jours...

— Quelques jours... !

— Trois au plus. Et vous serez absolument libre d'aller et venir à l'intérieur de la maison. Dans le jardin aussi, bien entendu. C'est un endroit charmant ; je suis certain que vous allez l'aimer.

— J'espère que vous comprenez bien que ma femme m'attendra à l'aéroport demain soir ?

— On a envoyé un télégramme à votre femme pour lui signaler que vous auriez quelques jours de retard, dit Krug avec une évidente satisfaction. Vous voyez, Herr Hupfauer. Il ne faut pas s'inquiéter. Tout va bien.

Ils roulèrent toute la matinée. Il ne semblait pas qu'il y ait eu quoi que ce soit à ajouter. La voiture du docteur Grigori se dirigeait vers le nord, visible mais inaccessible comme une étoile et la Mercedes la suivait servilement comme si sa destinée lui eût été inexorablement liée.

Rolfe s'aperçut qu'il avait plus peur de son père en son absence qu'en sa présence. Il ne pensait pas qu'il lui ferait, volontairement, du mal. Il ne l'avait jamais fait. Mais pourtant, il en était venu à avoir des craintes précises à son sujet, pas celles du petit garçon pour un père mystérieux et absent, mais plutôt la peur d'un citoyen qui respecte les lois et qui n'a aucune habitude de la violence, devant un étranger imprévisible et très certainement fou. Il pensa soudain à Caffeti, avec une lueur d'espoir pour cette goutte de santé au milieu de cette marée de folie.

— Où est Caffeti ? demanda-t-il.

Krug sortit de quelque sombre spéculation intérieure ; il se racla profondément la gorge et cracha par la fenêtre.

— Le *señor* Caffeti est retourné à Eldorado. (Il y eut un léger rictus qui creusa les traits de la petite créature, comme s'il avait compris où l'autre voulait en venir.) Je vous assure, Herr Hupfauer, que Ricardo n'aurait pas pu vous venir en aide.

— Me venir en aide ?

L'expression prenait pour Rolfe un accent inquiétant.

— Je veux dire éviter tout ça.

— Éviter quoi ?

— Nous devons prendre de l'essence, cria Horst.

— T'inquiète pas pour l'essence ! glapit Krug. Je te dirai quand il faudra s'arrêter pour l'essence. (Il se tourna vers Rolfe, très conciliant.) Pour éviter ce petit voyage surprise, si vous voulez. Votre père, voyez-vous, a reçu il y a peu de temps des nouvelles assez inquiétantes.

— Des nouvelles ? Quel genre de nouvelles ?

Krug regarda à travers la vitre se dérouler le paysage désolé de haut plateau qu'ils traversaient.

— En fait, il y a deux choses. (Sa langue sortit brusquement sur ses lèvres bleuies, comme celle d'un serpent.) La première est que le gouvernement argentin a accepté, la nuit dernière, d'extrader un vieil ami commun au docteur et à moi — Freddie Rothmann — qui est accusé d'avoir tué quarante mille personnes à Mauthausen. Ce n'est pas encore certain. Nous attendons une confirmation de nos propres sources à Buenos Aires. Mais, si c'était vrai (Krug fit une pause dramatique) cela pourrait avoir de très fâcheuses conséquences sur la vie de votre père au Paraguay, puisque la politique paraguayenne s'aligne souvent sur celle de l'Argentine. Ne me demandez pas pourquoi, surtout.

— Eh bien, et si le Paraguay donnait suite...

Le nabot claqua de la langue.

— Cela pourrait être très ennuyeux. Il ne reste hélas plus tellement d'endroits dans le monde où votre père soit le bienvenu.

— Et la seconde ?

— La seconde ?

Krug avait l'air étonné.

— Vous avez parlé de deux nouvelles graves.

— Ah, oui. Bien sûr. Eh bien, la seconde nouvelle est encore beaucoup plus inquiétante ; elle vient du colonel Arganas. Il nous a appelés tôt ce matin pour nous dire que le tueur à gages que nous croyions avoir abattu dans le fleuve est très certainement en vie. On a retrouvé une cache de vêtements, enterrée à proximité des lieux où l'incident du ferry s'est déroulé. On a envoyé des chasseurs professionnels avec des chiens pour suivre une piste dans la jungle. Arganas m'assure qu'il a la situation en main.

— En main ?

Rolfe se sentait complètement dépassé.

— Je pense qu'il veut dire par là qu'ils sont sur le point de l'arrêter.

— Mais alors, pouvez-vous me dire pourquoi mon père a un si pressant besoin que je sois là ?

Krug émit un soupir, s'enfonça dans le cuir et alluma un de ses petits cigares Di Nobli.

— Je pensais que c'était évident. (La sollicitude et l'impatience se mêlaient dans sa voix.) Votre père est dans un état d'épuisement nerveux. Je l'ai déjà vu comme cela et je sais ce qu'il en est. Pourtant, c'est un homme très résistant et je suis persuadé qu'une fois de retour à la garnison Carlos Antonio Lopez dans la zone 540, où il est plus facile d'assurer sa protection, il reviendra vite à ses esprits.

— Mais alors, pourquoi allons-nous à Puerto Stroessner ?

— Parce que c'est la route. D'autre part, il le veut.

— Et après, vous pourrez le décider à aller dans cette 540 ? Vous suivra-t-il ?

— J'ai bien peur qu'il n'ait pas le choix, annonça Krug avec emphase. Ce matin, le colonel Arganas le lui a ordonné au téléphone. Il semble que le président Stroessner ait été choqué par le bruit fait autour de la tentative d'assassinat sur votre père. Tout le monde en parle déjà dans le pays et les ambassades et les agences de presse étrangères commencent à poser des questions. Il est extrêmement embarrassant, pour la crédibilité d'un pays, de maintenir envers et contre tout que vous ne savez rien d'une personne qui vivrait à l'intérieur de vos frontières nationales, alors que des agents de puissances étrangères entrent chez vous en toute impunité et se dirigent directement sur cette personne. Très, très embarrassant.

— Je vois, répondit Rolfe.

Son esprit tentait de faire d'énormes bons dans l'avenir, mais sans succès.

Krug souffla la fumée épaisse et écœurante de son cigare.

— Pour le moment, votre présence sera d'un grand soutien moral pour votre père. Il a demandé à ce que nous vous gardions encore quelques jours et j'ai accepté de tout cœur. (Le nain mit une main moite et paternelle sur le genou de Rolfe.) Après tout, vous êtes son fils et malgré le caractère, comment dirais-je, *déplaisant* de certains comportements du lointain passé, on doit secours et assistance à son père.

La Buick et la Mercedes arrivèrent à Puerto Stroessner peu après la tombée de la nuit. Les lumières étaient allumées dans la Casa Sereno, la charmante petite villa que possédait Grigori, et le couple de domestiques, les Krauss, les attendaient. Ils avaient fait couler les bains, fait les lits et préparé le dîner. Rolfe ne put toujours pas voir son père, car dès son arrivée, le docteur Grigori monta directement à sa chambre et s'y fit servir à dîner. Rolfe voulait absolument le voir, parler avec lui et clarifier la situation et quand il demanda à Krug quand il pensait pouvoir lui accorder une audience avec le docteur, le nain secoua la tête en signe d'ignorance.

— Votre père s'est retiré pour la nuit. Demain, il aura beaucoup à faire, mais j'essaierai de lui parler dès demain matin.

Krug lui avait répondu comme un chef du personnel à un candidat sollicitant un emploi.

Rolfe joua au jacquet avec Matschke et Rudel le restant de la soirée, tandis que Herr Krauss traînait son énorme chaussure en servant le café et les liqueurs. Krug s'était enfermé dans la bibliothèque pour lire les journaux. De temps à autre, il sortait brusquement de sa retraite et lançait un coup d'œil dominateur aux joueurs, dressé comme un coq, puis, sans explication, disparaissait dans la bibliothèque en claquant la porte derrière lui.

La conversation était réduite au minimum. Matschke et Rudel jouaient sans dire un mot, impassibles, holsters ostensiblement jetés sur l'épaule. Herr Krauss apparut plusieurs fois au cours de la soirée, raide et solennel comme un croque-mort pour dire quelque chose à l'oreille de Rudel. Rudel, impavide, se levait alors et suivait le valet de chambre dans le vestibule où Rolfe les entendait discuter.

Tout était sinistre. Rolfe, avant d'aller se coucher, éprouva le besoin de prendre l'air. Il se leva, mit sa veste et se dirigea vers la porte. Aussitôt Krug jaillit de la bibliothèque.

— Et où allez-vous, comme ça ?

Rolfe regarda le nain, interdit.

— Je sors juste me dégourdir les jambes.

Il y eut un échange de regards — de Krug à Rudel, de Rudel à Matschke et de Matschke à Krug. Sans avoir échangé un seul mot, ils parurent arriver à une solution satisfaisante.

— Mais bien sûr, Herr Hupfauer, dit Krug, porte-parole officiel du groupe. Ludo sera heureux de vous accompagner.

— Ça ne sera pas nécessaire. Je préfère y aller seul.

Autre série de regards entendus. Krug se fit insistant :

— J'ai bien peur que vous compreniez mal les habitudes de ce pays. Il est tout à fait inhabituel que les étrangers se promènent seuls la nuit, sans protection. Malheureusement, nous avons nous aussi notre lot de violence et de crime, hooligans, bandits de grands chemins et tout le reste. Je ne vois pas d'inconvénient à ce que vous fassiez une petite balade mais j'insiste pour que Ludo vous accompagne !

Le jeune homme sortit immédiatement d'une chambre du haut, bouclant son holster. Il n'y avait rien à ajouter.

Quand il revint de sa promenade, Rolfe nota qu'il y avait des gardes armés à chaque porte et il fut réveillé plusieurs fois dans la nuit par des murmures de voix qui venaient du jardin, quand on relevait la garde.

46

Le matin suivant, le docteur Grigori ne se montra pas. Les autres se firent servir le petit déjeuner en silence. Il avait plu toute la nuit et le seul bruit qui régnait dans la villa était celui des gouttes d'eau qui tombaient du grand *lapacho* à côté des fenêtres.

Horst et Ludo engouffraient d'énormes quantités d'œufs et de saucisses, arrosés de café bouillant. Rudel, lui, mangeait à peine. Il était plus sombre que jamais. Il regardait Krug de temps en temps qui trônait au bout de la table, ses petits yeux avides rivés aux pages boursières du journal.

Rolfe avait épuisé ses réserves de patience. Il éclata :

— Ai-je la permission de voir mon père aujourd'hui ?

Il s'était adressé à Krug qui fit mine de ne pas avoir remarqué le ton exaspéré qu'il avait pris. Les grosses paupières du nain se levèrent lentement.

— Votre père n'est pas bien, ce matin, dit-il brusquement. Il m'a demandé de l'excuser de ne pouvoir prendre son petit déjeuner avec vous. Il espère pouvoir vous parler plus tard.

— Et quelle est la nature de sa maladie, si je puis me permettre ?

— J'ai peur de ne pas pouvoir...

— Vous ne pouvez pas ?

Rolfe éclata littéralement ; les autres sursautèrent et Frau Krauss pencha la tête à la porte de la cuisine.

« Qu'est-ce que ça veut dire " vous ne pouvez pas " ? Qu'est-ce que c'est, tout ces secrets et ces mystères ?

Dois-je vous rappeler que si quelqu'un ne peut pas, ici, c'est moi ?

La colère de Rolfe était majestueuse ; même Krug fut impressionné.

« Voudriez-vous, s'il vous plaît, transmettre un message à mon père ? On me garde prisonnier dans sa maison. Je ne peux pas sortir sans un garde armé. Je ne peux pas me raser ou prendre une douche sans la présence d'un de vos singes, qui doit certainement être là pour s'assurer que je ne vais pas m'enfuir par la fenêtre. Qu'est-ce qui ne va pas, avec mon père, exactement ? A-t-il honte de la façon dont j'ai été amené ici ? Enlevé par des brutes et emmené contre mon gré ? Est-ce ma récompense pour être venu le voir de si loin ? Est-ce qu'il a peur ou honte de descendre et de me regarder dans les yeux ?

— Ni l'un ni l'autre !

Le docteur Grigori avait clamé sa réponse du haut de l'escalier. Il avait passé une robe de chambre en soie, s'était rasé et semblait en parfaite forme. Il descendit vivement l'escalier avec une grâce très apprêtée. Il traversa la pièce et se planta devant son fils.

« Je n'ai ni peur ni honte, dit-il en lançant un regard froid à Krug.

Le nain claqua des doigts et, instantanément, tous les occupants disparurent, à l'exception du docteur et de son fils.

Dès qu'on eut fermé les portes, Rolfe se tourna vers son père, mais avant d'avoir pu dire un mot, Grigori lui fit signe de se taire.

« Je sais ce que tu vas me demander. Sache que j'ai l'intention de te renvoyer dans ta famille aussi vite que possible, crois-moi ! (Le docteur apparut soudain très troublé.) Je ne pensais pas que ton séjour ici prendrait ce tour. La façon dont tu as été traité m'affecte profondément.(Grigori se leva et fit les cent pas en se tordant les mains.) Comme tu le vois, je vis une existence étrange dans ce pays — je vis dans le secret, isolé, enfermé comme un lépreux. Mais c'est la seule chance que j'ai de survivre. Il y a des gens qui n'hésiteraient pas à me tuer.

Ma vie ne tient qu'à un fil. Je dois supporter la compagnie de la vermine !

Il désigna de la tête la porte par laquelle ses compagnons venaient de sortir.

« Il y a quelques jours, à Bariloche, continua-t-il nerveusement, j'ai fait la connaissance d'une jeune femme dont je me suis épris rapidement. J'ai appris qu'elle était une espionne, payée pour me débusquer. En fait, elle s'est tuée elle-même. Elle a connu une fin prématurée sur le Tronador, tout comme un autre de ses collègues sur le ferry du Paraná l'autre jour. C'était pourtant un homme calme, d'aspect inoffensif qui ne t'aurait jamais fait l'effet d'un tueur à gages.

Grigori marchait de long en large, absorbé par son propre discours, boitant légèrement. Il avait oublié la présence de son fils. Il déclamait. Il levait les bras parfois, comme s'il avait voulu saisir la pièce tout entière en un seul geste.

« Il y a un homme qui me suit en ce moment même. Je crois que Krug t'en a déjà parlé. On m'a dit que celui-ci est un vrai professionnel, très dangereux. Très bien ! J'accepte le défi. Je t'assure que je lui ferai le sort qu'ont connu tous les autres. Il finira au fond du fleuve !

Grigori se retourna et inspecta son fils à travers le monocle qui grossissait son œil.

« Je t'ai retenu ici pour quelques jours non pas en tant que fils qui a des obligations envers son père, mais en tant qu'avocat qui a des devoirs envers un client. Et, dans cette affaire, mon cher fils, je suis ton client.

— Père !

Rolfe essaya de se lever, mais Grigori le repoussa d'un geste dans son fauteuil.

— Depuis la venue de Langbeine en 1963, je n'ai pas révisé mon testament. Je veux que tu le revoies, que tu le mettes à jour quand c'est nécessaire, que tu y insères plusieurs codicilles dont je te ferai part dans les jours qui viennent. Dans ce nouveau testament, tu seras mon seul exécuteur avec tout pouvoir.

— Mais tu as déjà tes avocats.

— *Ach!* dit Grigori avec une moue dégoûtée. Je ne leur fais pas confiance.

— Mais tu dois faire confiance à Langbeine, il sert la famille depuis des années.

— Justement. C'est un laquais. Un vautour comme les autres ! Il n'a pas mes intérêts à cœur. Je veux que tu rédiges mon testament.

Pour la première fois, Rolfe ressentit de la pitié pour son père. L'homme avait l'air très seul, effrayé. Un filet se resserrait autour de lui. Il sentait venir la curée, inévitablement.

— Cet homme..., dit Rolfe.

— Quel homme ?

— Ce tueur.

— Je n'ai pas le moindre souci à son sujet. Je m'en occuperai à ma façon. Tu crois que j'ai peur ?

— Pas du tout, père. Je n'ai pas dit que...

— Tout cela parce que je veux revoir mon testament ! Je veux le réviser parce que j'ai atteint un âge où l'on doit s'occuper de ce genre de choses. Je veux que mes petits-enfants et que mes héritiers ne manquent de rien.

Grigori mit doucement sa main sur celle de son fils. Il baissa la voix et lui dit en murmurant :

« Je n'en ai plus pour longtemps.

— Père ! Tes médecins m'ont affirmé...

— Mes médecins sont des imbéciles ! Il y avait du sang dans mes selles ce matin encore. Je souffre en éliminant. Je n'arrive pas à garder ce que je mange. Je perds du poids. Je sais ce que dit Enriquez, mais souviens-toi que je suis médecin, moi aussi. On m'a déchu de mes droits, mais je suis toujours médecin. Je sais ce que je sais !

Rolfe contemplait son père, impuissant. Il savait qu'il était inutile de discuter. Il était têtu, irrationnel, macabre, l'idée fixe de la mort lui collait à la peau comme une sangsue. Il pouvait se secouer en tous sens, il ne s'en débarrasserait pas. Il avait calmement accepté son obsession et il se préparait à une fin prochaine.

« Je suis désolé que les choses aient pris ce tour. J'avais fait de tels projets pour ton séjour.

— Ça ne fait rien, père.

— Tu écriras le testament, alors ?
— Bien sûr.
— Et dès que ce sera terminé, je te ferai conduire à Asunción et tu prendras l'avion. Ça ne sera que l'affaire d'un ou deux jours.
— Oui, évidemment. (Rolfe se tut puis ajouta :) Je n'ai qu'une stipulation, toutefois.
— Laquelle ? demanda anxieusement Grigori.
— Si je fais ce que tu désires, je ne veux, à aucun prix, être ton héritier.

47

C'était une de ces nuits tropicales, languide et indolente, où l'air est saturé de jasmin et le ciel constellé d'étoiles. Les quatre hommes qui se tenaient sous les lampadaires de la Casa Sereno riaient et discutaient à voix basse ; leurs silhouettes se projetaient en ombres immenses sur la chaussée.

Il était minuit. Le docteur Grigori et quelques amis à lui revenaient d'une soirée en ville. Krug et Rudel faisaient partie de ce groupe d'une demi-douzaine de personnes. Rolfe n'était pas sorti. On en était aux politesses avant d'aller se coucher. La Mercedes 450 et une Lincoln Continental attendaient, lanternes allumées et moteur au ralenti.

On gratta une allumette. Il y eut un rire et une tête qui se baissa vers la flamme. Les voix étaient rauques et assourdies, pleines des consonnes sifflantes qui trahissent bien souvent l'étranger qui parle espagnol. Bientôt, on ouvrit une porte de la véranda et Herr Krauss en sortit ; il traversa le jardin en boitant, se mit au volant de la Mercedes et la conduisit jusqu'à l'étable rénovée qui servait de garage, à l'arrière de la maison.

Le docteur Grigori et ses amis continuèrent à parler

avec animation, à découvert sous les lampadaires, pendant quelque temps, ce qui montrait à l'évidence qu'on ne s'attendait pas à des ennuis. Le colonel Arganas avait fait doubler les patrouilles et Grigori, toujours très vigilant, avait engagé d'autres *Wachenhunde* dans sa garde personnelle.

Peu après, Krauss revint au bâtiment principal par une porte de service et les invités de Grigori, dans un dernier éclat de rire, montèrent dans la Lincoln et s'en allèrent. Krug et Rudel restèrent un petit moment avec le docteur qui terminait sans se presser sa cigarette égyptienne. Le départ de ses amis et la fin de la soirée l'avaient brusquement replongé dans la tristesse.

Horst et Ludo sortirent de l'ombre et l'accompagnèrent jusqu'à une porte secondaire où il disparut.

Quand toutes les portes furent fermées et que la garde privée du docteur se fut dispersée dans différentes parties de la villa, la rue qui bordait la Casa Sereno redevint déserte. Les autres villas semblaient toutes inhabitées ; il n'y avait pas une fenêtre d'allumée. Pourtant, il y avait quelques voitures garées le long du trottoir. L'une d'entre elles était une Chevrolet Impala d'un modèle récent qui portait les plaques d'immatriculation des véhicules en location. Elle s'était placée à la diagonale de la Casa Sereno. Au volant, se trouvait Asher, toujours habillé en moine dominicain. Il pouvait voir, à travers les branchages, les douces lumières orange qui illuminaient les fenêtres. Il n'était qu'à une centaine de mètres de la villa. Cela faisait des heures qu'il attendait et ses seuls mouvements avaient consisté à se coucher sur le plancher de la voiture au passage des rondes de police. Il avait calculé qu'il lui restait une bonne vingtaine de minutes avant que la voiture ne revienne. Il était assis, presque en position de méditation, parfaitement calme et serein, le Beretta était accroché sous son aisselle et, en plus, il avait posé une mitraillette Uzi toute neuve sur ses genoux. Il pensait parfois à Dovia, imaginant qu'elle était à ses côtés dans le Néguev ou à Birkenau ; ils se tenaient tous deux très droits, inflexibles devant le *Selektor,* dont la lente et rude psalmodie, sinistre et régulière comme un métronome, explosait tout autour d'eux. « *Links. Rechts. Links. Rechts. Links. Links. Links.* »

Quand s'éteignit la dernière lumière et que toute la villa parut s'être endormie, Asher sortit de la voiture en laissant le moteur en marche car il avait la ferme intention d'être de retour dans trois ou quatre minutes.

Il laissa la porte légèrement entrouverte afin d'éviter tout bruit et s'engagea sur un petit chemin perdu dans les arbres qui serpentait autour du garage de la Casa Sereno. Quand il atteignit les épais fourrés qui bordaient le jardin, il put entendre les conversations et les rires des gardes qui se trouvaient tout autour de la maison. Asher restait tapi dans l'ombre ; il situait chacun d'entre eux et, en même temps, évaluait à quel point ils étaient absorbés par leur travail. Il choisit presque immédiatement, avec une sorte d'instinct sauvage, la zone la plus vulnérable et se mit à ramper sans bruit dans l'herbe pour atterrir bientôt dans l'ombre dense qui régnait juste contre le mur de la maison.

Il s'était accroupi sous une fenêtre qui donnait apparemment sur l'office et tira de sous sa robe de moine un diamant et une bande adhésive. Il se leva pour examiner la fenêtre ; elle n'était pas fermée. Il se glissa immédiatement, avec une souplesse féline, au-dessus du rebord et disparut dans la pièce. Il resta quelques secondes immobile dans les vapeurs de cuisine de la veille qui flottaient encore. Il avait les pieds sur un sol de céramique blanche ; c'était bien une sorte d'office, encombrée de casseroles et de poêles qui pendaient aux murs. La pièce était d'une propreté impeccable.

Il fut soudain ébloui par une brusque explosion de lumière. Il se retourna et se retrouva face à un garde effrayé qui se tenait au pas de la porte en chaussettes et en caleçon, un pistolet sur l'épaule. Le garde le fixa quelques fractions de secondes, éberlué, bouche bée, avec une lueur d'amusement sur sa face de brute. Il était descendu pour boire un verre d'eau et, quand il vit le canon du Beretta, il fit la fatale erreur d'essayer d'atteindre son revolver.

Une explosion vint déchirer le silence. Elle rebondit sur

la froide céramique blanche du sol. Le garde, foudroyé comme un bœuf surpris par des prédateurs à un point d'eau, fut violemment projeté contre la porte. Il tenait toujours à la main son revolver. C'était comme si l'homme avait été pris et lancé dans l'espace par une force surnaturelle. Une balle lui avait arraché tout le côté droit du visage.

Asher fonça à travers la salle de séjour jusqu'à l'escalier. Un autre garde, Horst Matschke cette fois, poussa la porte d'une chambre du rez-de-chaussée et, voyant une ombre qui courait, la claqua aussitôt. Asher tira une rafale dans la porte qui se fendit sur toute sa longueur. Il y eut, peu après, un long râle d'agonie qui s'éleva de quelque part derrière elle. Asher continua sa progression dans l'entrée. Dès qu'il fut en son milieu il y eut un véritable barrage de feu. Quelqu'un tirait du haut de l'escalier. Il entendit des bruits de pas au premier étage, suivis d'un cri de femme (Frau Krauss probablement) long et déchirant. Asher se jeta sous l'escalier et tira une rafale directement à travers un surplomb de bois qui faisait angle et d'où provenaient les coups de feu du tireur invisible.

Asher n'était dans les lieux que depuis quelques secondes, mais Grigori avait déjà disparu. Il se décida à grimper au premier en se traçant un chemin à la mitraillette. Soudain, toutes les fenêtres autour de lui commencèrent à voler en éclats, les débris entraient dans la maison sous le coup de rafales qui venaient des quatre points cardinaux. Malgré la surveillance méticuleuse qu'il avait exercée toute la journée, il n'avait pu dénombrer tous les gardes. Son seul réconfort était de savoir que les gens de l'extérieur n'avaient aucun moyen de connaître le nombre ou la force du commando qui opérait à l'intérieur. Soudain, les coups de feu cessèrent dans le vestibule et un corps dévala les escaliers. C'était celui de Krug, totalement insolite dans sa chemise de nuit, Luger en main. Il descendit les escaliers sur le dos, rebondissant joyeusement comme un ballon d'enfant. Les pièces du haut furent envahies par un calme étrange et la voie vers l'étage semblait libre.

Asher longea les murs d'entrée et se rua dans l'escalier, espérant trouver sa proie ; il criait « *Grigori !* » de tous ses poumons, sans s'arrêter, comme un dément jusqu'à ce que cette répétition lui donne l'impression d'un tocsin. Il allait d'une chambre à l'autre, toujours hurlant, ouvrait les placards, regardait sous les lits. Il alla jusqu'à mettre le grenier à sac. Il ouvrit une porte d'un coup de pied et trouva les Krauss, couchés sur le sol, dans les bras l'un de l'autre. Il referma la porte violemment et entra dans la somptueuse chambre du maître de maison. Le grand lit était défait et une cigarette égyptienne d'un bleu pastel se consumait dans le cendrier sur la table de chevet. Mais de Grigori, pas la moindre trace ! Il s'était enfui, sans aucun doute par la fenêtre qui se trouvait au bout du couloir ; un rideau de voile se balançait lentement sous la brise du soir.

Il plongea de nouveau dans l'escalier. Furieux, il ne pouvait s'empêcher de s'adresser des insultes. On tirait toujours en tous sens du jardin. Il entendit le bruit d'un klaxon sur lequel on appuyait frénétiquement pour appeler à l'aide. Asher se retrouva dans la cuisine, exécuta un slalom pour éviter le cadavre qui gisait dans le noir et manqua de glisser sur la flaque de sang qui s'était répandu du crâne fracassé. Asher surgit par la porte principale tirant au jugé par grandes rafales de sa Uzi et fonça à travers une haie de balles jusqu'à l'Impala.

Au moment où il ouvrait la portière, une rafale déchira la nuit au-dessus de sa tête et fracassa les fenêtres de la villa qui faisait face à la Casa Sereno. L'Impala prit un démarrage impressionnant, portes encore ouvertes, zigzaguant entre les balles.

Les lumières commencèrent à s'allumer dans un grand nombre de villas qui bordaient la rue endormie, tandis que l'Impala fonçait en direction d'Asunción. Asher entendit le rugissement d'une moto qui démarrait et le bruit de rafales qui, déjà, perdaient en intensité. Puis, dans le lointain, la longue plainte d'une sirène de police.

6

Le châtiment

48

La matinée était belle et le colonel Arganas trouva la perspective d'un vol de trois heures jusqu'au Chagras particulièrement plaisante. Il allait enquêter sur une tribu de braconniers qui passaient la frontière bolivienne pour écouler une fortune en peaux de jaguar.

Le ciel était clair, les vents modérés, la visibilité excellente. De longs nuages s'étendaient en lambeaux immobiles à six mille cinq cents mètres d'altitude. Arganas était sur la piste, jambes écartées, bras croisés, pantalon tiré en arrière sous le souffle des hélices. Il avait l'attitude d'un propriétaire terrien qui surveille ses *peones.* En fait, il n'y avait à surveiller qu'un hangar et une demi-douzaine de mécaniciens qui s'affairaient autour du Beechcraft Twin. Les moteurs ronronnaient, les hélices cognaient légèrement, les ailes tremblaient d'excitation, l'appareil était prêt au départ et sa vision avait quelque chose de profondément satisfaisant, songea Arganas, comme un jeune chiot tout excité à l'idée d'une promenade. Les petits yeux furtifs du colonel supervisaient les opérations et ce n'était pas sans un certain contentement qu'il notait l'attention toute particulière que le personnel de l'aérodrome portait à son jouet favori.

Arganas était le fils d'un savetier itinérant qui avait réussi à échapper aux *barrios* d'Asunción et à surmonter les préjugés du corps des officiers de l'armée paraguayenne, caste élitiste qui ne comprenait que des aristocrates férocement opposés à la promotion des classes inférieures. Malgré tous ces obstacles, Arganas avait atteint le rang de colonel, et ce, très jeune. Il était arrivé au point où ses collègues mieux nés, qui l'avaient méprisé auparavant ou simplement ignoré, en étaient venus à le craindre car il ne faisait aucun doute que, d'ici peu, il allait être de nouveau promu à un grade supérieur. *El Jefe* en personne lui avait promis le rang de général de brigade. Il entretenait avec le président des relations tout à fait privilégiées. Oui, décidément, cet avion lui appartenait et il en était très fier.

Il allait donc de soi que les mécaniciens pomponnent son jouet favori et pourvoient à tous ses besoins. Après tout, c'était l'avion personnel du colonel Arganas, chef de la police de sécurité intérieure et il méritait bien le traitement tout particulier qu'on doit à un favori *d'el Jefe*.

Le colonel s'était approché du chef de piste et lisait au-dessus de son épaule la liste de tous les points à vérifier. Le chef, avec un sourire important, annonça que l'avion était paré pour le décollage.

El Negrón lui aussi était de fort bonne humeur, ce matin. Il s'était bien défendu au casino la nuit d'avant et il se félicitait de ce petit voyage en avion. Son travail d' « encaisseur », à la longue, pouvait devenir lassant !

On retira enfin les serpentins des réservoirs du Beechcraft Twin et on poussa l'avion sur la piste d'envol en position de départ. Arganas et *el Negrón* montèrent aussitôt et on ferma le cockpit derrière eux. Arganas se mit aux commandes et la radio lui donna le feu vert.

Arganas ressentait toujours la même joie enfantine au moment du décollage ; il ne tenait plus en place. Il lui tardait de quitter la terre et ses petitesses, de rejoindre les anges. L'avion fit un bond en avant et s'élança sur la piste pour atteindre une vitesse de 250 nœuds. Arganas, observant avec calme la ligne des cocotiers qui venait vers lui à toute vitesse, appuya sur le manche à balai et sentit l'avion se soulever et commencer son ascension. Quand il fut juste au-dessus de la ligne des arbres, là où l'on pouvait voir la perspective d'Asunción, ligne blanche et brisée et, au-delà, le ruban gris sale du rio Paraguayo, il envoya un coup d'œil complice à *el Negrón* dont le visage béat était luisant de transpiration. Et ce fut précisément à cet instant qu'il cessa de vivre (ou plutôt qu'*ils* cessèrent de vivre) car l'avion se désintégra au-dessus d'un marais.

Tous les débris s'éparpillèrent dans le ciel et retombèrent gracieusement sur le sol avec la lenteur d'un film au ralenti : ailes, moteur, hélices, gouvernail, réservoirs furent réduits en mille morceaux. Quant aux deux passagers, il n'en resta rien. Ils avaient tout bonnement été effacés. Au sol, l'aiguilleur de la tour de contrôle, médusé, constata que le petit point blanc qui symbolisait le Beechcraft Twin sur l'écran radar avait disparu d'une seconde à l'autre. Une seconde avant il était là, devant ses yeux, la seconde d'après il n'y était plus.

Il y eut beaucoup d'affolement et de confusion dans l'aérogare. Quelques instants après la déflagration, une foule était sortie sur la piste. Plusieurs personnes affirmèrent avoir vu une boule de feu dans le ciel avant d'entendre l'explosion. Quelqu'un décrivit très précisément le phénomène comme une illumination soudaine et silencieuse, plutôt jolie à voir, comme un feu d'artifice muet. Et puis, l'horrible grondement.

Il y eut aussitôt des mugissements de sirènes, des ambulances et des équipes de secours ; les pompiers et les mécaniciens couraient en tous sens.

L'équipe de maintenance qui avait vérifié l'avion fut une des premières à se lancer sur la piste dans un vieux half-track de l'armée américaine, vers le rideau de palmiers qui commençait à prendre feu ; on entendait les craquements des arbres et l'on voyait au-dessus d'un nuage de fumée des flammèches noirâtres. Il ne manquait qu'un employé. Ian Asher, en treillis de mécanicien au sol, marchait calmement à contre-courant dans l'aéroport pratiquement vidé de tous ses employés et de tous ses clients qui s'étaient rués sur le bitume pour contempler le désastre.

49

La nouvelle de la mort du colonel Arganas ne parvint à la zone 540 qu'une semaine après l'accident. Elle arriva sous forme de message porté que Caffeti avait envoyé d'Eldorado. C'est un Indien apeuré qui vint le délivrer.

Le docteur Grigori prenait son petit déjeuner sous un parasol rayé, sur le patio qui se trouvait à l'arrière de sa maison. Il contempla le message, inquiet, comme si un enfant allait soudain lui envoyer un jet d'eau dans la figure. Il mit son monocle et commença à lire en bougeant les lèvres, lentement, jusqu'à ce que son regard devienne sombre et calme. Sa main tenait toujours le petit bout de papier jaune, en tremblant. Esmeralda était près de la table. Elle versa du café dans sa tasse et nota à quel point le docteur s'était assombri. Quand il arrêta de relire le message pour la troisième fois, il resta assis quelques instants, pétrifié. Toute couleur avait disparu de son visage. Elle ne connaissait pas le contenu du message mais il ne faisait aucun doute qu'il devait être terrible. Il froissa le bout de papier dans sa main et le jeta sous la table. Il se leva alors avec tant de brusquerie qu'il faillit renverser la table et retourna dans la cabane.

L'Indien était toujours là, attendant qu'on lui dise de partir et Esmeralda lui donna quelques guaranis pour le congédier. Elle regarda ensuite autour d'elle, saisit la boule de papier, la lissa de la main et entreprit de la déchiffrer. C'était bien un message de Caffeti : concis et direct : « *Arganas mort. Enquête en cours. Prudence conseillée. R. C.* »

Esmeralda alla porter le message à Rolfe. Il était là depuis huit jours, depuis cette terrible nuit où ils étaient arrivés, son père, Rudel, von Rattenhuber et lui, après vingt-cinq kilomètres de marche forcée dans la jungle. Sales, boueux, écorchés, ils avaient atteint le camp aux premières heures de la matinée. Esmeralda avait immédiatement compris en les voyant que quelque chose de mauvais était arrivé. Elle ne tarda pas à apprendre que Krug et Matschke étaient morts.

Quand ils avaient mis le docteur au lit, cette nuit-là, il était sur le point de faire une crise de nerfs. Il pleurait comme un enfant et tremblait de froid sous d'épaisses couvertures bien que la température ait été proche des quarante degrés à l'ombre. Il délira longtemps, par crises, sur Günzburg et Freiburg, *Grossvater* et les « Tziganes ». Le bruit d'un énorme insecte volant qui s'était écrasé sur sa fenêtre le fit se terrer sous sa couverture et hurler de peur. Il croyait que des inconnus se cachaient à l'extérieur.

Esmeralda prépara une puissante mixture composée de cognac, de lait chaud et de barbituriques. Peu après, les spasmes se firent moins violents, les cris se transformèrent en grognements et il sombra dans un profond sommeil.

Mais Grigori, fidèle à sa légende et plus résistant que jamais, se leva le lendemain. Il tremblotait encore un peu, mais se levait pour ingurgiter de minces brouets. Il recommença même à passer ses disques favoris — ses chers Strauss, Verdi et Wagner. Il reprit son violon avec une sorte de vigueur sauvage et maniaque.

Rudel s'en alla en promettant d'être de retour dans une quinzaine de jours mais, dans son for intérieur, l'ancien as de la Luftwaffe était plus que perplexe. Cela faisait pas mal de temps que son travail lui pesait. Quelle que soit la paye et malgré les avantages qu'il y avait à écumer le pays en compagnie du docteur, il s'était transformé en cible vivante pour le premier fou venu. Que la loyauté, l'amitié, le patriotisme et tout le reste aillent se faire foutre ! Rudel avait eu sa part d'ennuis et le docteur avait fini par l'écœurer.

Il se trouvait également que la petite fusillade de la Casa Sereno avait mis *el Jefe* hors de lui. Il s'était tout d'abord opposé à ce que Grigori quitte la 540 et n'avait consenti qu'à la condition que tout cela reste *chito*. Aujourd'hui, les journaux ne parlaient plus que de la tentative d'assassinat de Puerto Stroessner. Les agences de presse propageaient la nouvelle dans le monde entier. Les chancelleries et les organisations de police internationale bombardaient le gouvernement paraguayen de questions sur Grigori. Tout ce scandale embarrassait énormément *el Presidente* et Papa Stroessner ne supportait pas ce genre de faux pas. Il n'était pas homme à oublier ou à pardonner rapidement. C'est ce qui poussa Rudel à penser qu'il pourrait être sage, pour ne pas dire « politique », de se dissocier d'une cause dont la popularité déclinait sérieusement.

Quand Esmeralda tendit à Rolfe cette petite boule de papier jaune froissé, il ne réagit que lentement. Il ne vit peut-être pas tout ce qu'impliquait la mort du colonel. Après avoir lu, il reposa le message et regarda devant lui. Il n'avait passé qu'une semaine dans la 540 et déjà, il commençait à s'avachir dangereusement. Il ne se rasait plus, ses sous-vêtements étaient sales et son costume immettable ; c'était un costume de pure laine vierge qui était loin d'être idéal pour le climat de la jungle. Il le gardait pourtant toute la journée, assis comme un vieillard, tourmenté par des myriades d'insectes énormes, sans jamais se plaindre. Ses seules distractions étaient les cris aigus des toucans et des singes-écureuils dans les grands acajous. Il ne pouvait plus prendre de bain, il dormait à peine et ne touchait pas à la cuisine d'Esmeralda qu'il trouvait barbare. Il vivait dans une apathie, un abattement complets. Il avait, en deux semaines, perdu pas mal de poids et en voyant cet individu sale, morose, à la barbe hirsute, aux cheveux gras, on aurait eu du mal à reconnaître le Rolfe Hupfauer qui était arrivé au Paraguay. Le jeune avocat allemand était devenu une sorte de clochard quasi grabataire.

Il n'avait pas beaucoup été question du testament de son père pendant ces deux semaines, l'esprit des habitants de la 540 était manifestement ailleurs. Chaque fois que Grigori avait daigné le regarder, il en avait trouvé le langage imprécis et défectueux.

Rolfe avait essayé, au début, de répondre à chaque critique, mais il en était bien vite venu à penser que tout cela n'était qu'une énorme supercherie destinée à le maintenir en détention. Il n'accordait aucune foi à ce que son père pouvait dire. Il savait qu'il était capable de tout pour arriver à ses fins. Il ne représentait rien au plan de la protection physique, mais, étant sa seule famille à vingt mille kilomètres à la ronde, il représentait pour le docteur le meilleur soutien psychologique. Sa présence au milieu d' « amis » grassement payés et d'une bande de mercenaires ineptes constituait le dernier ancrage de Grigori à la réalité.

Le docteur Grigori avait semblé se remettre pendant un temps, mais la nouvelle de la mort d'Arganas l'avait replongé dans ses errements passés. Il donna l'ordre de renforcer la barrière électrifiée et d'ajouter des projecteurs. Il prit ensuite la chambre en refusant de voir qui que ce soit. Seule Esmeralda avait le droit d'aller lui apporter des plateaux de nourriture qu'il ne touchait même pas et des carafes de cognac qu'il vidait à une vitesse effrayante.

Rolfe tenta plusieurs fois de le voir, c'est-à-dire de forcer physiquement sa porte, car toutes ses demandes avaient été invariablement rejetées. On lui avait même interdit de communiquer de quelque façon que ce soit avec sa famille ; « mesure de sécurité » lui avait dit von Rattenhuber avec un petit sourire, faisant rempart de son corps pour lui interdire l'accès de la chambre paternelle.

Pendant ce temps, Grigori ne fit absolument rien pour voir son fils. Bien au contraire, un silence impénétrable régnait sur ses appartements, à tel point que Rolfe se demanda si l'homme était toujours dans les lieux. Il écouta plusieurs fois, à la porte de la bibliothèque, mais ne put entendre un son. Esmeralda continuait d'apporter les plateaux, mais Rolfe la soupçonna de se prêter à une mise en scène destinée à créer l'illusion de sa présence ; il était peut-être à des kilomètres de là ; peut-être même au-delà des océans.

Rolfe n'avait plus aucun doute : malgré l'hospitalité qu'on lui témoignait, il n'était qu'un prisonnier. Il ne pouvait quitter le périmètre barbelé qu'en présence d'un *cuchillero* qui lui ouvrait la grille avec un jeu de clefs énormes. Il se dit que, au cas où on le maintiendrait plus longtemps en détention, il essayerait de s'évader. Il s'aperçut alors que ce serait une tentative désespérée puisque, à supposer qu'il arrive à sortir nuitamment du périmètre barbelé, où diable aurait-il pu aller ? Il ne connaissait rien de la région, ni les pistes, ni les villages voisins (d'ailleurs, le plus proche, Eldorado, se trouvait à cent vingt kilomètres !). Telle n'était pas la solution ; Rolfe ne savait que trop qu'une évasion par la forêt serait un suicide.

Un soir, Ludo l'accompagna dans sa promenade et ils se retrouvèrent derrière le périmètre. Ils avaient marché presque une heure, la nuit tombait et ils débouchèrent sur une clairière au cœur de la forêt. C'était très inattendu, incongru même, de trouver si soudainement un espace vierge de tout arbre, un bout de ciel au milieu d'une végétation luxuriante. Le tout ressemblait à une cicatrice ; le sol avait l'air d'avoir été remué, sans doute par un bulldozer.

La clairière était ronde ; elle devait avoir cent mètres de diamètre et était constellée d'une multitude de petits sillons creusés dans le sol. Sur chacun d'entre eux, on avait amassé un petit monticule de terre. Certains semblaient bien avoir été faits récemment. Il régnait une odeur désagréable, comme celle d'un égout.

— Mais qu'est-ce que cet endroit ? demanda Rolfe.

— Rien du tout ! Allons, partons !

Ludo essaya de le tirer dans la direction d'où ils étaient venus, mais Rolfe restait sur place.

— Qu'est-ce que tu veux dire, rien du tout ? (Le ton de Rolfe était monté.) C'est très évidemment quelque chose. On voit bien que ça a été fait par des hommes. A quoi ça sert ?

— C'est ici qu'on met les ordures ; on les enterre.

— Vous les enterrez, mais pourquoi ?

— Ça attire les rongeurs, gros malin.

— Ah, murmura Rolfe, pensif. Je vois.

— Viens ! (Ludo le prenait par la manche.) Partons. La nuit tombe vite.

Rolfe se laissa entraîner. Il se sentait à la fois rassuré et vaguement mal à l'aise. Une fois la clairière disparue, il n'y repensa plus.

50

Rolfe resta couché sur un lit toute la journée. Il pensait à sa femme et à ses enfants qu'il avait laissés à des milliers de kilomètres. Il se demandait si Hedi soupçonnait que les choses n'allaient pas comme prévu, si elle s'alarmait et ce qu'on avait pu lui dire pour l'empêcher d'aller voir les autorités. Est-ce qu'on l'avait menacée ? Il savait que son père, même en exil, avait le bras long. Que son père soit fou, cela ne faisait aucun doute, c'était un danger public. Plus il s'en persuadait, plus il doutait d'être jamais libéré. Il n'avait pas la moindre envie de le laisser partir. Il n'en avait jamais eu l'intention d'ailleurs ! Il l'avait fait venir pour jouer un rôle, encore mystérieux et indéterminé.

La frustration s'était transformée en colère et la colère allait bientôt se muer en panique, car Rolfe Hupfauer avait toutes les raisons de croire qu'il ne reverrait jamais sa famille. En l'absence du docteur, von Rattenhuber était devenu le maître de la maison. L'administration n'étant pas son fort, Ludo tourna vite au tyran. Il imposa toutes sortes de règles irrationnelles et mystérieuses dont la fonction semblait être nulle. Tout se faisait au nom de la sacro-sainte sécurité et des tueurs qui étaient censés rôder tout autour d'eux. Il prenait un plaisir évident à imposer des règlements internes impossibles, faisant servir les repas à des heures totalement incongrues pour des raisons d' « efficacité ». Chacun devait donc se lever à cinq heures du matin pour le petit déjeuner et le dîner était servi à quatre heures de l'après-midi. On desservait à cinq heures et la longue nuit tropicale dans la jungle s'étirait dans la chaleur et le bourdonnement des insectes, interminable.

Inévitablement, Rolfe et Ludo s'opposèrent violemment. En l'absence de Grigori, son jeune compagnon n'hésita plus à donner des ordres et à répondre crûment à toute question sur son père.

— Où est mon père ? demanda Rolfe, un soir.

— Je n'en ai pas la moindre idée.

— Est-ce que vous savez s'il a déjà lu ma nouvelle version de son testament ?

— Je n'en sais rien.

— Quand me permettra-t-on de partir d'ici ?

— Je ne peux rien vous dire.

— Mais qu'est-ce que vous pouvez dire, au juste ?

Ils se faisaient face, comme deux coqs prêts à se battre. Ce fut alors que Rolfe, complètement à bout de nerfs, se jeta sur la porte de la bibliothèque. Ludo lui barra le passage. Il y eut une courte bagarre ; Rolfe essaya de lever le poing et reçut un coup dans la mâchoire qui l'envoya au tapis. Ce ne fut qu'à ce moment qu'il comprit vraiment la gravité de sa situation.

Esmeralda allumait des cierges chaque nuit et récitait son rosaire. Elle bougonnait constamment. Elle interprétait les roucoulements d'un oiseau solitaire comme un signe de mauvais augure. Aux yeux d'Esmeralda, d'ailleurs, tout portait nécessairement malheur. Pourtant, elle continuait à aller et venir en toute liberté dans la bibliothèque du docteur, murmurant des imprécations à chaque fois qu'elle ressortait avec un plateau intact. Rolfe finit par l'accoster :

— Est-ce que mon père est ici en ce moment ? lui demanda-t-il.

Ses grands yeux effrayés évitèrent les siens et elle essaya de s'enfuir.

« Je vous demande si mon père est ici !

Il criait presque ; elle s'était collée au mur, en niant de la tête, trop apeurée pour sortir un mot. Il était sur le point de la secouer ou peut-être même de l'étrangler quand von Rattenhuber arriva et les sépara. Elle courut se réfugier à la cuisine. A ce moment, Rolfe se persuada que son père devait être très loin de là, très certainement au-delà de Pirapo et de ces bûcherons japonais qui travaillaient dans les grandes forêts d'acajous, loin dans le nord du pays. Il pensa également qu'il était fort possible qu'on l'ait ainsi laissé dans l'ignorance pour servir d'appât à un agresseur éventuel qui aurait suivi son père jusque-là. Était-il capable d'aller aussi loin ? Pourquoi pas, après tout ? Son père était capable de bien pire.

Une nuit où Rolfe était allongé en nage sur son lit, tandis que les projecteurs au sommet des miradors inondaient sa chambre de leur lumière crue, que les chiens hurlaient et que les *cuchilleros* arpentaient paresseusement les allées de gravier autour de la maison, il entendit distinctement le bruit d'un moteur qui essayait laborieusement d'escalader une colline ; puis, le bruit se rapprocha de la maison. Il y eut des bruits de voix et l'une d'entre elles était celle de son père. Enfin, des pas se rapprochèrent de l'entrée. Il se leva immédiatement et traversa la pièce comme un dément. Il ouvrit violemment la porte d'un geste sauvage et presque désespéré. Son père était en face de lui.

Pendant une fraction de seconde, leurs regards se croisèrent, comme deux inconnus sur un champ de foire. Ils étaient tous deux frappés par une ressemblance, même lointaine, avec une ombre à moitié oubliée, resurgie d'un passé obscur. Le personnage alerte et élégant qui portait bottes et saharienne et que Rolfe avait devant lui était bien son père, cela ne faisait aucun doute, mais à première vue, il avait bien vingt ans de moins. Son visage, constellé de rides et de crevasses qu'arborent normalement les septuagénaires, avait subi une métamorphose qui était à la limite du grotesque. Les rides s'étaient effacées comme par miracle, les crevasses avaient disparu et toute la surface de la peau avait tourné au rose là où la chair était sensible, comme si on en avait récemment retiré des bandages. Les joues qui, dans les souvenirs de Rolfe, commençaient à s'affaisser en bajoues, avaient été tirées vers l'arrière, entraînant avec elles le pli de chair sous le menton. Quant à l'œil qui avait toujours louché et qui avait tant effrayé Rolfe enfant, cet œil qui avait besoin d'un monocle pour rester ouvert, il était à présent béant et le fixait avec une insistance anormale. Rolfe ne savait pas ce qui le maintenait ouvert, mais il réalisa qu'il avait à présent l'air dix fois plus grand que l'autre, ce qui ne faisait que souligner l'asymétrie grotesque du visage. La bouche, elle aussi, avait subi une étonnante métamorphose : on avait ramené les lèvres qui avaient été si charnues et protubérantes à une moue curieuse qui découvrait constamment les dents en une sorte de rictus horrible. Quand la bouche essayait de produire des sons, les lèvres restaient presque immobiles et ne parvenaient que difficilement à se mouvoir ensemble. Le trou triangulaire qui avait toujours séparé les incisives avait été comblé par une sorte de bouchon acrylique. Mais le choc qui couronnait l'ensemble était celui quc produisaient les cheveux teints en roux. C'était à la fois horrible et ridicule. Le visage (toute la tête en fait) avait été remodelé pour donner l'impression de la jeunesse et de la vigueur ; on y avait martelé une gaieté artificielle qui était celle qu'on voit sur les crânes des squelettes de carabin ou plutôt sur ces citrouilles qu'on sculpte pour les enfants et qui, en pourrissant, s'affaissent. Tout puait la mort et la décrépitude dans ce masque putrescent.

Soudain le rictus bougea, les dents s'entrouvrirent et Rolfe s'aperçut que son père venait de lui parler et qu'il attendait une réponse. Il était là, avec son sourire ridicule, et attendait un compliment.

Il y avait, de chaque côté du docteur Grigori, deux hommes qui se tenaient immobiles. Rolfe ne les avait jamais vus. Ils avaient tous deux une quarantaine grasse et massive, agrémentée de ces estomacs énormes qui trahissent les buveurs de bière. Le premier avait une touffe de cheveux blonds et un gros cou grêlé par la petite vérole ; au milieu de son énorme visage se cachait une paire d'yeux noirs, comme deux bouts de charbon enfoncés dans de la pâte à pain. Le second était rose, hermaphrodite. Ses traits diffusaient en permanence un vague sourire qui semblait venir de l'intérieur, comme s'il avait été constamment sous l'effet d'une bonne blague. Il avait tout de l'idiot et c'était loin d'être rassurant quand on songeait à sa stature et à toute la brutalité qui en émanait.

Les deux hommes défiaient Rolfe du regard. Ils semblaient lui demander de justifier sa présence en ces lieux. L'homme au visage rose fit un sourire niais tandis que celui au cou de taureau se rembrunit. Sa veste s'ouvrit, découvrant la crosse d'un revolver. Rolfe comprit que ces deux brutes étaient venues remplacer ceux qui étaient morts à la Casa Sereno. Deux nouveaux *Wachenhunde* pour le docteur. Mais ils n'avaient plus rien à voir avec les animaux minces et élancés qu'avaient été Horst et Ludo. Eux aussi avaient été des assassins, mais ils avaient au moins possédé une sorte de grâce cruelle et n'étaient pas tout à fait dépourvus d'humour, toutes qualités dont ces deux-là semblaient être totalement privés. C'étaient des professionnels endurcis, plus vieux, plus dangereux encore. Des mercenaires qui se vendaient au plus offrant : la lie. Dieu sait dans quel bouge son père avait pu les ramasser, pensa Rolfe.

Une fois encore, le trou qui défigurait Grigori se mit en mouvement. Il en sortit des sons haletants et mutilés qu'il ne put déchiffrer tout de suite. Rolfe crut comprendre qu'il s'agissait de formules de politesse et pourtant, à mesure que les mots charmeurs et joyeux s'échappaient des lèvres, les yeux fixes venaient contredire l'impression générale de bonne humeur : ils étaient sombres et hantés, pleins de frayeur. Ils suppliaient.

— Alors, qu'en penses-tu ? demanda l'apparition.

Rolfe se refusait à considérer l'homme qui lui faisait face comme son père. Quelque chose en lui craqua subtilement mais définitivement, comme une corde qu'on coupe.

— Allez, Rolfie, dit Grigori en riant. Dis-moi la vérité, mon garçon. J'ai hâte de connaître ton impression.

La nouvelle plaque dentaire déformait sa voix qui était devenue aiguë et presque étranglée, comme si elle venait de derrière la gorge ; c'était la voix d'une marionnette de ventriloque.

— Je... je ne sais pas, bredouilla Rolfe.

Le visage souriait toujours. C'était un sourire de vanité

qui attendait qu'on s'émerveillât à la vue de cette transformation miraculeuse, car, pour Grigori, le miracle ne faisait aucun doute. Le vieux serpent avait changé de peau et se dressait, tout resplendissant après cette renaissance.

Rolfe faisait fonctionner son cerveau à toute vitesse, essayant, mais en vain, de trouver des mots pour combler le silence. Tout ce qu'il put trouver fut :

— C'est étrange ! Il faudra du temps pour s'y habituer.

Il hésitait entre la pitié et la terreur et se souvint tout à coup de sa propre situation.

« Père, rugit-il.

Mais Grigori qui avait anticipé sa question lui fit signe de se taire.

— Mais oui, mais oui. Tu pourras bientôt t'en aller. Le testament me semble très bien. J'ai pris tous les renseignements nécessaires.

Ce fut juste à ce moment que Ludo sortit. Il se campa solidement sur ses pieds, bras croisés, soupesant la situation. Grigori éclata de rire en désignant du menton ses deux nouvelles acquisitions.

« Ah, Ludo ! Tu arrives au bon moment. J'allais faire la présentation de Klaus et Putzi.

Il se mit à pirouetter avec une joie feinte tandis que la température ambiante semblait atteindre le zéro tant l'agressivité était grande.

« Ça sera tellement bien pour nous tous. Klaus adore la pêche. Nous pourrions peut-être l'amener en amont de la rivière demain et voir ce qu'il sait faire... (Grigori s'adressait maintenant au seul Ludo.) Alors, qu'est-ce que tu en penses ? Tu ne crois pas que je vais faire des ravages ?

Il arpentait la pièce en exhibant sa nouvelle figure avec des grâces de mannequin.

51

Les jours qui suivirent furent un véritable cauchemar. Grigori était de plus en plus exigeant vis-à-vis de son fils et de plus en plus évasif quant à ses projets futurs. Il ne lui permettait toujours pas de s'en aller et ne lui donnait aucune idée du moment où il pourrait le faire. Il se contentait d'affirmer avec bonhomie que oui, bien sûr, il pourrait partir... un jour. Grigori emmenait Rolfe pour d'interminables parties de pêche sur le Paraná puis le forçait à jouer aux échecs jusqu'au petit jour en parlant sans arrêt de son enfance en Bavière. Il lui lisait des poèmes de Goethe et de Heine et un soir, avec beaucoup de cérémonie, lui lut cette fameuse monographie qu'il rédigeait depuis plus de vingt ans sur *les Différences morphologiques de la mâchoire chez quatre types raciaux différents.*

— C'est mon *magnum opus,* déclara-t-il, complètement ivre après l'absorption d'une demi-bouteille de cognac. Ça va faire éclater toutes ces jolies petites bulles, toutes ces belles idées naïves et primaires sur la race auxquelles on souscrit si facilement et, en particulier, sur la transmission des informations raciales d'une génération à l'autre. Ça va complètement changer notre conception du processus évolutif. Ce sera une lumière projetée sur les régions les plus sombres...

Grigori devenait écarlate et de plus en plus confus, son ton était prophétique et grandiloquent.

« Ce sera le couronnement d'une vie de recherches. Ça expliquera, une bonne fois pour toutes, les voies et les moyens que j'ai dû employer pendant des années de lutte. Ça justifiera tout... tout !

Sa voix s'étrangla sur les derniers mots. Il arrivait à peine à mettre la main sur le flacon de cognac et le renversa sur son carnet de notes, constellé d'une écriture serrée et presque illisible. Il regardait avec beaucoup de calme l'épais liquide sirupeux qui coulait sur le « couronnement de sa carrière ». Il ne prit même pas la peine de l'essuyer.

Les jours se suivaient en une succession d'heures vides qui se dissolvaient dans un ennui indescriptible et une chaleur suffocante. Comme prévu, von Rattenhuber en vint à haïr de toutes ses tripes Klaus et Putzi, car il était évident qu'ils l'avaient supplanté en importance auprès du docteur.

Esmeralda les haïssait également, mais pour des raisons différentes. Ils la traitaient avec mépris en tant que Noire et domestique ; ils n'avaient pour elle que mots grossiers et ordres sans appel. Elle n'avait pas été habituée à ça. Le docteur ne l'avait jamais traitée de cette façon et il n'avait jamais laissé personne le faire. Mais le docteur n'était plus lui-même. Esmeralda trouvait ces nouveaux compagnons particulièrement mal élevés. Leurs manières, à table, étaient exécrables. Le docteur n'exigeait plus que l'on s'habille pour dîner et Klaus et Putzi se mettaient donc à table en manches courtes, holsters pendant de façon ostentatoire sur leurs énormes poitrines. Ils mangeaient comme des porcs, bâfraient d'énormes quantités de nourriture, engouffraient d'incroyables gorgées de bière en ponctuant le repas de rots sonores. Quand ils se levaient de table, la nappe et le sol étaient jonchés de déchets répugnants.

Rolfe était littéralement malade de devoir prendre ses repas avec eux. Au bout de quelques jours, Ludo refusa tout bonnement de venir à la table. Même le docteur, à ce qu'il semblait, trouvait odieuse la compagnie de ces deux créatures. Il n'en continuait pas moins d'exiger un semblant d'étiquette et essayait d'entretenir un minimum de conversation civilisée. Il parlait sans se lasser de l' « étonnante *Nessum Dorma* de Björling » et avait des transports extatiques en évoquant cette nuit inoubliable à Munich où il avait vu Flagstadt « donner la plus belle représentation de sa vie » de *Siegfried*. Putzi rotait avec délectation en léchant une côte d'agneau de ses lèvres suintantes de graisse.

Quand ils se réveillèrent le lendemain matin, von Rattenhuber était parti. Sa chambre était vide et sa valise avait disparu ; la Land Rover également. Quatre cents dollars en guaranis et en deutsche marks avaient été subtilisés. Ludo n'avait laissé ni message ni adresse derrière lui.

Le docteur passait beaucoup de temps avec ses nouveaux compagnons ; il leur montrait les lieux et les familiarisait avec les habitudes de la maison. La nuit venue, ils buvaient beaucoup ensemble, devenaient bruyants, faisaient un chahut de tous les diables et criaient des obscénités aux *cuchilleros* qui montaient la garde derrière les barbelés électrifiés. Parfois, au cours d'une de ces orgies, Grigori se mettait à jouer du violon. Une nuit, attifé de sa vieille robe de chambre, il joua pendant plusieurs heures sans interruption, tandis que ses *zwei Wachenhunde,* ivres morts d'un excès de Kulmbacher, dansaient et pirouettaient autour de lui comme des ours savants.

C'était la fin d'un après-midi que Rolfe avait passé assis près de son père. Ils se faisaient face, tendus, maladroits, parlant peu. Il y avait un gouffre béant qui les séparait — gouffre de pensées inarticulées et de reproches qui s'exacerbaient de ne pouvoir s'exprimer. La lumière était violente et blafarde et le ciel couleur d'étain annonçait une pluie imminente. D'énormes nuages bas s'étaient immobilisés au-dessus du camp. L'air était si lourd et visqueux qu'il semblait peser sur eux de façon sensible.

Rolfe observait son père ou plutôt les fragiles vestiges de l'homme qu'il savait être son père. Grigori n'avait pas arrêté de boire. Il lisait le *Deutsche Soldaten* et ses lunettes avaient glissé sur le bout de son nez. Pendant un court instant, il parut frêle, très âgé et, se souvenant de l'image héroïque de son père durant son triomphe au café Bavaria, Rolfe ressentit un peu de pitié.

Puis il réalisa que Grigori ne faisait que semblant de

lire. Il tentait, délibérément, d'éviter l'œil accusateur de son fils.

— Père ! dit Rolfe.

Il murmura comme on parle à quelqu'un qui se réveille à peine d'une anesthésie. Grigori ne bougea pas.

« Père, répéta-t-il, plus fort.

Grigori leva les yeux et sourit, ou plutôt le masque bougea laborieusement en contrefaisant un sourire.

« Père, je dois partir d'ici.

Rolfe se surprit à murmurer et fut même étonné de se sentir contraint à ces chuchotements.

« Je vais tomber malade si je ne pars pas d'ici.

Grigori ne répondit pas et continua à sourire, assis dans l'ombre, avec une sorte de radiance vide et imbécile.

« Si tu persistes à me détenir ici, Hedi s'inquiétera. Elle ira voir la police, elle ira à l'ambassade. Il y aura des enquêtes. Ils viendront ici. Ce n'est pas ce que tu veux, n'est-ce pas ?

Un semblant de moue désapprobatrice s'esquissa sur les traits du docteur. Il hocha la tête en guise de réponse, mais ce n'était pas à son fils que le geste était destiné, mais à quelque dialogue intérieur qu'il continuait avec lui-même. Il se rua sur la carafe de cognac et s'en versa un grand verre de ses mains tremblantes. Ses yeux rouges et larmoyants allèrent de nouveau se perdre dans les pages du *Deutsche Soldaten*. Un grand éclair de chaleur vint briser l'air torpide, suivi d'un roulement de tonnerre qui venait du Brésil, par le Paraná.

« Père.

La terreur sourde et muette qu'il avait éprouvée pendant ces dernières semaines avait laissé place à un calme étrange, une profonde sérénité. Il persista à assaillir son père de questions, mais avec une sorte de gentillesse.

« Tu n'as aucunement l'intention de me laisser partir, n'est-ce pas ?

La question resta suspendue entre eux, comme une bouffée d'air vicié. Le docteur ne leva pas les yeux et continua de parcourir silencieusement les colonnes de son journal.

« Dis-le ! insista Rolfe, sachant très bien qu'il avait été entendu.

Le visage qui avait été si dramatiquement bouleversé par le scalpel du chirurgien avait toujours cet aspect lugubre, comme celui d'un clown sinistre. Il arborait un sourire aimable, mais les petits yeux d'acier brillaient d'une joie vicieuse comme deux éclats de silex. Un observateur peu familier du docteur aurait pu interpréter ce regard comme espiègle, d'un charme diabolique. C'étaient les yeux d'un charmant et jeune *Selektor* de camp, pensa Rolfe, des yeux qui examinent, jugent, décident. Cette pensée réussit à lui faire passer un grand froid dans le dos.

La conduite d'Esmeralda devenait de plus en plus bizarre. Elle évitait la maison et n'apparaissait plus que pour servir les repas et nettoyer la table. Quand elle servait Klaus et Putzi, ses lèvres se tordaient en une grimace dédaigneuse. Quand elle voyait Grigori, son regard exprimait la colère et les reproches. Elle avait, en accomplissant ses tâches quotidiennes, un air absent et presque stuporeux comme sous l'influence d'une drogue puissante ; elle se murmurait des choses de façon incessante.

Mais quand elle avait fini son travail, elle disparaissait. Ses entrées et ses sorties étaient aussi incompréhensibles que le sens des mots qu'elle bougonnait à toute heure.

Un jour, après son départ, Rolfe entra par mégarde dans sa chambre. Il l'avait découverte par inadvertance en fouillant la maison à la recherche d'une aiguille et de fil. Quand il entra dans la pièce, il n'avait aucunement conscience que ce pouvait être sa chambre car il avait été si bouleversé par son séjour de quelques semaines dans la 540 qu'il ne lui était jamais venu à l'esprit qu'Esmeralda pouvait, elle aussi, être une des habitantes de la cabane.

C'était une petite pièce tout au bout du camp — un cabinet en fait, avec un étroit lit de camping, un buffet minuscule et une psyché. L'endroit était immaculé autant qu'austère, la cellule d'une novice dans un couvent, jusqu'au grand crucifix de bois grossier qui était accroché au-dessus du lit. Avec ses fenêtres et ses rideaux fermés contre la chaleur du soleil, la chambre sentait le renfermé. Mais le parfum le plus insistant, celui qui frappait dès l'entrée, était celui de l'encens, mélangé à l'odeur indéfinissable et vaguement écœurante de la vieillesse.

Réalisant sa méprise, Rolfe fit immédiatement demi-tour, puis revint sur ses pas. Son regard avait rencontré une chose sur la commode qui se réfléchissait dans le petit miroir. Il ne put immédiatement savoir de quoi il s'agissait ; il dut faire un effort et écarquiller les yeux. Mais même avant de bien distinguer la chose, il sut, il eut le pressentiment qu'il allait être confronté à quelque chose de répugnant.

Tout était calme dans le chalet. Il n'y avait âme qui vive. Grigori était parti faire du bateau en compagnie de Klaus et de Putzi. Esmeralda avait été cacher au plus profond de la jungle ses chagrins et ses rancœurs. Elle ne devait revenir que tard, en fin d'après-midi. Il avait tout le temps de fouiller la pauvre petite chambre. Il éprouvait pourtant une horreur instinctive à l'idée de violer l'intimité d'une autre personne.

Il plissa de nouveau les yeux, essayant de percer les ténèbres environnantes et, cette fois, il réalisa que ce qu'il avait distingué la première fois n'était pas une chose, mais plutôt tout un bric-à-brac, tout un fatras de petits objets indéterminés placés sur la commode en un ordre qui semblait soigneusement étudié. Rolfe traversa lentement la pièce, en n'omettant pas de laisser la porte ouverte pour paraître moins coupable si on le surprenait ; il arriva, sur la pointe des pieds, à la commode, marchant de travers, comme s'il s'apprêtait à fondre sur une proie.

Ce qu'il y trouva semblait, à première vue, tout à fait inoffensif, mais, curieusement, l'exposition de tous ces petits objets lui glaça le sang. Ce qu'il contemplait avec stupéfaction, soigneusement arrangé en compositions géométriques, ressemblait à quelque chose comme le trésor secret d'une enfant. Il y avait un peu de tout, des morceaux, des déchets, tout un capharnaüm probablement ramassé dans une décharge publique. Ici, la figurine d'une petite créature bossue, un farfadet, un Troll peut-être, avec le visage défiguré par un goitre. Derrière lui, une sorte d'épouvantail confectionné à l'aide de bouts de tissu et d'os de poulets. Il y avait aussi de petites amulettes indiennes, des scarabées de pierre et plusieurs reliquaires rehaussés de pierres en toc de couleurs vives qui, quand on les ouvrait, laissaient échapper une odeur de poudre qui soulevait le cœur et évoquait la décrépitude. Il n'eut pas la moindre idée de ce que cette poudre pouvait bien être, mais il frissonna quand ses doigts l'effleurèrent par inadvertance.

Il vit alors les petits cailloux. Ils avaient réussi à retenir son regard plus que tout le reste de cette camelote. Il ignorait pourquoi. C'était sans doute à cause de la façon terriblement obsessionnelle avec laquelle on les avait placés, ou plutôt arrangés. Sur chaque caillou avait été tracé un petit dessin ou une petite calligraphie — figures pétrographiques qu'on associe généralement aux peuples primitifs ou aux tribus préhistoriques et qui avaient un air de ressemblance avec ces premiers dessins un peu raides que font les enfants pour représenter le monde extérieur. Certaines pierres plus grosses étaient recouvertes d'une écriture étrange et indéchiffrable qui paraissait être composée de glyphes cunéiformes, mais différents de ce que Rolfe avait vu jusque-là. Les caractères, élémentaires et nus, semblaient avoir été tracés à l'aide d'un objet aiguisé, un clou sans doute, et avaient en gros une forme triangulaire ; ils ne semblaient avoir aucune signification particulière. Mais à ses yeux, l'objet le plus effrayant était une petite structure faite de bois de camphre orné de perles indiennes, qui évoquait une chapelle, et qui ne devait pas avoir plus de dix centimètres de haut. A l'intérieur, reposait un autel minuscule sur lequel Rolfe reconnut un portrait de son père qui devait avoir été pris une trentaine d'années auparavant, en grand uniforme d'*Hauptsturmführer* de la Waffen SS. C'était une photographie que sa mère avait portée pendant des années dans un petit médaillon d'or qu'elle avait autour du cou, un portrait qu'elle exhibait fièrement à son fils dès qu'il s'inquiétait de l'endroit où pouvait se trouver l'auteur de ses jours.

Il le fixait à présent, perplexe et mal à l'aise, incertain de ce qu'il pouvait bien signifier dans ce contexte. A première vue, tout cela semblait trahir la forme la plus infantile, la plus primitive de nécromancie. C'était ridicule mais pourtant, cela lui donna la chair de poule ; il se sentit gagné par une terreur froide et insidieuse.

En continuant son inspection, il trouva, à l'intérieur de l'autel, un petit tas de ce qui semblait être des os. Ils étaient de petite taille, ébréchés, comme si on les avait brisés violemment ; c'étaient très probablement les os d'animaux sauvages, ceux d'un jeune chat ou d'un ocelot, peut-être d'un chat-tigre. Il s'arrêta, intrigué, étrangement mal à l'aise, l'esprit en plein tumulte. Il fut soudain pris de l'envie incontrôlable de sortir. Il détourna les yeux, prêt à s'enfuir mais, irrésistiblement, il dut les reposer sur l'autel. A ce moment, l'image de la petite clairière marécageuse dans le fond du camp lui revint à l'esprit. Il put presque sentir l'odeur fétide, la puanteur fécale qui entourait l'endroit. C'est alors qu'il eut littéralement sous les yeux une de ces entailles elliptiques dans le sol recouverte d'un petit monticule de terre. Il sut alors, tout comme il l'avait su vingt années auparavant quand les officiers russes l'avaient amené jusqu'au large trou derrière le baraquement 2 à Auschwitz et qu'ils l'avaient confronté à ce qu'il restait des « travaux scientifiques » de son père — cet abattoir, ce charnier de jeunes cadavres — qu'une fois encore, il était en présence d'os provenant de jeunes enfants. Il entendit alors un *cuchillero* qui hurlait un ordre dehors ; il fit rapidement demi-tour et s'enfuit de la chambre.

Il résolut, après cet épisode, de tenter une évasion. Quels que puissent être les dangers et les risques de la jungle, il les préférait à l'horreur du camp. Le lendemain, l'occasion se présenta.

Il était tard dans l'après-midi et Rolfe faisait sa promenade journalière. La journée avait été plus étouffante que d'habitude et Rolfe nota que tout était étrangement désert. Il semblait que tout le monde dans la maison fût couché, et tous les rideaux avaient été tirés pour protéger de la chaleur. Les *cuchilleros* omniprésents eux-mêmes semblaient s'être volatilisés. Le soleil les avait sans aucun doute chassés vers l'ombre salvatrice des grands arbres. De toute façon, la grande porte n'était pas gardée (en fait, elle était même ouverte). Rolfe était hypnotisé par la grille entrouverte qui ne se trouvait qu'à trois mètres avec, au-delà, la liberté. Il ne s'agissait que de mettre un pied devant l'autre. Il était pourtant sur ses gardes. Il surveilla les alentours pour s'assurer qu'il ne s'agissait pas d'un piège. Il imagina que des milliers d'yeux observaient ses faits et gestes depuis les fourrés. Il vit même, pendant un court moment, des serpents, des vipères mortelles et des sables mouvants. Il s'imagina perdu et rendu fou par la soif dans la jungle profonde, enfermé pour toujours dans une prison de lianes et de feuillage dense. Il ne bougeait plus, réfléchissant au sort fatal qui allait probablement être le sien puis, une seconde après, il se rendit compte qu'il avait passé la grille et qu'il se dirigeait vers l'épaisse protection des arbres.

Il marchait calmement, comme quelqu'un qui se promène sans but. Mais, pour ce qui était de la tension nerveuse, cette imitation de promenade innocente lui coûta beaucoup.

Après avoir traversé la clairière, ces vingt-cinq mètres qui séparaient la grille des fourrés, il pénétra la froide solitude de la forêt. Au moment où il entra sous le dais immense des branches et des feuilles, la jungle parut le saisir dans un embrassement froid. Et il se mit à courir, fonçant à travers la pâle lumière verte et moite, comme un poisson sous l'eau. Il ne se souciait pas du chemin à prendre. Il voulait avant tout mettre le plus de distance possible entre lui et le camp. Il aurait tout le temps de se soucier de sa destination après. Il courait, sautait au-dessus des bois morts, évitait les branches basses, émerveillé de son souffle et de sa résistance. Plus il courait, mieux il semblait se porter ; il était stimulé par l'image d'Hedi et des enfants et par celle du lac qui brillait sous le balcon de sa maison bavaroise. Au lieu de l'épuiser, la course semblait le vivifier, à tel point qu'il n'entendit pas les aboiements des chiens et les cris des *cuchilleros* qui l'entouraient.

Il n'était pas allé très loin. L'excitation de cette liberté retrouvée l'avait poussé à faire des tours du camp, au lieu de s'en éloigner.

On le ramena à son père. Quand la porte de la bibliothèque se referma et qu'il se retrouva seul avec lui, il y eut de longs moments de silence embarrassé pendant lesquels le docteur se contenta de rester assis derrière son bureau, regard baissé, fouillant dans ses dossiers d'un air absent. Il refusa pendant d'interminables minutes de reconnaître la présence de son fils. Quand il daigna enfin élever la voix, il posa lentement ses lunettes sur le bureau, à côté de son journal, et s'enfonça dans son fauteuil avec une sorte de résignation lasse.

— Alors, soupira-t-il.

— Alors quoi ? dit Rolfe.

— C'était stupide.

— Je n'avais pas le choix de toute façon. Tu n'as pas l'intention de me laisser partir.

Rolfe jetait sur son père un regard plein de haine. Il était sale, égratigné par les ronces, essoufflé par sa course futile. Hors de lui, il pensa un moment jeter à la face de son père la question du petit cimetière dans le fond du camp et celle des petits os de la chambre d'Esmeralda. Puis il crut préférable de ne rien dire.

Grigori croisa les bras sur son estomac et plissa les yeux vers son fils.

— Si tu essayes encore quoi que ce soit de ce genre, *mein liebe* (sa voix trembla dangereusement), si tu oses encore, tu m'entends, je te ferai abattre sur-le-champ !

52

Un matin, Rolfe fut réveillé par un grand fracas qui venait de dehors. Quand il ouvrit sa fenêtre, il vit un grand homme à la peau brune, attifé de la manière la plus bizarre : un chapeau haut de forme et un pantalon rayé, pratiquement en loques. Il se disputait bruyamment avec l'un des *cuchilleros.* Le docteur Grigori s'était interposé et essayait de calmer les esprits. Le vieil homme n'était autre que Sabané, le cacique de la réserve aché, loin au nord de Pirapo. Le *cuchillero* était un gaillard à l'air sournois, d'une saleté repoussante ; il taquinait le sorcier du canon de son arme. Pourtant, Sabané n'avait aucune intention de se laisser faire et la discussion prenait un tour dangereux, ponctuée d'insultes et de hurlements. Grigori s'était, lui aussi, mis à crier, mais à l'intention de Putzi, pour que celui-ci sépare Sabané du *cuchillero.* Esmeralda regardait la scène, impassible, avec un sourire mystérieux aux lèvres.

Rolfe se leva, aspergea sa figure d'eau, enfila un pantalon en piteux état et s'avança, pieds nus, sur le sol poussiéreux du camp. On criait toujours, mais Grigori discutait de façon un peu plus compréhensive avec le vieux cacique qui avait été gravement offensé par le *cuchillero.* Rolfe put voir de près l'attirail insensé de Sabané ; il l'avait très certainement mendié ou volé à des colons européens de la région. Il portait également un gilet, un corsage de femme, une paire de tennis abominablement sales et une veste de chef de fanfare d'un rouge criard, ornée d'épaulettes et de brandebourgs dorés, le tout rehaussé du cadavre pourrissant d'un petit animal gris, épinglé au revers de velours. A son cou pendaient des colliers de verroterie et des perles achés qui bougeaient en faisant un tintamarre incroyable quand il parlait.

— Capezius, venir, répétait le vieillard, sans se lasser. Capezius venir maintenant.

Grigori interrogeait l'Indien dans son espagnol guttural et malaisé pour obtenir un récit plausible de ce qui avait pu se passer dans la réserve. Rolfe ne comprenait pas un mot de ce qui se disait, mais d'après le ton pressant de la conversation, il se doutait qu'il devait s'agir d'une urgence.

« Capezius venir. Capezius venir.

Sabané levait les bras et sautait d'un pied sur l'autre, dansant presque en parlant.

— Qu'est-ce qu'il dit ? demanda Rolfe au *cuchillero.*

Ce dernier ne fit pour toute réponse qu'un sourire bête, montrant sa langue pour expliquer qu'il ne parlait pas allemand.

— Typhus ! dit soudain Esmeralda d'une voix sinistre.

Elle était restée silencieuse jusque-là et avait répondu à la question de Rolfe sans le regarder, en fixant le vide devant elle.

« Il y a une épidémie de typhus dans la réserve. Trois hommes sont déjà morts et la maladie se propage. Il faut qu'il y aille tout de suite.

Elle fit un signe vers Grigori qui essayait toujours d'obtenir des explications du cacique. Il se tourna brusquement vers Rolfe.

— Qu'est-ce que tu fais ici ? lui demanda-t-il de façon très agressive, comme si son fils avait été un étranger qui s'était trompé de chemin.

Rolfe fut incapable de fournir unc réponse.

« Viens avec moi, dit-il d'un ton sec en se dirigeant vers le baraquement.

— Où ça ? demanda Rolfe qui le suivit de façon gauche et hésitante.

— A la réserve. J'ai besoin d'aide. Klaus ! Putzi ! hurla-t-il par-dessus son épaule. Sortez la jeep. Je veux ma trousse et des médicaments, ordonna-t-il à Esmeralda.

Il mitrailla ensuite toute une série d'ordres à Rolfe qui le suivait toujours, médusé et docile.

« Tu auras besoin d'un vieux pantalon, de bottes aussi.

Nous allons beaucoup marcher. Mets un chapeau. Le soleil est dangereux à cette heure du jour. Je ne veux pas me coltiner une insolation en plus de tout le travail qui m'attend là-bas. Demande à Esmeralda. Elle te donnera ce qu'il faut.

Rolfe resta sur place, bouche bée. Il était toujours au même endroit quand le docteur sortit de la cabane, paré de la longue tunique blanche des carmélites. Le spectacle de son père en habit de moine, avec ses cheveux teints en roux, son visage de plastique tiré et sa grimace joyeuse de mannequin de cire était plus insolite et cauchemardesque que tout ce qu'il avait pu voir au cours de sa vie.

Grigori souriait à son fils, radieux. Il semblait exalté, presque triomphant dans son costume monacal ; incontestablement, il se sentait purifié, en état de grâce.

« Viens, dit-il, je veux que tu voies ce que je fais pour ces gens. Combien ils m'aiment.

Il réalisa tout à coup que Rolfe ne s'était pas changé pour le voyage.

« Quoi ? Toujours dans les mêmes vêtements ? Esmeralda, apporte des bottes et un vieux pantalon. Dépêche-toi, Rolfe, pour l'amour de Dieu. Ces gens ont besoin de moi. Vite. Je t'attends dehors avec les autres.

Quand Rolfe sortit enfin, il vit la jeep qui attendait devant la barrière. Il y avait Klaus, Putzi, son père et le *cuchillero* qu'on avait embarqué pour plus de sécurité. Sabané s'était assis devant, entre Klaus et Putzi qui tenaient de gros fusils Mauser ; Grigori était derrière, en compagnie du *cuchillero* qui portait une mitraillette Uzi sur l'épaule. Une poignée d'autres *cuchilleros* bavardaient près de la jeep en riant bruyamment et en tenant fermement les dobermans en laisse. On avait mis deux caisses de médicaments près de la roue de secours. Quand Sabané vit Rolfe, il appuya de toutes ses forces sur le klaxon en pouffant de rire. Rolfe se carra aussitôt entre son père et le *cuchillero ;* Klaus démarra et engagea la voiture sur la piste poussiéreuse qui se dirigeait vers le sud-est du Chagras.

Même le mot « piste » était un euphémisme. L'espèce de tranchée sinueuse et défoncée sur laquelle ils cahotaient, et qui allait les mener à coups d'embardées impossibles à travers la forêt pendant plusieurs heures, avait été destinée aux mules qui, à l'origine, transportaient le bois des grandes forêts du nord. La piste était si étroite et la jungle avoisinante si dense que la rencontre avec un véhicule venant en sens opposé aurait posé un problème insoluble. Les singes hurlaient et se balançaient au bout des lianes. De grands éclairs de couleurs vives révélaient la présence d'un perroquet, d'un toucan ou d'un ara qui traversait l'épaisse végétation de la jungle.

La jeep avançait au mieux à une allure de dix ou douze kilomètres-heure. Il fallait s'arrêter à tout bout de champ pour enlever un tronc d'arbre ou quelque autre obstacle de la piste. On dut même stopper pour retirer de la route la carcasse à moitié dévorée par les vers d'un pécari. Sabané riait beaucoup, assis sur la banquette tandis que Klaus, Putzi et le *cuchillero* luttaient pour débarrasser le chemin de l'ignoble débris. Rolfe se sentit mal, sous l'effet de la chaleur et des cahots. Son père n'arrêtait pas de jacasser, de décrire d'intéressants spécimens de faune ou de flore amazonienne.

Il se sentait bien, ce matin-là. La randonnée vers cette réserve lui semblait providentielle : c'était justement tout ce dont il avait besoin pour se changer les idées. De plus, il était ravi de pouvoir montrer à son fils à quel point les primitifs l'adulaient et combien ils avaient besoin de lui. Rolfe verrait enfin que son père était un homme dévoué au bien, désintéressé — un savant et un philanthrope qui travaille et peine pour éliminer la souffrance chez ces bâtards de race inférieure et non le monstre sadique qu'on avait dénoncé à la fin de la guerre.

En quelques heures, ils parvinrent à un bras assez étroit du Paraná, à une vingtaine de kilomètres en amont de la 540. La jeep s'arrêta près d'un petit dock flottant qui se balançait au gré des flots, étayé de façon précaire sur quelques pilotis pourris. Une barge y était attachée. C'était le bac, mais aucune pancarte ne l'indiquait.

Un marinier octogénaire faisait la sieste, protégé par

l'épaisse végétation qui bordait le fleuve. Quand ils arrivèrent, klaxonnant à coups répétés, le passeur se leva à moitié sur les coudes et releva le bord du grand chapeau de paille qu'il s'était mis sur le nez. Sabané, debout, baragouina en guarani. Ils se disputèrent violemment pendant quelque temps à propos du prix de la traversée. Les négociations semblaient particulièrement difficiles. Sabané, hurlant et insultant le passeur, lui montra le « saint homme » en robe de bure et en appela à sa piété. Allait-il voler Dieu ? demanda le cacique. Allait-il escroquer un homme de Dieu qui allait sauver ses frères de la réserve aché ?

Le vieux marinier finit par capituler. Il tira sa longue perche de bambou des buissons où elle reposait et conduisit Grigori et son entourage jusqu'à l'embarcadère croulant. On laissa la jeep sur la berge en n'emportant que les deux caisses de médicaments. On détacha aussitôt le bac qui commença à pencher dangereusement sur le côté et à sortir de sa cale d'embarquement avec un craquement lugubre. Il glissa lentement dans l'eau boueuse.

Sur l'eau, loin de la protection de l'épais feuillage, le soleil frappait mortellement et des vagues de chaleur s'abattaient sur le pont, comme une pluie dans l'air brûlant. Il n'y avait pas signe de vie sur le fleuve ; les oiseaux s'étaient enfuis dans la jungle et même les myriades d'insectes qui d'habitude venaient tourmenter les hommes et bourdonner autour d'eux avaient disparu. Il n'y avait aucun souffle de vent, l'eau était lisse comme l'huile, uniquement troublée par le parcours grinçant du bac qui remontait le courant avec peine, comme un animal estropié.

Inconscient, Rolfe était sorti sans chapeau et à présent, le soleil cognait son crâne comme une enclume. Il se réfugia sous un parapet de planches, bercé par les grognements et les sifflements du passeur qui poussait sa perche.

Il était pratiquement impossible de se protéger du soleil et tous les autres s'étaient entassés à l'avant, recouverts de leurs chemises. Ils plongeaient leurs mouchoirs dans l'eau et faisaient couler le tiède liquide sur leurs têtes pour tempérer la brûlure douloureuse du soleil. En quelques minutes, le pont était devenu un gril, l'air était aussi chaud qu'un fourneau ouvert. Même Sabané fut vaincu, il se réfugia à l'avant, à croupetons, surveillant anxieusement la rive lointaine de ses yeux bilieux. Curieusement, Grigori ne semblait pas être affecté. Plus alerte et plus animé que jamais, il se moquait de tout le monde. Il les traitait de femmelettes parce qu'ils se soumettaient à la tyrannie du soleil et leur offrait du cognac ; il partit d'un grand rire quand personne n'accepta et, pour bien souligner son propos, en prit une grande rasade.

Rolfe pensa que c'était peut-être la grande robe blanche qui le protégeait. Le soleil ne pouvait peut-être pas pénétrer dans l'épais tissu et ronger sa chair, comme il le faisait aux autres. Mais, au-delà de ces simples explications, il fallait bien constater que la robe monacale semblait investir le docteur d'un mystérieux pouvoir qui lui permettait de transcender les peines corporelles.

Après quinze cents mètres de traversée de l'affluent, le bac heurta le fond et les passagers débarquèrent sur un bec de terre qui se trouvait au confluent des deux cours d'eau. Le passeur tendit la main et accepta la maigre poignée de guaranis qu'y plaça le docteur Grigori. C'est alors qu'il fit un geste étrange : il recula de plusieurs pas, s'inclina et fit le signe de croix dans l'air brûlant devant lui. Il se retourna aussitôt, sauta sur la barge et, d'un grand coup de perche, repartit dans le courant.

La réserve aché se trouvait à trois kilomètres et la troupe s'engagea dans la forêt. Il était plus de midi. Ils étaient tous épuisés, vêtements trempés. Ils ressemblaient à un énorme ver qui se serait tordu sur le sol, sans destination précise. Des fourrés aux épines mortelles déchiraient leurs vêtements. Klaus et Putzi titubaient sous le poids des deux caisses de médicaments. Il ne leur fallut pas longtemps pour en venir à cracher et à jurer, à cause de la chaleur, des insectes et de l'effort. Tout le monde était exaspéré, sauf le docteur. Il restait calme et marchait d'un bon pas en badinant. A un certain point de leur rude progression dans la brousse, Grigori se mit à évoquer ses jours de carabin à Francfort :

— Cette espèce de putain venait dans ma chambre, le soir, s'esclaffait-il dans sa soutane, c'était un tonneau sans fond ! Je vous assure, messieurs, qu'elle était absolument insatiable...

Il rit pendant quelques secondes jusqu'à ce qu'il entende, à quelques mètres derrière lui, un sifflement. Ce n'était pas le fait de siffler qui était étrange en soi, mais il lui parut tout à fait incongru de siffler ainsi dans la jungle. Il ne savait pas qui était le siffleur, ni depuis combien de temps il se manifestait mais seulement que ce son avait sournoisement pénétré sa conscience. Le plus extraordinaire, c'est que l'air était tiré de *Siegfried.*

Quand il le reconnut, son cœur fit un bond et il sourit, sans savoir pourquoi. Mais à peine le sourire avait-il éclos sur ses lèvres que le sang se glaça dans ses veines et que, comme malgré lui, il se retourna lentement pour se trouver face au canon court et brutal d'une mitraillette Uzi pointée sur son cœur et, derrière l'arme, au *cuchillero* siffleur.

Grigori fut d'abord incapable de comprendre la signification de ce qui lui arrivait. Il crut à une plaisanterie. Puis, son cœur commença à lui descendre lentement dans l'estomac et tout lui parut très clair, le *cuchillero,* le sifflement, *Siegfried,* tout.

Sans même qu'il soit nécessaire de le lui dire, Grigori se retourna et leva les mains.

— Encore ! murmura-t-il.

Il lança ensuite un *Scheiss !* sec et froid.

L'épithète tomba dans le midi immobile de la jungle immense comme le coup de marteau du juge, celui qui clôt un destin. C'était un mot plein de dégoût et de chagrin car il savait que la fatalité l'avait enfin rattrapé.

Les autres continuaient à marcher devant, inconscients de ce qui se passait. Bientôt, ils se retournèrent lentement et, paralysés, regardèrent sans rien faire. Le spectacle était plus qu'insolite : Grigori dans sa grande robe blanche, mains sur la tête, et le *cuchillero* qui souriait, tête nue, le canon de son Uzi braqué sur lui.

Ian Asher murmura un mot en allemand à Grigori. Le docteur, sans pouvoir détacher son regard effrayé du canon de la mitraillette, hurla aux autres de jeter leurs armes et de venir vers lui lentement, mains sur la tête, en file indienne.

Ils firent exactement ce qu'on leur avait dit. Klaus vint en premier ; il jeta son Mauser et alla à leur rencontre d'un pas mesuré. Quand il fut à la hauteur de Grigori, Asher l'arrêta en lui enfonçant sa mitraillette dans le ventre ; il esquissa ensuite un mouvement très rapide et arracha de dessous la chemise de Klaus le Luger qui y était caché. Dans le même mouvement, il lui écrasa la crosse sur la bouche ; la tête de Klaus fit un demi-tour et le sang coula de ses dents brisées.

— Pas de ça ! murmura Asher, souriant, dans un allemand parfait. Je vous en prie !

Il était d'une politesse sans défaut. Le docteur était devenu blanc, couleur de parchemin ; il était très ébranlé.

— Pas de ça, vous entendez ! cria-t-il aux autres.

Putzi vint ensuite ; il s'était promptement débarrassé de son Mauser et d'un pistolet-mitrailleur. C'était l'obéissance et la docilité mêmes. Puis Rolfe suivit, plus étonné qu'effrayé. De Sabané, point ! Le vieux sorcier avait disparu sans un mot dans la jungle épaisse. Il était parti tout simplement, sous le regard d'Asher, sans aucun doute, qui n'avait strictement rien fait pour le retenir. Ce fut alors que Grigori réalisa que le vieux chaman l'avait probablement vendu aux Israéliens pour une poignée de guaranis.

Asher leur ordonna ensuite de se mettre sur une seule ligne devant lui. Ils obéirent en silence, tout en lorgnant le canon long et brillant du Beretta qui les surveillait — Klaus en premier, tenant sa mâchoire douloureuse, Putzi ensuite, qui sanglotait doucement, puis Rolfe et enfin Grigori, flegmatique et arrogant, tête haute, dans la posture un peu mélodramatique de l'homme conscient d'achever une destinée extraordinaire.

— Avancez ! lança Asher à sa première victime.

Klaus resta sur place, médusé et interdit, comme un bœuf incertain de ce qu'on attend de lui.

« Avancez ! répéta-t-il, cette fois d'un ton plus ferme.

Klaus fit quelques pas, maladroitement et, à un signe d'Asher, tomba à genoux devant lui. Les autres, qui se trouvaient à quelques mètres de là, contemplaient la scène avec terreur, retenant leur souffle, hypnotisés par les gestes étranges des deux hommes, comme s'il se fut agi d'un rituel inconnu.

L'homme au Beretta à canon long paraissait à présent étudier celui qui était à ses pieds. Il l'observait sous tous les angles, comme s'il jugeait un nombre défini de facteurs. Pendant l'inspection, il sifflotait des extraits de *Die Fledermaus* ou de *la Flûte enchantée.* Grigori comprit vite le sens de cette petite charade.

Ce fut un examen complet. Interminable. Le juge semblait ne pas s'en lasser. Le sang coulait abondamment de la mâchoire sur la chemise. Soudain, Asher haussa les épaules et arrêta de siffler. Puis, avec un air de calme et de mesure, il prononça le mot « *Links !* ». Il y eut aussitôt le bruit sec et étouffé d'une détonation du Beretta. Quand la poussière se dissipa, le corps de Klaus Hummel était étendu dans une mare de sang aux pieds d'Asher. Sous l'impact, il avait été projeté sur une souche, ce qui faisait que le tronc s'arquait vers le haut alors que la tête pendait misérablement dans le vide. Toute la partie droite du crâne avait été arrachée et le sol de la clairière était parsemé de matière corticale grise.

Asher fit plusieurs pas sur le côté et hurla de nouveau : « En avant !

— Ne faites pas ça ! cria Grigori. Vous n'avez pas le droit !

— En avant ! répéta Asher d'un ton sec et sans remords.

Putzi, pâle et tremblant, trébucha, manqua de tomber et, finalement, recouvra son équilibre. Il sanglotait de façon pitoyable, comme un enfant à qui l'on va donner le martinet. Asher se mit à siffler.

Rolfe, attendant son tour dans la file, crut vivre un cauchemar. Il essayait vainement de se réveiller ; des images d'Hedi et des enfants n'arrêtaient pas de lui apparaître. Il entendit enfin l'horrible sifflotement venir vers lui, comme s'il avait parcouru pour ce faire des distances incroyables. Il voulut courir, mais il était véritablement paralysé.

« *Links !* » fut la deuxième sentence ; le mot alla se perdre dans les hautes frondaisons et couvrit pour un instant le bruit infernal des criquets. La détonation enfin et Putzi qui tombait de côté — glissant vers le sol comme un vase de fleurs qu'on a fait tomber d'une table, accidentellement.

« En avant !

La litanie avait pris une tournure mécanique. Rolfe regarda autour de lui, sans réaliser que c'était lui qu'on appelait.

— Pas lui !

Grigori se jeta vers son fils.

— *Halten Sie !* gronda Asher en pointant le Beretta droit sur le docteur.

— Laissez-le partir, bredouilla Grigori en reculant. Il est innocent. Il n'a rien fait.

— En avant ! cria le juge, inflexible.

— J'ai de l'argent. Je vous paierai. Tout ce que vous voulez.

Grigori se mit à relever ses habits de moine et à fouiller comme un dément ; il en sortait des liasses de billets — guaranis, deutsche marks, dollars et francs suisses. Il était pris d'une véritable frénésie en arrachant sa ceinture bourrée de pièces d'or.

« Tenez, prenez ! Prenez tout !

Il la lança vers le *cuchillero ;* elle s'ouvrit et son contenu alla se perdre sur les branches des arbustes, dans les fourrés épais et les billets de banque se laissèrent porter par une brise légère, vers le fleuve.

L'homme au Beretta n'y fit même pas attention.

— En avant, cria-t-il une fois de plus, sans pitié, inflexible.

— Pas lui, pas lui.

Il y eut dans la gorge de Grigori quelque chose qui ressemblait bien à un sanglot.

« Prenez-moi.

— Avancez, ordonna Asher.

Grigori s'écroula. Il semblait bien que, pour la première fois, il fût réellement effrayé. Jusqu'à cette seconde précise, il avait gardé l'espoir de pouvoir, d'une façon ou d'une autre, reprendre la situation en main.

Rolfe tituba. Muet et stupéfié, yeux exorbités, il tomba à genoux devant le juge, à peine conscient de ce qui se jouait. Asher entreprit son examen en sifflant. Ses yeux remontaient le long du corps de sa victime. Il soupesait, évaluait, essayait de déceler le moindre défaut de qualité du spécimen, d'une manière froide et détachée. A plusieurs mètres de là, le docteur Grigori était accroupi dans la poussière, accroché à sa robe qu'il ramenait constamment à lui, dans un mouvement incontrôlable.

— Il ne vous a rien fait, criait-il. Laissez-le partir. Quelle genre de monstre êtes-vous donc ? Prenez-moi, à la place. Je ferai tout ce que vous voulez. J'irai où vous voudrez. N'importe quoi, mais laissez-le s'en aller.

Asher n'écoutait même pas. Il sifflait d'un air joyeux un extrait des *Meistersinger* et continuait allégrement son examen. La procédure dura interminablement, comme si l'examinateur désirait suspendre à l'infini le moment de la décision. « *Links.* » Ce fut comme un coup de tonnerre. Rolfe se décida à lever les yeux et il vit ceux de son bourreau. Ils étaient durs mais, étrangement, non dénués d'humanité. Il ne lui en voulait pas et, conscient de ce qui devait advenir, il courba la nuque, presque reconnaissant ; il se sentait un peu comme l'homme qui se met enfin au lit après des efforts physiques trop violents, impatient de sombrer dans le sommeil. Grigori ne dit pas un mot, toujours accroupi sur le sol ; il regardait, pétrifié, la fin de la scène.

Il y eut le coup de feu — rapide, efficace et mortel. On n'y pouvait déceler aucune méchanceté. C'était un geste de professionnel. Rolfe s'écroula sur le dos, bras écartés ; ses yeux ouverts contemplaient le ciel.

Asher était toujours debout, au milieu du charnier. Il fit lentement l'inspection des cadavres, allant de l'un à l'autre pour finalement poser le regard sur Grigori. Le docteur était toujours accroupi, il remontait sa robe vers lui, dans un geste étrangement féminin. La teinture de ses cheveux commençait à couler sur le visage et à s'insinuer dans les rides. Il avait un regard tout à fait idiot en contemplant le corps supplicié de son fils unique. Il essaya d'esquisser un mouvement pour aller vers lui mais, à chaque tentative, il revenait à sa position antérieure. Il avait un air de résignation profonde, comme s'il n'avait jamais eu l'intention de se relever. Le sifflotement d'Asher s'éleva, une fois de plus, dans la clairière. Grigori, toujours accroupi, lui lança un regard absolument terrorisé.

— En avant ! cria-t-il.

Grigori ne bougea pas.

« Avancez.

Asher répéta son ordre et réalisa soudain que le docteur ne pouvait pas se lever, que ses jambes ne lui obéissaient plus. Il s'approcha lentement et précautionneusement du docteur, car il le savait prêt à tout.

Il le surplomba quelques instants. Le soleil était exactement au-dessus de leurs têtes et frappait même à travers la voûte végétale de la jungle ; tout baignait dans une douce lumière verte. Le visage de Grigori avait la couleur des cendres, une ombre était tombée sur lui. Il avait baissé la tête ; il attendait que vienne enfin ce châtiment auquel il avait échappé depuis tant d'années. Il manquait complètement de tenue et se laissait presque aller à se rouler par terre ; dans la clairière paisible, accoutré comme il l'était, il faisait penser à la victime d'un de ces cultes votifs de l'Antiquité. Ses yeux étaient fermés ; de tout ce qui lui restait de force, il ne voulait rien voir de ce qu'il allait se passer.

Asher, debout, sifflait l'aria favorite du docteur, extraite de *Rienzi*. Il le voyait trembler. Grigori avait les mains jointes et s'essayait à la prière, balbutiant des formules rapides qui se heurtaient dans sa bouche et, en même temps, une tache d'urine s'élargissait sur le devant de sa robe.

Il attendait, mais rien n'arrivait. Le sifflement continuait. Quelque chose n'allait pas. Il ouvrit les yeux. Il vit Asher qui pointait le canon de la Beretta à sa tempe.

« Je voudrais que vous sachiez, dit Asher dans un

allemand parfait où l'on décelait une trace d'accent bavarois, que je n'avais strictement rien contre votre fils. J'ai eu l'occasion, ces deux dernières semaines, de l'observer tout à ma guise, et je pense que c'était un garçon très bien.

Asher désigna d'un coup de tête l'endroit où étaient étendus les trois corps.

« Je n'avais rien contre les autres non plus. C'était simplement une sorte d'expérience scientifique. Ce que je voulais, c'était observer l'effet d'une violence gratuite sur la sensibilité d'un psychopathe criminel, comme vous. Je voulais voir si un tel acte pouvait éveiller le moindre remords dans la conscience morale la moins évoluée qui soit. Je crois bien qu'à présent, j'ai ma réponse.

Asher avait lancé sa tirade d'un ton froid et absent, comme s'il avait lu le bottin.

« Cela devrait vous être un réconfort, docteur Grigori, de savoir que votre fils est mort pour la science. Que sa mort aura permis d'éclairer un de ces coins sombres de notre savoir sur le psychisme. Je sais que vous, plus qu'aucun autre, êtes en mesure d'apprécier la chose.

Grigori se ratatina et devint franchement gris :

— *Jude !*

Il avait craché le mot comme du venin. Asher sourit méchamment au vieillard accroupi dans son urine, empêtré de sa robe blanche et leva brusquement son bras vers la droite.

— *Rechts,* murmura-t-il.

Il éclata de rire. Il fit un demi-tour et disparut dans la forêt.

Grigori resta sur place, abasourdi, ne sachant que faire. Il comprit qu'il avait été épargné. Jusqu'à quand ? Il savait aussi qu'il devait continuer à porter son lourd fardeau de peine et de solitude et que c'était précisément la raison pour laquelle on l'avait épargné.

Quand il réalisa enfin qu'il était toujours vivant, il fut pris de rage. Il devint fou. C'était comme si on l'avait trompé, trahi. Un des Lugers était bien en vue sur le sol. Il se précipita dans sa direction, manqua de se prendre les pieds dans sa robe. Il s'en empara et le brandit au-dessus de sa tête. Il tourna sur lui-même plusieurs fois, ses yeux fous cherchaient désespérément l'endroit où Asher avait disparu. Il tira sur le point où il croyait l'avoir vu s'évanouir et s'élança dans cette direction, comme s'il avait voulu rattraper la balle perdue. Il allait en tous sens, le revolver toujours au-dessus de la tête, trébuchant sur les ronces, se prenant les pieds dans les pans de sa robe. Il tirait sur des images qui l'entouraient de toutes parts. « *Jude !* », la jungle retentit de son hurlement. « *Verdammte Jude !* » Il fit feu, une fois encore, dans la jungle muette, avec de grands mouvements de bras qui faisaient flotter et tourbillonner sa robe autour de lui. L'écho se perdait dans les hautes branches ; un singe hurla pour lui répondre. Mais, pour ce qui était d'Asher, il n'y en avait nulle trace. Il avait disparu comme un fantôme. Il n'était plus là.

Table

DU MÊME AUTEUR

La Huitième Case
Denoël, 1975

Nécropolis
Grand Prix de littérature policière
Seuil, 1978
« Seuil Policiers », 1991
et « Points Roman », n° R46

Trois Heures du matin à New York
Seuil, 1983
et « Points Roman », n° R232

La Maison près du marais
Seuil, 1984
et « Points Roman », n° R311

La Nuit du solstice
Seuil, 1985
et « Points Roman », n° R283

Le Train vert
Seuil, 1988
et « Points Roman », n° R361

Le Tueur et son ombre
« Seuil Policiers », 1990
et « Points Roman », n° R462

Le Maître de Frazé
Seuil, 1993
et « Points », n° P81

IMPRIMERIE B.C.I. À SAINT-AMAND (CHER)
DÉPÔT LÉGAL JUIN 1995. N° 25590 (4/430)

Collection Points

DERNIERS TITRES PARUS

R120. La Joie, *par Georges Bernanos*
R121. Incognito, *par Petru Dumitriu*
R122. Les Forteresses noires, *par Patrick Grainville*
R123. L'Ange des ténèbres, *par Ernesto Sabato*
R124. La Fiera, *par Marie Susini*
R126. Le vent souffle où il veut, *par Paul-André Lesort*
R127. Si j'étais vous..., *par Julien Green*
R128. Le Mendiant de Jérusalem, *par Elie Wiesel*
R129. Mortelle, *par Christopher Frank*
R130. La France m'épuise, *par Jean-Louis Curtis*
R132. Le Dialogue des Carmélites, *par Georges Bernanos*
R134. La Rencontre des hommes, *par Benigno Cacérès*
R135. Le Petit Monde de Don Camillo
par Giovanni Guareschi
R136. Le Masque de Dimitrios, *par Eric Ambler*
R137. L'Ami de Vincent, *par Jean-Marc Roberts*
R138. Un homme au singulier, *par Christopher Isherwood*
R139. La Maison du désir, *par France Huser*
R140. Moi et ma cheminée, *par Herman Melville*
R141. Les Fous de Bassan, *par Anne Hébert*
R142. Les Stigmates, *par Luc Estang*
R143. Le Chat et la Souris, *par Günter Grass*
R144. Loïca, *par Dorothée Letessier*
R145. Paradiso, *par José Lezama Lima*
R146. Passage de Milan, *par Michel Butor*
R147. Anonymus, *par Michèle Manceaux*
R148. La Femme du dimanche
par Carlo Fruttero et Franco Lucentini
R149. L'Amour monstre, *par Louis Pauwels*
R150. L'Arbre à soleils, *par Henri Gougaud*
R151. Traité du zen et de l'entretien des motocyclettes
par Robert M. Pirsig
R152. L'Enfant du cinquième Nord, *par Pierre Billon*
R153. N'envoyez plus de roses, *par Eric Ambler*
R154. Les Trois Vies de Babe Ozouf, *par Didier Decoin*
R155. Le Vert Paradis, *par André Brincourt*
R156. Varouna, *par Julien Green*
R157. L'Incendie de Los Angeles, *par Nathanaël West*
R158. Les Belles de Tunis, *par Nine Moati*
R159. Vertes Demeures, *par Henry Hudson*
R160. Les Grandes Vacances, *par Francis Ambrière*

R161. Ceux de 14, *par Maurice Genevoix*
R162. Les Villes invisibles, *par Italo Calvino*
R163. L'Agent secret, *par Graham Greene*
R165. Le Grand Escroc, *par Herman Melville*
R166. Lettre à un ami perdu, *par Patrick Besson*
R167. Evaristo Carriego, *par Jorge Luis Borges*
R168. La Guitare, *par Michel del Castillo*
R169. Épitaphe pour un espion, *par Eric Ambler*
R170. Fin de saison au Palazzo Pedrotti, *par Frédéric Vitoux*
R171. Jeunes Années. Autobiographie 1, *par Julien Green*
R172. Jeunes Années. Autobiographie 2, *par Julien Green*
R173. Les Égarés, *par Frédérick Tristan*
R174. Une affaire de famille, *par Christian Giudicelli*
R175. Le Testament amoureux, *par Rezvani*
R176. C'était cela notre amour, *par Marie Susini*
R177. Souvenirs du triangle d'or, *par Alain Robbe-Grillet*
R178. Les Lauriers du lac de Constance, *par Marie Chaix*
R179. Plan B, *par Chester Himes*
R180. Le Sommeil agité, *par Jean-Marc Roberts*
R181. Roman Roi, *par Renaud Camus*
R183. Le Château des destins croisés, *par Italo Calvino*
R184. Le Vent de la nuit, *par Michel del Castillo*
R185. Une curieuse solitude, *par Philippe Sollers*
R186. Les Trafiquants d'armes, *par Eric Ambler*
R187. Un printemps froid, *par Danièle Sallenave*
R188. Mickey l'Ange, *par Geneviève Dormann*
R189. Histoire de la mer, *par Jean Cayrol*
R190. Senso, *par Camillo Boito*
R191. Sous le soleil de Satan
par Georges Bernanos
R192. Niembsch ou l'immobilité, *par Peter Härtling*
R193. Prends garde à la douceur des choses
par Raphaële Billetdoux
R194. L'Agneau carnivore, *par Agustin Gomez-Arcos*
R195. L'Imposture, *par Georges Bernanos*
R196. Ararat, *par D. M. Thomas*
R197. La Croisière de l'angoisse, *par Eric Ambler*
R198. Léviathan, *par Julien Green*
R199. Sarnia, *par Gerald Basil Edwards*
R200. Le Colleur d'affiches, *par Michel del Castillo*
R201. Un mariage poids moyen, *par John Irving*
R202. John l'Enfer, *par Didier Decoin*
R203. Les Chambres de bois, *par Anne Hébert*
R204. Mémoires d'un jeune homme rangé
par Tristan Bernard
R205. Le Sourire du Chat, *par François Maspero*

R207. La Nuit américaine, *par Christopher Frank*
R208. Jeunesse dans une ville normande
par Jacques-Pierre Amette
R209. Fantôme d'une puce, *par Michel Braudeau*
R210. L'Avenir radieux, *par Alexandre Zinoviev*
R211. Constance D., *par Christian Combaz*
R212. Épaves, *par Julien Green*
R213. La Leçon du maître, *par Henry James*
R214. Récit des temps perdus, *par Aris Fakinos*
R215. La Fosse aux chiens, *par John Cowper Powys*
R216. Les Portes de la forêt, *par Elie Wiesel*
R217. L'Affaire Deltchev, *par Eric Ambler*
R218. Les amandiers sont morts de leurs blessures
par Tahar Ben Jelloun
R219. L'Admiroir, *par Anny Duperey*
R221. La Créature, *par Étienne Barilier*
R223. La Gloire de Dina, *par Michel del Castillo*
R224. Poisson d'amour, *par Didier van Cauwelaert*
R225. Les Yeux fermés, *par Marie Susini*
R226. Cobra, *par Severo Sarduy*
R227. Cavalerie rouge, *par Isaac Babel*
R228. Tous les soleils, *par Bertrand Visage*
R229. Pétersbourg, *par Andréi Biély*
R230. Récits d'un jeune médecin, *par Mikhaïl Boulgakov*
R231. La Maison des prophètes, *par Nicolas Saudray*
R232. Trois Heures du matin à New York
par Herbert Lieberman
R233. La Mère du printemps, *par Driss Chraïbi*
R234. Adrienne Mesurat, *par Julien Green*
R235. Jusqu'à la mort, *par Amos Oz*
R236. Les Envoûtés, *par Witold Gombrowicz*
R237. Frontière des ténèbres, *par Eric Ambler*
R238. Les Deux Sacrements, *par Heinrich Böll*
R239. Cherchant qui dévorer, *par Luc Estang*
R240. Le Tournant, *par Klaus Mann*
R241. Aurélia, *par France Huser*
R242. Le Sixième Hiver
par Douglas Orgill et John Gribbin
R243. Naissance d'un spectre, *par Frédérick Tristan*
R244. Lorelei, *par Maurice Genevoix*
R245. Le Bois de la nuit, *par Djuna Barnes*
R246. La Caverne céleste, *par Patrick Grainville*
R249. Juliette, chemin des Cerisiers, *par Marie Chaix*
R250. Le Baiser de la femme-araignée, *par Manuel Puig*
R251. Le Vésuve, *par Emmanuel Roblès*
R253. Palomar, *par Italo Calvino*

R254. Le Visionnaire, *par Julien Green*
R255. La Revanche, *par Henry James*
R256. Les Années-lumière, *par Rezvani*
R257. La Crypte des capucins, *par Joseph Roth*
R258. La Femme publique, *par Dominique Garnier*
R259. Maggie Cassidy, *par Jack Kerouac*
R260. Mélancolie Nord, *par Michel Rio*
R261. Énergie du désespoir, *par Eric Ambler*
R262. L'Aube, *par Elie Wiesel*
R264. L'Ouverture des bras de l'homme
par Raphaële Billetdoux
R265. Méchant, *par Jean-Marc Roberts*
R266. Un policeman, *par Didier Decoin*
R267. Les Corps étrangers, *par Jean Cayrol*
R268. Naissance d'une passion, *par Michel Braudeau*
R269. Dara, *par Patrick Besson*
R270. Parias, *par Pascal Bruckner*
R271. Le Soleil et la Roue, *par Rose Vincent*
R272. Le Malfaiteur, *par Julien Green*
R273. Scarlett si possible, *par Katherine Pancol*
R274. Journal d'une fille de Harlem, *par Julius Horwitz*
R276. La Chasse à la licorne, *par Emmanuel Roblès*
R277. Red Fox, *par Anthony Hyde*
R278. Minuit, *par Julien Green*
R279. L'Enfer, *par René Belletto*
R280. Et si on parlait d'amour, *par Claire Gallois*
R281. Pologne, *par James A. Michener*
R283. La Nuit du solstice, *par Herbert Lieberman*
R284. Place de Sienne, côté ombre
par Carlo Fruttero et Franco Lucentini
R285. Meurtre au comité central
par Manuel Vázquez Montalbán
R286. L'Isolé soleil, *par Daniel Maximin*
R287. Samedi soir, dimanche matin, *par Alan Sillitoe*
R288. Petit Louis, dit XIV, *par Claude Duneton*
R289. Le Perchoir du perroquet, *par Michel Rio*
R290. L'Enfant pain, *par Agustin Gomez-Arcos*
R291. Les Années Lula, *par Rezvani*
R292. Michael K, sa vie, son temps, *par J. M. Coetzee*
R293. La Connaissance de la douleur
par Carlo Emilio Gadda
R294. Complot à Genève, *par Eric Ambler*
R295. Serena, *par Giovanni Arpino*
R297. Le Premier Regard, *par Marie Susini*
R299. La Vie fantôme, *par Danièle Sallenave*
R300. L'Enchanteur, *par Vladimir Nabokov*

R301. L'Ile atlantique, *par Tony Duvert*
R303. Le Manège espagnol, *par Michel del Castillo*
R304. Le Berceau du chat, *par Kurt Vonnegut*
R305. Une histoire américaine, *par Jacques Godbout*
R306. Les Fontaines du grand abîme, *par Luc Estang*
R307. Le Mauvais Lieu, *par Julien Green*
R308. Aventures dans le commerce des peaux en Alaska *par John Hawkes*
R309. La Vie et demie, *par Sony Labou Tansi*
R310. Jeune Fille en silence, *par Raphaële Billetdoux*
R311. La Maison près du marais, *par Herbert Lieberman*
R312. Godelureaux, *par Eric Ollivier*
R313. La Chambre ouverte, *par France Huser*
R314. L'Œuvre de Dieu, la part du Diable, *par John Irving*
R315. Les Silences ou la vie d'une femme *par Marie Chaix*
R316. Les Vacances du fantôme, *par Didier van Cauwelaert*
R317. Le Levantin, *par Eric Ambler*
R318. Beno s'en va-t-en guerre, *par Jean-Luc Benoziglio*
R319. Miss Lonelyhearts, *par Nathanaël West*
R320. Cosmicomics, *par Italo Calvino*
R321. Un été à Jérusalem, *par Chochana Boukhobza*
R323. L'Amazone, *par Michel Braudeau*
R324. Le Mystère de la crypte ensorcelée *par Eduardo Mendoza*
R325. Le Cri, *par Chochana Boukhobza*
R326. Femmes devant un paysage fluvial, *par Heinrich Böll*
R327. La Grotte, *par Georges Buis*
R328. Bar des flots noirs, *par Olivier Rolin*
R329. Le Stade de Wimbledon, *par Daniele Del Giudice*
R330. Le Bruit du temps, *par Ossip E. Mandelstam*
R331. La Diane rousse, *par Patrick Grainville*
R332. Les Éblouissements, *par Pierre Mertens*
R333. Talgo, *par Vassilis Alexakis*
R334. La Vie trop brève d'Edwin Mullhouse *par Steven Millhauser*
R335. Les Enfants pillards, *par Jean Cayrol*
R336. Les Mystères de Buenos Aires, *par Manuel Puig*
R337. Le Démon de l'oubli, *par Michel del Castillo*
R338. Christophe Colomb, *par Stephen Marlowe*
R339. Le Chevalier et la Reine, *par Christopher Frank*
R340. Autobiographie de tout le monde, *par Gertrude Stein*
R341. Archipel, *par Michel Rio*
R342. Texas, tome 1, *par James A. Michener*
R343. Texas, tome 2, *par James A. Michener*
R344. Loyola's blues, *par Erik Orsenna*

R345. L'Arbre aux trésors, *par Henri Gougaud*
R346. Les Enfants des morts, *par Henrich Böll*
R347. Les Cent Premières Années de Niño Cochise *par A. Kinney Griffith et Niño Cochise*
R348. Vente à la criée du lot 49, *par Thomas Pynchon*
R349. Confessions d'un enfant gâté *par Jacques-Pierre Amette*
R350. Boulevard des trahisons, *par Thomas Sanchez*
R351. L'Incendie, *par Mohammed Dib*
R352. Le Centaure, *par John Updike*
R353. Une fille cousue de fil blanc, *par Claire Gallois*
R354. L'Adieu aux champs, *par Rose Vincent*
R355. La Ratte, *par Günter Grass*
R356. Le Monde hallucinant, *par Reinaldo Arenas*
R357. L'Anniversaire, *par Mouloud Feraoun*
R358. Le Premier Jardin, *par Anne Hébert*
R359. L'Amant sans domicile fixe *par Carlo Fruttero et Franco Lucentini*
R360. L'Atelier du peintre, *par Patrick Grainville*
R361. Le Train vert, *par Herbert Lieberman*
R362. Autopsie d'une étoile, *par Didier Decoin*
R363. Un joli coup de lune, *par Chester Himes*
R364. La Nuit sacrée, *par Tahar Ben Jelloun*
R365. Le Chasseur, *par Carlo Cassola*
R366. Mon père américain, *par Jean-Marc Roberts*
R367. Remise de peine, *par Patrick Modiano*
R368. Le Rêve du singe fou, *par Christopher Frank*
R369. Angelica, *par Bertrand Visage*
R370. Le Grand Homme, *par Claude Delarue*
R371. La Vie comme à Lausanne, *par Erik Orsenna*
R372. Une amie d'Angleterre, *par Anita Brookner*
R373. Norma ou l'exil infini, *par Emmanuel Roblès*
R374. Les Jungles pensives, *par Michel Rio*
R375. Les Plumes du pigeon, *par John Updike*
R376. L'Héritage Schirmer, *par Eric Ambler*
R377. Les Flamboyants, *par Patrick Grainville*
R378. L'Objet perdu de l'amour, *par Michel Braudeau*
R379. Le Boucher, *par Alina Reyes*
R380. Le Labyrinthe aux olives, *par Eduardo Mendoza*
R381. Les Pays lointains, *par Julien Green*
R382. L'Épopée du buveur d'eau, *par John Irving*
R383. L'Écrivain public, *par Tahar Ben Jelloun*
R385. Les Lèvres nues, *par France Huser*
R386. La Famille de Pascal Duarte, *par Camilo José Cela*
R387. Une enfance à l'eau bénite, *par Denise Bombardier*
R389. Tarabas, *par Joseph Roth*

R390. Replay, *par Ken Grimwood*
R391. Rabbit Boss, *par Thomas Sanchez*
R392. Aden Arabie, *par Paul Nizan*
R393. La Ferme, *par John Updike*
R394. L'Obscène Oiseau de la nuit, *par José Donoso*
R395. Un printemps d'Italie, *par Emmanuel Roblès*
R396. L'Année des méduses, *par Christopher Frank*
R397. Miss Missouri, *par Michel Boujut*
R398. Le Figuier, *par François Maspero*
R399. La Solitude du coureur de fond, *par Alan Sillitoe*
R402. La Croyance des voleurs, *par Michel Chaillou*
R403. Rock Springs, *par Richard Ford*
R404. L'Orange amère, *par Didier van Cauwelaert*
R405. Tara, *par Michel del Castillo*
R406. L'Homme à la vie inexplicable, *par Henri Gougaud*
R407. Le Beau Rôle, *par Louis Gardel*
R408. Le Messie de Stockholm, *par Cynthia Ozick*
R409. Les Exagérés, *par Jean- François Vilar*
R410. L'Objet du scandale, *par Robertson Davies*
R411. Berlin mercredi, *par François Weyergans*
R412. L'Inondation, *par Evguéni Zamiatine*
R413. Rentrez chez vous Bogner !, *par Heinrich Böll*
R414. Les Herbes amères, *par Chochana Boukhobza*
R415. Le Pianiste, *par Manuel Vázquez Montalbán*
R416. Une mort secrète, *par Richard Ford*
R417. La Journée d'un scrutateur, *par Italo Calvino*
R418. Collection de sable, *par Italo Calvino*
R419. Les Soleils des indépendances, *par Ahmadou Kourouma*
R420. Lacenaire (un film de Francis Girod)
par Georges Conchon
R421. Œuvres pré-posthumes, *par Robert Musil*
R422. Merlin, *par Michel Rio*
R423. Charité, *par Éric Jourdan*
R424. Le Visiteur, *par György Konrad*
R425. Monsieur Adrien, *par Franz-Olivier Giesbert*
R426. Palinure de Mexico, *par Fernando Del Paso*
R427. L'Amour du prochain, *par Hugo Claus*
R428. L'Oublié, *par Elie Wiesel*
R429. Temps zéro, *par Italo Calvino*
R430. Les Comptoirs du Sud, *par Philippe Doumenc*
R431. Le Jeu des décapitations, *par Jose Lezama Lima*
R432. Tableaux d'une ex, *par Jean-Luc Benoziglio*
R433. Les Effrois de la glace et des ténèbres
par Christoph Ransmayr
R434. Paris-Athènes, *par Vassilis Alexakis*
R435. La Porte de Brandebourg, *par Anita Brookner*

R436. Le Jardin à la dérive, *par Ida Fink*
R437. Malina, *par Ingeborg Bachmann*
R438. Moi, laminaire, *par Aimé Césaire*
R439. Histoire d'un idiot racontée par lui-même *par Félix de Azúa*
R440. La Résurrection des morts, *par Scott Spencer*
R441. La Caverne, *par Eugène Zamiatine*
R442. Le Manticore, *par Robertson Davies*
R443. Perdre, *par Pierre Mertens*
R444. La Rébellion, *par Joseph Roth*
R445. D'amour P. Q., *par Jacques Godbout*
R446. Un oiseau brûlé vif, *par Agustin Gomez-Arcos*
R447. Le Blues de Buddy Bolden, *par Michael Ondaatje*
R448. Étrange séduction (Un bonheur de rencontre) *par Ian McEwan*
R449. La Diable, *par Fay Weldon*
R450. L'Envie, *par Iouri Olecha*
R451. La Maison du Mesnil, *par Maurice Genevoix*
R452. La Joyeuse Bande d'Atzavara *par Manuel Vázquez Montalbán*
R453. Le Photographe et ses Modèles, *par John Hawkes*
R454. Rendez-vous sur la terre, *par Bertrand Visage*
R455. Les Aventures singulières du soldat Ivan Tchonkine *par Vladimir Voïnovitch*
R456. Départements et Territoires d'outre-mort *par Henri Gougaud*
R457. Vendredi des douleurs, *par Miguel Angel Asturias*
R458. L'Avortement, *par Richard Brautigan*
R459. Histoire du ciel, *par Jean Cayrol*
R460. Une prière pour Owen, *par John Irving*
R461. L'Orgie, la Neige, *par Patrick Grainville*
R462. Le Tueur et son ombre, *par Herbert Lieberman*
R463. Les Grosses Rêveuses, *par Paul Fournel*
R465. Les Marches du palais, *par David Shahar*
R466. Les hommes cruels ne courent pas les rues *par Katherine Pancol*
R467. La Vie exagérée de Martín Romaña *par Alfredo Bryce-Echenique*
R468. Les Étoiles du Sud, *par Julien Green*
R469. Aventures, *par Italo Calvino*
R470. Jour de silence à Tanger, *par Tahar Ben Jelloun*
R471. Sous le soleil jaguar, *par Italo Calvino*
R472. Les cyprès meurent en Italie, *par Michel del Castillo*
R473. Kilomètre zéro, *par Thomas Sanchez*
R474. Singulières Jeunes Filles, *par Henry James*
R475. Franny et Zooey, *par J. D. Salinger*

R476. Vaulascar, *par Michel Braudeau*
R477. La Vérité sur l'affaire Savolta, *par Eduardo Mendoza*
R478. Les Visiteurs du crépuscule, *par Eric Ambler*
R479. L'Ancienne Comédie, *par Jean-Claude Guillebaud*
R480. La Chasse au lézard, *par William Boyd*
R481. Les Yaquils, *suivi de* Ile déserte, *par Emmanuel Roblès*
R482. Proses éparses, *par Robert Musil*
R483. Le Loum, *par René-Victor Pilhes*
R484. La Fascination de l'étang, *par Virginia Woolf*
R485. Journaux de jeunesse, *par Rainer Maria Rilke*
R486. Tirano Banderas, *par Ramón del Valle-Inclán*
R487. Une trop bruyante solitude, *par Bohumil Hrabal*
R488. En attendant les barbares, *par J. M. Coetzee*
R489. Les Hauts-Quartiers, *par Paul Gadenne*
R490. Je lègue mon âme au diable
par Germán Castro Caycedo
R491. Le Monde des merveilles, *par Robertson Davies*
R492. Louve basse, *par Denis Roche*
R493. La Couleur du destin
par Carlo Fruttero et Franco Lucentini
R494. Poupée blonde
par Patrick Modiano, dessins de Pierre Le-Tan
R495. La Mort de Lohengrin, *par Heinrich Böll*
R496. L'Aïeul, *par Aris Fakinos*
R497. Le Héros des femmes, *par Adolfo Bioy Casares*
R498. 1492. Les Aventures de Juan Cabezón de Castille
par Homero Aridjis
R499. L'Angoisse du tigre, *par Jean-Marc Roberts*
R500. Les Yeux baissés, *par Tahar Ben Jelloun*
R501. L'Innocent, *par Ian McEwan*
R502. Les Passagers du Roissy-Express
par François Maspero
R503. Adieu à Berlin, *par Christopher Isherwood*
R504. Remèdes désespérés, *par Thomas Hardy*
R505. Le Larron qui ne croyait pas au ciel
par Miguel Angel Asturias
R506. Madame de Mauves, *par Henry James*
R507. L'Année de la mort de Ricardo Reis, *par José Saramago*
R508. Abattoir 5, *par Kurt Vonnegut*
R509. Comme je l'entends, *par John Cowper Powys*
R510. Madrapour, *par Robert Merle*
R511. Ménage à quatre, *par Manuel Vázquez Montalbán*
R512. Tremblement de cœur, *par Denise Bombardier*
R513. Monnè, Outrages et Défis, *par Ahmadou Kourouma*
R514. L'Ultime Alliance, *par Pierre Billon*
R515. Le Café des fous, *par Felipe Alfau*

R516. Morphine, *par Mikhaïl Boulgakov*
R517. Le Fou du tzar, *par Jaan Kross*
R518. Wolf et Doris, *par Martin Walser*
R519. La Course au mouton sauvage, *par Haruki Murakami*
R520. Adios Schéhérazade, *par Donald Westlake*
R521. Les Feux du Bengale, *par Amitav Ghosh*
R522. La Spéculation immobilière, *par Italo Calvino*
R523. L'homme qui parlait d'Octavia de Cadix
par Alfredo Bryce-Echenique
R524. V., *par Thomas Pynchon*
R525. Les Anges rebelles, *par Robertson Davies*
R526. Nouveaux Contes de Bustos Domecq
par Jorge Luis Borges et Adolfo Bioy Casares
R527. Josepha, *par Christopher Frank*
R528. L'Amour sorcier, *par Louise Erdrich*
R529. L'Europe mordue par un chien, *par Christophe Donner*
R530. Les hommes qui ont aimé Evelyn Cotton
par Frank Ronan
R531. Agadir, *par Mohammed Khaïr-Eddine*
R532. Brigitta, *par Adalbert Stifter*
R533. Lune de miel et d'or, *par David Shahar*
R534. Histoires de vertige, *par Julien Green*
R535. Voyage en France, *par Henry James*
R536. La Femme de chambre du Titanic, *par Didier Decoin*
R537. Le Grand Partir, *par Henri Gougaud*
R538. La Boîte noire, *par Jean-Luc Benoziglio*
R539. Le Prochain sur la liste, *par Dan Greenburg*
R540. Topkapi, *par Eric Ambler*
R541. Hôtel du lac, *par Anita Brookner*
R542. L'Aimé, *par Axel Gauvin*
R543. Vends maison, où je ne veux plus vivre
par Bohumil Hrabal
R544. Enquête sous la neige, *par Michael Malone*
R545. Sérénissime, *par Frédéric Vitoux*
R546. Fleurs de ruine, *par Patrick Modiano*
R547. Les Girls du City-Boum-Boum, *par Vassilis Alexakis*
R548. Les Rives du fleuve Bleu, *par Emmanuel Roblès*
R549. Le Complexe polonais, *par Tadeusz Konwicki*
R550. La Patte du scarabée, *par John Hawkes*
R551. Sale Histoire, *par Eric Ambler*
R552. Le Silence des pierres, *par Michel del Castillo*
R553. Une rencontre en Westphalie, *par Günter Grass*
R554. Ludo & Compagnie, *par Patrick Lapeyre*
R555. Les Calendes grecques, *par Dan Franck*
R556. Chaque homme dans sa nuit, *par Julien Green*
R557. Nous sommes au regret de..., *par Dino Buzzati*

R558. La Bête dans la jungle, *par Henry James*
R559. Nouvelles démesurées, *par Adolfo Bioy Casares*
R560. Sylvie et Bruno, *par Lewis Carroll*
R561. L'Homme de Kiev, *par Bernard Malamud*
R562. Le Brochet, *par Eric Ambler*
R563. Mon valet et moi, *par Hervé Guibert*
R564. Les Européens, *par Henry James*
R565. Le Royaume enchanté de l'amour, *par Max Brod*
R566. Le Fou noir *suivi de* Le Poing fermé, *par Arrigo Boito*
R567. La Fin d'une époque, *par Evelyn Waugh*
R568. Franza, *par Ingeborg Bachmann*
R569. Les Noces dans la maison, *par Bohumil Hrabal*
R570. Journal, *par Jean-René Huguenin*
R571. Une saison ardente, *par Richard Ford*
R572. Le Dernier Été des Indiens, *par Robert Lalonde*
R573. Beatus Ille, *par Antonio Muñoz Molina*
R574. Les Révoltés de la « Bounty »
par Charles Nordhoff et James Norman Hall
R575. L'Expédition, *par Henri Gougaud*
R576. La Loi du capitaine, *par Mike Nicol*
R577. La Séparation, *par Dan Franck*
R578. Voyage autour de mon crâne, *par Frigyes Karinthy*
R579. Monsieur Pinocchio, *par Jean-Marc Roberts*
R580. Les Feux, *par Raymond Carver*
R581. Mémoires d'un vieux crocodile, *par Tennessee Williams*
R582. Patty Diphusa, la Vénus des lavabos
par Pedro Almodóvar
R583. Le Voyage de Hölderlin en France
par Jacques-Pierre Amette
R584. Les Noms, *par Don DeLillo*
R585. Le Châle, *par Cynthia Ozick*
R587. Liberté pour les ours !, *par John Irving*
R588. Mr. Stone, *par V. S. Naipaul*
R589. Loin de la troupe, *par Heinrich Böll*
R590. Dieu et nous seuls pouvons, *par Michel Folco*
R591. La Route de San Giovanni, *par Italo Calvino*
R592. En la forêt de longue attente, *par Hella S. Haasse*
R593. Lewis Percy, *par Anita Brookner*
R594. L'Affaire D., *par Charles Dickens*
Carlo Fruttero et Franco Lucentini
R595. La Pianiste, *par Elfriede Jelinek*
R596. Un air de famille, *par Michael Ondaatje*
R597. L'Ile enchantée, *par Eduardo Mendoza*
R598. Vineland, *par Thomas Pynchon*
R599. Jolie, la fille !, *par André Dubus*
R600. Le Troisième Mensonge, *par Agota Kristof*

R602. Le Déménagement, *par Jean Cayrol*
R603. Arrêt de jeu, *par Dan Kavanagh*
R605. La Belle Affaire, *par T. C. Boyle*
R606. La Rivière du sixième jour, *par Norman Maclean*
R607. Le Tarbouche, *par Robert Solé*
R609. Une femme en soi, *par Michel del Castillo*
R610. Le Parapluie jaune, *par Elsa Lewin*
R611. L'Amateur, *par André Balland*
R612. Le Suspect, *par L. R. Wright*
R613. Le Tueur des abattoirs, *par Manuel Vázquez Montalbán*
R614. Mémoires du Capitán Alonso de Contreras *par Alonso de Contreras*
R615. Colère, *par Patrick Grainville*
R616. Le Livre de John, *par Michel Braudeau*
R617. Faux Pas, *par Michel Rio*
R618. Quelqu'unbis est mort, *par Jean-Luc Benoziglio*
R619. La Vie, quelque part, *par Anita Brookner*
R620. Iblis ou la Défroque du serpent, *par Armande Gobry-Valle*
R621. Fin de mission, *par Heinrich Böll*
R622. Les Mains vides, *par Maurice Genevoix*
R623. Un amour de chat, *par Frédéric Vitoux*
R624. Johnny s'en va-t-en guerre, *par Dalton Trumbo*
R625. La Remontée des cendres, *par Tahar Ben Jelloun*
R626. L'Enfant chargé de songes, *par Anne Hébert*
R628. La Terre et le Sang, *par Mouloud Feraoun*
R629. Le Cimetière des fous, *par Dan Franck*
R630. Cytomégalovirus, *par Hervé Guibert*
R631. La Maison Pouchkine, *par Andreï Bitov*
R632. La Mémoire brûlée, *par Jean-Noël Pancrazi*
R633. Le taxi mène l'enquête, *par Sam Reaves*
R634. Les Sept Fous, *par Roberto Arlt*
R635. La Colline rouge, *par France Huser*
R636. Les Athlètes dans leur tête, *par Paul Fournel*
R637. San Camilo 1936, *par Camilo José Cela*
R638. Galíndez, *par Manuel Vázquez Montalbán*
R639. China Lake, *par Anthony Hyde*
R640. Tlacuilo, *par Michel Rio*
R641. L'Élève, *par Henry James*
R642. Aden, *par Anne-Marie Garat*
R644. Dis-moi qui tuer, *par V. S. Naipaul*
R645. L'Arbre d'amour et de sagesse, *par Henri Gougaud*
R646. L'Étrange Histoire de Sir Hugo et de son valet Fledge *par Patrick McGrath*
R647. L'Herbe des ruines, *par Emmanuel Roblès*
R648. La Première Femme, *par Nedim Gürsel*
R649. Les Exclus, *par Elfriede Jelinek*

R650. Providence, *par Anita Brookner*
R651. Les Nouvelles Mille et Une Nuits, vol. 1
par Robert Louis Stevenson
R652. Les Nouvelles Mille et Une Nuits, vol. 2
par Robert Louis Stevenson
R653. Les Nouvelles Mille et Une Nuits, vol. 3
par Robert Louis Stevenson
R654. 1492. Mémoires du Nouveau Monde, *par Homero Aridjis*
R655. Lettres à Doubenka, *par Bohumil Hrabal*
R657. Cassandra, *par John Hawkes*
R658. La Fin des temps, *par Haruki Murakami*
R659. Mémoires d'un nomade, *par Paul Bowles*
R660. La Femme du boucher, *par Li Ang*
R661. Anaconda, *par Horacio Quiroga*
R662. Le Polygone étoilé, *par Kateb Yacine*
R663. Je ferai comme si je n'étais pas là, *par Christopher Frank*
R664. Le Divin Enfant, *par Pascal Bruckner*
R665. Un homme remarquable, *par Robertson Davies*
R666. Une sécheresse à Paris, *par Alain Chany*
R667. Charles et Camille, *par Frédéric Vitoux*
R668. Les Quatre Fils du Dr March, *par Brigitte Aubert*
R669. 33 Jours, *par Léon Werth*
R670. La Mort à Veracruz, *par Héctor Aguilar Camín*
R671. Le Bâtard de Palerme, *par Luigi Natoli*
R672. L'Ile du lézard vert, *par Eduardo Manet*
R673. Juges et Assassins, *par Michael Malone*
R674. L'Enfant de Port-Royal, *par Rose Vincent*
R675. Amour et Ordures, *par Ivan Klíma*
R676. Rue de la Cloche, *par Serge Quadruppani*
R677. Les Dunes de Tottori, *par Kyotaro Nishimura*
R678. Lucioles, *par Shiva Naipaul*
R679. Tout fout le camp !, *par Dan Kavanagh*
R680. Les Sept Solitudes de Lorsa Lopez, *par Sony Labou Tansi*
R681. Le Bout du rouleau, *par Richard Ford*
R682. Hygiène de l'assassin, *par Amélie Nothomb*
R683. Le Crime des pères, *par Michel del Castillo*
R684. Les Adieux, *par Dan Franck*
R686. Annam, *par Christophe Bataille*
R687. L'Homme de la passerelle, *par Isabelle Jarry*
R688. Bambini, *par Bertrand Visage*
R689. Nom de code : Siro, *par David Ignatius*
R690. Paradis, *par Philippe Sollers*
R691. Le Quinconce, vol. 1, *par Charles Palliser*
R692. Le Quinconce, vol. 2, *par Charles Palliser*
R693. Rituels, *par Cees Nooteboom*
R694. Félidés, *par Akif Pirinçci*

R695. Le Trouveur de feu, *par Henri Gougaud*
R696. Dumala, *par Eduard von Keyserling*
P1. Cent Ans de solitude, *par Gabriel García Márquez*
P2. Le Chevalier inexistant, *par Italo Calvino*
P3. L'Homme sans qualités, tome 1, *par Robert Musil*
P4. L'Homme sans qualités, tome 2, *par Robert Musil*
P5. Le Monde selon Garp, *par John Irving*
P6. Les Désarrois de l'élève Törless, *par Robert Musil*
P7. L'Enfant de sable, *par Tahar Ben Jelloun*
P8. La Marche de Radetzky, *par Joseph Roth*
P9. Trois Femmes *suivi de* Noces, *par Robert Musil*
P10. Un Anglais sous les tropiques, *par William Boyd*
P11. Grand Amour, *par Erik Orsenna*
P12. L'Invention du monde, *par Olivier Rolin*
P13. Rastelli raconte..., *par Walter Benjamin*
P14. Ce qu'a vu le vent d'ouest, *par Fruttero & Lucentini*
P15. L'Appel du crapaud, *par Günter Grass*
P16. L'Appât, *par Morgan Sportès*
P17. L'Honneur de Saint-Arnaud, *par François Maspero*
P18. L'Héritage empoisonné, *par Paul Levine*
P19. Les Égouts de Los Angeles, *par Michael Connelly*
P20. L'Anglais saugrenu, *par Jean-Loup Chiflet*
P21. Jacques Chirac, *par Franz-Olivier Giesbert*
P22. Questions d'adolescents, *par Christian Spitz*
P23. Les Progrès du progrès, *par Philippe Meyer*
P24. Le Paradis des orages, *par Patrick Grainville*
P25. La Rage au cœur, *par Gérard Guégan*
P26. L'Homme flambé, *par Michael Ondaatje*
P27. Ça n'est pas pour me vanter, *par Philippe Meyer*
P28. Notre homme, *par Louis Gardel*
P29. Mort en hiver, *par L. R. Wright*
P30. L'Exposition coloniale, *par Erik Orsenna*
P31. La Dame du soir, *par Dan Franck*
P32. Le Monde du bout du monde, *par Luis Sepúlveda*
P33. Brazzaville Plage, *par William Boyd*
P34. Les Nouvelles Confessions, *par William Boyd*
P35. Comme neige au soleil, *par William Boyd*
P36. Hautes Trahisons, *par Félix de Azúa*
P37. Dans la cage, *par Henry James*
P38. L'Année du déluge, *par Eduardo Mendoza*
P39. Pluie et Vent sur Télumée Miracle
par Simone Schwarz-Bart
P40. Paroles malvenues, *par Paul Bowles*
P41. Le Grand Cahier, *par Agota Kristof*
P42. La Preuve, *par Agota Kristof*
P43. La Petite Ville où le temps s'arrêta, *par Bohumil Hrabal*

P44. Le Tunnel, *par Ernesto Sabato*
P45. La Galère : jeunes en survie, *par François Dubet*
P46. La Ville des prodiges, *par Eduardo Mendoza*
P47. Le Principe d'incertitude, *par Michel Rio*
P48. Tapie, l'homme d'affaires, *par Christophe Bouchet*
P49. L'Homme Freud, *par Lydia Flem*
P50. La Décennie Mitterrand
1. Les ruptures
par Pierre Favier et Michel Martin-Roland
P51. La Décennie Mitterrand
2. Les épreuves
par Pierre Favier et Michel Martin-Roland
P52. Dar Baroud, *par Louis Gardel*
P53. Vu de l'extérieur, *par Katherine Pancol*
P54. Les Rêves des autres, *par John Irving*
P55. Les Habits neufs de Margaret
par Alice Thomas Ellis
P56. Les Confessions de Victoria Plum, *par Anne Fine*
P57. Histoires de faire de beaux rêves, *par Kaye Gibbons*
P58. C'est la curiosité qui tue les chats, *par Lesley Glaister*
P59. Une vie bouleversée, *par Etty Hillesum*
P60. L'Air de la guerre, *par Jean Hatzfeld*
P61. Piaf, *par Pierre Duclos et Georges Martin*
P62. Lettres ouvertes, *par Jean Guitton*
P63. Trois Kilos de café, *par Manu Dibango*
en collaboration avec Danielle Rouard
P64. L'Ange aveugle, *par Tahar Ben Jelloun*
P65. La Lézarde, *par Édouard Glissant*
P66. L'Inquisiteur, *par Henri Gougaud*
P67. L'Étrusque, *par Mika Waltari*
P68. Leurs mains sont bleues, *par Paul Bowles*
P69. Contes d'amour, de folie et de mort
par Horacio Quiroga
P70. Le vieux qui lisait des romans d'amour
par Luis Sepúlveda
P71. Rumeurs, *par Jean-Noël Kapferer*
P72. Julia et Moi, *par Anita Brookner*
P73. Déportée à Ravensbruck
par Margaret Buber-Neumann
P74. Meurtre dans la cathédrale, *par T. S. Eliot*
P75. Chien de printemps, *par Patrick Modiano*
P76. Pour la plus grande gloire de Dieu, *par Morgan Sportès*
P77. La Dogaresse, *par Henri Sacchi*
P78. La Bible du hibou, *par Henri Gougaud*
P79. Les Ivresses de Madame Monro, *par Alice Thomas Ellis*
P80. Hello, Plum !, *par Pelham Grenville Wodehouse*

P81. Le Maître de Frazé, *par Herbert Lieberman*
P82. Dans la peau d'un intouchable, *par Marc Boulet*
P83. Entre le ciel et la terre, *par Le Ly Hayslip (avec la collaboration de Charles Jay Wurts)*
P84. Sur la route des croisades *par Jean-Claude Guillebaud*
P85. L'Homme sans postérité, *par Adalbert Stifter*
P86. Le Nez de Mazarin, *par Anny Duperey*
P87. L'Alliance, tome 1, *par James A. Michener*
P88. L'Alliance, tome 2, *par James A. Michener*
P89. Regardez-moi, *par Anita Brookner*
P90. Si par une nuit d'hiver un voyageur, *par Italo Calvino*
P91. Les Grands Cimetières sous la lune *par Georges Bernanos*
P92. Salut Galarneau !, *par Jacques Godbout*
P93. La Barbare, *par Katherine Pancol*
P94. American Psycho, *par Bret Easton Ellis*
P95. Vingt Ans et des poussières *par Didier van Cauwelaert*
P96. Un week-end dans le Michigan *par Richard Ford*
P97. Jules et Jim, *par François Truffaut*
P98. L'Hôtel New Hampshire, *par John Irving*
P99. Liberté pour les ours !, *par John Irving*
P100. Heureux Habitants de l'Aveyron et des autres départements français, *par Philippe Meyer*
P101. Les Égarements de Lili, *par Alice Thomas Ellis*
P102. Le Maître d'escrime, *par Arturo Pérez-Reverte*
P103. Cadavres incompatibles, *par Paul Levine*
P104. La Rose de fer, *par Brigitte Aubert*
P105. La Balade entre les tombes, *par Lawrence Block*
P106. La Villa des ombres, *par David Laing Dawson*
P107. La Traque, *par Herbert Lieberman*
P108. Meurtres à cinq mains, *par Jack Hitt avec Lawrence Block, Sarah Caudwell, Tony Hillerman, Peter Lovesey, Donald E. Westlake*
P109. Hygiène de l'assassin, *par Amélie Nothomb*
P110. L'Amant sans domicile fixe *par Carlo Fruttero et Franco Lucentini*
P111. La Femme du dimanche *par Carlo Fruttero et Franco Lucentini*
P112. L'Affaire D., *par Charles Dickens, Carlo Fruttero et Franco Lucentini*
P113. La Nuit sacrée, *par Tahar Ben Jelloun*
P114. Sky my wife ! Ciel ma femme ! *par Jean-Loup Chiflet*